会计信息系统

刘永萍　徐晓鹏　主编

清华大学出版社
北京

内容简介

本书从会计人员实际工作需要出发，理论联系实际，面向高等财经院校会计、财务管理等相关专业应用型本科和高职高专的教学，也面向会计人员岗位培训。通过本书的学习，会计及相关人员能运用系统分析与设计的思想，以计算机为工具，设计并实现完整的会计信息系统。

本书依托石河子大学2010年国家级精品课程会计信息系统的平台，结合最前沿的学术科研成果和教学实践，采用最新企业案例和财务软件，系统性和实用性较强。本书在介绍系统的理论和设计的基础上，对会计信息系统的若干子系统进行了详尽的阐述，采用理论和实务相结合的方法，配以练习、实验账套和多媒体课件，让读者能够更加有效率地学习。

本书适合会计和经管类专业的学生作为教材使用，也可供各级会计师事务所、企事业单位会计人员作为培训教材和案头读物使用。

图书在版编目(CIP)数据

会计信息系统/刘永萍，徐晓鹏主编. —北京：清华大学出版社，2011.7
(高职高专会计类核心课程精品教材系列)
ISBN 978-7-302-25590-1

Ⅰ. ①会…　Ⅱ. ①刘…　②徐…　Ⅲ. ①会计信息—财务管理系统—高等职业教育—教材
Ⅳ. ①F232

中国版本图书馆CIP数据核字(2011)第096286号

责任编辑：康　蓉
责任校对：袁　芳
责任印制：何　芊
出版发行：清华大学出版社
http://www.tup.com.cn
地　　址：北京清华大学学研大厦A座
邮　　编：100084
社 总 机：010-62770175
邮　　购：010-62786544
投稿与读者服务：010-62776969，c-service@tup.tsinghua.edu.cn
质 量 反 馈：010-62772015，zhiliang@tup.tsinghua.edu.cn
印 装 者：北京嘉实印刷有限公司
经　　销：全国新华书店
开　　本：185×260　**印　　张**：15.25　**字　　数**：375千字
版　　次：2011年7月第1版　**印　　次**：2011年7月第1次印刷
印　　数：1～4000
定　　价：30.00元

产品编号：041369-01

前言

FOREWORD

“会计信息系统”是一门实践性非常强的专业课程。本书以提高企业管理信息化水平为目标，以财务和业务一体化的会计信息系统为对象，采用会计信息系统的理论、设计和实务的结构体系，着重介绍会计信息化的关键子系统。在内容安排上，先讲解会计信息系统概论、会计软件，为后续内容的学习打好基础；然后讲解会计信息系统分析与设计、会计信息系统的实施与运行；最后讲解会计信息系统实务，包括账务处理系统、薪资和固定资产系统、应收和应付系统、报表管理系统、会计信息系统实验案例。

本书采用最新企业案例和财务软件，进行会计信息系统理论、设计和实务三大方面的编写，具有创新性，应用价值高，推广使用性强的特点。本书是2010年国家级精品课程的配套教材，配有丰富的教学资源，包括多媒体教学课件、实验账套和国家级精品课程网站资源。

本书由石河子大学的刘永萍和徐晓鹏担任主编，王唐、谢军、高慧担任副主编，王伟国和王生年担任主审。具体分工如下：刘永萍负责总体结构设计；徐晓鹏编写第5章和第8章；王唐编写第6章和第7章；谢军编写第3章和第4章；高慧编写第1章、第2章和第9章。

由于编者水平有限，难免存在不足之处，敬请读者批评指正。

编　者

2011年4月

目　录

CONTENTS

第1章　会计信息系统概论

1.1　数据、信息与信息系统

1.1.1　数据

会计信息系统处理的对象是数据，处理的结果是信息。

1. 数据的定义

数据(data)是对客观事物的性质、状态以及相互关系等进行记载的物理符号或是这些物理符号的组合。

数据是可识别的、抽象的符号。例如，描述 5 个人可以用 5、五、伍、正、101、five、☆、条形码等来表示。

2. 数据的类型

数据分为数值数据和非数值数据两大类。数值数据一般认为是可以直接进行科学运算的数字或字母。非数值数据包括除了数值数据以外的其他数据。数据的类型非常丰富，随着计算机技术的发展，数据已从数值数据扩展到非数值数据。数值数据使得客观世界严谨有序，例如，笔记本电脑的体积为 33 厘米×27 厘米×3 厘米；螺钉的直径为 20 毫米。非数值数据使得客观世界丰富多彩，例如图片、表单、声音、图像等。

数据对于企业来说是一种非常宝贵的资源，是会计信息系统中最有价值的部分，如表 1-1 所示。

表 1-1　数据类型与举例

数据类型		举　例
数值数据	数字	331725
	数值	1234.5、10001
非数值数据	数字表单	报表
	文字	“徐”、“高”
	图形	★
	图像	
	声音	录音、MP3、WAV 等
	影像	影片、VCD、DVD 等
	图表表单	各种图表

1.1.2 信息

1. 信息的定义

信息至今还没有一个公认的定义,简单的事物往往是最伟大的,人们对其熟视无睹,却又无法给出一个完整的定义。有人认为,信息是加工数据所得到的结果;信息是能够帮助人们决策的知识;信息是关于客观世界某一方面的知识;信息可减少人们决策时的不确定性,增加对外界事务的了解;信息是一种经过加工处理后的数据,且对其接收者的行为有一定影响;信息是以符号形式存在的及其行为的源泉等,估计有四五十种之多。本书对信息的定义如下。

信息(information)是经过加工处理后对人们有价值的数据。数据经过加工后,其表现形式仍然还是数据,这也说明了信息与数据的关系是原料与成品的关系,如图 1-1 所示。信息是有一定含义的数据,是经过提炼、筛选、分析和加工等处理过程的数据。

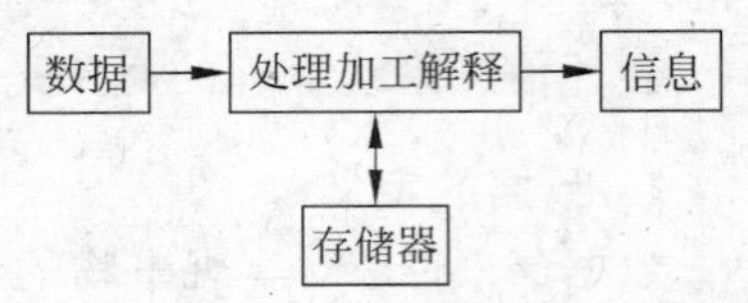

图 1-1 信息与数据的关系

2. 信息的种类

(1) 以自然界的层次性为线索进行的信息划分。自然界的层次信息种类举例如下。

第二自然界人工信息:图样、软件等。“第二自然界”是指由人类的活动参与创造的自然界。从工具到机械直至这一世界的顶峰——计算机。而“人工信息”是指与第二自然界相对应的人类认识自然和利用自然而创造的信息,其顶峰为——人工智能。

人类社会文化信息:语言、历史等。

生物界生命信息:DNA、进化等。

无机界自然信息:物质结构等。

(2) 从信息的时效来进行划分如下。

长时信息:如关于自然规律、历史等。

短时信息:如短期预告、警报信号等。

瞬时信息:如微观世界观测中的信息。

(3) 按信息的内容划分(按社会活动领域),如科技信息、文化信息、政治信息、军事信息、经济信息、宗教信息等;也可具体地分为物流信息、工业信息、农业信息、教育信息、市场信息等。

(4) 其他种类如下。

① 对一个系统而言,信息可分为内部信息和外部信息。

② 对于系统的决策而言,有行动信息和非行动信息。行动信息是指直接行动指定、计划或适应环境改变的措施等;而非行动信息是指一般消息性或知识性及备忘性的。

③ 信息根据其用途分类,可以分为决策信息、预测信息、统计信息、行为信息、控制信息、反馈信息、销售信息、市场信息、商品信息、计划信息、管理信息、经济信息等。

④ 根据信息的准确性程度,可将其分为确定性信息和不确定性信息,其中不确定信息又可分为概率信息和模糊信息。

⑤ 从信息的发生率及信息的接收情况看,有重复信息和非重复信息之分。

⑥ 从信息的时间定位上看，又可分为历史性信息和未来预测性信息。

⑦ 从信息的来源及原始性分类，可分为一次信息、二次信息和三次信息等。所谓一次信息就是由信源发出的、未经加工的原始信息，即一手的信息。二次信息是指一次信息经过加工处理后的信息，称为二次信息。

⑧ 从载体形态上分类，可分为文献信息和非文献信息。

3. 信息的特性

(1) 可存储性。存储和传递是信息的两种基本状态。存储是静态的(相对)，而传递则是动态的。信息的存储与传递都离不开物质作为“载体”或“媒体”。利用信息的可存储性，人们可以有意识地将流动的信息以某种方式存储在物质媒介上，使信息与物质媒介构成一种依附性很强的、相对稳定的关系。这种稳定的结构不仅可以有效地避免信息的流失，同时，也形成了一种新的信息源——“信息载体”。

(2) 可传递性。传递是信息存在的基本状态之一，分为空间传递和时间传递等不同类型。传递具有动态性和方向性特征。信息的传递依赖于物质媒介。信息的传递必然伴随着物质或能量的传递，并且需消耗一定的能量。传递的基本方式有物质的传递和能量的传递两大类。物质传递较为常见，如运输、交通等；而能量的传递则不易察觉，如阳光照耀、多米诺骨牌等。

(3) 可压缩性。可压缩性与可扩充性为一对相互对应的基本特征。信息压缩是指因存储或传递的需要而减少信息量。可压缩性是指当信号减少到一定的限度时，信息(消息)的主体内容不变。信息压缩的实例有：意识→语言→文字→电文→标记等。信息的压缩与可压缩有一定的限度。超过了限度则会造成主要信息(主体信息)的丢失，使得消息无法还原和理解。

(4) 可扩充性。可扩充性可视为可压缩性的一种逆过程。信息扩充可以视为是对压缩信息的还原与翻译，如：电文→语言→意识。信息的压缩与扩充的过程实际上就是编码和译码的过程。随着时间的推移，信息也存在自然生长(扩充)的现象，如人类的学习行为，人类知识的发展、积累等。

(5) 可分享性。也称“共享性”，是信息不同于物质和能量的一个本质特征。可分享性是指接收者在获得全部的信息时，不会减少信息的信息量(指记忆信源，如文献等)，并且数个接收者可以获得同一信息源发出的同样的信息。一些特殊的信息和特殊形式的信息在共享上存在明显的障碍，但并不影响信息共享性这一本质属性。

(6) 可替代性。信息可以在不同的层次上、在不同的状态之间和不同的信号系统之间进行转换。不同的层次，如自然语言和机器语言。不同的状态，如光电信号转换、电声转换。不同的信号系统，如不同的语种、方言等。

4. 数据与信息之间的区别和联系

区别：信息是经过加工之后所得到的数据，是逻辑性或观念性的；数据是记载客观事物的符号，是物理性的。

联系：信息是数据的内在逻辑关系的体现；数据是信息的表现形式。

例如：驾驶员开车时速度指示盘上指针指向 80km/h，这是数据，驾驶员采取加速或减速后，则称为信息。

1.1.3 系统

1. 系统的概念

系统(system)是指在一定环境中,为了达到某一目的而相互联系、相互作用的若干个要素所组成的有机整体。有人认为,系统是由若干个具有独立功能的元素组成的,这些元素之间相互联系、相互制约,共同完成系统的总目标。一般认为系统是由相互作用和相互依赖的若干组成部分结合而成的具有特定功能的有机整体。

2. 系统的特点

(1) 目的性。人造系统都具有明确的目的,为达到既定的目的,系统就要具有一定的功能。系统的目的一般用具体的目标来体现,比较复杂的系统有不止一个目标,因此需要指标体系来描述系统的目标。比如,衡量一个工业企业的经营业绩,不仅要考核它的产量、产值指标,而且更重要的是要考核它的利润、成本和规定的质量指标完成情况。在指标体系中,各个指标之间有时是相互矛盾的,有时是互为消长的。因此,要从整体出发,力求获得全局最优的经营效果,寻求最优的方案。

(2) 集合性。集合的概念就是把一些具有某种属性的对象看做一个整体,这个整体是许多要素的集合。集合里的对象叫集合的要素。一个系统至少要由两个或更多的可以互相区别的要素组成。

(3) 相关性。组成系统的各要素存在着相互作用、相互联系。相关性是指这些联系之间的特定关系,如结构联系、功能联系、因果过程联系等。要素的相关性对系统的目的性起重要的作用。

(4) 层次性。具有大量要素的系统可以分解为多个子系统,并存在一定的层次结构,不同层次的子系统之间具有从属关系或相互作用的关系。在不同的层次结构中存在着动态的信息物质流,使系统具有运动特性,为深入研究系统之间的控制与调节功能提供条件。

(5) 整体性。系统是由两个或两个以上的要素构成的,要素存在的目的是为了使系统整体达到最优。系统整体性指具有独立功能的系统要素之间存在相互协调的关系,任何一个要素都不能离开整体去单独研究,要素间的联系和作用也不能脱离整体的目标去考虑。系统不是各个要素的简单集合,否则它就不会具有作为整体的特定功能。系统的构成要素和要素的机能、要素的相互联系要服从系统整体的目的和功能,在整体功能的基础上展开各要素及其相互之间的活动,这种活动的总和形成了系统整体的有机行为。

(6) 环境适应性。系统是在一定的环境中产生出来,并在一定的环境中运行、延续、演化的。系统要与外界环境产生物质的、能量的和信息的交换,外界环境的变化必然会引起系统内部各要素之间的变化。系统同环境进行交换的属性称为开放性,系统阻止自身同环境进行交换的属性称为封闭性。这两种性质对系统的生存和发展都是必要的。环境适应性指系统调整自已以适应环境的变化。不能适应环境变化的系统是没有生命力的。

1.1.4 信息系统

1. 信息系统的概念

信息系统(Information System,IS)是集计算机技术、网络互联技术、现代通信技术和各种软件技术、各种理论和方法于一体,提供信息服务的人机系统。任何一个组织中都存在着信息流，组织利用信息流对其他事务流、物资流、资金流等进行控制、监督、协调。在一个组织的全部活动中存在着各种信息流，不同的信息流用于控制不同的业务活动。若几个信息流联系组织在一起，用于同类的控制和管理，就形成了信息流的网络，即信息系统。

2. 信息系统的分类

按照信息系统的功能和特点，最常用的信息系统可分为以下四大类。

(1) 过程控制系统。用于过程控制的信息控制系统，是现代自动控制系统的核心。其特点是用途专一、响应速度快、常常要嵌入机器内部、体积小、重量轻，比如冷库的温度控制系统。

(2) 信息资源服务系统。这类系统用于提供专门的信息资源服务，如图书馆等信息情报机构或数据库服务商的信息检索系统、因特网上的内容服务提供商的信息搜索系统等。其特点是信息存储量大，对查找速度、查全率与查准率要求高，并能提供多种查询途径、查找方法和多种形式的查得结果。比如清华同方的全文期刊和超星数字图书馆都是信息资源服务系统。信息资源服务系统的服务对象范围广泛，如整个社会。

(3) 管理信息系统。这类系统是为企业管理决策服务的信息系统。它是当前用得最广泛、类型最多的信息系统。

(4) 其他信息系统。这类系统如电子数据交换系统(EDI)、电子商务系统(EC)、企业资源计划管理系统(ERP)等。

1.1.5　会计信息系统

1. 会计信息系统的概念

会计信息系统(Accounting Information System，AIS)是一个组织处理会计业务，并为企业管理者、投资人、债权人、政府部门提供财务信息、分析信息和决策信息的实体。该系统通过收集、存储、传输和加工各种会计信息，并将其反映给各有关部门，为经营和决策活动提供帮助。

2. 会计信息系统的特点

(1) 数据的准确性明显提高。计算机具有高精度、高准确性、逻辑判断的特点。使得数据的准确性有了明显的提高。例如，在编制记账凭证的过程中，如果一张凭证不满足“有借必有贷，借贷必相等”的原则时，计算机立即提示出错，且不允许错误的凭证保存在计算机中；记账过程完全由计算机自动完成，只要财会人员命令记账，计算机执行记账程序，自动、准确、快捷地完成记账工作。可见，在会计信息系统中，减少了人为因素造成的错误，提高了会计核算的质量。

(2) 数据处理的速度明显提高。计算机具有高速处理数据的能力，会计信息系统利用计算机自动处理会计数据，数据处理速度大大提高，极大地提高了数据处理的效率，增强了系统的及时性。例如，如果需要查看某张凭证，只要输入有关该凭证的数据(凭证号、审核人、日期等数据中的一个或多个数据的组合)，计算机就会从数万张凭证中找出该凭证，并显示在屏幕上；如果需要查看某本账，只需要输入科目代码和日期，计算机就会迅速将该账簿显示在屏幕上；如果需要任何期间的会计信息，只要输入日期，计算机便及时、准确地按年、季、月、日提供信息。会计信息系统使广大财会人员从繁杂的数据抄写和计算中解脱出来，大大减轻了财会人员的劳动强度。

(3) 提供信息的系统性、全面性、共享性大大增强。计算机的采用,扩大了信息的存储量和存储时间。当前,以国际互联网为中心的计算机网络的建设、运作、管理和发展,已成为一个国家经济发展的重要环节。国际互联网作为日益扩大的世界最大网络,正成为连接未来信息化社会的桥梁。网络会计电算化的发展实现了会计信息的全面性、系统性,增加了信息处理的深度和广度,使其能够为管理者、投资人、债权人、财政税务政府部门提供更多更好的信息。

(4) 各种管理模型和决策方法的引入,使系统增强了预测和决策的能力。在会计信息系统中,管理人员借助先进管理软件便可以将已有的管理模型在计算机中得以实现,如最优经济订货批量模型、多元回归分析模型等。同时又可以不断研制和建立新的计算机管理模型。管理人员利用计算机管理模型可以迅速地存储、传递以及取出大量会计核算信息和资料,并毫不费力地代替人脑进行各种复杂的数量分析、规划求解。因此,管理者可以相当准确地估计出各种可行的方案和结果,揭示出企业经济活动中深层次矛盾,挖掘企业内在潜力,提高管理、预测和决策的科学性与合理性。

1.2 会计信息系统的发展

1.2.1 国外会计信息系统发展概况

会计信息系统是计算机技术和现代会计相结合的产物。1954 年,美国通用电气公司首次利用电子计算机计算职工薪金的举动,引起了会计数据处理技术的变革,开创了利用计算机进行会计数据处理的新纪元。随着计算机技术的迅速发展,计算机在会计工作中的应用范围也在不断扩大。当今西方许多发达国家,计算机应用于会计数据处理、会计管理、财务管理以及预测和会计决策,并且取得了显著的经济效益。国外会计信息系统的发展过程大致经历了以下几个阶段。

(1) 会计单项业务处理阶段。即将电子计算机应用于会计数据处理的低级阶段(1954—1965)。其主要特点是:利用计算机模仿手工操作,实现那些数据量大、计算重复次数多的专项会计业务核算工作的自动化。例如,工资计算、账务处理、固定资产核算、编制报表等,体现在岗位级应用层次上。计算机操作主要采用 DOS 系统,数据库采用小型数据库,一项具体业务对应于一个应用程序,主要采用单机用户。在此阶段,人们主要考虑的是如何用计算机来提高工作效率和节省费用,并没有改变会计数据处理的性质。

(2) 会计数据综合处理阶段。即将电子计算机应用于会计数据处理的中级阶段(1965—1970)。其主要特点是:综合处理发生在企业各业务环境中的各种会计信息,并为企业内外部各级管理部门提供有关的管理和决策辅助信息,它具有一定的反馈功能,为内部控制、分析、预测和决策提供更为详尽、更为及时的会计信息。在这一阶段,系统的功能从全面会计核算发展到会计管理。应用层次从财务部门到企业内部的各个部门,直到客户、供应商和政府机构等相关的企业外部实体。整个数据处理基本上实现自动化。计算机的应用不仅代替了人工处理会计业务,而且开始以“管理工具”的面目出现在企业活动中,出现在会计管理活动中。但是,会计数据处理仍是以处理为中心,处理技术仍是考虑的中心问题。每项

业务数据仍对应于一个程序，同一数据在许多业务中多次出现。在作业处理方式上，不仅采用成批处理，而且使用了实时处理，进一步推动了会计处理向实时性、集中化方向发展。

(3) 会计数据系统处理阶段。即将电子计算机应用于会计数据处理的高级阶段(1970年以后)。其主要特点是：在会计中普遍采用电算方式。逐步建立起电算化会计信息系统。随着以大规模集成电路为标志的第四代电子计算机的问世及应用，个人计算机的研制成功并推广普及，供多用户使用的集中数据库的建立，计算机网络化的出现和投入使用，以及其他专门数学方法的广泛应用，逐步实现了电算化的全面信息系统，即管理信息系统。在这个阶段，成批、实时处理的管理信息系统，已经从原来的单项业务数据处理方式发展到以"数据"为中心，实现了"数据共享"，避免了重复劳动，从而能更快地提供各种会计信息，作为企业管理人员决策的依据。

1.2.2　我国会计信息系统发展概况

会计信息系统是从20世纪80年代初开始在中国运用的。起初会计信息系统软件由企业自制，后来出现了用友、金碟等财务软件公司，财务软件的发展逐渐走向规范与成熟。从20世纪90年代末，传统财务软件的缺陷渐渐显现出来，企业不再简单地要求软件系统进行记账与报表输出，还要求软件系统能够提供与业务相关的成本、赢利以及绩效等方面的支持信息，这就促使财务软件逐渐向ERP等高度集成化的软件发展，国内各大财务软件厂商也纷纷从单独的财务软件设计转型为ERP厂商。ERP是基于企业价值链的现代管理系统，它集企业的物流、价值流和信息流于一体。会计信息系统是ERP的重要组成部分，是ERP中的重心，是整合企业各个部门各种资源的最佳手段，完全实现了管理会计与财务会计的一体化以及财务业务的一体化。

我国把计算机应用于会计数据处理开始于20世纪80年代初尽管与国外先进的国家相比起步较晚，但发展很快，回顾二十多年来的发展过程，可将其划分为4个阶段：即起步阶段、行政推广阶段、会计软件商品化阶段和会计软件成熟与提高阶段。

(1) 起步阶段(1979—1983)。在这期间，由于我国的计算机技术尚未普及，计算机硬件的价格还比较昂贵，广大财会人员的计算机知识水平还比较低，所开发的会计软件也存在不少问题，所以这一阶段的进展是缓慢的。

(2) 行政推广阶段(1983—1988)。在这一阶段，我国的经济体制仍然是以计划经济为主，由行业主管部门组织开发会计软件，并采用行政手段在本行业内进行推广，适合本阶段经济体制的特点，也取得了一定的效果，但也存在不少问题。主要的问题是不能"甩掉手工账"。

(3) 会计软件商品化阶段(1988—1998)。有人称这一阶段为稳步发展阶段。随着我国经济体制从计划经济向社会主义市场经济的过渡，一些专门从事会计软件开发和销售服务的软件公司应运而生。到1999年，全国各地先后开发出数百个财务软件，经评审通过并在市场销售的会计软件也有近百个，各财务软件公司的代理和销售服务商遍布全国各地，初步形成了有中国特色的会计软件市场和会计软件产业。

(4) 会计软件成熟与提高阶段。大约在1998年以后，我国的会计软件已经基本成熟，其中比较成熟的功能模块有账务处理、工资核算、材料核算、固定资产核算和报表处理等。

财务软件公司为了适应不同行业管理的需要，开发出适合制造业、商业、服务业、行政事业等不同行业的会计软件。为了适应不同企业规模用户的需要，也开发出适合中小型企业、大型企业以及跨国集团公司等不同规模企业的会计软件。在这期间，一些大的财务软件公司不仅继续完善和提高它们的会计软件质量，也开始在会计软件的基础上，开发和销售企业管理软件，并逐渐形成 3 种层次的会计信息系统，即部门级、企业级和集团企业级的会计信息系统。

纵观我国二十多年来会计信息系统的发展，在应用领域方面从单项业务(岗位级)应用到财务部门(部门级)应用，再到企业内部的各个部门(企业级)应用，直至应用到客户、供应商和政府机构等相关的企业外部实体。系统平台从 DOS 发展到 Windows 95/98/NT/2000/XP 或 Browser。网络体系结构从文件/服务器(F/S)结构、客户机/服务器(C/S)结构发展到现在的浏览器/服务器(B/S)结构。数据库从小型数据库发展到大型数据库。会计电算化的工作方式从桌面应用走向网络。随着财务软件技术的不断发展，会计电算化咨询服务也正在逐步兴起，咨询服务得到了越来越多用户的接受和认同。

会计信息系统的发展过程如表 1-2 所示。

表 1-2 会计信息系统的发展一览表

层　面	发　展
应用层级	岗位级→部门级→企业级→供应链级
业务处理	单项业务→全面核算→会计管理→面向决策
操作系统	DOS→Windows 95/98/NT/XP→Browser
网络技术	F/S→C/S→B/S
数据库	文件系统→小型数据库→大型数据库

当前，互联网正在改变企业的业务形态和运营方式，也必然会影响和改变财务管理模式与财会工作方式，一个全新的网络财务时代已经到来。网络财务是基于网络计算技术，以整合实现企业电子商务为目标，能够提供互联网环境下财务管理模式、财会工作方式及其各项功能的会计信息系统。网络财务是电子商务的重要组成部分，它必须提供从财务上整合实现企业电子商务的各项功能。

1.2.3 会计信息系统的发展趋势

经过近二十年的实践、探索，我国会计信息系统建设取得了很大的发展。特别是在我国加入世界贸易组织后，我国真正地融入了世界经济一体化的潮流。会计信息系统随着电子计算机技术的产生而产生，也必将随着电子计算机技术的发展而逐步完善和发展。可以预见，会计信息系统将出现或可能出现以下发展趋势。

(1) 获得普遍推广和应用，大范围的信息处理网络得以建立。一方面，以机代账单位将逐步增多。自财政部 1989 年颁布了《会计核算软件管理的几项规定(试行)》之后，大部分的单位实现了以机代账，逐步实现了会计核算电算化。现在计算机替代手工记账已经成了一个自发的要求，各单位在开展会计电算化工作后，一般在 3 个月后大都能够实现计算机替代手工记账。另一方面，会计电算化信息处理，是一种先进的生产力，因而具有广阔的发展前景。随着经济的发展及人们对电子技术认识的加深，它必将获得普遍推广和应用；同时，随着网络技术的发展，大范围的会计信息处理网络也必将建立。

(2)“网络财务”将成为会计信息系统的终极目标。随着企业之间更为激烈的竞争，要求企业注重运用科学的理论和方法改善其经营管理，尤其是财务管理，我国软件开发公司推出了“网络财务”战略，为企业能适应时代要求的“数字神经系统”提供了初步解决方案。无疑，“网络财务”将成为会计电算化发展的新趋势。所谓“网络财务”是基于 Intranet 技术，以财务管理为核心，业务管理与财务管理一体化，支持电子商务，能够实现各种远程控制(如远程记账、远程报表、远程查账、远程审计、远程监控等)和事中动态会计核算与在线财务管理，能够处理电子单据和进行电子货币结算的一种全新的财务管理模式，是电子商务的重要组成部分。

(3) 向“管理一体化”方向扩展。会计电算化工作只是整个管理电算化的一个有机组成部分，需要其他部门电算化的支持，网络、数据库等计算机技术的发展也在技术上提供了向管理一体化发展的可能。从发展趋势来看，会计信息系统将逐步与其他业务部门的电算化工作结合起来，由单纯的会计业务工作的电算化向财务、统计信息综合数据库，综合利用会计信息的方向发展。

(4) 单位会计信息系统与行业会计信息系统相互渗透，相互促进。单位会计信息系统是主管部门会计电算化的基础；反之，主管部门的电算化将促进单位的会计电算化工作。在我国宏观管理向现代化进军的今天，主管部门与基层单位的会计电算化工作还将继续相互促进和相互渗透。经过多年的努力，基层单位的会计电算化水平大大提高，但在软件应用的品种、水平和范围等参差不齐。现在，数据大集中、软件大统一已经是必然的趋势，在大型企业集团尤其如此。

(5) 软件技术与管理组织措施日趋结合，软件的开发日益工程化。首先，会计信息系统是一个人机系统，仅有一个良好的软件是不够的，必须有一套与之紧密结合的组织措施，才能充分发挥其效用，保证会计信息的安全与可靠。在会计信息系统的初期，重点放在软件的开发与应用上，随着会计电算化工作的进一步深入，与计算机应用相适应的管理制度建设，将与软件的应用并驾齐驱，在实践中逐步完善起来。其次，准确透彻地了解用户是一个软件开发的首要工作，采用工程化的方法开发应用软件是当前国际流行趋势。我国会计软件开发也正从以往的经验开发向科学化的工程方法转化。

(6) 实现人机交互作用的“智能型”管理。实现会计电算化后，所有的原始凭证、记账凭证账簿、报表都存储在计算机磁性介质上，整个账务处理都在计算机内部自动生成。过去靠人工进行的内部牵制制度不再起作用了，这样，审计的职能大大削弱。为了正确处理好会计电算化和审计的关系，有必要完善以下会计电算化功能：一是“会计软件应提供关于凭证—总账—报表三者之间的双向查询功能”；二是“电算化会计系统应提供多种会计核算方法处理过程供用户和审计员选择”。

(7) 与管理会计系统相结合，促进企业管理信息系统的建立和完善。现行会计体系把会计分为财务会计(含成本会计)和管理会计两个子系统。会计信息处理的代码化、数据共享和自动化，为两个子系统的结合提供了条件和可能。但是如果会计信息一直停留在财务会计子系统，而不涉及管理会计子系统的预测、决策、规划和分析，企业经济活动与效益的评估，内部责任会计和业绩评价等，那么也就限制和失去了发展会计信息系统的意义。因此，从发展的眼光看，企业应同时建立两个子系统并予以有机结合，以便运用财务会计资料，建立适应管理需要的会计模型，使电算化会计从核算型向管理型发展，从而推动整个企业管理信息系统的开发、建立和完善。

(8) 会计信息系统的开展与管理将向规范化、标准化方向发展，与手工会计制度融合为一体的会计信息系统制度体系将全面形成。首先，标准的账表文件格式将逐步实现统一，以解决各种会计软件之间的接口问题、会计信息的相互传递问题、会计工作电算化后的审计问题，从而为更充分和更广泛地利用会计信息服务。其次，由于我国的会计信息系统管理制度还不健全，随着宏观管理工作的逐步开展，经验的积累，以会计软件的开发、验收规范，各有关管理部门的责权、电算化后的岗位责任制、人员管理制度、档案管理制度，各种标准账表文件为主体的会计信息系统管理制度体系将逐步形成与完善。

(9) 为宏观管理服务的各级会计信息中心将逐步建立起来。会计信息系统从主要为微观经济服务开始转向同时也为宏观经济服务，为了使会计信息在宏观管理中发挥更大的作用，有必要并已经开始建立以微观会计信息为基础，以计算机为手段，搜集、处理和利用会计信息的、从中央到地方的各级会计信息中心，从而更好地为市场经济服务。

综上所述，从会计信息系统的发展趋势来看，我国会计改革已迈出了稳健、有序的步伐，并取得了辉煌成就。在信息时代，要使我国的会计信息系统能够健康的发展，我们还必须从理论上和实践上进行进一步探讨。总之，21世纪的会计是一个以信息技术为中心的崭新会计，人们应该抓住这一良机来促进传统会计的革新，推动我国会计信息系统管理工作的现代化、规范化和科学化。

1.3 会计信息系统的建设

企业建设会计信息系统的工作是一项十分复杂的系统工程。它的复杂性表现在如下几个方面。首先，这个系统除了要满足企业内部的有关购销存等业务的处理、会计核算和管理的需要外，还要满足企业的投资者、债权人以及政府管理部门对企业财会信息的需求。而财务会计工作在我国目前还是一项需要严格按照国家有关的法令、法规和会计制度进行业务处理的工作。因此，企业会计信息系统的建设不可避免地要受到单位内部和外部各方面因素的制约。这就要求系统不光需要满足单位外部对财会信息内容和格式上的要求，还需要满足单位内部从最高管理层到一般管理人员不同管理层次的要求。其次，建立一个集企业业务处理与会计核算为一体的会计信息系统，必然会涉及企业管理思想、管理模式以及企业的组织结构发生相应的变化，它首先是一种先进管理思想的引入，而绝不单纯是一个软件引入的问题。因此企业会计信息系统的建设应从企业管理的整体需要出发，充分考虑企业产供销、设备管理、劳动人事等部门的要求，统一思想、统一规划，建立合理的业务处理流程，以便分步实施。再次，近年来计算机技术发展迅速，计算机软、硬件更新换代极为频繁。计算机会计系统是一个人机系统，因此，如何合理地配置系统的软、硬件和层次不同、知识结构不同的技术人员，如何根据企业的经济力量合理安排资金，就是一个需要认真解决的重要问题。最后，一个完整的计算机会计系统是由若干子系统组成的，整合系统很难一次到位。如何根据企业需求的轻重缓急，分期分批地完成系统建设也是一个复杂的需要重点解决的问题。

综上所述，可以看出各单位建设企业会计信息系统，必须对单位的具体情况进行周密的分析，加强系统建设工作的计划与组织。根据我国近些年各企业建设会计信息系统工作的实践经验和教训，企业建设自己的会计信息系统必须做好以下基本工作，这就是：建立和健全有关系统建设的领导组织机构；制定企业管理信息化发展规划；合理确定企业管理模式与业务处理流程；配置必要的硬、软件环境；组织企业有关工作人员进行相关管理思想和有关计算机知识培训；制定会计信息系统的管理规章制度。

1.3.1　会计信息系统发展规划

企业会计信息系统建设的发展规划是对近几年企业会计信息系统建设工作所要达到的目标，以及如何有效地、分步骤实现这个目标而作的规划。它是建设企业会计信息系统的总体可行性研究。会计信息系统作为企业管理信息化的关键部分，它的建设对企业管理信息化具有举足轻重的地位，因此制定企业会计信息系统建设工作的发展规划，应该受到单位领导部门和有关职能部门的高度重视。

1. 制订会计信息系统发展规划的原则

发展规划是建设会计信息系统的战略计划，是决定系统成败的关键，为了保证规划的科学、客观、可行，在制订规划时应坚持以下原则。

(1) 整体性原则。整体性原则是解决管理信息系统中各个子系统的关键，计算机会计系统是企业管理信息化的一个关键性组成部分。

(2) 阶段性原则。制定会计信息系统建设规划不能急于求成，只有依据企业的实际情况循序渐进、不断提高，才能充分利用系统资源，取得最佳的经济效益。

(3) 整体规划原则。整体规划原则是解决会计信息系统建设中各个子系统间关系的基本原则。会计信息系统是企业管理信息系统的一个重要子系统，因此制定会计信息系统总体规划时，必须与企业发展的总目标和企业整体信息化建设的目标相一致，按照系统论的观点，综合考虑、统筹安排各项工作。

会计信息系统是由若干个相互关联的子系统构成的，在建设过程中应保证各子系统之间协调一致，要有统一的规范，包括规范的数据、规范的编码、规范的程序设计、规范的文档等，充分实现信息的传递和资源的共享，保证各子系统之间有机地衔接。同时，由于会计信息系统又是整个企业管理系统中的一个子系统，因此还要考虑和其他子系统之间的联系，设计统一的数据编码并做好接口设计，为建立全方位的管理信息系统做好基础工作。

(4) 客观需要原则。是否需要建立会计信息系统取决于单位原有系统是否能满足企业管理的需要，即现有系统提供会计信息的准确性、实效性是否满足企业的管理要求，是否满足企业经济活动分析、预测和决策的需要。一般规模较大的企业对信息处理的要求较高，这些企业建立会计信息系统是促进企业发展的必由之路。但对于一些小型企业，原有手工系统或会计核算系统还能适应需要，或虽然不能满足需要，但企业的人力、物力、财力都难以维持一个企业管理信息系统，如小型商业企业。这些企业应开辟发展其他道路：如发展商业连锁经营，建立配送中心集中管理，联合多个企业的力量改善管理水平，也可以委托机构代为处理会计业务，以减轻企业负担。

系统建设目标要符合企业的客观需要。每个企业的特点不同，对会计信息系统的要求也会有所侧重。有些企业为了提高数据处理效率，以获得及时和准确的会计信息，而有些企业把重点放在对数据的深加工上，使会计信息能为企业管理的预测和决策活动服务。因此，会计信息系统的设计应从实际出发，进行认真的调查分析，找出企业存在的关键问题，建立适合本单位的会计信息系统。这样，即使建成的系统功能不那么全、水平不特别高，但只要能解决一些迫切需要解决的实际问题，产生直接的效益，就是一个成功的系统。

(5) 方便实用原则。建设会计信息系统的根本目的是为了更好地完成会计工作和提高企业管理的水平，所以应把是否能最大限度地满足使用者需要放在首位。一切从用户的实际需求出发，包括技术、设备、管理基础。实用的另一层含义是考虑用户，过高的设计会为使用者带来浪费与不便，因此，不能不顾实际情况，一味追求“高、大、全”。

2. 会计信息系统发展规划的主要内容

(1) 会计信息系统的目标。会计信息系统的目标是指几年内准备建立一个什么样的会计信息系统。制定目标的基本依据是本单位管理信息化发展的总目标。这是因为会计信息系统的建立不仅是将财务人员从繁重的手工劳动中解放出来，更重要的目的是通过核算手段和财务管理手段的现代化，提高会计信息处理的准确性和时效性，真正做到会计事前、事中、事后的有效控制，提高会计的辅助决策能力，为提高管理水平和经济效益服务。

(2) 会计信息系统的总体结构。总体结构指的是系统的规模、业务处理范围，以及由哪些子系统构成，这些子系统间的联系和系统间界面的划分。系统结构应从分析现有手工系统的任务、业务处理过程及部门间的联系入手，根据计算机数据处理的特点和系统的目标来确定。确定系统的总体结构应在单位条件允许的情况下具有一定的高起点和超前性。

(3) 计算机会计系统建立的途径。建立计算机会计信息系统有多种途径，基本的两种途径是定点开发和购买商品化软件。采用何种途径主要是依据管理的需要和单位经济、技术和组织上的可行性来决定。

(4) 系统的硬、软件配置。在发展规划中要根据单位发展目标的要求和单位的经济力量，对系统硬、软件配置提出原则性要求和指导性意见。尤其是对计算机的档次、型号、计算机硬件体系结构等做出原则性的规定。从计划阶段就对硬、软件系统提出规定和原则性要求，有助于从计算机会计工作的整体需要出发，做合理的长远安排，克服从眼前局部需要出发的局限性，避免系统资源的浪费。

(5) 确定工作步骤。确定工作步骤是要规定系统的实施分几步进行，每一步的发展目标和任务，各实施阶段资源的分配情况等，以便组织实施工作。工作步骤的划分要根据客户系统在整个系统中的地位、单位的工作需要来安排实现的先后次序，同时也应考虑单位的经济、技术、组织上的可能性来制定。

(6) 确定会计信息系统建设工作的管理体制和组织机构。规划中应明确规定建设过程中的管理体制和组织机构，以利于统一领导、专人负责、高效率地完成系统的建设工作。另外会计信息系统的建立不仅改变了会计工作的操作方式，而且会引起会计业务处理流程、人员的组织方式，甚至是单位整个管理模式的一系列重大变革。因此在建立会计信息系统的管理体制和组织机构时，还应组织专门人员根据本单位的具体情况制定一套新的工作流程、管理制度和组织形式，乃至各类人员上岗标准，一旦投入运行即可有章可循。

(7) 制订专业人员的培训与配备计划。会计信息系统的运行和管理需要不同专业、不同层次的专业人员。为了满足系统的需要，应根据系统目标与本单位现有人员情况制订专业人员的培训与配备计划，以便合理调配工作人员，使人员的培训与系统的建设同步进行，使系统一旦建成即可有足够的力量投入运行。

(8) 资金的来源及预算。建设会计信息系统需要较多的资金投入,因此要对资金的使用做出预算并安排资金来源。由于计算机硬件购置费用大且是一次性投入,因此制定预算时容易重视硬件费用而忽视软件及其他辅助和扩展费用。而目前一个系统的总费用中软件的费用通常占到50%以上,甚至高达80%,这是制定预算时必须重视的问题。

3. 制定会计信息系统建设发展规划应注意的问题

建设企业会计信息系统的根本目的在于提高单位的管理水平和经济效益。一个单位是否需要使用,或者能否成功开发和使用计算机会计系统,使用什么样的计算机会计系统,并不取决于上级的要求或单位领导的意愿,而是取决于该单位是否具有开发使用的条件。这些条件主要如下:

(1) 企业管理的客观需要。是否需要建立新的计算机会计系统,取决于单位原有系统是否能够满足单位管理的需要。即现有系统提供会计信息的准确性、时效性是否满足单位的管理要求,是否满足单位经济活动分析、预测和决策的需要。一般来说,规模较大的企业在经济体制不断改革和社会主义市场经济逐步建立的社会环境下,目前的手工系统远远不能满足企业经济管理的需要,迫切要求提高企业会计信息系统的处理能力。在这些企业建立计算机会计信息系统是促进企业发展的必由之路,但是与此相反,一些小型企业,例如小型商业企业,原有手工系统还能适应需要,或虽然不能满足需要,则应另辟发展道路。如发展商业连锁经营、建立配送中心集中管理、联合多个企业的力量,在降低成本的同时使用先进技术将企业管理推向现代化。暂时无法改变现状的小型企业也可以请经过批准有力量开展计算机会计代理记账业务的单位代为处理会计业务,以节约企业的人力、物力。

(2) 较好的管理基础工作,尤其是会计基础工作。良好的基础工作是实现计算机会计工作的重要前提条件。这些基础工作主要包括:有符合市场经济条件的较为成熟的管理模式和全面、规范的管理制度;有完整的计划和控制数据;会计核算规范、基础数据完整、准确。对于管理基础差、基础数据缺乏的单位,在制定发展规划时必须充分考虑基础数据缺乏等带来的困难,首先搞好单位的基础工作。

(3) 循序渐进不断提高。会计信息系统的功能层次多种多样,子系统的构成也各有不同。不同的系统对使用和管理人员素质的要求也各有不同。简单的计算机会计核算系统,使用人员经过短期培训即可初步掌握系统的使用方法;MRP Ⅱ等管理信息系统则需要企业具有很高的管理水平和具备相当计算机知识、管理知识和会计知识的专业人员使用与管理,才能充分发挥系统的作用。目前我国大多数企业的管理水平较低,专业人员特别是高层管理人员普遍较为缺乏。因此,在制定单位的计算机会计发展规划时应考虑单位的具体情况,采取循序渐进不断提高的方式。不能急于求成,更不能追潮流赶时髦。循序渐进不断提高没有一定的模式,条件差的单位可以首先完成账务、报表系统的计算机替代手工,条件好的单位则可以一次完成全部集中业务处理与会计核算为一体的企业会计信息系统。在计算机技术发展迅速的今天,想要一次到位、一劳永逸是不现实的。只有根据企业的实际情况循序渐进不断提高,才能充分利用系统资源取得最佳的经济效益。

4. 建立单位计算机应用的领导机构

建立单位计算机应用领导机构的基本目的是为制定和执行单位计算机会计系统发展规

划提供组织保证，领导机构应由单位主要负责人挂帅，由各职能部门负责人和有关技术人员参加。根据我国计算机会计工作的实践经验，有没有这样的领导机构，领导机构是否真正发挥作用，往往是一个单位计算机会计信息系统能否建设成功的关键因素，必须给以高度重视，单位计算机应用领导机构的主要作用如下：

(1) 计算机会计信息系统特别是企业管理信息系统的建立，是单位进行的一场深刻的管理革命，它的建立必将影响到单位的管理体制、工作流程、规章制度等方面，只有领导亲自参与并有权威的领导机构作保证，才能真正做到统筹规划、周密部署，确保系统的有效实施。

(2) 单位的高层领导是一个单位的决策者，没有单位的领导和职能部门负责人的支持，计算机会计系统将难以实施。计算机会计工作在我国还是一项新兴的事业，各单位的领导从认识、重视到亲自负责需要一个过程。建立领导机构在组织上保证了领导的参与，领导参与的一个重要标志就是领导承诺，或者说领导承担系统建设成败的责任。

(3) 计算机会计信息系统的建设是一项长期工程，需要分期、分批地计划和实施。建立领导机构可以保证在系统实施过程中不会因为个别人员的人事调动而影响系统的实施。

1.3.2 会计信息系统的工作人员培训

系统工作人员在计算机会计系统中起主导作用，计算机会计事业的发展对计算机会计人才提出了越来越高的要求，为此财政部在 1994 年 5 月 4 日专门印发《关于大力发展我国会计电算化事业》文件，以推进计算机会计人才的教育与培训。几年来，各地相继进行了各类培训，各中等和高等财经院校也相继将计算机会计课程作为会计专业的主干课程，加强了这方面的教学，培养了一批计算机会计的专门人才，取得了一定的成绩。但是应该看到，现有的计算机会计开发和应用人员，无论在数量上还是在质量上都还远远满足不了实际工作的需要。这种人才的缺乏，在很大程度上制约了我国会计信息系统的进一步发展。

1. 会计信息系统的人员构成

对于企业，按照工作性质不同，会计信息系统人员一般可分为三类。

(1) 会计信息系统的开发人员

开发会计信息系统是一项复杂的系统工程，需要按照软件工程的开发模型，采用结构化开发方法进行开发。如果企业选择自行开发会计信息系统，就将要拥有系统分析员、系统设计员和程序员三类人员。

① 系统分析是会计信息系统建立的第一个阶段，也是最重要的阶段。这个阶段的主要任务是在对原有系统进行调查分析的基础上，提出新系统的设计目标，确定新系统总体设计方案，建立系统的逻辑模型。系统分析员是该项任务的主要承担者，系统分析阶段的成果是系统分析说明书。

② 系统设计员的主要工作是按照系统分析说明书的要求，结合计算机数据处理的特点，设计出数据的存储结构及数据处理流程，提出系统的物理模型和系统设计说明书。

③ 程序员的工作是按照系统设计说明书的要求，使用特定的程序设计语言，具体实现系统设计阶段提出的物理模型。

如果企业外购会计软件，则无须配备以上人员。

(2) 系统的操作、维护人员

① 系统操作员。系统操作员主要负责系统日常运行中的经常性工作，包括数据的输

入、会计账表及其他会计信息的打印输出，数据的备份及简单的故障排除。一些复杂的大型系统有时将数据的输入工作分出，设立专门的数据输入人员。系统操作员一般由经过计算机和会计两类训练的会计人员或计算机人员担任。系统操作员应具备：会计业务的基础知识；计算机硬件和系统软件的基本知识；熟练的汉字输入技术和键盘操作技术；能根据系统操作使用说明熟练掌握系统的操作。

② 系统维护员。系统维护员负责系统日常使用过程中的硬件、应用软件的维护工作。其中硬件维护人员负责计算机机房、硬件等设备的维护与管理工作。由于计算机的自维护能力较强，较大的硬件故障一般都由生产厂家负责维护，一般企业通常只设网络系统的网络管理员，操作系统的问题和硬件的一般故障由网络管理员负责。软件维护人员主要负责应用软件错误的排除、更正。根据业务处理的需要对应用软件进行增加、删除、调整等工作，因此，软件维护人员必须了解软件的内部结构、数据结构和具体处理过程，并能解决版本升级，硬件和操作系统升级带来的问题，所以对软件维护人员的知识水平要求较高。这些软件维护工作目前通常由软件的开发单位来进行。

(3) 系统管理人员

系统管理人员负责系统开发项目的组织与运行过程的管理等工作，以保证系统开发研制按设计目标进行，在系统投入运行后保证系统正常、有效、安全运转，因此系统管理员除对系统开发和使用各阶段涉及的知识都应有所了解外，还应熟悉全面的财务管理工作。系统管理员一般由单位主管会计工作或财会部门负责人担任。系统管理员应具有：财会业务知识；企业生产经营管理业务知识；了解项目管理及工程预算管理科学知识；具有一定的系统开发、计算机基本知识及数据库知识等。对系统管理员来说，项目管理和工程预算是重点具体的业务，技术知识只要求一般了解，以便组织、协调各类人员去完成各自的工作。

2. 企业会计信息系统工作人员配备

搞好计算机会计工作，人才是关键。但作为基层企事业单位开展这些工作并不都要求具备上述所有人员。企事业单位会计信息系统到底需要配备什么样的人才，主要由单位开展计算机会计工作的方式和程序所决定。

企业建立会计信息系统有多种途径。无论采用什么途径，会计信息系统最基本的工作人员都必须具备系统管理员、系统操作员（数据输入员）和网络管理员；至于系统分析员、系统设计员、系统程序员和软件维护人员则要根据取得软件的途径来决定。一般来说，完全由自己的力量进行软件开发和在购买商品化软件的基础上进行二次开发的单位应有自己的系统分析员、系统设计员和程序员、软件维护人员，否则是无法完成软件开发工作的。与外单位联合开发，请外单位定点开发软件的，开发人员可以请外单位担任，但使用单位必须配有自己的软件维护人员。这主要是因为在系统完工交付使用后，开发人员撤走，在使用过程中出现问题或会计工作发生变动、会计制度发生变动、需要修改软件时，再请开发单位人员维护，一般都很困难或根本不可能。但对使用单位来说这种维护又是刻不容缓的。与此类似，使用上级部门推广的企业会计信息系统一般也应配备软件维护人员。因为大多数推广单位的维护力量一般都不强，在出现软件问题或会计制度发生变化时也很难立即得到维护。

3. 人员培训计划的制订

会计信息系统的应用人员一般不外乎从高等院校有关专业毕业的学生或从外单位引进

和从本单位现有人员中进行培训等几种选择。在这些方式中，前者只能是少量地引入工作中急需的人才，这种方式是无法满足单位计算机会计工作需要的，因此更重要的还是在本单位现有人员中，特别是在职会计人员中进行培训来解决。由于各单位现有人员的情况千差万别，系统工作人员的需求也不相同，为了有效地进行人员的培训，应针对具体情况制订单位的人员计划。人员培训计划应包括以下内容。

(1) 对单位领导、总会计师和财会负责人的培训。单位领导、总会计师和财会负责人不可能也不应该做具体的技术开发和数据处理操作。作为会计信息系统的管理人员，对他们的培训重点应放在对会计信息系统的认识和观念的转变上，主要包括以下内容。

① 计算机系统配置方案的选择。建设会计信息系统需要制订系统软、硬件配置方案。完成同一个任务，配置方案可以有多种不同形式且各有优劣。这些方案需要领导拍板决定。如果单位领导没有这方面的知识，就很可能人云亦云，让方案制订人甚至经销商当了领导的家。

② 会计信息系统的控制和监督。会计信息系统投入使用后，大量的企业经济信息存放在计算机系统中，业务处理也在计算机上进行。为了保护系统数据的安全、保守单位的商业秘密和防止计算机犯罪，需要对计算机系统的运行进行严格的控制和监督。单位领导人必须了解计算机系统的工作原理和计算机系统处理会计业务后可能发生的新问题与重要控制点；否则就不可能提出有效的控制监督措施，就不能保证系统数据的安全。

③ 充分利用会计信息系统提高单位管理水平。单位的经营决策是由单位的领导层决定的。会计信息系统提供单位经济信息的能力远高于手工系统，这为领导正确决策提供了良好的基础。如何充分发挥系统作用，利用系统可能提供的信息为正确决策提供帮助，是单位领导者必须解决的问题。为此单位领导应了解系统可以提供的信息和如何对这些信息做进一步的加工。

(2) 会计信息系统应用人员的培训。会计信息系统的建设是一项复杂的任务，需要有周密的计划，分期分步实现。这一切都要要有通晓计算机又精通会计的专门人员来完成。因此会计信息系统应用人员的培训应贯穿于会计信息系统的整个生命周期中，这项工作包括如下内容。

① 系统投入使用前的人员培训。系统投入使用前人员培训的目的主要是为系统正常运行准备人才。从单位会计信息系统建设发展规划制定之时，就应摸清单位专业人员情况和培训系统运行所需要的各种工作人员，以便系统应用人员从系统开发或建设阶段就参加进去，为系统投入使用做好充分准备。

② 系统投入使用后的人员培训。为了计算机会计工作稳步、健康地发展，仍应制定必要的制度，对系统应用人员进行经常性的培训。系统投入使用后人员培训的主要目的是：提高系统应用人员的工作能力和优化他们的知识结构，从而为充分发挥现有系统工作效率，并为系统今后的改进和升级做好人员准备。计算机会计系统的运行需要不同层次的工作人员，其中高层人员如系统维护人员、系统分析员等对一个系统的开发和高水平的运行有举足轻重的作用，因此，除了对所有在岗人员进行普遍培训外，更要注意高层次人员的培训。

4. 人员培训的基本方法

计算机会计系统应用人员培训应立足于在职人员的岗位培训。这是因为在职会计人员对本单位会计工作熟悉，又有较扎实的财务会计知识，对他们重点进行计算机知识的培训，使其成为既懂会计又懂计算机的专门人才，是经济有效的可行之路。

另外，为了解决单位计算机会计人员缺乏的现状，在人员培训过程中，对提高系统人员的实际操作能力都很重视。这种急用先学的培训方法虽然能比较有效地解决当务之急，但也容易造成知其然，不知其所以然，即知识面过于狭窄的弊病；因此在人员培训中应重视基本理论和基本技能的培训。

1.4　会计信息系统的管理

会计信息系统的管理，是指对已建立的系统进行全面管理，保证安全、正常运行。它一般包括宏观管理和微观管理。

1.4.1　宏观管理

这里所说的宏观管理，主要包括会计信息系统的运行、申请采用计算机替代手工记账，以及规划会计信息系统的进一步发展。

1. 管理会计信息系统的运行

当会计信息系统建立之后，就进入系统的运行阶段。在会计信息系统的运行阶段，管理机构要检测会计信息系统的可靠性、安全性和稳定性，评价系统是否符合要求，检验使用人员对软件操作的掌握程度，不断完善会计电算化管理制度等。

2. 申请采用计算机替代手工记账

财政部颁发的《会计电算化管理办法》规定，采用电子计算机替代手工记账的单位，应具备以下基本条件。

(1) 使用的会计核算软件达到财政部发布的《会计核算软件基本功能规范》的要求。

(2) 配有专门或主要用于会计核算工作的电子计算机或电子计算机终端，并配有熟练的专职或者兼职操作人员。

(3) 用电子计算机进行会计核算与手工会计核算同时运行3个月以上，取得相一致的结果。

(4) 有严格的操作管理制度。主要内容如下：

① 操作人员的工作职责和工作权限。

② 预防原始凭证和记账凭证等会计数据未经审核而输入计算机的措施。

③ 预防已输入计算机的原始凭证和记账凭证等会计数据未经核对而登入机内账簿的措施。

④ 必要的上机操作记录制度。

(5) 有严格的硬件、软件管理制度。主要内容如下：

① 保证机房设备安全和电子计算机正常运转的措施。

② 会计数据和会计核算软件安全保密的措施。

③ 修改会计核算软件的审批和监督制度。

(6) 有严格的会计档案管理制度。基层单位会计电算化管理机构在检查本单位会计电算化工作符合财政部门规定的甩账条件后，以书面形式向财政主管部门提出甩账申请。当财政部或基层单位财务主管部门验收并发文批准甩账后，便可以甩掉手工账，进入计算机记账阶段。

3. 完善会计信息系统

计算机技术在不断发展，会计环节也在不断变化，基层单位会计电算化管理机构要研究目前会计信息系统存在的问题，不断提出适合企业经营管理要求，适应企业发展要求，从广度和深度上不断完善会计信息系统，使会计信息系统更加适应会计核算、管理、分析、决策不断变化的需要。

1.4.2 微观管理

会计信息系统的微观管理，包括日常使用管理、系统维护管理以及会计档案管理等内容。

1. 日常使用管理

计算机替代手工记账后的日常使用管理，是保证会计信息系统正常、安全、有效运行的关键。如果企业的操作管理制度不健全或实施不得力，都会给各种非法舞弊行为以可乘之机；如果操作不正确，会造成系统内数据的破坏或丢失，影响系统的正常运行，也会造成输入数据的不正确，影响系统的运行效率，甚至输出不正确的报表；如果各种数据不能及时备份，则有可能在系统发生故障时，使得会计工作不能正常进行；如果各种差错不能及时记录下来，则有可能使系统错误运行，输出不正确、不真实的会计信息。计算机替代手工记账后的日常管理，主要包括机房管理和上机操作管理。

(1) 机房管理。机房是会计信息系统运行的客观场所。对机房的管理旨在为计算机设备创造一个良好的运行环境，保护计算机设备，同时防止各种非法人员进入机房，保护机房内的设备、机内的程序与数据的安全。企业在计算机替代手工记账后，应制定与贯彻各种严格控制措施，为会计信息系统的正常运行创造良好的环境。

(2) 上机操作管理。上机操作管理是通过建立与实施各项操作管理制度，建立会计信息系统的运行机制，按规定输入数据，运行各子模块，输出各类信息，做好系统内有关数据的备份及出现故障时的数据恢复工作，确保计算机系统运行的安全、有效。企业制定的操作管理制度主要包括上机运行系统的规定、操作使用人员的职责、操作权限与操作程序等。

此外，操作人员的密码应予以保密，严格禁止越权操作、非法操作等，这也是计算机替代手工记账后日常使用管理应注意的问题。

2. 系统维护管理

现有统计资料表明，软件系统生命周期各部分的工作量，软件维护部分一般占50%以上；现有的经验也表明，维护工作贯穿系统的整个生命周期，直至系统过时与报废，维护费在整个系统建立与运行中的比例也愈来愈大。因此，系统维护是整个系统生命周期中最重要、最费时的环节。因而搞好会计软件的维护也具有相当重要的意义。

系统维护包括硬件维护与软件维护两个部分。

(1) 硬件维护。硬件维护主要由销售公司负责，企业一般只负责一些简单的日常维护工作。故使用单位一般可不必配备专职硬件维护员，由软件维护员兼任即可。硬件维护的主要内容是在系统运行过程中出现硬件故障时，及时进行故障分析，并做好检查记录，在设备需要更新、扩充、修复时，由系统管理员与维护员共同研究决定，并由系统维护人员实施安装和调试。

(2) 软件维护。软件维护主要包括正确性维护、适应性维护和完善性维护3个方面。正确性维护是指诊断和改正错误的过程；适应性维护是指当单位的会计工作发生变化时，对软件进行的修改活动；完善性维护是指为了满足新的功能要求通过升级对软件进行的修改活动。

3. 会计档案管理

会计信息系统的档案主要是指打印输出的各种账簿、报表、凭证、存储会计数据。会计档案管理是在会计电算化后会计工作连续进行的保障；是会计信息系统维护的保证；是保证系统内数据信息安全、完整的关键环节；也是会计信息得以充分利用，更好地为管理服务的保证。

(1) 记账凭证的生成与管理。计算机替代手工记账后，记账凭证的生成有如下两种方式。

① 根据原始凭证直接编制记账凭证。根据原始凭证直接在计算机上编制记账凭证，再由计算机打印输出。在这种情况下，记账凭证上应有输入人员的签名或盖章、稽核人员签名或盖章、会计主管人员的签名或盖章。收付款记账凭证还应有出纳人员签名盖章。打印输出的记账凭证视同手工填制的记账凭证，按《会计人员工作规则》、《会计档案管理办法》的有关规定，归档保管。

② 手工事先做好记账凭证后输入计算机。根据原始凭证由手工编制记账凭证，再将记账凭证输入计算机进行处理。在这种情况下，保存手工记账凭证与机制记账凭证皆可。

(2) 会计账簿、报表的生成与管理。计算机替代手工记账后，企业会计账簿、会计报表均应由计算机打印输出并以书面形式保存，对此，财政部有明文规定。其保存期限按《会计档案管理办法》的规定办理。但财政部的规定同时考虑到计算机打印的特殊情况，在会计资料生成方面作了如下一些灵活规定。

① 日记账每天打印，一般账簿可以根据实际情况和工作需要按季、按年打印。发生业务少的账簿，可满页打印。

② 现金、银行存款可采用打印输出的活页账页装订。

③ 在所有记账凭证数据和明细分类账数据都存储在计算机内的情况下，总分类账可以用“总分类账本期发生额及余额对照表”替代。

④ 在保证凭证、账簿清晰的条件下，计算机打印输出的凭证、账簿中的表格线可适当减少。

(3) 关于磁性介质及其他介质的管理。存有会计信息的磁性介质及其他介质，在未打印成书面形式之前，应妥善保管并留有副本。一般说来，为了便于利用计算机进行查询及在会计信息系统出现故障时进行恢复，这些介质都应视同会计资料或档案进行保存，直至其中的会计信息完全过时为止。

(4) 关于会计信息系统开发文档资料的管理。会计信息系统开发的全套文档资料，视同会计档案保管。

复习思考题

1. 试述会计数据处理技术的3个发展阶段及其特点。
2. 简述会计信息化的意义。
3. 试分析手工会计的特点。
4. 试分析会计信息化的特点。
5. 试分析手工会计与会计信息化的共同之处。
6. 简述我国会计电算化处理技术的5个发展阶段。
7. 如何认识和理解会计信息化对传统会计理论与实务的影响?

第2章　会 计 软 件

2.1　会计软件的概念及分类

2.1.1　会计软件的概念

会计软件是指专门用于完成会计工作的电子计算机应用软件，包括采用各种计算机语言编制的一系列指挥计算机完成会计工作的程序代码和有关的文档技术资料。具体而言，会计软件是以会计理论和会计方法为核心，以会计法规和会计制度为依据，以计算机技术和通信技术为技术基础，以会计数据为处理对象，以为会计核算、财务管理、经营管理提供信息为目标，使用计算机处理会计业务的应用软件。

用友财务软件是目前应用较为广泛的会计软件。它是由开发人员根据具体会计工作，利用一种或多种计算机语言编制的软件，用于配合计算机完成记账、算账、报账以及部分会计管理和会计辅助决策等工作，如日常核算、量本利分析、投资决策等工作。因此，学好用好会计软件是会计电算化工作的重要前提。

此外，会计软件应当符合我国法律、法规、规章的规定，符合《会计软件功能规范》的要求，保证会计数据合法、真实、准确、完整，有利于提高会计工作效率。

2.1.2　会计软件的分类

会计软件分为不同的类型。按适用范围可划分为：通用会计软件和定点开发会计软件；按提供信息的层次划分可分为：核算型会计软件和管理型与决策型会计软件；按硬件结构划分可分为：单用户会计软件和多用户（网络）会计软件。

单用户会计软件是指将会计软件安装在一台或几台计算机上，每台计算机中的会计软件单独运行，生成的数据只存储在本台计算机中，各计算机之间不能直接进行数据交换和共享。多用户（网络）会计软件是指将会计软件安装在一个多用户系统的主机（计算机网络的服务器）上，系统中各终端（工作站）可以同时运行，不同终端（工作站）上的会计人员能够共享会计信息。

1. 通用会计软件

通用会计软件是指在一定范围内适用的会计软件，通用会计软件又分为全通用会计软件和行业性通用会计软件。

通用会计软件的特点是不含或含有较少的会计核算规则与管理方法。其优点在于它实质上是一个工具，由用户自己输入会计核算规则，使会计软件突破了空间和时间上的局限，具有真正的通用性。其缺点是一方面软件越通用，初始化工作量越大；另一方面软件越通用，个别用户的会计核算工作的细节就越难被兼顾。为了合理地确定通用程度，人们开发了一些行业通用软件，如行政单位、事业单位、商业、服务业、制造业、交通业等通用会计软件。

2. 定点开发会计软件

定点开发会计软件也称为专用会计软件，是指仅适用于个别单位会计业务的会计软件。如某企业针对自身的会计核算和管理的特点而开发研制的软件。

定点开发会计软件的特点是把适合单位特点的会计核算规则与管理方法编入会计软件，如将报表格式、工资项目、计算方法等在程序中固定。其优点是比较适合使用单位的具体情况，使用方便。其缺点是受到空间和时间上的限制，只能在个别单位、一定的时期内使用。

3. 商品化会计软件

商品化会计软件是指经过评审通过的用于在市场销售的通用会计软件。商品化会计软件一般具有通用性、合法性和安全性等特点。选择通用商品化会计软件是企业实现会计电算化的一条捷径，是采用最多的一种方式。采用商品化会计软件的优点是见效快、成本低、安全可靠、维护有保障。其缺点一是不能全部满足使用单位的各种核算与管理要求；二是对会计人员要求较高（如要求用户定义各种计算公式，设置各种单据表格等），否则会计人员会感到使用不便。

对于通用性比较好的部分模块，如总账和报表模块，一般使用商品化会计软件，而对于本单位有特殊核算和管理要求的功能，在商品化会计软件不能满足的情况下，自行开发，然后利用商品化会计软件提供的接口，将它们连接起来。

4. 核算型会计软件

核算型会计软件是指专门用于完成会计核算工作的电子计算机应用软件，用以实现会计核算电算化。

会计核算电算化是会计电算化最重要的组成部分，它面向事后核算，采用一系列专门的会计核算方法，实现会计数据处理电子化，提供会计核算信息，完成会计电算化基础工作。其主要任务是设置会计科目、填制会计凭证、登记会计账簿、进行成本计算和编制会计报表等。主要内容包括总账处理、工资、固定资产、成本、采购、存货、销售、往来账款核算和报表处理等。

5. 管理型会计软件——部门级财务软件

企业在市场经济环境下，面临激烈竞争，企业的经营方式、筹资渠道等经济活动更加复杂，为加强经营管理，要求规范细化财务核算与管理，从 1996 年开始，我国会计电算化工作已从全面会计核算的基础上，向会计管理方向过渡。

(1) 管理型会计软件的含义

从狭义上讲，管理型会计软件是指支持企业财务部门整体会计业务处理工作要求的部门级财务软件，即指专门用于完成财务部门内部的会计核算与管理工作的电子计算机应用软件。从广义上讲，有以下 3 层含义。

① 指以财务为核心的，包括物资、设备、生产、销售等管理在内的企业管理信息系统（Management Information System，MIS）。

② 指能综合以财务信息为主的各种因素，分析未来发展趋势，为管理者提供各种决策

信息的会计辅助决策支持系统(Decision Support System,DSS)。

③ 指用于完成会计过程中的事前、事中、事后3个阶段的管理工作,融会计核算与监督、分析与控制、预测与决策为一体的多功能会计软件。

管理型会计软件的功能是在全面会计核算的基础上,对会计信息进行深层加工,实现会计管理职能,它是核算型会计软件内涵和外延的扩展,它面向管理工作。管理型会计软件以财务管理学为理论基础,以辅助决策为目标,以数据为中心,广泛采用会计学、统计学、运筹学、数量经济学等方法,建立反映特定财务管理问题的模型,提供管理上所需要的各种财务信息。其主要任务是开展财务分析、进行会计预测、编制财务计划和进行会计控制。

(2) 管理型会计软件的作用

管理型会计软件的总目标是通过核算、分析、决策处理过程的现代化,提高工作效率、管理水平,使企业达到经营成本最低、资金周转最快、实现利润最高。其具体作用如下。

从物资、设备、生产、销售、劳动人事等管理子系统中收集各种原始会计数据,进行记账、算账、编制报表等全面会计核算业务处理。

对资金运动进行管理,实现会计的监督与控制职能。如:资金结构分析、资金需要量预测、资金的筹集与管理;资金和利息管理、应收账款管理;股票投资管理、债券投资管理、设备投资管理;成本预测、成本计划、成本控制、成本分析;销售收入管理、价格管理、利润预测、利润分配;现金流量分析、量本利分析、赢利能力分析;分支机构财务监控、领导查询等。

运用数据库和方法库建立各种模型。如利用成本核算数据和回归分析方法,建立成本估计模型;利用存货核算数据和经济批量法,建立财务预测模型。根据模型进行预测和辅助会计决策,为管理者提供科学的预测与决策信息。

6. 企业级财务管理软件

20世纪90年代末,随着全球经济一体化进程的不断加快,电子信息技术的飞速发展,Internet/Intranet技术和电子商务的广泛应用,人类已经从工业经济时代跨入了知识经济时代,企业面临的竞争环境发生了根本性变化。面对竞争环境的急剧变化及买方市场的迅速形成,国内的很多工商企业显得无能为力,抵抗市场风浪能力严重不足,业务部门与财务部门不能很好沟通,造成结算拖延、坏账损失加大、信用下降、库存与账目不符等弊端,财务对购销存业务的发生情况也无法做到有效监控,作为企业整体来讲,根本不能形成完整的分析决策体系。在这种形势下,企业管理必须转变,从生产导向向市场导向转变,从粗放经营向成本控制转变,从部门管理到企业级协同管理转变。适应这种转变的财务软件跨部门应用受到极大关注。

实现购销存业务处理、会计核算和财务监控的一体化管理,提供满足企业经营决策目标的预测、控制和分析手段,并能有效控制企业成本和经营风险的软件,被称为企业级财务软件。这种建立在一体化基础上的财务软件能够跨部门应用,使信息资源充分共享,数据在系统间传递非常流畅,企业中各管理部门都能够直接得到其最需要的相关信息,从而以最快速度做出经营决策,完全能够达到企业资金与物流的一体化管理目标。

在财务与业务数据的一致性处理上,企业级财务软件完全不同于单项核算软件。在单项核算软件中所有凭证都是从财务处理模块输入的,为了实现各模块的独立运行,各专项业务处理系统在输入原始资料后不能自动生成会计核算凭证进入财务处理系统,从而没有实现数据的一次输入与共享使用的机制，也没有对系统内的数据一致性提供控制机制，这在企业级财务软件中得到了解决。主要表现在：一是由工资模块进行计算并自动生成工资费用分配以及其他工资核算凭证进入总账模块；二是由固定资产模块输入固定资产变动原始资料，以便对固定资产进行管理，与此同时自动生成固定资产变动核算凭证进入总账模块，此外在自动计提每月固定资产折旧额的同时，也能自动生成折旧核算凭证进入总账模块；三是在应收账款模块进行销售发票和收款处理的同时，自动进行销售和收入核算进入总账模块；四是在应付账款模块进行采购发票和付款处理后，自动生成采购和付款核算凭证进入总账模块；五是在库存管理模块进行出入库等处理的同时自动进行存货成本核算，并将核算凭证转入总账模块。这种在进行业务信息管理的同时自动进行财务核算的方法，不仅避免了数据的重复输入，而且保证了财务与业务数据的一致性。

在管理功能上，企业级财务软件不同于部门级财务软件，企业级财务软件不仅增强了财务管理功能，而且实现了对物流过程中各种业务的管理。主要表现在：一是应收账款模块中强化对客户及其信誉的管理，并实现对应收账款的账龄分析和收款预测；二是应付账款模块中强化对供应商的管理和付款计划管理；三是采购模块中注重对采购品的价格管理，注重对供应商的交易统计与分析；四是销售模块中注重对各种商品销售收入和利润的排序分析，注重对客户的交易统计分析，注重对销售业绩的管理。在库存管理模块不仅实现对采购原材料库存信息的管理，而且也包括对产成品库存数量的管理；五是加强了对库存资金占用的管理及对库存物品的统计分析。

在管理范围上，企业级财务软件从财务部门延伸到业务部门并实现财务业务一体化管理，打破了传统财务软件局限于财务部门的界限，从根本上解决了将财务数据与业务数据割裂开的做法，使资金流与物流同步，并相互制约，而随资金流和物流产生的信息流自然也就具有真实可靠性和全面性，同时，信息良好的流动性加快了企业对市场的反应速度，提高了决策的有效性。

在管理深度上，企业级财务软件从事后分析延伸到事前计划、事中控制。以前部门级财务软件由于是事后核算、分析，资金流滞后于物流，很难发挥计划和控制的作用，而企业级财务软件实现了财务与业务数据的一体化共享，使得企业事前计划、预测变得可行，事中控制有效，事后分析更为深入全面，如收入预测可根据以前时期或同期的各地区、各个产品的销售情况制定，而资金的使用计划则可根据采购订单或合同等算得，当某客户应收款超过信用额时，系统将及时停开发货单，而这些在部门级财务软件中是难以做到的。企业级财务软件使财务工作重点转移到计划控制分析上来，从静态管理到动态管理，从对结果的核算分析到对过程的控制，使财务人员真正参与企业管理。企业级财务软件可以从企业经营管理的角度出发，通过决策支持信息模块方便地收集财务、业务数据，及时为领导决策提供依据，以帮助企业管理者实现企业利润目标。

在管理层次上，企业级财务软件是面向整个企业经营管理，部门级财务软件是面向财务部门职能的管理，单项核算软件是面向财务单一岗位的管理，从管理层次上由单一发展到全面，由局部发展到全局，从岗位工作到企业管理，财务软件带来管理层次的不断提升，财务的作用也有了根本性的提高。由于管理层次的提高，使得管理会计的职能得以真正发挥，在技术上，企业级财务软件发展到一个新的阶段，在以前的财务软件中单机或 F/S 网络技术结构即能满足要求，而企业财务软件则更多采用了 C/S 或 B/S 结构。在数据库上部门级财务软件大多采用桌面数据库，而企业级财务软件一般采用大型数据库，在开发方法上采用面向对象的分析设计编程方法，由于企业级财务软件比以前财务软件功能更为复杂，涉及企业特定需求更多，所以必须采用组件化技术，以便更快满足日益复杂和个性化的需要，使系统对客户需求的适应性大大增强，并使系统维护和升级更加容易。另外企业级财务软件为了便于与其他系统集成，提供了良好的开发接口以便信息交换，如业务函数、标准文件格式、交互文件、嵌入式连接器等。

经实践证明，企业级财务软件的成功运用可使企业在合理控制库存、加快资金周转，有效控制企业经营成本和财务营运风险，提供企业级的分析决策信息、提高用户服务水平等方面取得显著进步，为领导层经营决策提供科学依据，从而真正帮助企业提高竞争实力和赢利水平，增强企业的竞争力。

7. 网络财务软件

(1) 网络财务软件的概念

首先它严格遵循微软 Windows DNA 框架结构，以三层结构技术为基石，结合先进的 Web 技术实现真正的分布式网络计算，从应用上将单一主体的会计核算转变为群体的财务管理。同时网络财务软件具有图形窗体界面(GUI)和浏览器界面(browser)，将局域网应用和 Internet 应用结合在一起，不但实现了局域网内分布式网络计算，确保了大数据量、多用户数下的网络性能；还通过 Internet 防火墙、Windows NT 用户安全机制、数据传递中的低层加密协议(SSL)、大型数据库权限管理机制 4 层保护措施，将财务管理应用推向 Internet，在广域网上实现了全球范围内的分布式计算。

(2) 网络财务软件与传统网络版财务软件的区别

网络版财务软件指的是通过网线将多台计算机连接在一起使用，但由于硬件能力和应用软件性能所限，客户机和数据库服务器的距离不能任意扩展。网络财务软件是同时基于局域网环境的财务软件，对传统网络版财务软件应用进行最大限度的扩展，使数据库服务器和用户机能够分布在更加广阔的网络空间。网络财务软件能够通过 Internet 运行，这样，集团的财务应用、移动办公、远程审计和电子商务成为可能，浏览器的界面使软件应用更加简单而便捷，用户在世界的任何地方都可以使用。网络财务软件一方面要解决远程网络数据传输的问题；另一方面还要面对处理大用户的大数据量的需求，因此形成了截然不同于传统网络版财务软件的技术特性。

(3) 网络财务软件与企业级财务软件的关系

企业级财务软件是针对部门级财务软件而言的。部门级财务软件是集中管理的解决方案，包括总账、固定资产、工资、存货、现金管理、财务报表等，继承发展了原有 Windows 版财务软件的决策支持功能和“无缝连接”技术，并通过建立行业知识库，在标准版、工业版、商业版等之下将产品细分为不同行业专版(如医药、金融)，差异化优势相当明显。部门级财务软件用户仅限于财务部门，其特点是网络用户量少，业务数据量小，使用简单。而企业级财务软件，则立足于企业全方位管理，网络财务软件与企业级财务软件是包含与被包含的关系。网络财务软件是企业级财务软件的延伸，网络财务软件涵盖了企业级软件，企业级财务软件能够在局域网上很好地运作，当其发展到网络财务软件就能够将局域网和广域网完善地结合起来。

2.2 会计软件的功能结构

会计软件按功能结构可以分为：核算型会计软件、管理型会计软件和一体化的会计软件。

1. 核算型会计软件

核算型会计软件主要完成一般会计核算工作，软件设计立足于模拟传统的手工会计工作模式，实现会计数据的电算化。主要任务是设置会计科目、填制会计凭证、登记会计账簿、进行成本核算和编制会计报表等。主要功能由工资核算、固定资产核算、销售核算、存货核算、材料核算、成本核算、报表处理、账务处理8个基本功能模块构成。由于各功能模块是独立开发的，使得各个模块的独立性较强，从而造成了会计核算工作的人为分割，限制了计算机功能的充分发挥和会计软件的应用效果。

2. 管理型会计软件

管理型会计软件是在核算型会计软件基本功能模块的基础上，又增加了辅助管理功能，对会计信息进行深层加工，实现管理的职能。它面向管理工作，广泛采用会计学、统计学、运筹学和数量经济学等方法，提供管理上所有需要的各种财务信息。主要任务是开展财务分析、进行会计预测、编制财务计划和进行会计控制。主要内容包括资金管理、成本管理、收入利润分配管理。主要作用是对资金运动进行管理，实现会计的监督与控制职能，货币资金管理和应收账款管理，投资管理，成本预测、计划、控制和分析，销售收入管理、价格管理、利润预测和分配，财务状况分析等。可以为财务管理和业务管理提供信息资料，同时将各个功能模块与账务处理模块的数据传输从原来的单向数据传递改变成为双向数据传递。

3. 一体化的会计软件

用友U861系统就是一款一体化的会计软件，它是由财务会计、管理会计、供应链管理、集团财务管理、Web应用、商务智能和行业解决方案等多个产品所组成，各个产品间相互联系，共享数据，从而可以实现业务、财务一体化的管理。各部分既相对独立，分别有着较为完善和细致的功能，又可以根据企业各部门的需要选择某些模块组合起来整体应用，突破了单一财务管理的局限，实现了业务和财务的一体化。

2.3 会计软件的选择与评价

2.3.1 会计软件的选择

软件的选择对于整个信息系统而言是非常重要的，软件是计算机系统的灵魂，若选择不当，会带来许多麻烦，比如提高系统成本，降低会计信息系统的信息质量。系统软件的选择与使用单位的具体情况和软件提供商紧密相关，如使用单位的人员的素质和知识结构，软件提供商的实力、当前市场行情、系统兼容、处理能力、中文处理、安全保密、性价比等。

1. 会计软件的获取方式及其比较

建立会计信息系统，必然涉及会计软件的选择，如何取得系统所需的财务软件呢？通常财务软件可以通过不同的方式取得。主要方式如下。

(1) 开发

开发方式可以获得最适用于企业的财务软件，获得可操作性、可维护性最好的软件，但是开发成本和系统的先进性、稳定性会受到一定的影响。开发方式又可以分为3种：请人定点开发、自己开发、合作开发。

(2) 购买商品化软件

购买商品化的财务软件是直接到市场上购买财务软件公司开发的商品化产品，这种方式可以以最低的成本获得具有先进技术的财务软件，取得性价比最高。

(3) 租用——ASP

租用是指既不购买商品化的软件，也不自己开发，而是租用财务软件公司提供的商品化软件，将财务数据存放在财务软件租用公司的数据库服务器上。采用这种方式对公众计算机网络的要求很高，否则会造成数据不流畅。

(4) 二次开发

二次开发是第一种方式和第二种方式的结合，是指购买一部分的商品化软件，在购买商品化软件的基础上进行二次开发，使之适应企业的特殊需要，提高系统的可操作性和可维护性。这应该是一种主流方式。

对以上各种方式的比较，可以从初始投入成本、维护成本、系统可操作性、系统可维护性、财务数据安全性等不同的方面进行比较，结果如表2-1所示。

表 2-1 财务软件获取方式比较图

比较项目 软件获取方式	初始投入	维护成本	可操作性	可维护性	安全隐患
定点开发	较高	较高	较好	较好	一般
自己开发	最高	较低	最好	最好	一般
合作开发	次高	较低	较好	较好	一般
购买商品化软件	较低	最高	最差	最差	较好
租用——ASP	最低	最低	最差	最好	最差
二次开发	次低	较高	较好	较好	较好

通过对表的分析，结合实际情况，一般人们会选择二次开发方式，特别是行业集团企业。但就目前我国大部分的企业属于小型企业，难于花费太多的资金改造会计信息系统，一般采用购买商品化的财务软件。

2. 会计软件的选择

(1) 单机模式的系统软件选择

操作系统宜选择使用单位人员熟悉的软件，以减少系统培训费用，减少系统运行后出错的概率。如：Windows 98/SE/ME/NT/2000、UNIX、Linux 等；数据库管理系统选用性能稳定、安全性能高、用户熟悉的数据组织格式数据库管理系统，如 Access、FoxPro 等；字处理及电子报表软件参照以上原则，可以选用 Office 系列、Lotus 系列等。

(2) 网络环境的软件选择

此时的软件选择包括服务器和工作站两方的软件，服务器端运行数据库服务器，为这个财务系统提供数据服务，因而无论是操作系统还是数据库服务器，都应该选择性能稳定、安全的产品。服务器的操作系统一般可以选择 Windows NT、Windows 2000、UNIX、Linux 等网络操作系统，数据库服务器一般可以选择 Oracle、SQL Server 等大型数据库管理系统。客户端的系统软件和其他应用软件可以参照单机环境配置选择。

数据库的应用已经经历过几代，但目前在电算化系统中常用的 DBMS 可以分为两类，一类主要在单机上运行并且以一个或几个相互联系的文件形式存在的桌面型小型 DBMS，包括 TXT（文本文件）、XLS（Excel 文件）、MDB（Access 文件）、DBF（xBase 文件）；另一类是在网络下运行的大型 DBMS，主要包括 SQL Server、Oracle、Sybase、DB2、Informix 等。我国的财务软件，20 世纪 80 年代、90 年代初大部分以第一类为主，但近几年，随着计算机网络的运用与发展，许多系统已逐步采用大型 DBMS，如 UF Soft、Kingdee、Anyi、NewGround 等公司的 ERP 软件。作为电算化审计软件，必须了解系统采用的 DBMS 是什么类型，开发相应的数据接口。

TXT 文本文件是一种直接面向应用程序的数据组合方式，其组织结构由应用程序决定，非常方便、灵活，现有的财务软件很少采用这种数据结构存放系统数据，但一般支持这种结构用于数据交换，导出系统数据，如现在的财务软件绝大部分采用该种结构导出符合财务软件数据接口标准 98-001 的接口数据。

XLS 是 Microsoft Excel 采用的数据结构，由于该软件集电子报表、图表、数据库管理于一身，具有很强的分析、报表、统计图表性能，因此也有一些小型的财务软件采用这种结构，如通用财务软件。

MDB 是 Microsoft Access DBMS 采用的数据结构，该软件具有很好的数据管理功能，是一种在桌面 Windows 下运行的小型数据库，具有 Microsoft Office 软件的共性，由 Table、Query、Report、Form、Micro、Module 等构成，可以很好地与 Microsoft 的其他产品集成，利用它们的长处。有一些中小型的财务软件采用这种结构，如 UF Soft。

DBF 是 xBase 系列产品所采用的结构，具有标准统一的文件结构，由于 dBase、FoxBase、FoxPro 的简单、灵活、流行的特性，有很多的财务软件曾经采用这种结构，甚至现在还在用或者用它作为仅次于 TXT 文件的数据交换结构。有一些中小型的财务软件采用这种结构，如 Anyi Soft。

SQL Server 也是 Microsoft 公司旗下的产品，是一种目前流行的大型 DBMS，排位第二，有许多财务软件支持这种结构，如 UF ERP（Web）、Anyi 2000 等。

Oracle 是目前拥有最大用户量的 DBMS，具有很好的性能，许多财务软件支持它，如 Winner、NewGround、Anyi 2000 等。

Sybase 是数据库厂商的后起之秀，较早采用 C/S 结构，支持 OLTP、DW、DSS 等各种数据库应用的需求，如 NewGround 的大型版本主要采用它。

DB2 是 IBM 公司的产品，具有较好的 OLTP、并发控制、数据完整、数据保密、性能优化，良好的应用接口，主要用于金融系统。商品化的财务软件较少采用该结构。

Informix 也是目前常用的 DBMS 之一，主要应用在 UNIX 操作系统上，具有出众的面向对象的多媒体技术等性能，主要应用在银行系统。

2.3.2 会计软件的评价

企事业单位在评价会计软件时应主要从以下几个方面对会计软件进行认真考评。

1. 会计软件是否符合国家有关标准

会计工作要遵循国家统一的会计制度和其他财经制度中的有关规定，在评价会计软件时应该评价该软件是否符合国家统一的会计制度及相关会计准则，是否满足国家有关会计软件的管理规定。财政部于 1994 年 6 月颁布的《会计核算软件基本功能规范》(以下简称《规范》)中的有关要求和规定中对"会计数据的输入"、"会计数据的输出"、"会计数据的处理"和"会计数据的安全"都做了相当详细和具体的说明，会计软件的开发设计者应依此《规范》进行开发和设计，开展会计电算化的单位也应按此《规范》进行考查与评价会计软件。在评价软件时，考虑该软件是否通过有关机构的评审以及现有用户的数量、使用效益。其原因有以下 4 个：一是通过有关机构评审的软件是符合国家规定的软件；二是软件的评审是由有关专家进行了详细的测试后通过的，专家对软件的评价比单位选购人员的评价要准确全面得多；三是有对该软件的鉴定材料；四是有关机构对该软件的售后服务会进行管理，从而解决电算化的维护问题免去用户的后顾之忧。

2. 会计软件所需的运行环境

目前，商品化会计软件品种繁多，不同软件公司生产的会计软件对计算机硬件环境和软件环境的要求也不尽相同。因此我们要考查该软件的硬件、软件环境是否容易满足，是否有特殊要求，是否易于维护等。会计软件对计算机软件环境的要求，主要是指操作系统(DOS、Windows、UNIX、OS/2)的要求、对数据库(Access、FoxPro、Informix、Oracle、Sybase 等)的要求、采用远程数据库访问(ODBC、SQL)的要求、网络环境的网络体系结构(F/S、C/S、B/S)的要求。

3. 会计软件的功能

为保证会计软件的质量，应选择经过财政部规定的各级有关主管部门的评审、已在一个或多个行业系统范围内推广使用的会计软件，因为经过评审的会计软件都应满足财政部颁发的《会计核算软件基本功能规范》的要求，符合财务制度、会计制度及税收制度的各种要求。但是，不同的会计软件在满足基本功能的基础上，还有其特有的功能和特点。因此，在评价会计软件时应该从本单位的实际需要出发，从以下三个方面进行认真的考查。

(1) 会计软件的行业特点。我国会计制度体系由会计制度、会计准则与具体的各行业会计准则组成，企事业单位所在行业不同，会计核算的要求也有所不同。因此，各会计软件公司推出的会计软件也有不同的版本。如工业企业版、商品流通企业版、行政事业单位版、饮食旅游服务版、交通运输企事业单位版、外商投资企事业单位版等。所以，企事业单位在评价会计软件时，首先应根据本单位所处行业评价该会计软件是否适合本行业的特点。

(2) 基本满足单位会计业务处理的要求。企事业单位选择的会计软件所提供的功能必须基本满足单位会计业务处理的要求，这是评价会计软件的关键。否则，一旦购买的软件无法使用或不能满足要求，不仅会影响企事业单位会计工作的正常进行，而且可能造成资金的闲置与浪费。此外，还应该分析会计软件是否满足一些会计核算、会计管理的特殊要求(如外币核算、自动处理汇兑损益、部门管理、项目管理、预算管理等)。如果一个会计软件既满足某企事业单位的日常会计核算要求，又能满足会计核算和会计管理的特殊要求，那么必然会成为首选软件。

(3) 会计电算化工作发展的需要。随着社会主义市场经济的发展，企事业单位的会计工作将会发生重大变化，如经济业务的不断增加，会计组织机构的增减变更等。因此，要分析会计软件是否满足企事业单位发展的需要，是否能够进行相应的设置，满足经济业务增长的需要，满足会计组织的合并、分离等变更处理的需要等内容。

4. 会计软件的操作方便性

会计软件操作是否方便，直接影响会计软件的使用。因此，在评价会计软件时应该认真考查。对会计软件的操作方便性进行考查和评价应从以下两个方面进行。

(1) 会计软件的操作是否便于学习。对会计软件进行实践考查，评价会计软件的各种屏幕输入格式是否简洁明了，是否有各种操作提示，各种提示的用语是否表达准确并符合会计人员的习惯，各种自定义功能是否便于学习等。

(2) 会计软件的操作是否简单方便。会计软件的操作过程是否简单方便，操作过程是否符合会计人员的习惯或易于被会计人员接受，各种自定义功能是否便于操作和使用等。

5. 会计软件的安全可靠性

安全可靠的会计软件对保证会计核算工作的安全正常运行尤其重要。会计软件的安全可靠性是指会计软件防止会计信息被泄露和被破坏的能力，以及会计软件防错、查错和纠错的能力。会计软件公司为了保证其产品的安全可靠性，通常在软件中设计了各种安全可靠性措施。因此，考查会计软件的安全可靠性可以从以下几个方面进行。

(1) 会计软件安全可靠性措施的完备性。会计软件由若干个功能模块组成，每个功能模块都应有安全可靠性措施，确保会计信息的合法性、正确性和完整性。因此，可以通过会计软件使用手册和实际操作软件，仔细考查会计软件是否具备各种安全可靠性措施。

(2) 会计软件安全可靠性措施的有效性。会计软件一般都具有相应的安全可靠性措施，以保证软件在进行初始设置、会计数据的输入和输出，以及会计数据的处理和存储等环节实施的安全可靠。一些会计软件虽然有各种安全可靠性措施，但是，实际上并没有达到预期的目的。因此，必须对会计软件的安全可靠性措施是否有效进行考查。

① 考查会计软件安全可靠性措施是否有效。如仔细考查会计软件是否能够防止非指定人员使用；是否对指定操作人员实行使用权限控制；是否进行对所输入的初始余额进行试算平衡和正确性检查等。

② 考查会计数据输入和输出的安全可靠性措施是否有效。如仔细考查是否能够防止非法会计科目的输入；是否能够对一张凭证的借贷平衡进行控制；是否能够正确地提供不同用户所需的各种会计信息等。

③ 考查会计数据处理和存储的安全可靠性措施是否有效。如仔细考查当记账不成功时，是否能由计算机自动恢复到记账前状态；是否能防止非法篡改数据；一旦发现程序文件和数据被篡改，是否能够利用标准程序和备份数据恢复会计软件的运行等。

(3) 会计软件安全可靠性措施的合理性和有效性。如果会计软件具备了各种安全可靠性措施并且是有效的，那么，其合理性和实用性如何？不同的会计软件，其安全可靠性措施的合理性和有效性是不同的。例如，有的会计软件虽然具有设置口令并拒绝非法口令的功能，但当设置灵活输入口令时将口令显示在屏幕上，显然这样的安全可靠性措施不能达到预期目标，是不合理、不实用的。合理和有效的安全性措施将会给会计软件的安全有效使用带来便利。因此，在对会计软件安全措施的完备性和有效性考查之后，还必须对会计软件可靠性措施是否合理和实用进行考查。

6. 会计软件使用手册的通俗易懂性

评价会计软件时，还需对会计软件使用手册的通用性进行评价。评价手册的通俗易懂性主要从以下几个方面进行：内容是否完整；手册是否实用；各种命令、功能的用法解释是否清楚；手册中的范例是否实用。会计软件厂家是否能提供通俗易懂的会计软件使用手册，也是评价会计软件所要考虑的重要因素之一。

7. 会计软件售后服务的可靠性

会计软件售后服务的可靠性对用户来说是至关重要的，会计信息系统是一个连续运行的系统，任何时候都不能间断，一旦系统中断正常运行，都会给国家、集体和个人带来重大的经济损失。因此，仔细考查会计软件售后服务情况，对企事业单位评价会计软件也是十分重要的。考查会计软件售后服务的可靠性可从以下几个方面进行。

(1) 会计软件公司的日常维护和用户培训。会计软件公司应该为其用户提供有偿或无偿的日常服务，即帮助企事业单位解决其使用会计软件过程中无法解决的问题。会计软件公司日常维护质量的好与坏，将影响到企事业单位日常的会计工作。因此，必须对会计软件公司日常维护情况进行认真考查。通常应该通过直接或间接的方式，考查会计软件公司以往用户故障报告的反映时间和维护质量。

会计软件公司还应该为用户提供定期的培训，用户培训质量的好与环，直接影响到企事业单位会计软件能否顺利地应用起来，以及其功能能否得到充分的利用。因此，必须对会计软件公司以往的用户培训工作进行全面的了解和考查，分析其培训计划。

(2) 版本升级。会计软件不是一成不变的，会计软件公司根据市场的需要会不断推出新高版本的会计软件。对于老用户单位来说，肯定会遇到版本升级的问题。会计软件公司能否根据形势的发展不断推陈出新，并为用户进行版本升级，以及版本升级的费用，都是企事业单位在评价会计软件时应考虑的指标。

(3) 会计软件再开发。会计软件再开发是指利用会计软件提供的功能接口继续完善开发会计软件功能的过程。现代企事业单位会计核算是企事业单位经营与管理的重要组成部分。在市场经济条件下，企事业单位会计核算要提供准确、完整的会计信息，保证预测、决策的正确性；要及时提供会计信息，提高会计信息反馈的灵敏度；要提供更多的企事业单位内部管理所需的信息，为企事业单位提高经济效益服务。因此，企事业单位在选择会计软件时，必须以持续经营的观点长远地考虑问题，一方面，保证会计软件的使用能促进本单位会计工作效率的提高和会计电算化工作的开展；另一方面，确保该软件能适应会计工作的未来发展趋势。如会计软件是否留有接口，是否有利于软件的再开发等。再开发应充分发挥产品功能，为用户实际情况服务。因此，会计软件再开发也是评价会计软件要考虑的重要指标之一。

综上所述，企事业单位在评价会计软件时应全面考虑，并且始终坚持客观公正的评价原则。

复习思考题

1. 简述会计软件的分类。
2. 说明会计软件一般由哪些功能模块组成，具体完成哪些任务。
3. 会计软件的要求主要有哪些？
4. 简述会计软件的实施流程。
5. 结合实际，谈谈选择商品化会计软件主要应当考虑哪些因素。
6. 简述商品化会计软件的优缺点。

第3章　会计信息系统分析与设计

3.1　会计信息系统的开发方法

会计信息系统的开发和交付是一个复杂的过程。过去，围绕这一过程始终有重重困难。关于如何以科学的理论和技术来指导信息系统生产，用较低的成本，在较短的时间内开发出能满足用户要求的高质量信息系统，许多业内人员对此进行了深入研究。他们指出，信息系统开发也要"工程化"，即参照和借鉴机械工程、建筑工程中的一些行之有效的方法和技术来指导和管理信息系统开发，变软件产品"无形"为"有形"，用适当的工具表达用户需求的模型，即先抽象出逻辑概念模型，得到用户确认后可转化为具体的物理模型，最后再编写程序并测试等。应当特别指出的是，没有任何一种方法能适用于所有类型的系统；相反，有些类型的系统至今仍缺少有效的开发方法。在这里，主要介绍会计信息系统开发中运用比较广泛的生命周期法和原型法。

3.1.1　生命周期法

1. 生命周期法的概念

生命周期法是采用系统工程的思想和工程化的方法，按照用户至上的原则，结构化、模块化、自上而下地对系统进行分析与设计。具体地说就是将系统的开发过程划分为系统的生命周期，每个阶段都具有各自的任务和结果，前一个阶段的结果作为下一个阶段的基础和依据。生命周期法在开发目标与功能都比较明确的系统时，显示出了较大的优越性。它将信息系统开发的全过程划分为系统准备、系统分析、系统设计、程序设计、系统测试与实施、系统运行与维护6个阶段。要求系统开发工作分阶段、按步骤进行，每一阶段都有明确的任务、原则、方法，并形成相应的文档资料。

2. 生命周期法的开发流程

第一阶段：系统准备。也称为可行性研究，根据用户提出的任务和要求，进行初步调查研究，确定是否真的有必要建立一个新的计算机系统来取代旧系统，并在调查现行系统存在问题的基础上，提出新系统的目标、任务，并从经济上、技术上、组织上等方面提出可行性研究报告。

第二阶段：系统分析。该阶段的主要任务是分析与确定系统的目标，即新系统将要"干什么"的问题。经过可行性分析后确认新系统的开发是可行的，就需要进一步进行详细调查，根据系统的目标和用户的要求，全面分析现行系统的数据流程和数据结构，以进行逻辑设计，从而构想和制定出新系统的逻辑模型，并写出系统分析说明书，即系统的总体设计方案。

第三阶段：系统设计。按照逻辑模型，设计出一个能由电子计算机实现的设计方案，解决新系统“怎么做”的问题。其内容包括计算机系统配置、代码设计、数据库文件设计、模块结构和功能设计、输入与输出设计，处理逻辑设计等，形成系统设计说明书。

第四阶段：程序设计。程序设计阶段的任务是把系统设计阶段完成的规格说明书转换成软件的程序代码。系统分析与设计人员要同程序员一道共同完成每个程序的程序说明书。根据这些说明书，程序员再写出相应的程序代码。程序说明书中要说明每个程序的功能、所使用的编程语言、输入/输出的内容与格式、处理的过程与顺序以及必要的控制等。程序员使用高级程序设计语言编写代码，针对不同的模块实现相应的功能。

第五阶段：系统测试与实施。将通过程序设计完成的代码进行调试测试，使其在计算机内运行，以检验程序能否执行。最后将新系统经用户验收并移交用户使用。在系统实施开始时，需拟定系统实施进度计划，结束时需提交系统测试说明书、用户手册、系统试运行报告及文档资料。

第六阶段：系统运行与维护。新旧系统转换后，在系统运行过程中，随着社会环境系统和用户需求的变化，科学技术的不断更新，或由于系统本身存在的问题，都需要对系统不断地进行调整和维护，使新系统不断完善。该阶段的主要内容有系统软件维护、数据维护、代码维护、设备维护等，对新系统进行修改和扩充，提高新系统的适应能力。在该阶段应提交运行、维护记录及运行和维护等有关管理制度文档资料。

3. 生命周期法的优缺点

(1) 优点

① 阶段的顺序性和依赖性。前一个阶段的完成是后一个阶段工作的前提和依据，而后一阶段的完成往往又使前一阶段的成果在实现过程中具体了一个层次。

② 从抽象到具体，逐步求精。从时间的进程来看，整个系统的开发过程是一个从抽象到具体的逐层实现的过程，每一阶段的工作，都体现出自顶向下、逐步求精的结构化技术特点。

③ 逻辑设计与物理设计分开，即首先进行系统分析，然后进行系统设计，从而大大提高了系统的正确性、可靠性和可维护性。

④ 质量保证措施完备。每一个阶段的工作任务完成情况进行审查，对于出现的错误或问题，及时加以解决，不允许转入下一工作阶段，也就是对本阶段工作成果进行评定，使错误较难传递到下一阶段。错误纠正得越早，所造成的损失就越少。

(2) 缺点

它是一种预先定义需求的方法，基本前提是必须能够在早期就冻结用户的需求，只适应于可在早期阶段就完全确定用户需求的项目。然而在实际中要做到这一点往往是不现实的，用户很难准确地陈述其需求。

未能很好地解决系统分析到系统设计之间的过渡，即如何使物理模型如实反映出逻辑模型的要求，通俗地说，就是如何从纸上谈兵到真枪实弹地作战的转变过程。

该方法文档的编写工作量极大，随着开发工作的进行，这些文档需要及时更新。

3.1.2 原型法

1. 原型法的概念

针对生命周期法的不足，人们提出了原型法的设计思想和方法。其基本思想是：在获得用户基本需求的基础上快速构造系统模型，然后演示这个原型系统，在用户参与的情况下，按用户合理而又可行的要求，不断地修改原型系统，直到用户满意为止。

作为一个会计信息系统原型，它应含有最终模型的以下主要特征。

(1) 主要功能模块。

(2) 会计信息系统的主要数据存储结构。

(3) 反映系统概貌的主要用户界面。

(4) 主要输入、输出内容。

(5) 与其他系统的接口。

2. 原型法开发流程

原型法是随着用户和开发人员对系统认识和理解的逐步深化，而不断地对系统进行修改和完善的过程。原型法适用于目标不能完全确定的、非结构化的模块开发。在会计信息系统开发中，原型法适用面不大，但是原型法的思想是非常有用的，其原因在于即使系统目标确定，也会有设计和实现上的失误，或功能、数据结构、界面等具体目标的微调，这些都需要用原型法来加以实现。原型法的开发流程如图 3-1 所示。

(1) 可行性研究阶段

论证该系统开发的意义、目前设备条件下的必要性与可行性以及对费用、时间估算。

(2) 确定用户基本需求阶段

开发人员向用户了解对新系统的基本需求，即应该具有的基本功能。如输入/输出信息处理过程及人机界面等。

(3) 原型开发

开发人员在对系统有了基本了解之后，即可尽快地构造出一个具有基本功能的原型系统，也称雏形系统。在这一阶段工作中应尽量使用一些软件工具，如菜单生成器、报表生成器等。在构造原型时要充分考虑以后修改、扩充的容易性。其功能不要求完全，但要基本满足用户的需求。

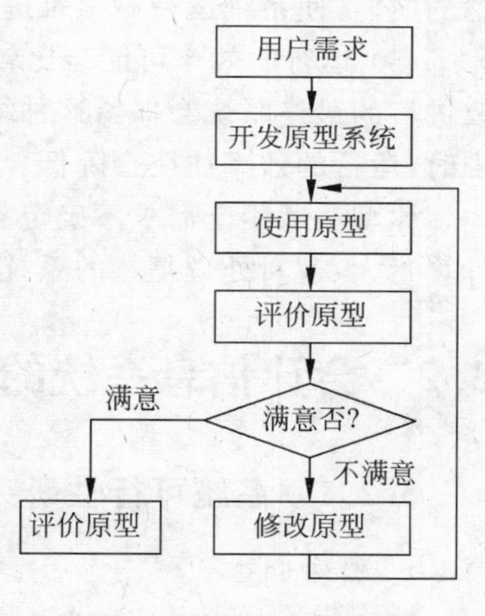

图 3-1 原型法的开发流程

(4) 原型评价阶段

原型进入测试与试运行后，请用户进行评价，提出原型评价的问题。如原型在完成系统需求方面的效率与准确性、操作的灵活性与可靠性等。对原型的评价既要认真听取用户的意见，又要逐步改变用户所存在的传统思维方式。

值得注意的是，开发人员一方面要记录下用户的“反馈”意见，同时也要借原型的使用来引导、启发用户表达对系统的进一步需求，乃至最终需求，从而更快、更清楚地了解到用户完整、准确的意图。

(5) 最终系统设计阶段

通过评审，开发人员迅速地获得了用户对系统的需求，然后根据用户的反馈意见立即着手进行认真的修改和扩充。当然，这一阶段仍然需要用户的反馈意见，因为有些问题只有在使用修改后的系统时才能发现。

(6) 最终系统的实现——结束阶段

经过“使用—评价—修改—使用”的反复过程，系统迅速地趋于完善，直至用户满意。用户满意的最终系统方可投入正常使用。

3. 构造初始原型的原则

(1) 尽可能利用现成软件和模型，采用堆积木式组合方法快速构造原型。

(2) 按最小系统原则构造具有代表性的典型系统。原型系统并不要求面面俱到，而是要求能反映用户要求的主要特征。

(3) 利用高效率软件工具开发原型。

4. 原型法的特点和适用范围

(1) 能提高用户的满意度，尤其是最终用户的满意度。

(2) 开发周期短、成本低。

(3) 一般采用第四代开发工具构造原型。

(4) 测试和文档工作常被忽略。开发人员总是倾向于把测试工作简单地推给用户，这使测试工作进行得不彻底，将给系统留下隐患。开发人员常忽略正式文档的编写，因为他们认为编写文档太费事，而且系统太容易改变而使编写的文档又很快失效。由于缺乏有效完整的文档，使系统运行后很难进行正常的维护。

(5) 运行的效率可能会比较低。最原始的原型结构不一定是合理的，以此为模板多次改进后的最终系统会保留这种结构的不合理性。当系统运行于大数据量或者是多用户环境中时，运行的效率往往会降低。

原型法适用于需求不确定和解决方案不明确的系统的开发，不适用于大型信息系统和计算量大、逻辑处理复杂的系统开发。

3.2 会计信息系统的分析

3.2.1 系统可行性研究

1. 系统调查

系统调查是指系统开发人员对企业的组织结构、管理体制、经济环境、会计业务、系统的开发条件等进行初步调查，掌握与系统有关的基本情况，作为可行性研究和制订开发计划的基础。系统调查主要内容包括原系统的目标、功能、处理程序、处理方法、业务量、系统的优缺点、需要解决的问题和需求的迫切性等；原系统的运行机制，包括组织结构、人员组成、与外单位联系方式等；新系统的改造目标，包括对原系统的改进和增加的需求；为开发新系统能提供的各种条件，包括人力、物力、财力以及技术改造和管理体制的变革等。

2. 可行性分析

在初步调查的基础上，分析企业在现有的具体条件下新系统开发工作是否可行，即从管理体制、管理基础、技术水平、经济条件、人员知识结构和其他方面去研究并论证新系统的可行性。

3. 编写可行性研究报告

可行性研究报告包括系统研制和开发人员调查的资料、所需资金、工作量、开发计划、开发进度等内容。研究和开发人员编写好报告后，提交有关部门审批。

3.2.2 系统分析

1. 系统分析的任务

系统分析的任务是在分析现行会计信息系统的基础上，描绘出现行会计信息系统的结构、数据源和处理方法；根据新系统的目标，定义新系统的逻辑功能（明确新系统“做什么”，不涉及物理实现方法“怎样做”）。

2. 系统分析方法

结构化系统分析方法是进行会计信息系统分析的有力工具，它可以清晰、简明、准确地描述会计信息系统的逻辑模型。

(1) 结构化系统分析方法

结构化分析方法(Structure Analysis，SA)是一个内容十分广泛的课题。所谓结构化就是有组织、有计划、有规律的一种安排。SA 方法是将一般系统工程的分析法和有关结构的概念应用于电算化会计信息系统的一种系统分析方法。结构化分析方法，是面向数据流进行系统分析的方法，它采用“自顶向下，逐步分解”的思想来描述系统。结构化分析方法所使用的工具是：数据流图（描述数据处理过程）和数据词典（描述数据流图中出现的所有数据元素）。

(2) 结构化系统分析方法的特点

① 自顶向下的逐层分解、由粗到细、由繁到简的求解方法，不但能了解系统的全貌，而且也能掌握局部模块要求。

② 结构化系统分析方法主要是弄清系统的逻辑功能，而且不涉及物理实现方法。

③ 使用图和表等工具描述系统，简单明了，易于理解。

(3) 数据流图

数据流图(Data Flow Diagram，DFD)是以图形方式刻画各种业务数据处理过程。数据流图，也称数据处理流程图。

数据流图是描述现有系统中数据的流动、存储和处理状况的图形。DFD 能表达有哪些数据流入系统，它们从何处来，经过了什么处理，变成了什么数据，分别流向何处，其中有哪些数据需要存储等。数据流图的符号与含义如图 3-2 所示。

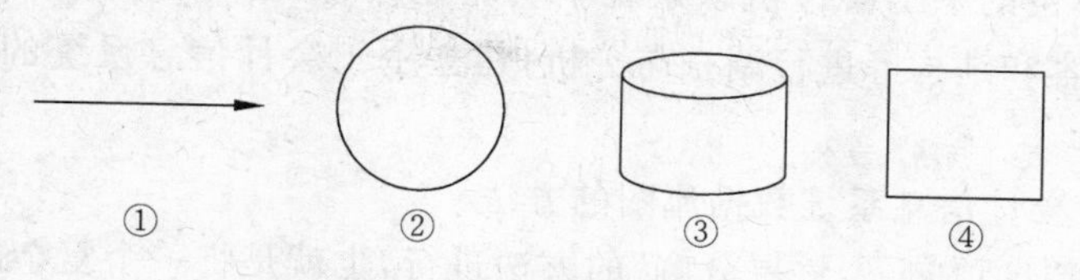

图 3-2 数据流图符号

① 数据流：用带有箭头的弧线或直线表示，描述数据的流向和传递数据的通道，反映了系统各部分之间的数据传递关系。

② 加工：是描述对数据的一种处理过程。

③ 文件：是描述数据的存储形式，也是系统中相关数据的集合。

④ 源点或终点：源点是原始数据的来源处；终点是信息使用者对数据输出的要求。

(4) 数据词典

数据词典(Data Dictionary,DD),就是对数据流图中的每一个成分进行详细描述和确切解释的词典。

它能定义文件或数据流由哪些更小的单位组成(这些更小的单位一般叫做字段或数据项),并描述每个数据项的具体内容、取值范围等。

数据字典主要由以下元素组成。

① 数据元素条目:是指那些已经很明确,不必再分解的数据项。

② 数据流条目:主要说明数据是由哪些数据项组成的,以及数据的来源、去向、组成内容、数据流流量等。

③ 数据处理条目:主要说明处理的输入数据、输出数据及其加工逻辑等。

④ 数据存储条目:主要描述被存储数据的内容及组织方式。

3.2.3 会计信息系统的系统分析步骤

运用结构化分析方法对会计信息系统进行系统分析,其分析流程如图 3-3 所示。

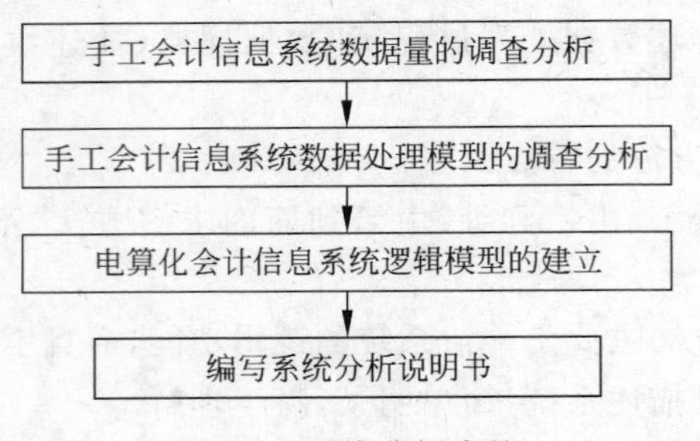

图 3-3 系统分析步骤

1. 手工会计信息系统数据量的调查分析

调查手工会计信息系统数据量的上限及普遍情况,为下阶段工作提供依据。

2. 手工会计信息系统数据处理模型的调查分析

对一个具体单位的手工会计信息系统中所有业务、数据处理的来龙去脉、数据处理方法、会计数据的内容和结构等进行调查与分析,建立手工会计信息系统的逻辑模型,以反映系统的全貌。

(1) 建立手工会计信息系统数据流图的方法

系统分析采用"自顶向下,逐层分解"的方法进行,也就是将一个复杂的系统逐步地分解成若干个简单的系统。在逐步分解的过程中会产生多张数据流图。

(2) 确定手工会计信息系统数据词典的方法

数据词典是对数据流图中的各种文件和数据流进行详细描述和确切解释。

(3) 其他调查内容

对资源利用情况、管理方式以及系统的内部环境等进行调查。如:财务人员档案调查表、总账参数调查表等。

所有调查分析的内容(数据流图、数据词典、其他调查表)汇集起来,就构成了手工会计信息系统的逻辑模型。

3. 电算化会计信息系统逻辑模型的建立

(1) 电算化会计信息系统数据流图的建立

建立的电算化会计信息系统数据流图如图 3-4 所示。

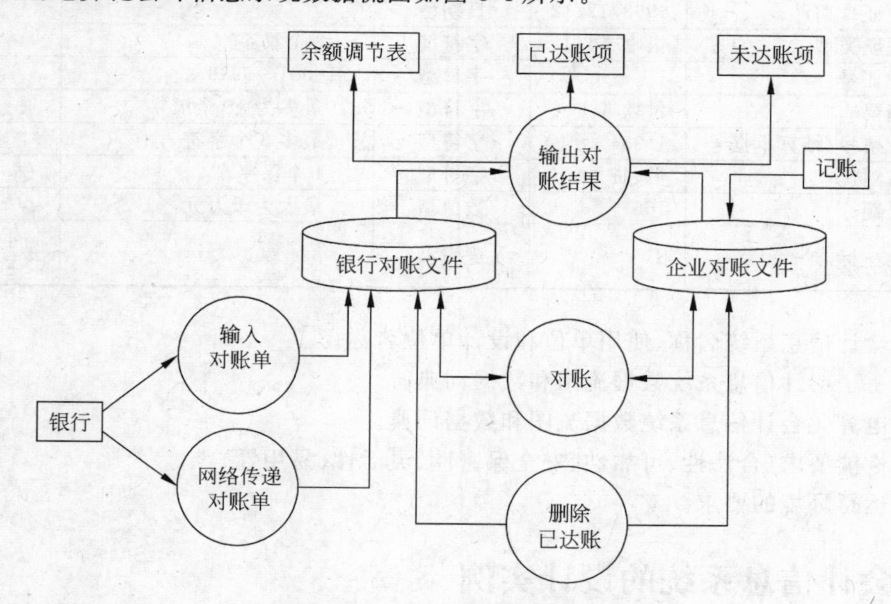

图 3-4　电算化会计信息系统数据流图

(2) 确定电算化会计信息系统的数据词典

银行对账文件数据词典如表 3-1 所示。

表 3-1　银行对账文件数据词典

文件：银行对账文件　　　　制表日期：××××年××月××日

序号	数据项名称	内容举例	类　型	取 值 范 围	备　注
1	科目代码	10201	字符型	长度小于等于 12 个字符	
2	对账单日期	1998/12/12	日期型		
3	摘要	收欠款	字符型	最多为 18 个汉字	
4	支票号/结算单据号	11234	字符型	最多 5 个字符	
5	收/付	收	字符型	1 个汉字	
6	金额	1300	数值型	最大为千万元	
7	已达标志	T	逻辑型		T 已达 F 未达

企业对账文件数据词典如表 3-2 所示。

4. 编制系统分析说明书

系统说明书是系统分析的最终结果，它反映了所建立系统的功能需求、性能需求、运行环境等方面内容，是开发人员和用户共同理解电算化会计信息系统的桥梁，也是系统设计的基础。主要内容如下：

表 3-2 企业对账文件数据词典

文件：企业对账文件　　　　制表日期：××××年××月××日

<table>
<tr><th>序号</th><th>数据项名称</th><th>内容举例</th><th>类 型</th><th>取 值 范 围</th><th>备 注</th></tr>
<tr><td>1</td><td>科目代码</td><td>10201</td><td>字符型</td><td>长度等于 12 个字符</td><td></td></tr>
<tr><td>2</td><td>凭证日期</td><td>1998/12/12</td><td>日期型</td><td></td><td></td></tr>
<tr><td>3</td><td>凭证类型</td><td>银收、银付</td><td>字符型</td><td>2 个汉字</td><td></td></tr>
<tr><td>4</td><td>凭证号</td><td>1</td><td>字符型</td><td>0001～9999</td><td></td></tr>
<tr><td>5</td><td>摘要</td><td>付款</td><td>字符型</td><td>最多为 18 个汉字</td><td></td></tr>
<tr><td>6</td><td>支票号/结算单据号</td><td>11234</td><td>字符型</td><td>最多 5 个字符</td><td></td></tr>
<tr><td>7</td><td>借/贷</td><td>借、贷</td><td>字符型</td><td>1 个汉字</td><td></td></tr>
<tr><td>8</td><td>金额</td><td>1667</td><td>数值型</td><td>最大为千万元</td><td></td></tr>
<tr><td rowspan="2">9</td><td rowspan="2">已达标志</td><td rowspan="2">T</td><td rowspan="2">逻辑型</td><td rowspan="2"></td><td>T 已达</td></tr>
<tr><td>F 未达</td></tr>
</table>

(1) 会计信息系统名称、使用单位和设计单位名称。

(2) 手工会计信息系统数据流图和数据词典。

(3) 电算化会计信息系统数据流图和数据词典。

(4) 性能要求(合法性、可靠性、安全保密性、灵活性、易用性)。

(5) 运行环境的要求。

3.3 会计信息系统的设计实例

近年来，随着计算机的广泛应用和数据处理技术的迅猛发展，适应数据处理程序设计工具不断涌现，如 FoxPro、Visual FoxPro、Sybase、Access、Visual Basic 等。这些工具功能完善，实用性强，支持结构化或面向对象的程序设计方法。

本节以 FoxPro 结构化程序设计方法为例介绍由详细设计转化为程序代码的方法。

3.3.1 软件生命周期法工作流程和主要任务

软件生命周期法的工作流程和主要任务如表 3-3 所示。

表 3-3 软件生命周期法的工作流程和主要任务

<table>
<tr><th colspan="2">生 命 周 期</th><th>主 要 任 务</th><th>主 要 文 档</th></tr>
<tr><td rowspan="2">软件需求分析阶段</td><td>可行性研究与计划</td><td>调查用户需求和处理过程，进行可行性分析与研究</td><td>可行性研究报告及初步的软件开发计划</td></tr>
<tr><td>系统分析</td><td>分析用户需求，建立目标系统逻辑模型</td><td>系统分析说明书</td></tr>
<tr><td rowspan="6">软件开发阶段</td><td rowspan="2">系统设计</td><td>概要设计：建立目标系统的总体结构及数据库设计</td><td>概要设计说明书</td></tr>
<tr><td>详细设计：对模块进行过程描述确定模块间的详细接口</td><td>详细设计说明书</td></tr>
<tr><td rowspan="2">程序设计</td><td rowspan="2">详细设计说明书，为每个模块编写程序</td><td>源程序清单</td></tr>
<tr><td>程序设计说明书</td></tr>
<tr><td rowspan="2">系统测试</td><td rowspan="2">检查和调试程序的正确性，排除错误</td><td>测试报告</td></tr>
<tr><td>用户操作手册</td></tr>
</table>

续表

生命周期		主要任务	主要文档
运行维护阶段	运行和维护	运行软件	运行日志
		对程序修改扩充	软件问题报告
		修改有关文档	软件修改报告

3.3.2 软件设计实例

1. 系统分析——手工逻辑模型建立

第一层：原始凭证的建立，如图 3-5 所示。

第二层：原始凭证输入各系统模块，如图 3-6 所示。

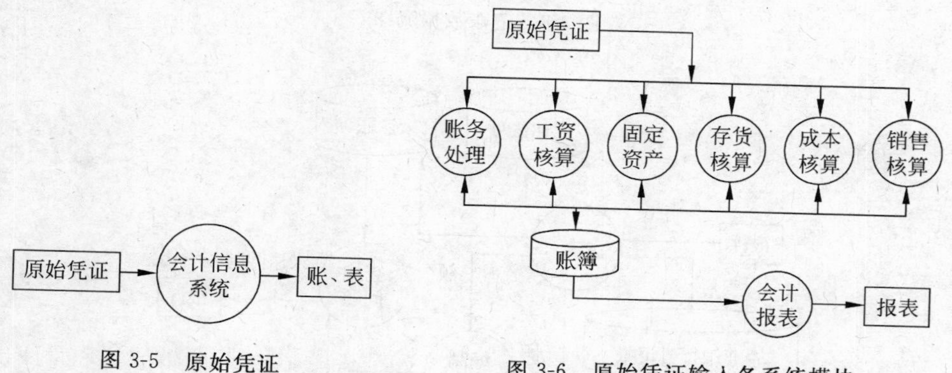

图 3-5 原始凭证

图 3-6 原始凭证输入各系统模块

第三层：账务处理系统，如图 3-7 所示。

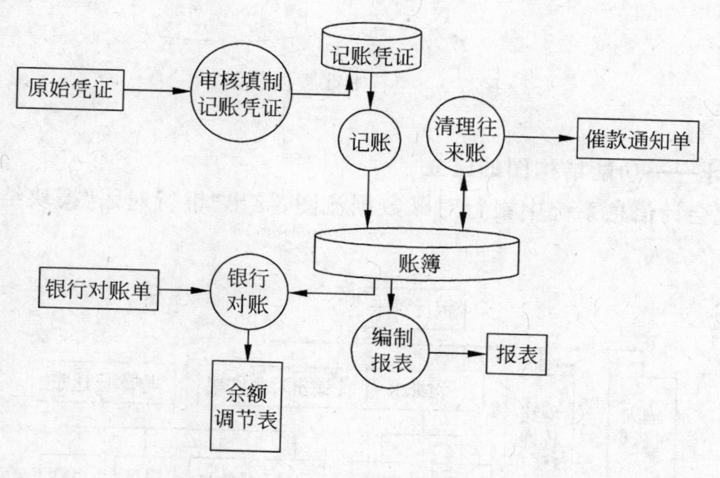

图 3-7 账务处理系统

第四层：记账数据流图，如图 3-8 所示。

第五层：银行对账数据流图，如图 3-9 所示。

优化的逻辑模型(数据流图)如图 3-4 所示。

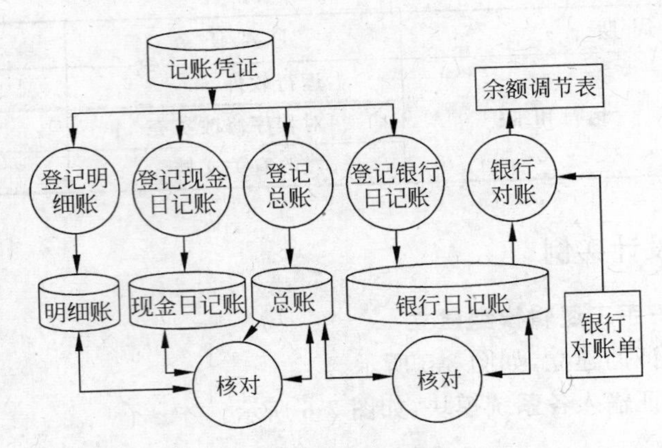

图 3-8 记账数据流图

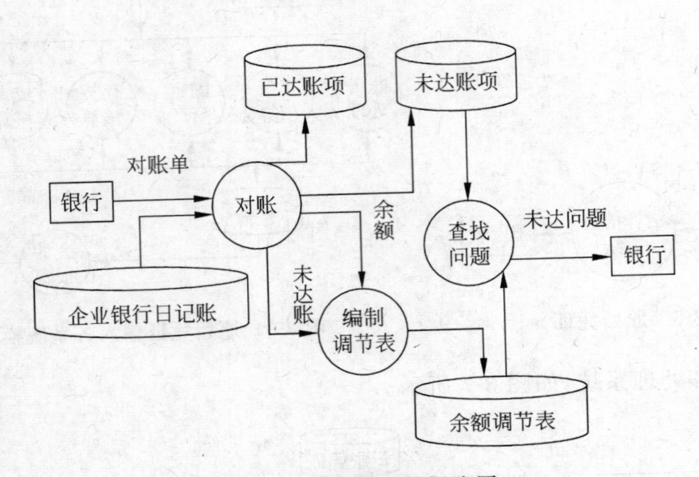

图 3-9 银行对账数据流图

2. 系统设计——功能结构图的建立

根据电算化会计信息系统中银行对账数据流图，导出“银行对账”模块结构图，如图 3-10 所示。

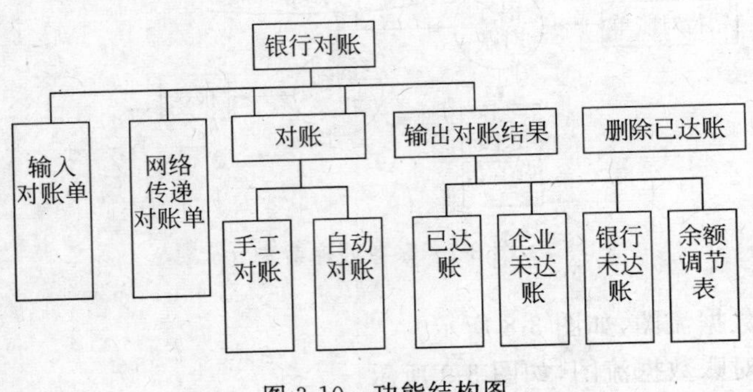

图 3-10 功能结构图

3. 确定电算化会计信息系统的数据词典

表 3-4 和表 3-5 分别是银行对账文件数据词典和企业对账文件数据词典。

表 3-4　银行对账文件数据词典

文件：银行对账文件　　制表日期：××××年××月××日

序号	数据项名称	内容举例	类　型	取 值 范 围	备　注
1	科目代码	10201	字符型	长度小于等于 12 个字符	
2	对账单日期	1998/12/12	日期型		
3	摘要	收欠款	字符型	最多为 18 个汉字	
4	支票号/结算单据号	11234	字符型	最多 5 个字符	
5	收/付	收	字符型	1 个汉字	
6	金额	1300	数值型	最大为千万元	
7	已达标志	T	逻辑型		T 已达 F 未达

表 3-5　企业对账文件数据词典

文件：企业对账文件　　制表日期：××××年××月××日

序号	数据项名称	内容举例	类　型	取 值 范 围	备　注
1	科目代码	10201	字符型	长度小于等于 12 个字符	
2	凭证日期	1998/12/12	日期型		
3	凭证类型	银收、银付	字符型	2 个汉字	
4	凭证号	1	字符型	0001～9999	
5	摘要	付款	字符型	最多为 18 个汉字	
6	支票号/结算单据号	11234	字符型	最多 5 个字符	
7	借/贷	借、贷	字符型	1 个汉字	
8	金额	1667	数值型	最大为千万元	
9	已达标志	T	逻辑型		T 已达 F 未达

4. 程序设计模块

(1) 数据库建立：数据词典。

(2) 菜单文件：功能结构。

(3) 模块设计：详细设计。

(4) 单项运行：模块测试。

(5) 组装：组装测试。

(6) 编译：发布。

(7) 设计说明：文档。

5. 数据库文件结构设计

(1) 以“银行对账”数据词典为依据，设计 YHDZ. DBF 数据库文件结构如表 3-6 所示。

表 3-6 YHDZ. DBF 数据库文件结构

字段	字段名	类型	长度	小数	说明
1	KMDM	C	12		科目代码
2	RQ	D	8		对账日期
3	YHZY	C	36		银行摘要
4	ZPJSDJH	C	10		支票号/结算单据号
5	SHF	C	2		收/付
6	JE	N	11	2	金额
7	YDBZ	L	1		已达标志

(2) 银行对账模块的详细设计。

代码如下：

```
PROCEDURE 银行对账模块
DO  WHILE  .T.
    显示菜单
1—输入对账单
2—对账
3—输出对账结果
4—删除已达账
      DO  CASE
          CASE  选择"1—输入对账单"
                调用"输入对账单"处理模块
          CASE  选择"2—对账"
                调用"对账"处理模块
          CASE  选择"3—输出对账结果"
                调用"输出对账结果"处理模块
          CASE  选择"4—删除已达账"
                调用"删除已达账"处理模块
          OTHERWISE
                退出,返回调用模块
      ENDCASE
ENDDO
```

(3) 删除已达账模块的详细设计。

代码如下：

```
PROCEDURE    删除已达账
请输入：要删除已达账的银行科目代码—XKMDM
屏幕提示：
是否要删除(XKMDM)已达账(Y/N)
注意：删除前请备份对账数据!!
IF  回答"Y"
    删除企业对账文件中(XKMDM)银行科目的已达记录
    删除银行对账文件中(XKMDM)银行科目的已达记录
    显示"删除已达账工作结束"
ELSE
    显示"已达账未被删除"
ENDIF
返回调用模块
```

(4) 以详细设计说明书中的银行对账模块为依据，编写的源程序如下：

```
PROCEDURE  YHDZ  && 银行对账
SET  TALK  OFF
FLAG = '0'
DO  WHILE  .T.
CLEAR
@ 1,1  SAY "1—输入对账单"
@ 2,1  SAY "2—对账"
@ 3,1  SAY "3—输出对账结果"
@ 4,1  SAY "4—输出已达账"
@ 5,1  SAY "0—退出"
@ 6,1  SAY "请选择[0-4]:" GET FLAG
READ
  DO  CASE
   CASE  FLAG = '1'
     DO  LRDZD
   CASE  FLAG = '2'
     DO  DZ
   CASE  FLAG = '3'
     DO  SCDZJG
   CASE  FLAG = '4'
     DO  SCYDZ
   CASE  FLAG = '0'
     CLOSE  DATA
     CLEAR
     EXIT
   ENDCASE
ENDDO
RETURN
PROCEDURE  SCYDZ  && 删除已达账模块程序
CLEAR
SET  TALK  OFF
YN = 'Y'
STORE  SPACE(12) TO  XKMDM
@ 1,10 SAY "请输入:要删除已达账的银行科目代码" GET XKMDM
READ
DO  CHECK  && 科目代码正确性检查
CLEAR
@ 2,10  SAY "删除" + XKMDM + "科目已达账"
@ 3,10  SAY "┌─────────────────────────────────┐"
@ 4,10  SAY "│是否要删除(XKMDM)已达账(Y/N)      │"
@ 5,10  SAY "│注意: 删除前请备份对账数据!!      │"
@ 6,10  SAY "└─────────────────────────────────┘"
@ 7,10  SAY "真的删除已达账吗[Y/N]?"  GET  YN
READ
IF  YN = "Y"
  USE  YHDZ  INDEX  YHDZ
  DELE  FOR (KMDM = XKMDM) .AND. YDBZ
  PACK
  USE  QYDZ  INDEX  QYDZ
```

```
    DELE  FOR (KMDM = XKMDM) .AND. YDBZ
    PACK
    @ 15,10  SAY "删除已达账工作结束!"
    WAIT "  "
  ELSE
    @ 15,10  SAY "已达账未被删除!"
    WAIT "  "
  ENDIF
  CLEAR
  CLOSE  DATA
  RETURN
```

复习思考题

1. 软件工程的特点有哪些?

2. 快速原型模型产生的原因是什么?

3. 常用的系统分析方法有哪些?

4. 数据流程图方法的优缺点是什么?

5. 在自动化账务处理子系统中如何生成明细账和总账?说明生成账簿的主要设计步骤。

6. 如果某自动化账务处理子系统需要部门核算,主要的数据文件如何设计?

7. 在自动化账务处理子系统中,当记账时发现输入的凭证有错误,应如何设计?记账之后呢?

8. 记账后和记账前分别需要对哪些数据进行备份?

第4章　会计信息系统的实施与运行

4.1　会计信息系统运行前的准备

4.1.1　会计资料的准备

会计资料的规范化和代码化是会计信息系统重要的基础工作，它对系统是否能顺利运行起着决定性的作用。规范化的会计资料能够加速会计资料的输入速度，减少会计程序的无效运转。具体地说，需要在会计资料收集、输入、输出三个方面实现规范化。

（1）由于不同企事业单位对电算化会计所提供的核算功能与管理功能的预期不同，因而对其所提供的信息资料要求不同，必须根据实际情况检查现有的会计资料能否满足需要，还需要补充哪些内容，如何扩大数据的收集范围和数量。从会计信息系统的发展现状和发展趋势看，其核算功能和管理功能已日益紧密地结合起来，因此，在会计资料准备中，首先应该把内部管理的核算单位细化到哪一层、哪一级，作为事先规划设计的一项重要内容。其次，对各级各类核算单位和核算科目编制必要的代码或助记码，以便于以后的快速输入。再次，对核算单位原有的凭证类别进行规范，对凭证上应有的内容，如数量、单价、余额、结算单位、结算方式、结算号等不规范的做法进行纠正，必要时应进行重新设计。对凭证上不具备，但又是今后管理上必需的内容，如往来单位、个人姓名、联系地址、电话、信用度等，应采取必要的措施予以补充，并使其制度化、规范化。

（2）会计资料的数据输入，应有输入速度要求和规范化输入的要求。第一，要达到工作的高效率，要求计算机的使用者必须有比较熟练的键盘操作水平，犹如原来要求财会人员上岗必须达到一定的珠算等级标准一样。快捷、标准的键盘输入，是会计原始资料输入质量的重要保证，也是衡量会计电算化操作水平的重要尺度。第二，在记账凭证的输入过程中，应对凭证摘要予以规范化。凭证摘要的作用是简明扼要地说明经济业务的内容，不同的会计软件对凭证摘要的限制不同，有的对摘要的文字长度有限制，有的设有凭证摘要库，存放事先设定的常用凭证摘要，使用时通过编码或帮助功能可以自动输入，这就要求对会计凭证的摘要予以规范化。

（3）会计资料的输出，应符合《企业会计准则》和行业会计制度对账簿资料和财务报表的格式与内容的有关规定。现在多数商品化会计软件的报表管理子系统都要求用户自己设定报表格式和报表数据的计算公式。各单位应根据行业会计制度对财务报表的严格规定，结合本单位的具体情况，确定报表要素的数据来源、取值范围和运算关系，经过试运行确保准确合格的前提下，将报表的生成步骤打印下来，作为电算化会计的档案材料予以保存。对于管理会计的各种内部报表，其规范化的要求主要依据核算单位内部各管理层对会计信息的要求来确定，一般包括两个方面：第一，确定电算化条件下管理报表的种类、格式和内容；第二，设置规范化的报表格式和计算公式。

4.1.2 计算机软、硬件的准备

计算机硬件条件是电算化会计信息系统的物质前提，不同操作系统、不同版本的会计应用软件对计算机硬件的需求是不一样的，从目前财会应用软件和计算机发展的现状与趋势看，账务处理系统的会计软件已经在 Windows XP 操作系统上广泛应用，从用友 T6、金蝶 K3 等软件看，其数据存储都已采用 SQL Server 等大型数据库，以满足海量数据的存储需求。对计算机中央处理器(CPU)的运行速度、内存容量、硬盘大小的要求也越来越高。如果要满足目前会计软件的运行速度和版本更新的需要，建议考虑 Pentium 4 以上的计算机，并配有 80GB 以上的硬盘容量和 512MB 以上的内存，还能满足日益扩大的电子商务结算、远程传输会计资料的需要。并且宽行打印机、台式或手持式的扫描仪、局域网已经是不可缺少的硬件设备。对于计算机操作系统软件和会计应用软件、其他配套需要的工具软件，应有既精通财会知识，又熟练掌握计算机应用的专业人员参与选购、维护。从操作系统的应用情况看，Windows XP、Windows 2003 以及 Linux 得到了越来越多的推广使用，其特点是大大增强了计算机远程数据传输和网络服务的功能，与此相匹配，电算化会计应用软件不仅将普遍构筑在中文视窗平台上，而且在局域网多台计算机的配合使用和广域网的异地联网使用上得到发展。值得注意的是，财务软件需要的是优良、稳定、可靠的性能，不需要盲目地贪大求新，但商业化的会计应用软件是会不断升级提高、不断改进、完善其应用功能的，这就要求应用软件的使用单位必须注意本单位采用的财务应用软件能否胜任日常核算、管理的需要，软件设计有无缺陷或不足，应与会计软件供应商通过多种途径保持经常的联系，要注意应用软件本身存在或新发现的问题，对其适时增加补丁程序进行维护，在技术条件成熟的单位可以进行应用软件的二次开发。

4.2 会计信息系统的实施

4.2.1 建立会计电算化组织策划机构

一项工作的成功与否取决于组织工作是否成功，会计电算化工作也不例外。会计电算化的组织工作涉及单位内部的各方面，需要单位的人力、物力、财力等多项资源。因此，必须有单位领导或会计师亲自抓，建立一个会计电算化工作策划机构具体负责这项工作。这个机构的主要任务和职责是：制定本单位会计电算化工作发展规划；组织电算化会计信息系统的建立；建立会计电算化管理制度；组织本单位财务人员参加会计电算化培训与学习；负责电算化会计信息系统投入运行。

4.2.2 组织制订会计电算化实施计划

会计电算化工作是一个庞大的信息系统，做好实施计划是搞好会计电算化工作的重要手段和保证。实施计划的主要内容有如下几个方面。

1. 机构及人员配置计划

不同企业，其电算化会计信息系统的规模大小不同，其机构和人员也不同。如有些企业，除了原有的会计机构外，专门成立会计电算化科，配备开发人员、系统管理员、系统操作员，以及系统维护人员等；有些企业只增加系统维护人员，原会计机构不变。因此，不同的企业根据自身的特点，决定是否建立专门的会计电算化机构，及配备相应的计算机人员。

2. 计算机及其他硬件设备购置计划

计算机及其他硬件设备是电算化会计信息系统的重要组成部分，制订其购置计划是非常必要的。不同的企业应该根据其会计业务量的大小、企业财务状况、企业未来发展规模等因素，制订计算机及其他硬件设备购置计划。主要包括硬件模式（单机系统、多用户系统、网络系统等）、计算机台数和价格、打印机等辅助设备的数量和价格，以及总投资分配等。

3. 软件购置计划

计算机也是电算化会计信息系统的重要部分，软件购置计划制订的好与坏，也直接影响到会计电算化的实施。对于一个企业来说，必须选择适合本单位特点的会计软件。

4. 费用预算

编制好各种计划之后，便要进行费用预算，即预算全部投资的总额，以及各分项计划的费用预算等。

4.2.3　电算化会计信息系统的建立

电算化信息系统包括计算机硬件、软件、财务人员和会计制度，如图 4-1 所示。

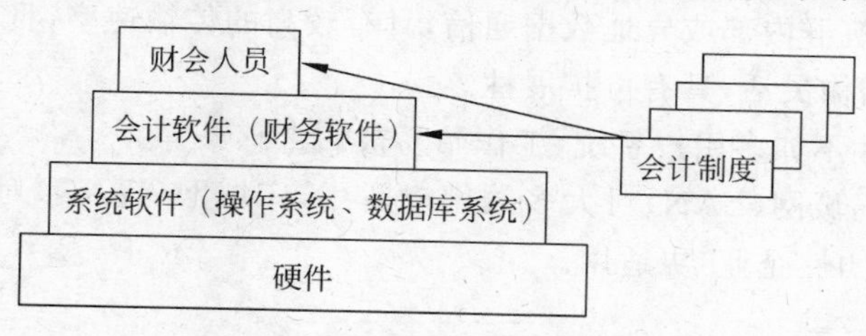

图 4-1　电算化会计信息系统

电算化会计信息系统的建立主要是硬件的配置，系统软件和会计软件的配置，制定会计制度等。

1. 硬件的配置

计算机硬件是指计算机信息系统中的所有机械、电、磁及光设备。换言之，计算机信息系统中那些看得见、摸得着的物理设备都是硬件。如主机箱、显示器、打印机、键盘等。计算机硬件设备是会计电算化工作的基石，计算机硬件设备选择的好坏影响到今后会计电算化工作的质量和效率。

硬件配置是指会计电算化所需硬件的构成模式。目前主要有单机系统、多用户系统、网络系统等模式。

(1) 单机系统

单机系统是整个系统中只配置一台计算机和相应外部设备，所使用的计算机一般为微型计算机。在单机结构中,所有数据集中输入、输出,同一时刻只能供一个用户使用。

① 优点:投资规模小,见效快。

② 缺点:可靠性差,一台机器发生故障,会使整个工作中断;不利于设备、数据共享,容易造成资源的浪费。

③ 适用范围:单机系统一般是用于经济和技术力量比较薄弱的小单位。

(2) 多用户系统

多用户系统是指整个系统配一台计算机和多个终端。数据通过各终端输入,即分散输入。各个终端可同时输入数据,主机对数据集中处理。

① 优点:这种分散输入、集中处理的方式,很好地实现了数据共享,每个用户通过终端或控制台与主机打交道,就像自己独有一台计算机一样,这样既提高了系统效率且具有良好的安全性。

② 缺点:系统比较庞大,系统维护要求高。

③ 适用范围:适用于会计业务量大、地理分布集中、资金雄厚且有一定系统维护能力的单位。

(3) 网络系统

网络系统主要是指使用通信线路连接多台计算机,这些计算机不仅具有信息处理能力,而且可以通过网络系统共享网络服务器上的硬件和软件资源,可以与其他的计算机通信和交换信息。网络体系包括客户机/服务器(C/S)、文件/服务器(F/S)和浏览器/服务器(B/S)模式。

① 优点:能够在网络范围内实现硬件、软件和数据的共享,以较低的费用,方便地实现一座办公楼、一个建筑群内部或异地数据通信,具有较高的传输速率,且容易维护,可靠性较高,使用简单方便,结构灵活,具有可扩展性。

② 缺点:安全性不如多用户系统,工作站易被病毒感染等。

③ 适用范围:局域网(LAN)对大多数用户适用,广域网(WAN)对具有异地财务信息交换需求单位(如集团性企业)更适用。

2. 系统软件的配置

系统软件是指与计算机硬件直接联系,提供用户使用的软件,它担负着扩充计算机功能,合理调用计算机资源任务。如操作系统、数据管理系统等都是系统软件。系统软件的选择主要考虑以下技术指标。

(1) 与所选计算机的兼容性。

(2) 数据处理能力是否满足企业要求。

(3) 是否能支持财务软件处理的要求。

(4) 数据安全保密性。

(5) 远程数据的维护能力。

(6) 性能价格比。

(7) 是否满足总体规划的要求。

3. 会计软件的配置

会计软件是指能完成账务处理、会计核算、会计管理与分析决策等工作的计算机应用软件。会计软件的取得根据使用单位的不同情况，有以下4种途径。

(1) 购买商品化会计软件。

(2) 自行开发会计软件。

(3) 购买商品化软件与自行开发会计软件相结合。

(4) 使用上级主管部门推广的软件。

购买商品化软件时，应注意以下几个问题。

(1) 要购买正版会计软件。因为，会计软件公司只对正版软件进行维护，许多商品化会计软件已进行了加密，如购买其复制品，有可能会出现数据丢失、错乱，甚至携带计算机病毒，会影响会计工作的正常进行。

(2) 要购买经过财政部门评审的商品化会计软件。因为通过财政部门评审的软件是符合国家规定的软件，只有通过财政部门评审的软件才能替代手工记账；通过评审的会计软件是经过有关专家详细测试的，他们对软件的评价要比一般的软件选购人员的评价准确得多，通过评审的软件有财政部门对软件的鉴定材料；财政部门对商品化软件的售后服务问题进行了监督管理，从而解决了售后服务问题。

(3) 应注意商品化会计软件是否提供对外接口，接口是否符合相关要求。

(4) 应向会计软件公司索取完备的会计软件文档资料。因为文档资料对商品化会计软件的选择及以后的使用、操作维护都有重要意义。

4. 人才培训

实施会计电算化，必须尽快培养大批既懂会计又懂计算机技术的复合型人才，所以人才培训工作将贯穿整个会计电算化过程。在会计电算化信息系统规划中，应明确目前企业会计电算化应用人员的状况和水平，制定专业人员的培训方式和培训阶段，同时还要区分培训重点，主要是培训操作员还是系统分析设计人员，或是维护人员等。培训前在对原有的会计机构和会计岗位进行调整的基础上，明确岗位职责，通过培训，能够迅速上岗。

5. 初始化

在选择了适当的软件，购置了相应的硬件，培训或配备了会计电算化人员，并在前期完成了手工数据准备与整理之后，将进入实施会计电算化非常重要的一步，即系统初始化工作。

正像一个新建单位的会计核算工作必须经过“建账”这一环节一样，实施会计电算化必须经过将原手工会计核算资料输入计算机的过程，以便计算机软件开始进行日常账务处理。这种电算化的“建账”过程，称为“初始化”。

6. 系统试运行

会计信息系统建成之后，计算机与手工会计业务处理要并行运行一个阶段。这个阶段的主要任务是：通过计算机与手工的并行运行，检查建立的会计信息系统是否满足要求，使用人员对软件的操作是否存在问题，对运行中发现的问题是否进行修改。系统试运行的主要作用是验证会计信息系统的正确性、可靠性和安全性。若发现问题，应及时进行分析与解决。

7. 建立岗位责任制和制定管理制度

在开展会计电算化之前，必须明确会计电算化岗位及职责。同时，为保证会计信息系统安全、正常运行，必须制定一系列的管理制度。

4.3 会计信息系统的系统管理

用友软件产品是由多个产品组成，各个产品之间相互联系，数据共享，完整实现财务、业务一体化的管理。对于企业的资金流、物流、信息流的三流统一管理，实时反映提供了有效的方法、工具。对于多个产品的操作，系统需要对账套的建立、修改、删除和备份，操作员的建立、角色的划分和权限的分配等功能，需要一个平台来进行集中管理，系统管理模块的功能就是提供这样一个操作平台。其优点就是对于企业的信息化管理人员可以进行方便的管理，及时的监控，随时可以掌握企业的信息系统状态。系统管理的使用对象为企业的信息管理人员（即系统管理软件中的操作员 Admin）或账套主管。

4.3.1 系统注册

系统管理模块主要能够实现如下功能：对账套的统一管理，包括建立、修改、引入和输出（恢复备份和备份）。对操作员及其功能权限实行统一管理，设立统一的安全机制，包括用户、角色和权限设置。允许设置自动备份计划，系统根据这些设置定期进行自动备份处理，实现账套的自动备份。对年度账的管理，包括建立、引入、输出年度账，结转上年数据，清空年度数据。

用户运行用友软件系统管理模块，登录注册的主要过程如下。

【操作步骤】

(1) 单击“开始”按钮，执行“程序”|“用友 ERP-U8 院校专版”|“系统服务”|“系统管理”命令，如图 4-2 所示。

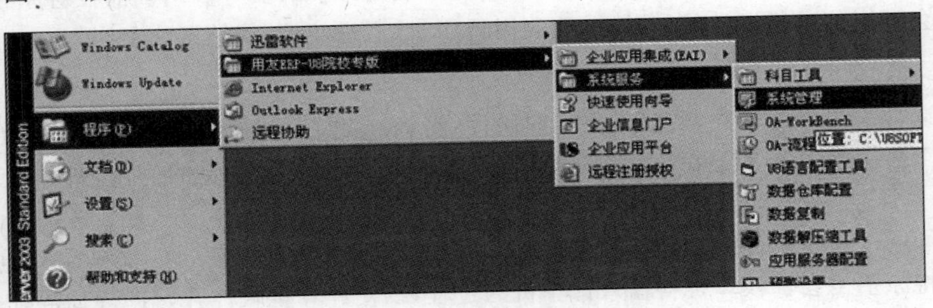

图 4-2 系统管理菜单

(2) 在打开的“系统管理”窗口中，执行“系统”|“注册”命令，系统将弹出如图 4-3 所示的“登录”对话框。

(3) 在“操作员”文本框中输入 admin，“账套”选择默认的 default，即可以系统管理员的身份注册进入系统管理。

注册成功后，可以启用“账套”和“权限”菜单。

(4) 系统管理员负责整个系统的维护工作。以系统管理员身份注册进入，便可以进行账套的管理（包括账套的建立、引入和输出），以及角色、用户及其权限的设置。

(5) 只有账套主管才能使用“年度账”菜单。

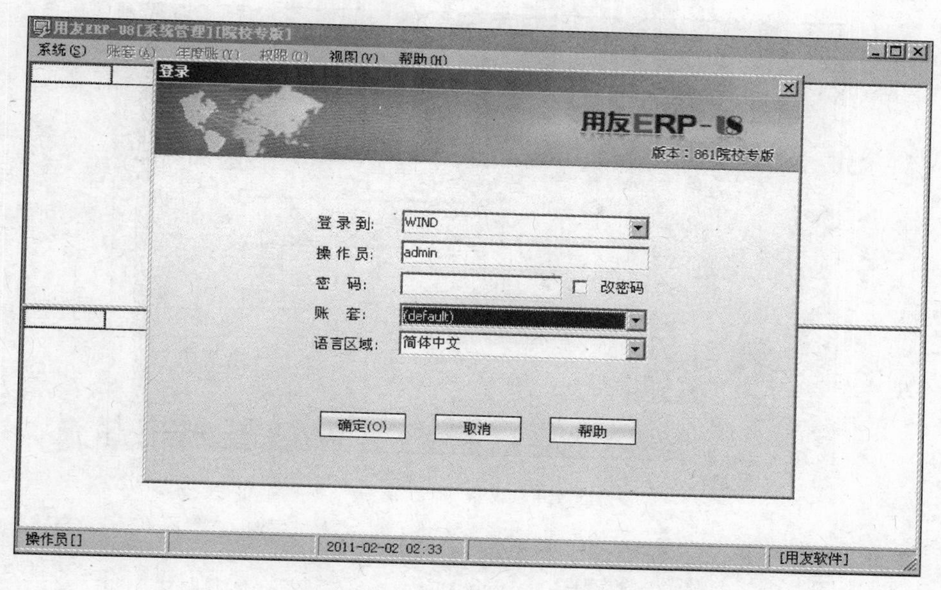

图 4-3 “登录”对话框

4.3.2 建立账套

建立新的核算单位是用友账务系统应用的基础。系统安装完成后，就可进行设置。第一次使用账务系统时，要逐项进行，新财年使用账务系统时，只需建立账簿，再修改会计科目，然后进行年初转账及设置修改（如修改凭证类别等）或余额调整等即可。

建立新的核算单位至关重要，必须认真进行，一旦完成，平时不能随便进入或修改。系统安装完毕后，首先要新建本单位的账套。建立新单位账套的过程如下。

【操作步骤】

首先以 Admin 身份注册登录，然后执行“账套”|“建立”命令，进入建立新单位账套的功能，打开“创建账套”对话框。

(1) 输入账套信息，用于记录新建账套的基本信息。输入账套号、账套名称、账套路径、启用会计期，如图 4-4 所示。

(2) 输入单位信息。用于记录本单位的基本信息，包括单位名称、机构代码、单位简称、单位域名、单位地址、法人代表、邮政编码、联系电话、传真、电子邮件、税号、备注等。其中单位名称必须输入，如图 4-5 所示。

(3) 输入核算信息。用于记录本单位的基本核算信息，包括本币代码、本币名称、企业类型、行业性质、科目预置语言、账套主管、是否按行业预置科目等，如图 4-6 所示。

(4) 输入基础信息选项，如图 4-7 所示。

(5) 编码长度定义。用户在此设定的科目编码各级长度是决定单位的科目编号如何编制，例如某单位将科目编码长度设为 42222，则科目编号时，第 1 级科目编码是 4 位长，第 2～5 级科目编码各为两位长，如图 4-8 所示。

至此，新单位和新年度账簿已设好，下面的工作是要开始建立本年度的账务基础数据。

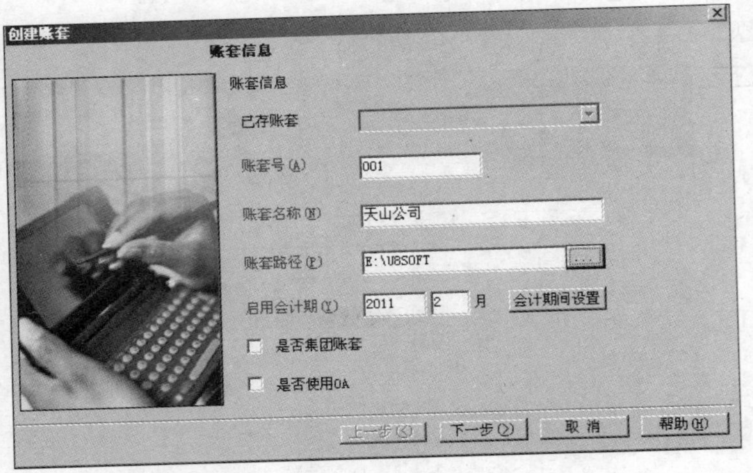

创建账套
账套信息
账套信息
已存账套
账套号(A)
001
账套名称(N)
天山公司
账套路径(P)
E:\U8SOFT
启用会计期(Y)
2011
2
月
会计期间设置
是否集团账套
是否使用OA
上一步(<)
下一步(>)
取 消
帮助(H)

图 4-4 设置“账套信息”

创建账套
单位信息
此页面输入贵单位的单位信息
单位名称(M)
新疆天山信息技术有限公司
机构代码(O)
单位简称(A)
新疆天山
单位域名(D)
单位地址(R)
乌市长江路1号
法人代表(L)
张艺
邮政编码(Z)
832000
联系电话(P)
1234567
传真(F)
7654321
电子邮件(E)
wika@126.com
税号(X)
111111111111111
备注一
备注二
请选择公司
Logo
上一步(<)
下一步(>)
取 消
帮助(H)

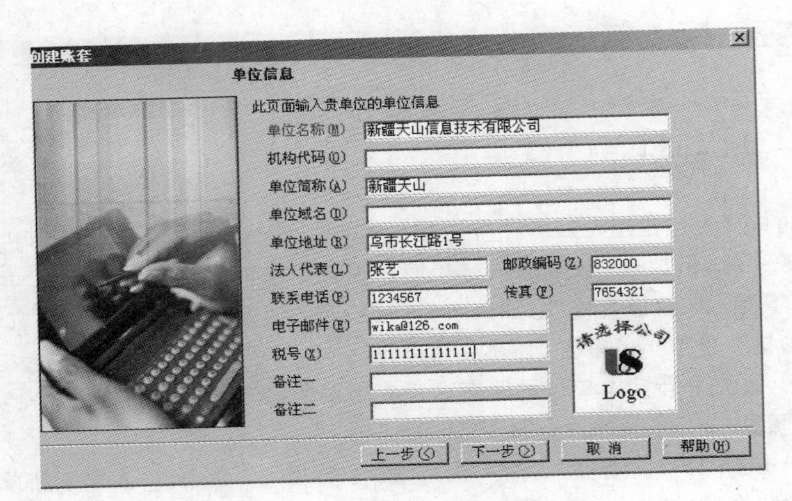

图 4-5 设置“单位信息”

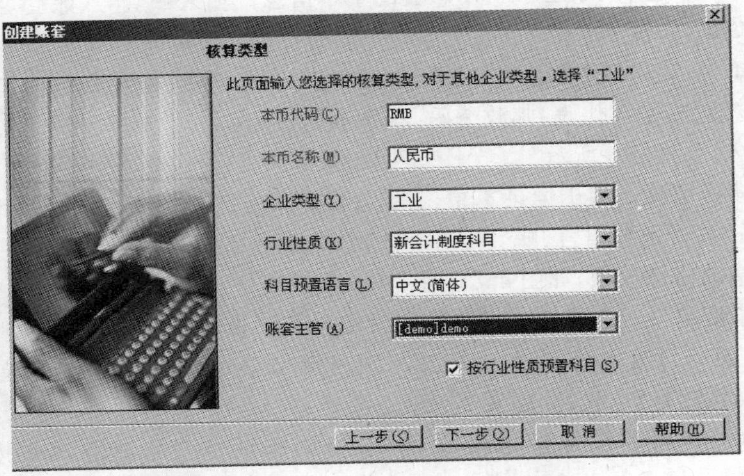

创建账套
核算类型
此页面输入您选择的核算类型，对于其他企业类型，选择“工业”
本币代码(C)
RMB
本币名称(M)
人民币
企业类型(Y)
工业
行业性质(K)
新会计制度科目
科目预置语言(L)
中文(简体)
账套主管(A)
[demo]demo
按行业性质预置科目(S)
上一步(<)
下一步(>)
取 消
帮助(H)

图 4-6 设置“核算类型”

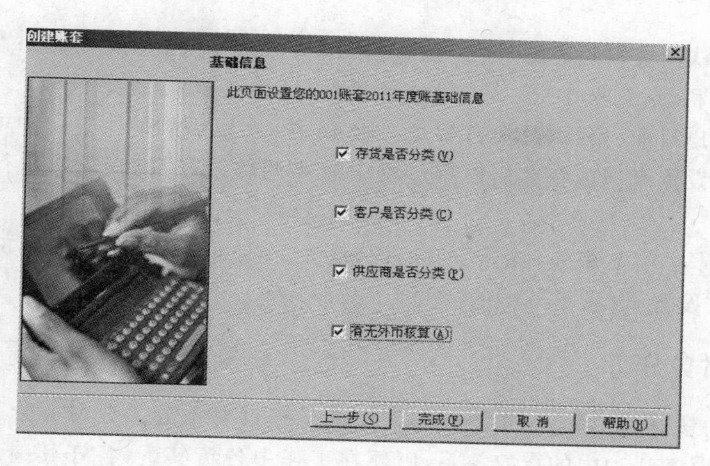

图 4-7 设置“基础信息”

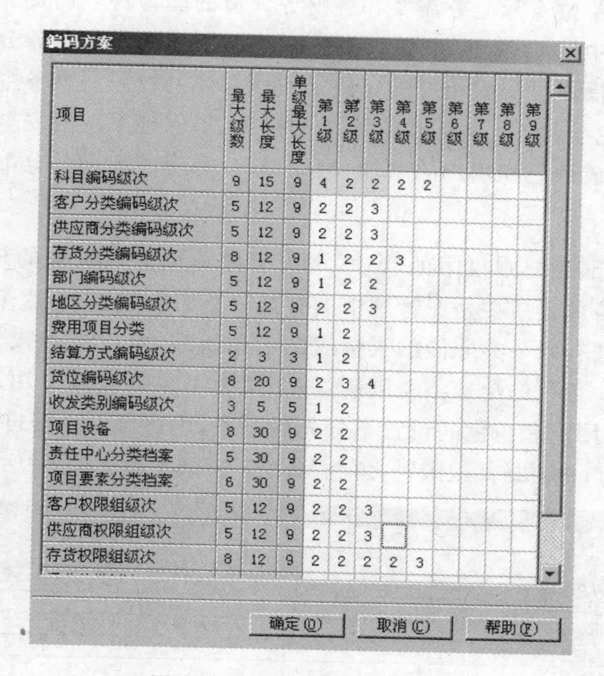
编码方案

项目	最大级数	最大长度	单级最大长度	第1级	第2级	第3级	第4级	第5级	第6级	第7级	第8级	第9级
科目编码级次	9	15	9	4	2	2	2	2				
客户分类编码级次	5	12	9	2	2	3						
供应商分类编码级次	5	12	9	2	2	3						
存货分类编码级次	8	12	9	1	2	2	3					
部门编码级次	5	12	9	1	2	2						
地区分类编码级次	5	12	9	2	2	3						
费用项目分类	5	12	9	1	2							
结算方式编码级次	2	3	3	1	2							
货位编码级次	8	20	9	2	3	4						
收发类别编码级次	3	5	5	1	2							
项目设备	8	30	9	2	2							
责任中心分类档案	5	30	9	2	2							
项目要素分类档案	6	30	9	2	2							
客户权限组级次	5	12	9	2	2	3						
供应商权限组级次	5	12	9	2	2	3						
存货权限组级次	8	12	9	2	2	2	2	3				

确定(O) 取消(C) 帮助(F)

图 4-8 设置分类“编码方案”

【说明】

(1) 账套号用 001、002、003、…、999 表示，最多可设 999 套账，且不可重复；核算单位即单位的名称，可以是汉字或字符，不能为空。

(2) 会计主管即单位会计主管，因会计主管拥有本账套的所有权限，因此对本账套的数据完整与安全负有不可推卸的责任，建账完成后第一次进入财务系统，一定要注意为会计主管设定系统口令，设定口令后再次进入系统必须输入正确的口令，若主管口令丢失，则该账套无法进入，也无法维护和删除。

(3) 建账设置过程中，如果发现前面设置有误，可以通过单击“上一步”按钮返回以前步骤进行修改；如果在建账过程中不想再继续建账，可以通过单击“取消”按钮退出建账。

(4) 系统默认预置科目，如果不需预置科目，取消选中“按行业性质预置科目”复选框。如果想查看预置科目，则选中“按行业性质预置科目”复选框。

(5) 如果用户目前科目编码没有超过6级15位，在以后的使用过程中可以随时扩充。

(6) 若本次设置有误或在今后使用过程中需要调整结账日期，可以执行“选项”|“账套参数设置”命令。

(7) 科目级长：用友账务系统规定科目总长为15位，科目级次最多为6级，但各级科目的位长允许自由设置，以满足不同的需要。

4.3.3 财务分工

建立好新的核算单位后，首先要做的工作就是进行财务分工。财务分工是会计制度的要求，旨在明确财务活动中的责权关系，以便在工作中各负其责，各守其岗。分工及权限一般由会计主管根据本单位实际业务需要和各财务人员的能力特点而定。

在账务处理系统中，为了体现财务人员的责权关系，也引入了财务分工的概念。即通过定义操作员并为每个操作员分配相应的完成工作所必需的权限。财务主管通过划分业务岗位和操作权限，可避免与业务无关人员对系统的操作，以保证系统的安全与保密。

财务分工主要完成角色和用户的增加、删除、修改和功能权限的分配。

1. 角色管理

软件加强企业内部控制中权限的管理，增加了按角色分工管理的理念，加大控制的广度、深度和灵活性。角色是指在企业管理中拥有某一类职能的组织，这个角色组织可以是实际的部门，可以是由拥有同一类职能的人构成的虚拟组织，可以进行账套中角色的增加、删除、修改等维护工作。角色的个数不受限制，一个角色可以拥有多个用户，一个用户也可以分属于不同的角色。用户和角色的设置不分先后顺序，用户可以根据自己的需要设置。

在“系统管理”窗口中，执行“权限”|“角色”命令，打开“角色管理”对话框，如图4-9所示。

角色管理

输出

角色ID	角色名称	备注
Cus-CRM01	客户管理专员	
DATA-MANAGER	账套主管	
DECISION-FI1	财务总监（CFO）	
DECISION-LO1	物流总监	
MANAGER-EX01	出口业务部经理	
MANAGER-FI01	财务主管	
MANAGER-HR01	HR经理	
MANAGER-HR02	员工关系经理	
MANAGER-HR04	招聘经理	
MANAGER-HR05	考勤主管	
MANAGER-HR06	绩效主管	
MANAGER-HRD	培训经理	
MANAGER-MM01	物料计划主管	
MANAGER-MO01	生产主管	
MANAGER-PU01	采购主管	
MANAGER-QA01	质量主管	
MANAGER-SA01	销售主管	
MANAGER-ST01	仓库主管	
Mark-CRM02	市场人员	
OPER-EX-0001	出口业务员	

图4-9 “角色管理”对话框

2. 用户设置

用户设置主要完成本账套用户的增加、删除、修改等维护工作。设置用户后系统对于登录操作,要进行相关的合法性检查。

在"系统管理"窗口中,执行"权限"|"用户"命令,打开"用户管理"对话框,如图 4-10 所示。

用户管理

输出 安全

是否打印所属角色

用户ID	用户全名	部门	Email地址
demo	demo		
SYSTEM	SYSTEM		
UFSOFT	UFSOFT		
xj001	张三		
xj002	李四		
xj003	王五		
xj004	马六		
xj005	周七		
xj006	郑八		

图 4-10 "用户管理"对话框

【说明】

(1) 增加操作员。单击"增加"按钮,输入新的操作员姓名,单击"确认"按钮或按 Enter 键,系统即增加此操作员。

(2) 修改操作员。单击要修改姓名的操作员,然后执行"编辑"|"修改"命令,输入新的姓名即可修改操作员,如图 4-11 所示。

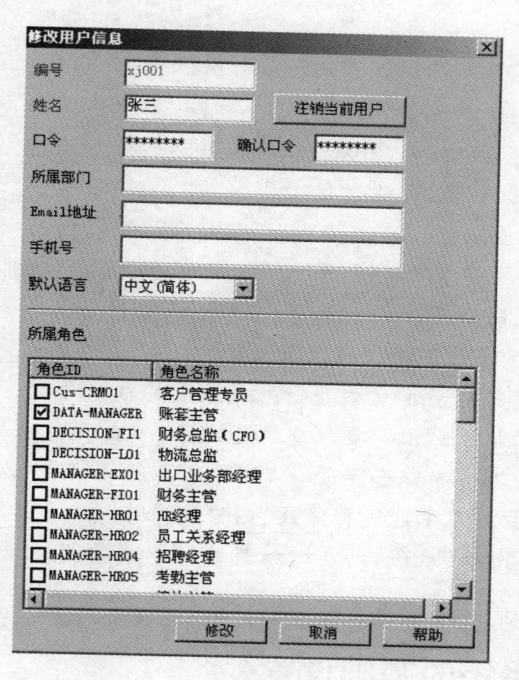

图 4-11 "修改用户信息"对话框

(3) 删除操作员。单击要删除的操作员,然后单击"删除"按钮,在弹出的对话框中单击"确认"按钮后即可删除该操作员。

4.3.4 权限设置

用友软件可以实现 3 个层次的权限管理。

第一层是功能级权限管理，该权限将提供划分更为细致的功能级权限管理功能，包括功能权限查看和分配。

第二层是数据级权限管理，该权限可以通过两个方面进行权限控制，一个是字段级权限控制；另一个是记录级权限控制。

第三层是金额级权限管理，该权限主要用于完善内部金额控制，实现对具体金额数量划分级别，对不同岗位和职位的操作员进行金额级别控制，限制他们制单时可以使用的金额数量，不涉及内部控制的不在管理范围内。

【操作步骤】

(1) 选择要分配权限的账套和账套所在年度，左边显示本账套内所有角色和用户名。

(2) 选择要分配权限的角色和操作员，单击“修改”按钮，打开“增加和调整权限”对话框，如图 4-12 所示。

(3) 单击⊞按钮展开功能目录树，单击☑表示选中某项详细功能。

(4) 单击“确定”按钮，保存设置返回“操作员权限”对话框。

(5) 可以查看该角色或用户所拥有的权限名称和权限隶属的系统。

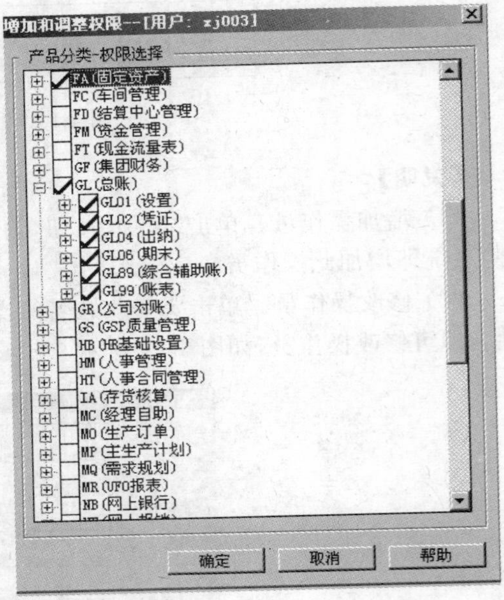

图 4-12 “增加和调整权限”对话框

【注意】

(1) 如果设置为账套主管，则能行使全部操作权限。

(2) 修改功能是给操作员进行权限的分配，并且可以进行子功能的删除。

(3) 删除功能是将该操作员的所有权限删除。

(4) 只有系统管理员(Admin)才能进行账套主管的权限分配。如果以账套主管的身份注册，只能分配子系统的权限。但需要注意的是，系统一次只能对一个账套的某一个年度账进行分配，一个账套可以有多个账套主管。

(5) 正在使用的用户权限不能进行修改、删除的操作。

(6) 如果对某角色分配了权限，则在增加新的用户时(该用户属于此角色)，该用户自动拥有此角色具有的权限。

4.4 会计信息系统的基础设置

4.4.1 系统启用

本功能用于系统的启用，记录启用日期和启用人，要使用某个产品必须先启用此系统。

打开“系统启用”对话框的方法有以下两种。

(1) 用户创建新账套后，自动打开“系统启用”对话框，用户可完成创建账套和系统启用。

(2) 执行“用友软件”|“企业应用平台”|“设置”|“基础信息”|“基本信息”|“系统启用”命令，打开的“系统启用”对话框如图 4-13 所示。

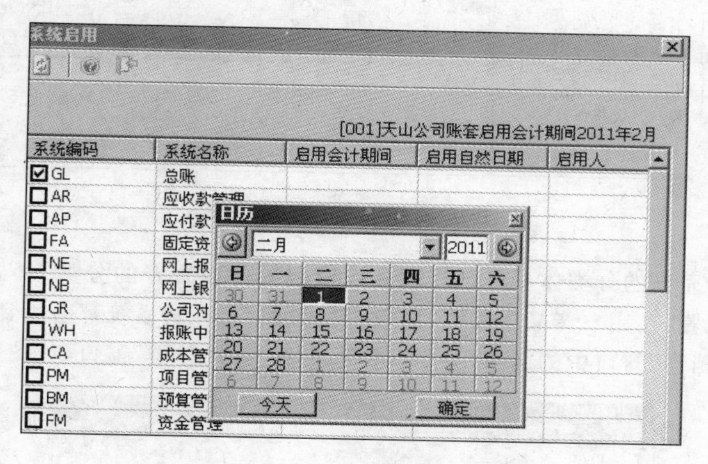

图 4-13　“系统启用”对话框

4.4.2　设置档案

1. 部门档案

双击“基础档案”窗口中的“部门档案”目录，打开“部门档案”窗口，如图 4-14 所示。

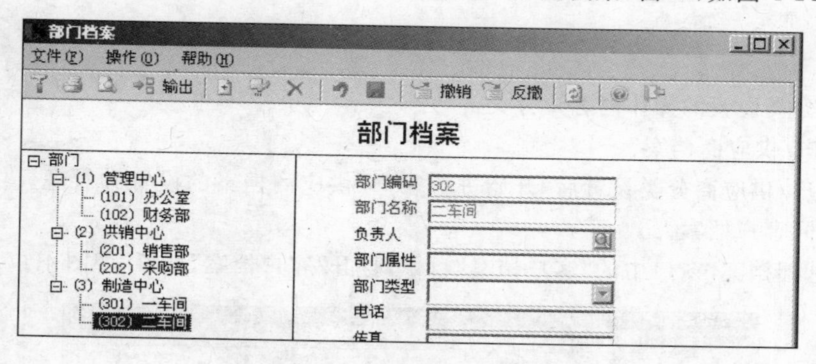

图 4-14　“部门档案”窗口

2. 人员列表

本功能主要用于记录本单位使用系统的人员列表，包括人员编号、名称、所属部门及人员属性等。

双击“基础档案”窗口中的“部门分类”目录，打开“人员列表”窗口，如图 4-15 所示。

3. 设置客户/供应商

(1) 客户/供应商分类

企业根据自己管理的要求，需要对客户、供应商进行相应的业务数据统计、汇总分析，因

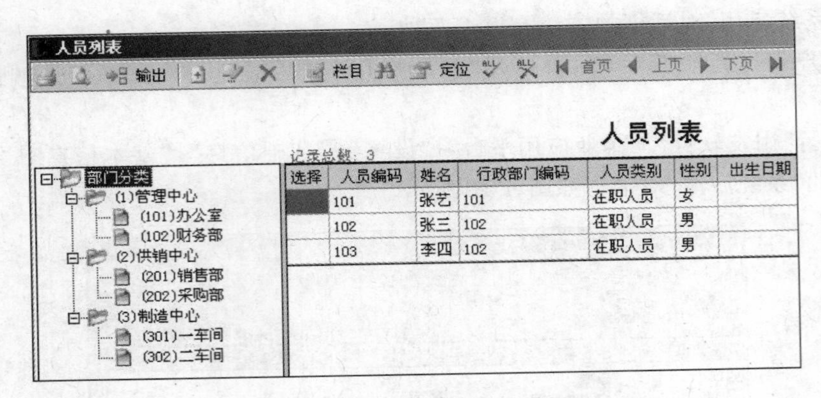

选择	人员编码	姓名	行政部门编码	人员类别	性别	出生日期
	101	张艺	101	在职人员	女	
	102	张三	102	在职人员	男	
	103	李四	102	在职人员	男	

图 4-15 “人员列表”窗口

此需要建立一套完善的分类体系进行管理。用户根据已设置好的分类编码方案对客户/供应商进行分类设置，在用友产品中总账、应收、销售、库存、存货系统都会用到客户分类。

双击“基础档案”窗口中的“客户分类”目录，打开“客户分类”窗口，如图 4-16 所示。

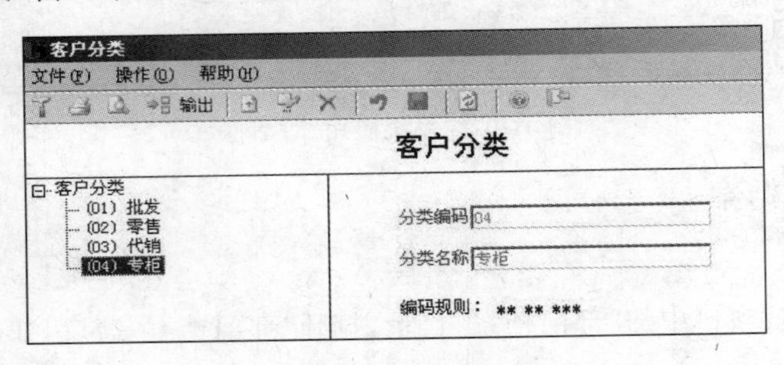

图 4-16 “客户分类”窗口

供应商分类设置的操作同客户分类。

(2) 客户/供应商档案

完成客户/供应商分类设置后，开始进行客户/供应商档案的设置和管理。供应商档案设置的操作同客户档案。

双击“基础档案”窗口中的“客户档案”目录，打开“客户档案”窗口，如图 4-17 所示。

客户档案-客户分类
文件(F) 操作(O) 帮助(H)
输出 定位 栏目 信用 并户 批改
客户档案
客户分类
(01) 批发
(02) 零售
(03) 代销
(04) 专柜

序号	客户编码	客户名称	地区名称	发展日期
1	001	甲公司		2011-2-1
2	002	乙公司		2011-2-1

图 4-17 “客户档案”窗口

4.4.3 存货

1. 存货分类

企业可以根据对存货的管理要求对存货进行分类管理，以便于对业务数据的统计和分析。存货分类最多可分 8 级，编码总长不能超过 30 位，每级级长用户可自由定义。存货分类用于设置存货分类编码、名称及所属经济分类。

【操作步骤】

(1) 双击“基础档案”窗口中的“存货分类”目录，打开“存货分类”窗口，如图 4-18 所示。

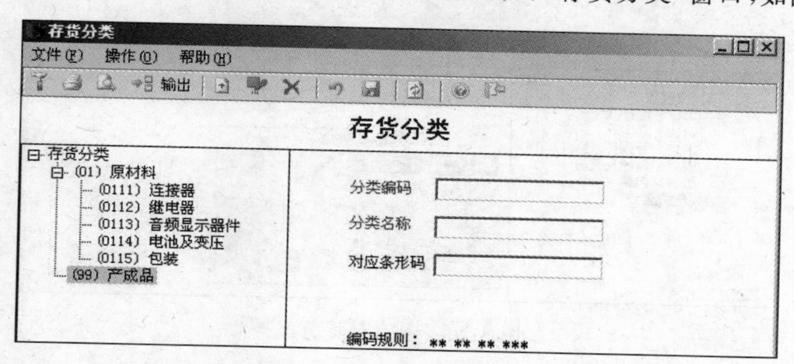

图 4-18 “存货分类”窗口

(2) 选择要增加存货分类的上级分类，单击“增加”按钮，输入分类编码和名称等分类信息，单击“保存”按钮，保存此次增加的存货分类；如想放弃新增存货分类，可以单击“放弃”按钮；如果想继续增加，单击“增加”按钮即可。

【提示】

有下级分类码的存货分类前会出现加号，双击加号时，会出现下级分类码。

新增的存货分类的分类编码必须与编码原则中设定的编码级次结构相符。例如，编码级次结构为××-×××，那么，“001”是一个错误的存货分类编码。

存货分类必须逐级增加。除了一级存货分类之外，新增的存货分类的分类编码必须有上级分类编码。例如，编码级次结构为××-×××，那么“01001”这个编码只有在编码“01”已存在的前提下才是正确的。

(3) 选中要修改的存货分类，单击“修改”按钮，即可修改存货分类，如图 4-19 所示。修改完毕后，单击“保存”按钮，即可保存当前存货分类的修改；如果想放弃修改，单击“放弃”按钮即可。如果要继续修改，选中下一个需要修改的存货，重复本步骤。

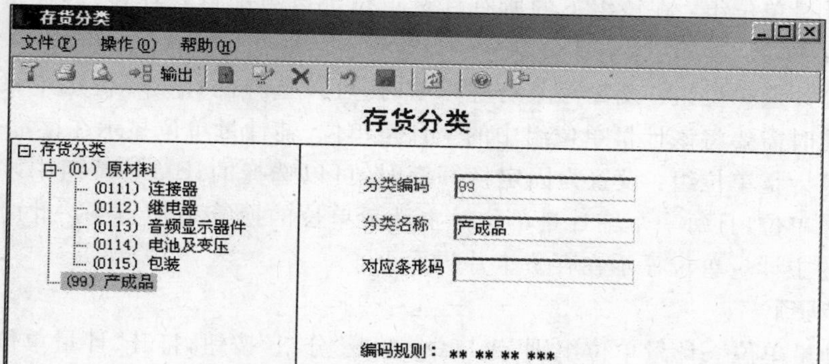

图 4-19 修改存货分类

(4) 选中要删除的存货分类,单击“删除”按钮弹出“确认信息”对话框,单击“是”按钮,如图 4-20 所示。

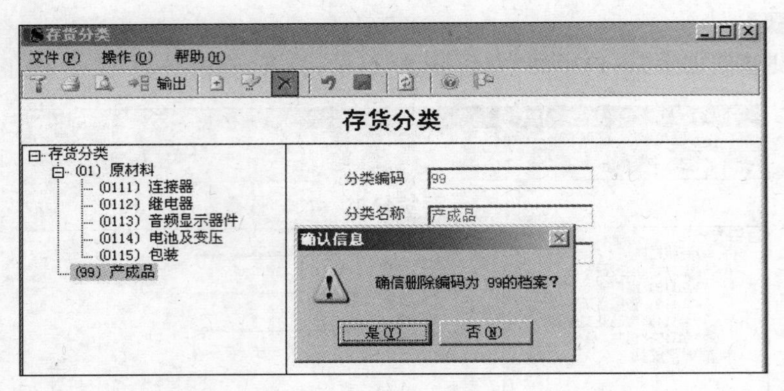

图 4-20 删除存货分类

【提示】

① 已经使用的存货分类不能删除。

② 非末级存货分类不能删除。

【说明】

分类编码:必须唯一,必须按其级次的先后次序建立,可以用数字 0～9 或字母 A～Z 表示,禁止使用 &、"、'、|、:等特殊字符。

分类名称:可以用数字 0～9 或字母 A～Z 表示,禁止使用 &、"、'、|、:等特殊字符。

对应条形码:需要手工输入,可以随时修改,可以为空。对应条形码位长必须等于“条形码定义”设置“数据源类型”为存货分类时定义的长度,否则不能生成相应的存货条码。

2. 计量单位

(1) 计量单位组

计量单位组分无换算、浮动换算、固定换算 3 种类别,每个计量单位组中有一个主计量单位、多个辅助计量单位,可以设置主辅计量单位之间的换算率;还可以设置采购、销售、库存和成本系统所默认的计量单位。先增加计量单位组,再增加组下的具体计量单位内容。

无换算计量单位组:在该组下的所有计量单位都以单独形式存在,各计量单位之间不需要输入换算率,系统默认为主计量单位。

浮动换算计量单位组:设置为浮动换算率时,可以选择的计量单位组中只能包含两个计量单位。此时需要将该计量单位组中的主计量单位、辅计量单位显示在存货卡片界面上。

固定换算计量单位组:设置为固定换算率时,可以选择的计量单位组中才可以包含两个以上的计量单位,且每一个辅计量单位对主计量单位的换算率不为空。此时需要将该计量单位组中的主计量单位显示在存货卡片界面上。

【操作步骤】

① 在“计量单位—计量单位组别”窗口中,单击“分组”按钮,打开“计量单位组”对话框,如图 4-21 所示。

② 单击“增加”按钮,输入计量单位组编码和名称。

③ 根据 3 种计量单位组的特点进行选择计量单位组类别。

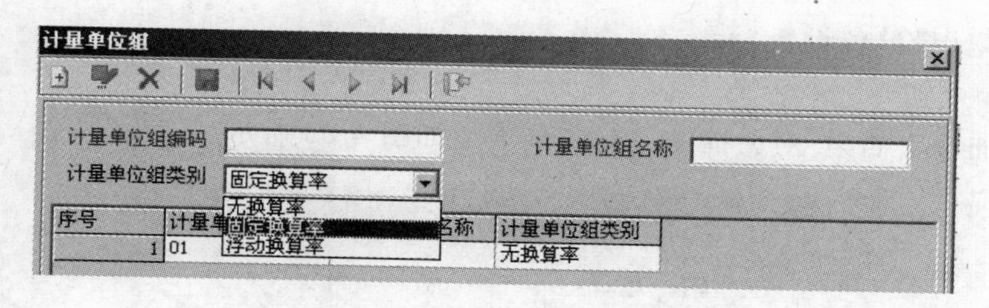

图 4-21 “计量单位组”对话框

④ 单击“保存”按钮，保存添加的内容。

(2) 计量单位

必须先增加计量单位组，然后再在该组下增加具体的计量单位内容。

【说明】

计量单位编码：必填，保证唯一性。

计量单位名称：必填。

计量单位组：根据用户建立计量单位时所在的计量单位组确定，不可修改。

对应条形码：可为空，可随时修改，保证唯一性。对应条形码位长必须等于条形码规则定义设置“数据源类型”为存货单位时定义的长度，否则不能生成相应的存货条码。

换算率：输入辅计量单位和主计量单位之间的换算比，如一箱啤酒为 24 听，则 24 就是辅计量单位箱和主计量单位之间的换算比。

主计量单位的换算率自动置为 1。

无换算计量单位组中不可输入换算率。

固定换算的计量单位组，辅单位的换算率必须输入。

浮动换算的计量单位组，可以输入，可以为空。

数量(按主计量单位计量)＝件数(按辅计量单位计量)×换算率。

主计量单位标志：不可修改。

无换算计量单位组下的计量单位全部默认为主计量单位，不可修改。

固定、浮动计量单位组：对应每一个计量单位组必须且只能设置一个主计量单位，默认值为该组下增加的第一个计量单位。

每个辅计量单位都是和主计量单位进行换算。

【操作步骤】

① 增加计量单位，选择要增加的计量单位组，单击“单位”按钮，弹出“计量单位设置”对话框。单击“增加”按钮，输入主计量、辅计量单位。单击“保存”按钮，保存添加的内容。

② 修改计量单位，已经有数据的存货不允许修改其计量单位组。已经使用过的计量单位组不能修改其已经存在的计量单位信息。

3. 存货档案

存货档案主要用于设置企业在生产经营中使用到的各种存货信息，以便于对这些存货进行资料管理、实物管理和业务数据的统计、分析。

本功能完成对存货目录的设立和管理，随同发货单或发票一起开具的应税劳务等也应设置在存货档案中。同时提供基础档案在输入中的方便性，完备基础档案中的数据项，提供存货档案的多计量单位设置。

【说明】

(1)“增加存货档案”对话框的“基本”选项卡如图 4-22 所示。

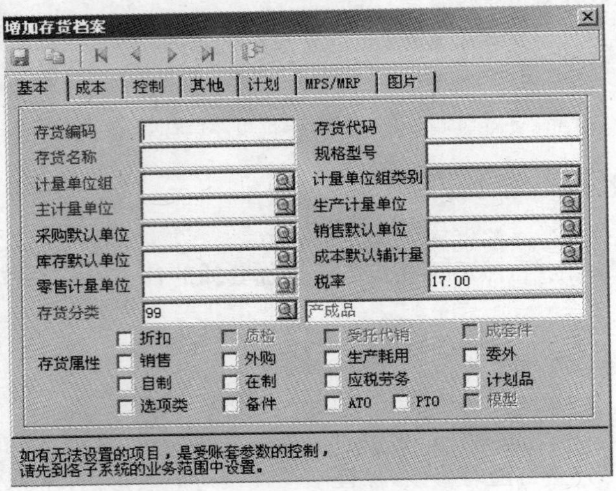

图 4-22 “基本”选项卡

存货编码：存货编码必须唯一且必须输入。可输入最多 20 位数字或字符。可以用数字 0～9 或字母 A～Z 表示，但 &、"、'、; 等特殊符号禁止使用。

存货代码：存货代码可以用 0～9 或字母 A～Z 表示，但 &、"、'、; 等特殊符号禁止使用。

存货名称：存货名称必须输入。可以用 0～9 或字母 A～Z 表示，最多可输入 30 个汉字或 60 个字符。但 &、"、'、; 等特殊符号禁止使用。

规格型号：输入产品的规格编号，最多可输入 60 个数字或字符。

计量单位组：最多可输入 20 位数字或字符。

主计量单位：根据已选的计量单位组，显示或选择不同的计量单位。

计量单位组类别：根据已选的计量单位组确定。

库存(成本、销售、采购)默认单位：对应每个计量单位组均可以设置一个且最多设置一个库存(成本、销售、采购)系统默认使用的辅计量单位。

存货分类：系统根据用户增加存货前所选择的存货分类自动填写，用户可以修改。

税率：此税率为销售单据上该存货默认的销项税率，默认为 17%，可修改，可以输入小数位，允许输入的小数位长根据数据精度对税率小数位数的要求进行限制。

是否折扣：即折让属性，若选择是，则在采购发票和销售发票中输入折扣额。该属性的存货在开发票时可以没有数量，只有金额；或者在蓝字发票中开成负数。

是否质检：即质检属性，若选择是，则在存货采购、销售退货、委外、生产时，默认需要质检。

是否受托代销：选择是，则该存货(已设置为外购属性)可以进行受托代销业务。

是否成套件：选择是，则该存货可以进行成套业务。

存货属性：系统为存货设置了 6 种属性。

销售：具有该属性的存货可用于销售。发货单、发票、销售出库单等与销售有关的单据参照存货时，参照的都是具有销售属性的存货。开在发货单或发票上的应税劳务，也应设置为销售属性，否则开发货单或发票时无法参照。

外购：具有该属性的存货可用于采购。到货单、采购发票、采购入库单等与采购有关的单据参照存货时，参照的都是具有外购属性的存货。开在采购专用发票、普通发票、运费发票等票据上的采购费用，也应设置为外购属性，否则开具采购发票时无法参照。

生产耗用：具有该属性的存货可用于生产耗用。如生产产品耗用的原材料、辅助材料等。具有该属性的存货可用于材料的领用，材料出库单参照存货时，参照的都是具有生产耗用属性的存货。

委外：具有该属性的存货可用于委外加工。如工业企业委托委外商加工的委外商品。委外订单、委外产品入库、委外发票等与委外有关的单据参照存货时，参照的都是具有委外属性的存货。

自制：具有该属性的存货可由企业生产自制。如工业企业生产的产成品、半成品等存货。具有该属性的存货可用于产成品或半成品的入库，产成品入库单参照存货时，参照的都是具有自制属性的存货。

在制：暂时不用。

应税劳务：指开具在采购发票上的运费费用、包装费等采购费用或开具在销售发票或发货单上的劳务费用。

【提示】

同一存货可以设置多个属性。

(2)"增加存货档案"对话框的"成本"选项卡，如图 4-23 所示。

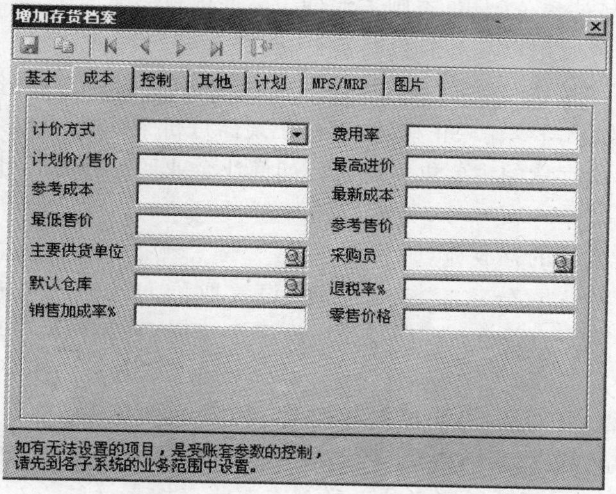

图 4-23　"成本"选项卡

计价方式：每种存货只能选择一种计价方式，最多可输入 20 位数字或字符。

行业类型为工业时，提供如下选项：计划价、全月平均、移动平均、先进先出、后进先出、个别计价。

行业类型为商业时，提供如下选项：售价、全月平均、移动平均、先进先出、后进先出、个别计价。

【注意】

在存货核算系统选择存货核算时，必须对每一个存货记录设置一个计价方式，默认选择全月平均，若前面已经有新增记录，则计价方式与前面新增记录相同。

当存货核算系统中已经使用该核算方式以后，不能修改该计价方式。

计划单价/售价：工业企业使用计划价核算存货，商业企业使用售价核算存货，通过按照仓库、部门、存货设置计划价/售价核算。

参考成本：该成本指非计划价或售价核算的存货填制出入库成本时的参考成本。采购商品或材料暂估时，参考成本可作为暂估成本。存货负出库时，参考成本可作为出库成本。

最新成本：指存货的最新入库成本，用户可修改。

【注意】

产品材料成本、采购资金预算是以存货档案中的计划售价、参考成本和最新成本为依据，所以如果要使用这两项功能，在存货档案中必须输入计划售价、参考成本和最新成本，可随时修改。

如果使用了采购管理产品，那么在做采购结算时提取结算单价作为存货的最新成本，自动更新存货档案中的最新成本。

费用率：可为空，可以修改，小数位数是最大可为 6 的正数。用于存货核算系统，计提存货跌价准备。

参考售价：指销售存货时用户参考的销售单价。

最低售价：指存货销售时的最低销售单价。如果用户在销售系统中选择要进行最低售价控制，则存货销售时，如果销售单价低于此最低售价，系统则要求用户输入口令，如果口令输入正确，方可低于最低售价销售，否则不能低于最低售价销售。

最高进价：指进货时用户参考的最高进价，为采购进行进价控制。如果用户在采购管理系统中选择要进行最高进价控制，则在填制采购单据时，如果最高进价高于此价，系统会要求用户输入口令，如果口令输入正确，方可高于最高进价采购，否则不行。

主要供货单位：指存货的主要供货单位。如商业企业商品的主要进货单位或工业企业材料的主要供应商等。

默认仓库：存货默认的存放地点——仓库。

销售加成率%：输入百分比。“销售管理”设置取价方式为最新成本加成，则销售报价＝存货最新成本×(1＋销售加成率%)。报价根据“报价是否含税”确定无税单价或含税单价。

(3)“增加存货档案”对话框的“控制”选项卡，如图 4-24 所示。

ABC 分类：在存货核算系统中用户可自定义 ABC 分类的方法，并且系统根据用户设置的 ABC 分类方法自动计算 A、B、C 这 3 类都有哪些存货。

ABC 分类法是指由用户指定每一存货的 ABC 类别。只能输入 A、B、C 这 3 个字母之一。基本原理是按成本比重高低将各成本项目分为 A、B、C 这 3 类，对不同类别的成本采取不同控制方法。这一方法符合抓住关键少数、突出重点的原则，是一种比较经济合理的管理方法。该方法既适用于单一品种各项成本的控制，又可以用于多品种成本控制，也可用于某项成本的具体内容的分类控制。A 类成本项目其成本占 A、B、C 这 3 类成本总和的比重最大，一般应为 70%以上，但实物数量则不超过 20%；归入 B 类的成本项目其成本比重为

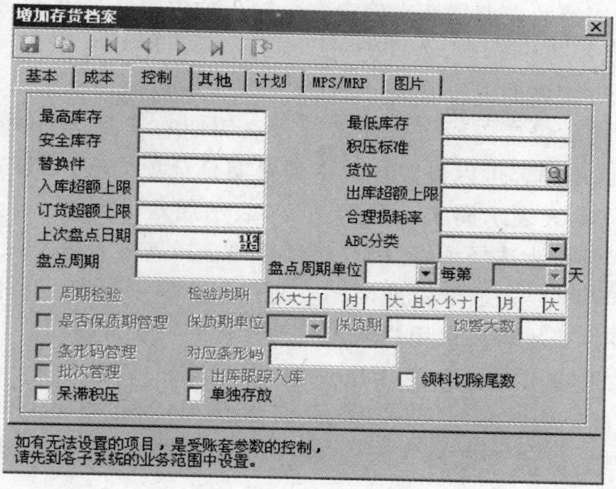

图 4-24 “控制”选项卡

20%左右,其实物量则一般不超过 30%;C 类项目实物量不低于 50%,但其成本比重则不超过 10%。按照 ABC 分析法的要求,A 类项目是重点控制对象,必须逐项严格控制;B 类项目是一般控制对象,可分别不同情况采取不同措施;C 类项目不是控制的主要对象,只需采取简单控制的方法即可。显然,按 ABC 分类法分析成本控制对象,可以突出重点,区别对待,做到主次分明,抓住成本控制的主要矛盾。

安全库存:在库存中保存的货物项目数量,为了预防需求或供应方面不可预料的波动。

积压标准:输入存货的周转率。呆滞积压存货分析根据积压标准进行统计,即周转率小于积压标准的存货进行统计分析。

最高库存:存货在仓库中所能储存的最大数量,超过此数量就有可能形成存货的积压。最高库存不能小于最低库存。用户在填制出入库单时,如果某存货的目前结存量高于最高库存,系统将予以报警。

【注意】

“库存管理”系统需要设置此选项,才能报警。

最低库存:存货在仓库中应保存的最小数量,低于此数量就有可能形成短缺,影响正常生产。

替换件:指可作为某存货的替换品的存货,来源于存货档案。

货位:主要用于仓储管理系统中对仓库实际存放空间的描述,指存货的默认存放货位。在库存系统填制单据时,系统会自动将此货位作为存货的默认货位,但用户可修改。在企业中仓库的存放货位一般用数字描述。例如:3-2-12 表示第 3 排第 2 层第 12 个货架。货位可以分级表示。货位可以是三维立体形式,也可以是二维平面表示。

入库、出库超额上限:手工输入的数据,在出入库时根据输入的数据计算控制。

合理损耗率:可以手工输入小数位数最大可为 6 位的正数,可以为空,可以随时修改。

上次盘点日期:新增记录可以手工输入上次盘点日期,以后就由系统自动维护,每次在该存货盘点时自动回填盘点日期,不允许修改。当设置盘点周期为天时必须输入该项内容,如果不填,系统默认为当前注册日期。

盘点周期：根据选择的盘点周期来确定实际输入的内容。当设置周期盘点时必须输入该项内容，可以输入大于 0 的整数，默认为 1。

盘点周期单位：可选择的内容有天、周、月，必须选择其中一种。

盘点日设置：当没有设置周期盘点或设置盘点周期为天时，无须输入该项内容；当设置盘点周期为周时，该项内容可以设置星期一到星期日 7 项内容，必须选择其中一项，注意 1 表示周日，2 表示周一，3 表示周二，以此类推，7 表示周六；当设置盘点周期为月时，该项内容可以设置 1～31 日作为选择项，每次只能且必须选择其中一项。

是否保质期管理：指存货是否要进行保质期管理。如果某存货是保质期管理，可选择是，且输入入库单据时，系统将要求用户输入该批存货的失效日期。

保质期：只能手工输入大于 0 的 4 位整数，保质期的单位为天，可以为空，可以随时修改。

保质期预警天数：只能手工输入大于等于 0 的 4 位整数，系统默认为 0，可以随时修改。

条形码管理：可以随时修改该选项。

对应条形码：最多可输入 30 位数字或字符，可以随时修改，可以为空。但不允许有重复的条形码存在。

单独存放：用于设置该存货是否需要单独存放，可以随时修改。

批次管理：指存货是否需要批次管理。如果存货是批次管理，输入出、入库单据时，系统将要求用户输入出、入库批号。

出库跟踪入库：可以修改，但是若需要将该选项从不选择状态改成选择状态，则需要检查该存货有无期初数据或者出入库数据，有数据的情况下不允许修改。

呆滞积压：用于设置该存货是否为呆滞积压存货。

(4)“增加存货档案”对话框的“其他”选项卡如图 4-25 所示。

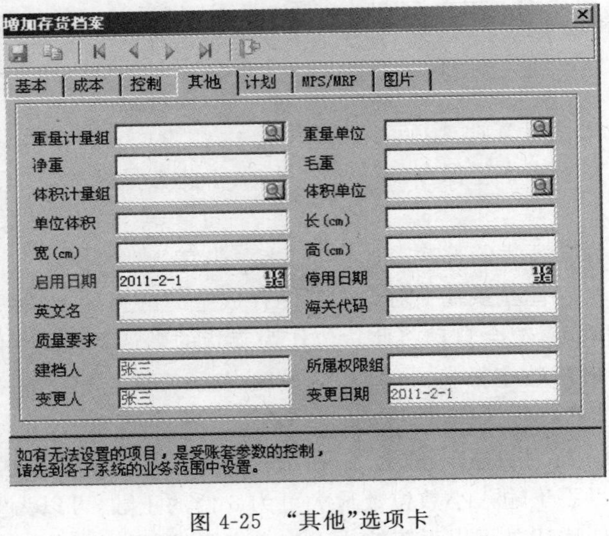

图 4-25 “其他”选项卡

单位重量：指单个存货的重量。单位重量不能小于零。

单位体积：指单个存货的体积。单位体积不能小于零。

启用日期：系统将增加存货的日期作为该存货的启用日期。系统根据增加存货的当日日期自动填写，用户不能修改。

【提示】

该日期将作为两台机器之间传递单据时，存货档案是否要一同传递的判断标准。如果存货的启用日期在传递的单据日期范围内，表示该存货是填制传递单据时新增的存货，则该存货将随同单据一同传递。

停用日期：由用户填写。如果用户填写了存货的停用日期，表示该存货已停止使用。停用的存货填制单据时将不能再使用，但可进行查询。

所属权限组：最多可输入4位数字或字符，该项目不允许编辑，只能查看；该项目在数据分配权限中进行定义。

建档人：最多可输入20个数字或字符，在增加存货记录时，系统自动将该操作员编码存入该记录中作为建档人，以后不管是谁修改这条记录均不能修改这一栏目，且系统也不能自动进行修改。

变更人：最多可输入20个字符或数字，新增存货记录时变更人栏目存放的操作员与建档人内容相同，以后修改该条记录时系统自动将该记录的变更人修改为当前操作员编码，该栏目不允许手工修改。

变更日期：新增存货记录时变更日期存放当时的系统日期，以后修改该记录时系统自动将修改时的系统日期替换原来的信息，该栏目不允许手工修改。

质量要求：由用户填写，注明采购或销售的存货要达到的质量标准。

(5) 新增存货档案。在左边的树形列表中选择一个末级的存货分类(如果在建立账套时设置存货不分类，则不用进行选择)，单击“增加”按钮，进入增加状态。增加完成后，单击“保存”按钮，则保存当前输入信息。可以在页编辑状态下，单击“增加”按钮，继续增加新的存货。

【提示】

提供自动复制功能。单击“复制”按钮，则每增加一个存货时，自动复制上一个存货内容。存货编号、代码、名称不复制。

保存存货记录时，若发现该条记录的存货名称和规格型号与其他记录相同，则应提示用户“该存货记录的名称＋规格型号与×××记录重复，是否继续进行?”。若选择继续进行，则保存该记录，否则不予保存档案记录，且将焦点停留在“存货名称”文本框中。

(6) 修改存货档案。

在存货列表中选中要修改的存货，单击“修改”按钮，修改方法与新增方法相同，注意存货编码不可修改，如图4-26所示。

(7) 删除存货档案。

选择要删除的存货，单击“删除”按钮，即可删除当前存货。已经使用的存货不能删除，如图4-27所示。

(8) 刷新档案记录。

在网络操作中，可能同时有多个操作员在操作相同的目录，可以单击“刷新”按钮，查看到当前最新目录情况，即可以查看其他有权限的操作员新增或修改的目录信息。

(9) 进行批量修改。

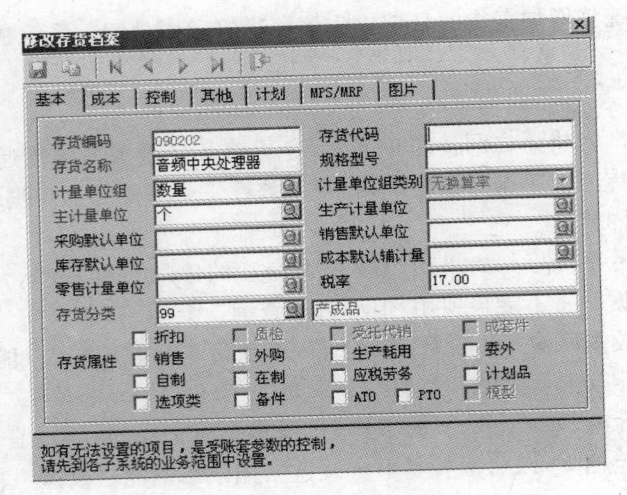

图 4-26 修改存货档案

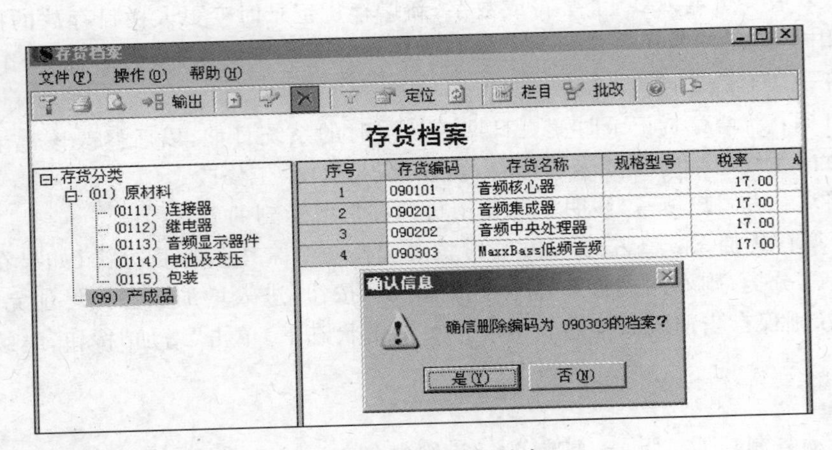

图 4-27 删除存货档案

【操作步骤】

① 单击“批改”按钮，打开“批改”对话框，如图 4-28 所示。

② 从“修改项目”下拉列表框中选择可以批量修改的项目，输入“修改内容”。

③ 编辑条件表达式，选择项目、关系符号和条件内容，单击“条件加入”按钮，设定的条件表达式显示在显示区内。

④ 如果还有其他过滤条件，则先选择与已设定条件的逻辑关系，如果是并集的关系，选择“或者”；如果是“交集”的关系，选择“并且”。

⑤ 再次输入条件项、关系符号和条件值，单击“条件加入”按钮，设定的条件表达式显示在上一条表达式下。

⑥ 单击“回退条件”按钮，可删除不需要的条件表达式。

⑦ 输入完成后，单击“修改条件”按钮，系统根据设置的条件批量修改所有符合条件的记录。

例如：要修改存货编码大于 001 的所有“存货名称”为“一级存货”。修改方法如下：

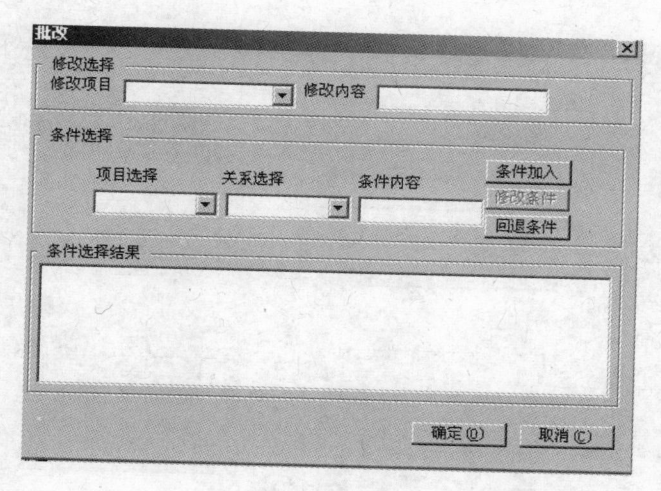

图 4-28 “批改”对话框

首先从下拉列表框中选择“修改项目”为“存货名称”，输入“修改内容”为“一级存货”；在“项目选择”下拉列表框中选择“存货编码”，“关系符号”选择“＞”；直接输入或参照选择“条件内容”为“001”，单击“条件加入”按钮，显示区显示条件表达式“存货编码＞001”。

单击“修改条件”按钮，系统按照设定的条件将所有编码“＞001”的存货名称全部改为“一级存货”。

【提示】

存货编码不允许批量修改。

4.4.4 设置会计科目

会计科目是财务核算的核心，填制凭证、记账、查账、对账、制作报表几乎都是以会计科目为核心进行的，各种会计账簿也都是按会计科目开设账页的，因此正确地根据需要设置适合自身业务特点的会计科目，是集成账务处理系统初始化过程中最为重要的一项工作，会计科目设置的好坏，直接关系到日后核算工作的顺利、正确。

本功能完成对会计科目的设立和管理，用户可以根据业务的需要方便地增加、插入、修改、查询、打印会计科目。

1. 增加会计科目

【操作方法】

单击“增加”按钮即可进入“新增会计科目”对话框，如图 4-29 所示。并显示已装入的标准会计科目，根据需要对会计科目进行增加、删除、修改，以符合核算需要。

【说明】

(1) 如果本年度已做日常账务等操作，会计科目的修改、增加、删除、插入、将受限制。

如果本科目已被制过单，则不能删除、修改该科目。

如果系统未记过账，本科目也未被制过单，而该科目已有余额，也不能删除，修改该科目，如要修改该科目必须先将修改科目及其下级科目余额清零，再行修改，修改完毕后要将余额补上。

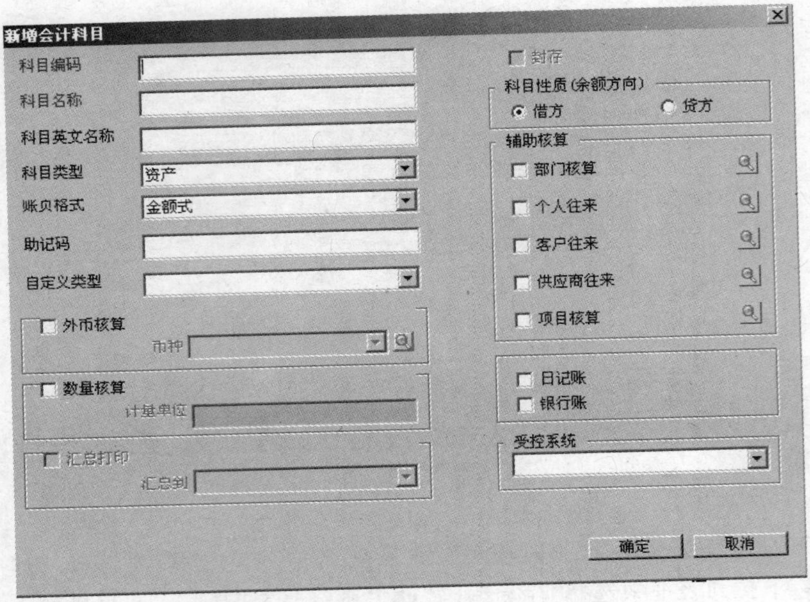

图 4-29 “新增会计科目”对话框

(2) 为方便使用,年中可对某些科目名称进行修改,但科目编码不允许修改。

(3) 年中可增设辅助账类,也可删除某些设置不当的辅助账类,但年中增加账类将会引起辅助账期初不对,进行年中修改务必慎重。

建立会计科目需要对会计科目以下属性进行定义和设置。

科目编码：即科目代码。科目编码必须唯一；科目编码必须按其级次的先后次序建立；科目编码可以是数字 0～9 或字母 A～Z 表示,但科目编码中 &、"、'、.、-、空格等特殊字符禁止使用。科目编码是系统进行账簿数据处理的依据,因此,一定要严格遵守“系统参数设置”中的编码规则,按照系统设置的编码规则正确地设置。

科目名称：即科目的汉字名称。可以是汉字或英文字母,科目名称最多可写 10 个汉字或 20 个字符；不同级科目可以重名,但为避免日常操作的烦琐程序,应尽量减少重名。

科目类型：即科目性质。在实际操作中,由系统根据输入的科目编码自动生成,科目编码为“1”开头的科目为资产类科目；即：

1××× = 资产　　2××× = 负债
3××× = 权益　　4××× = 成本　　5××× = 损益

没有成本类的企业可不设成本类科目；由于有些行业的科目类型与目前的会计制度所规定的科目类型有所不同,系统提供了改变科目类型的功能。最多可以设置 6 个科目类型。

账页格式：系统提供了金额式、外币金额式、数量金额式、外币数量式 4 种账页格式供选择,如果对计量单位、外币名称进行了设置,系统会自动定义账页格式。

助记码：用于帮助记忆科目,一般由科目名称中各个汉字拼音的头一个字母组成,如“管理费用”的助记码可写为“GLFY”,这样当在制单时需输入“管理费用”科目时,只需简单地输入“GLFY”即可完成输入,这样可加快输入速度,也可减少汉字的输入量；在需要输入科目的地方输入助记码,系统可自动将助记码转换成科目名称。

外币核算：用于设定该科目是否有外币核算，以及核算的外币名称。一个科目只能核算一种外币，只有有外币核算要求的科目才要求也必须设定外币币名，如果此科目核算的外币币种没有定义，可以单击“外币币种”下拉列表框旁边的按钮，进入“汇率管理”进行定义。

数量核算：需要进行数量核算的科目在进行数量核算时的计量单位，只有有数量核算要求的科目才允许也必须设定计量单位，计量单位为空时，系统将认为该科目不做数量核算。计量单位可以是任何汉字或字符，位长不能大于4位，如公斤、件、吨等。

辅助核算：用于说明本科目是否有辅助账核算要求，系统除完成一般的总账、明细账核算外，还提供以下几种辅助核算功能供用户选用：个人往来核算账、单位往来核算账、部门核算账、项目核算账。

其他核算：用于说明本科目是否有其他要求，如银行账、日记账等。

上述项目输入完成后，如果输入正确，单击“确认”按钮，否则可以单击“取消”按钮取消此次增加。如果想继续增加，再单击“增加”按钮即可。

【注意】

(1) 科目编码中禁止使用 &、"、'、;、-和空格，如 102-01 为错误编码。

(2) 科目名称中禁止使用 &、"、'、;、-和空格，如 A-B 为错误名称。

(3) 辅助核算必须设在末级科目上，但为了查询或出账方便，有些科目也可以在末级和上级设辅助核算。但若只在上级科目设辅助核算标志，其末级科目没有设该辅助核算标志，系统将不承认，也就是说当上级科目设有某辅助核算时，其末级科目中必设有该辅助核算标志，否则只在上级设辅助核算标志系统将不处理。

(4) 银行存款科目要按存款账户设置，需进行数量、外币核算的科目要按不同的数量单位、外币单位建立科目。

2. 修改会计科目

双击要修改的科目，即可进入“会计科目_修改”对话框，如图 4-30 所示。

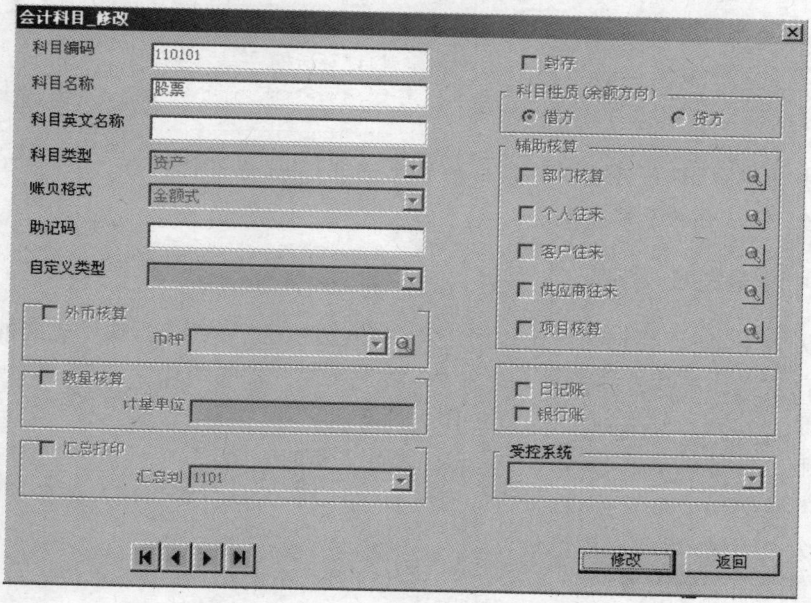

会计科目_修改
科目编码 110101
科目名称 股票
科目英文名称
科目类型 资产
账页格式 金额式
助记码
自定义类型
外币核算 币种
数量核算 计量单位
汇总打印 汇总到 1101
封存
科目性质(余额方向) 借方 贷方
辅助核算 部门核算 个人往来 客户往来 供应商往来 项目核算
日记账 银行账
受控系统
修改 返回

图 4-30 “会计科目_修改”对话框

单击“修改”按钮，进入修改状态，用户可以在此对需要修改的项目进行调整，修改完毕后，单击“确认”按钮，如果想放弃修改，单击“取消”按钮即可。如果要继续修改，选中下一个需要修改的科目，重复本步骤即可。

3. 删除会计科目

选中要删除的科目，单击“删除”按钮，即可删除光标所在处的科目，如果要继续删除，选中下一个需要修改的科目，重复本步骤即可。

【注意】

会计科目删除后无法恢复。

4. 指定现金、银行存款科目

执行“编辑”|“指定科目”命令，打开“指定科目”对话框，在此选择现金、银行存款的总账科目，如图 4-31 所示，完毕后，单击“确认”按钮即可。

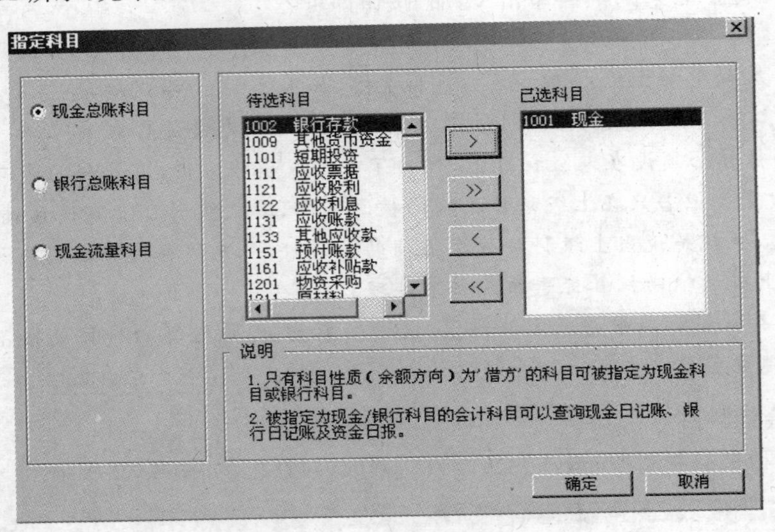

图 4-31 “指定科目”对话框

【注意】

此处指定的现金、银行存款科目供出纳管理使用，所以在查询现金、银行存款日记账前，必须指定现金、银行存款总账科目。

4.4.5 设置凭证类别

在手工方式下，凭证类别相对比较固定，财务人员也都了然于胸，像不成文的规定一样，不必造表专门明确。在用友账务处理系统中，由于处理方式的特殊性，必须将日常核算所涉及的每种凭证都预先做好类别定义，以便作为计算机记账、汇总、查询、统计、分析时的依据。为了加强填制凭证的规范性、一致性，尽量避免不必要的差错，系统允许用户对每种类别的凭证指定其相应的借方必有科目、贷方必有科目、借贷必无科目等。用友账务处理系统预置了 3 种凭证分类方案，也允许用户自行定义。

许多单位为便于管理或登账，一般对记账凭证进行分类编制，但各单位的分类方法不尽相同，所以系统提供凭证类别功能，用户可以按照本单位的需要对凭证进行分类。

(1) 如果是第一次进行凭证类别设置，系统提供向导方式定义。

首先提供分类与不分类选择，如果用户的凭证不分类核算，系统自动将凭证类别定义为记账凭证。

(2) 如果分类核算，系统提供以下 4 种凭证分类选择。

第一种分类：收款、付款、转账凭证。

第二种分类：现金、银行、转账凭证。

第三种分类：现金收款、现金付款、银行收款、银行付款、转账凭证。

自定义分类：自定义凭证类别。

用户可按需要进行选择，选择完后，仍可进行修改。

(3) 在凭证类别设置界面，用户可以增加、修改或删除凭证类别，并可以设置凭证类别的限制科目。科目限制分为借方必有、贷方必有、借贷必无 3 种方式，每种方式可以设置两个总账科目；如收款凭证，用户可以定义为借方必有科目，科目为现金(1001)、银行存款(1002)，如图 4-32 所示。

凭证类别

文件(F)　编辑(E)　工具(T)

打印　预览　输出　增加　修改　删除　帮助　退出

凭证类别

类别字	类别名称	限制类型	限制科目
收	收款凭证	借方必有	1001, 100201, 100202
付	付款凭证	贷方必有	1001, 100201, 100202
转	转账凭证	凭证必无	1001, 100201, 100202

图 4-32　"凭证类别"对话框

【说明】

(1) 若某一凭证类别被使用，则该凭证类别不能被删除。

(2) 尽量使用系统提供的凭证分类方式，避免自定义凭证类别。

4.4.6　设置外币核算

外币设置是专为外币核算服务的。因外汇汇率变动快、时间短，为使系统在处理有关外币的账务时能及时得到较准确的汇率，以减少重新输入汇率的频次，系统提供了汇率输入功能。用户可随时对各种外币的汇率进行增加、修改、删除等调整性处理。

对于使用固定汇率(即使用月初或年初汇率)作为记账汇率的单位，在填制每月的凭证前，应预先在此输入该月的月初汇率，否则在填制该月外币凭证时，将会出现汇率为零的错误；对于使用变动汇率(即使用当日汇率)作为记账汇率的用户，在填制该天的凭证前，应预先在此输入该天的记账汇率。如图 4-33 所示。

【操作步骤】

(1) 执行"系统初始化"|"外币汇率"命令打开"外币设置"对话框，如图 4-33 所示。

(2) 单击"增加"按钮，输入新的外币及相关项目。输入完成后，单击"确认"按钮即可。

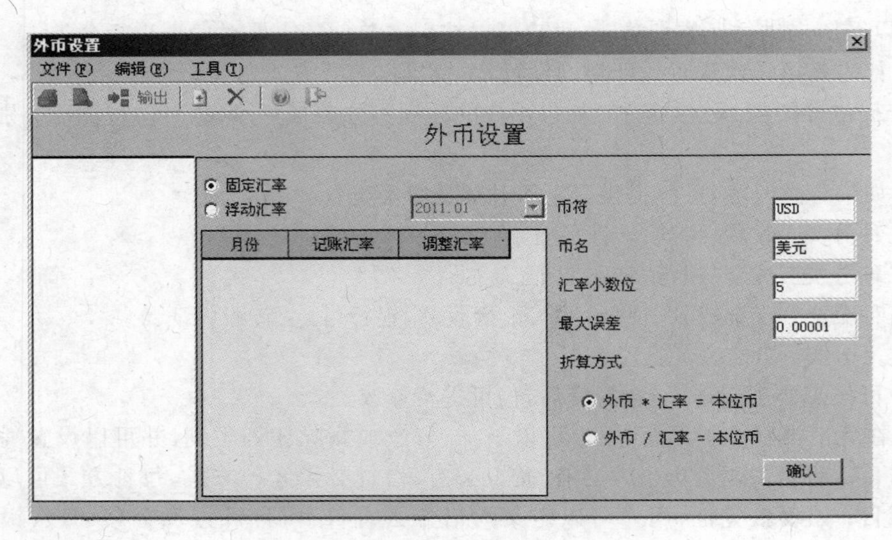

图 4-33 “外币设置”对话框

(3) 外币币种设置完成后，可以直接输入该币种的汇率，供填制凭证时使用。系统同时提供固定汇率、变动汇率输入。输入时只需单击需要输入的汇率类型的单选按钮即可。

【说明】

外币被使用后，不能被删除，部分设置不能被修改。

4.4.7 定义结算方式

任何单位的会计业务均有银行往来业务，且这类业务需要经常对账，一般情况下，银行往来的各种结算方式相对稳定，且结算方式种类有限，为便于管理和提高银行自动对账的效率，系统要求对银行往来的结算方式加以设置。本项设置最好参考银行对账单，以便与银行对账单的结算方式一致。

系统特意为银行出纳员配备了支票管理功能，支票管理的范围只限于本单位借出的支票，而不管理收取外单位的支票。当单位借出支票时，银行出纳员需调用支票管理 进行登记。支票支出后，在业务人员报销时系统自动核销。所以银行出纳员可利用支票管理功能随时查对所签发的支票的用途、领用时间、借款人以及是否报销等情况。如果使用账务系统时，不想启用支票管理功能，则取消选中“是否票据管理”复选框，否则会增大制单时的输入工作量。

【操作步骤】

(1) 执行“收付结算”|“结算方式”命令，打开“结算方式”窗口，如图 4-34 所示。

(2) 单击“增加”按钮增加一项结算方式，并输入结算方式号和结算方式名。

(3) 按照会计资料要求依次增加其他结算方式，全部定义完后退出。

【说明】

结算方式只能先定义后使用，因此制单前必须先定义好结算方式。

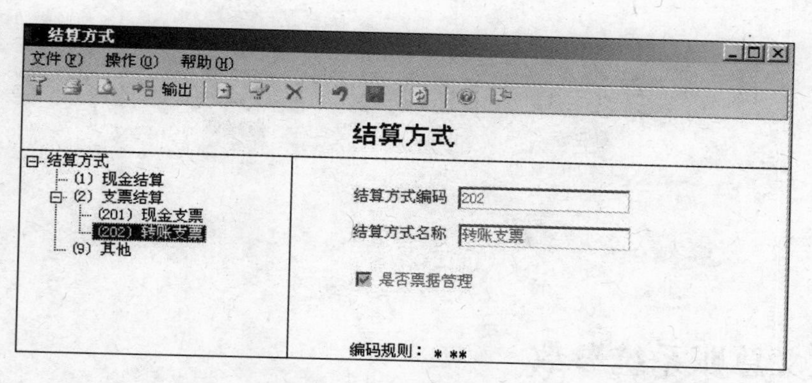

图 4-34 “结算方式”窗口

复习思考题

1. 如何建立企业基础信息？说明具体步骤。
2. 如何设置会计科目及辅助核算？
3. 如何进行项目管理设置与管理？
4. 如何进行客户档案、供应商档案设置？
5. 如何设置计量单位、存货档案？

第5章 账务处理系统

5.1 定义总账系统参数

总账系统在建立新账套后，由于具体情况需要或业务变更，发生一些账套信息与核算内容不符，可以通过此功能进行账簿选项的调整和查看。执行“设置”|“选项”命令，打开“选项”对话框，如图 5-1 所示，选择“凭证”、“账簿”、“凭证打印”、“预算控制”、“权限”、“会计日历”和“其他”选项卡，即可进行账簿选项的修改。

5.1.1 凭证选项卡

选择“凭证”选项卡，如图 5-1 所示。

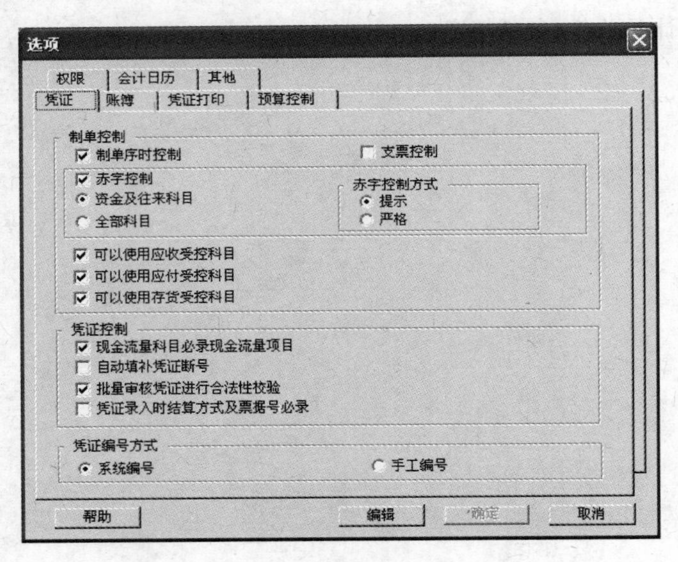

图 5-1 “凭证”选项卡

1. 制单控制

(1) 制单序时控制：选择此项和“系统编号”，制单时凭证编号必须按日期顺序排列，10 月 25 日编至 25 号凭证，10 月 26 日只能开始编制 26 号凭证，即制单序时。如有特殊需要可将其改为不按序时制单。

(2) 支票控制：若选择此项，在制单时使用银行科目编制凭证时，系统针对票据管理的结算方式进行登记，如果输入支票号在支票登记簿中已存，系统提供登记支票报销的功能；

否则，系统提供登记支票登记簿的功能。

(3) 赤字控制：若选择了此项，在制单时，当“资金及往来科目”或“全部科目”的最新余额出现负数时，系统将予以提示。

(4) 可以使用应收受控科目：若科目为应收款系统的受控科目，为了防止重复制单，只允许应收系统使用此科目进行制单，总账系统是不能使用此科目制单的。所以如果希望在总账系统中也能使用这些科目填制凭证，则应选择此项。

(5) 可以使用应付受控科目：若科目为应付款系统的受控科目，为了防止重复制单，只允许应付系统使用此科目进行制单，总账系统是不能使用此科目制单的。所以如果希望在总账系统中也能使用这些科目填制凭证，则应选择此项。

(6) 可以使用存货受控科目：若科目为存货核算系统的受控科目，为了防止重复制单，只允许存货核算系统使用此科目进行制单，总账系统是不能使用此科目制单的。所以如果希望在总账系统中也能使用这些科目填制凭证，则应选择此项。

2. 凭证控制

(1) 现金流量科目必录现金流量项目：选择此项后，在输入凭证时如果使用现金流量科目，则必须输入现金流量项目及金额。

(2) 自动填补凭证断号：如果选择凭证编号方式为系统编号，则在新增凭证时，系统按凭证类别自动查询本月的第一个断号默认为本次新增凭证的凭证号。如无断号则为新号，与原编号规则一致。

(3) 批量审核凭证进行合法性校验：批量审核凭证时针对凭证进行二次审核，提高凭证输入的正确率，合法性校验与保存凭证时的合法性校验相同。

(4) 凭证输入时结算方式和票据号必录：选择此项后，在输入凭证时如果使用银行科目或往来科目则必须输入结算方式和票据号。

3. 凭证编号方式

系统在“填制凭证”功能中一般按照凭证类别按月自动编制凭证编号，即“系统编号”，但有的企业需要系统允许在制单时手工输入凭证编号，即“手工编号”。

5.1.2　账簿选项卡

选择“账簿”选项卡，如图5-2所示。

(1) 打印位数宽度(包括小数点及小数位)：定义正式账簿打印时各栏目的宽度，包括摘要、金额、外币、数量、汇率、单价。

(2) 明细账(日记账，多栏账)打印方式：打印正式明细账、日记账或多栏账时，可设置按年排页或是按月排页。

① 按月排页：即打印时从所选月份范围的起始月份开始将明细账顺序排页，再从第一页开始将其打印输出，打印起始页号为“1”。这样，若所选月份范围不是第一个月，则打印结果的页号必然从“1”开始排。

② 按年排页：即打印时从本会计年度的第一个会计月开始将明细账顺序排页，再将打印月份范围所在的页打印输出，打印起始页号为所打印月份在全年总排页中的页号。这样，若所选月份范围不是第一个月，则打印结果的页号有可能不是从“1”开始排。

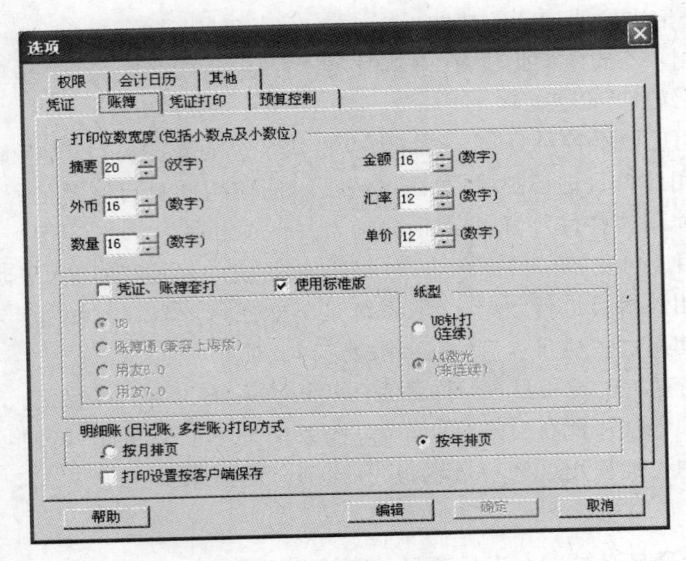

图 5-2 “账簿”选项卡

③ 打印设置按客户端保存:建议选中此复选框,优点在于选中此复选框后,例如有两个以上的用户在同一台打印机上打印同一张凭证,则打印各自设置模板格式,如 A 用户打印的凭证是 5 行,而 B 用户可能打印的是 8 行。

5.1.3 权限选项卡

选择“权限”选项卡,如图 5-3 所示。

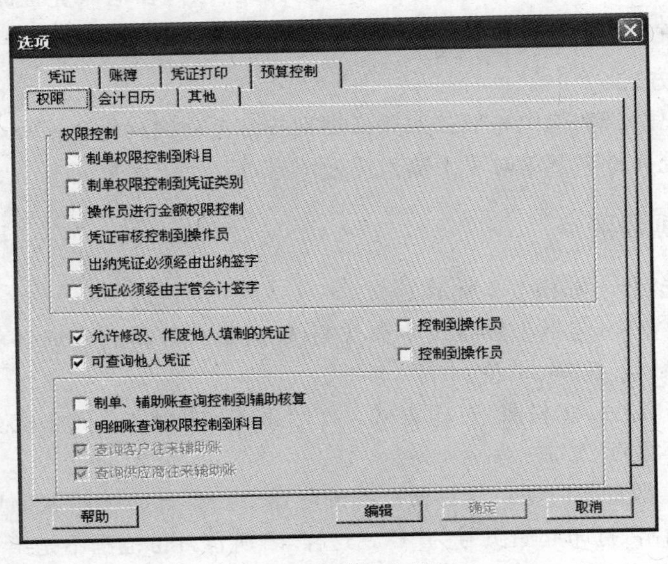

图 5-3 “权限”选项卡

(1) 制单权限控制到科目:要在系统管理的“功能权限”设置中设置科目权限,再选中此复选框,权限设置才有效。选中此复选框,则在制单时,操作员只能使用具有相应制单权限的科目制单。

(2) 制单权限控制到凭证类别：要在系统管理的“功能权限”设置中设置科目权限，再选中此复选框，权限设置才有效。选中此复选框，则在制单时，只显示此操作员有权限的凭证类别；同时在凭证类别参照中按人员的权限过滤出有权限的凭证类别。

(3) 操作员进行金额权限控制：选中此复选框，可以对不同级别的人员进行金额大小的控制，例如财务主管可以对10万元以上的经济业务制单，一般财务人员只能对5万元以下的经济业务制单，这样可以减少由于不必要的责任事故带来的经济损失。

(4) 凭证审核控制到操作员：只允许某操作员审核其本部门操作员填制的凭证，则应选中此复选框，同时要在系统管理的“数据权限”设置中设置用户权限，再选中此复选框，权限设置才有效。

(5) 出纳凭证必须经由出纳签字：若要求现金、银行科目凭证必须由出纳人员核对签字后才能记账，则选择“出纳凭证必须经由出纳签字”。

(6) 凭证必须经由主管会计签字：如要求所有凭证必须由主管签字后才能记账，则选中此复选框。

(7) 如允许操作员查询他人凭证，则选中“可查询他人凭证”复选框；如选中“控制到操作员”复选框，则要在系统管理的“数据权限”设置中设置用户权限，再选中此复选框，权限设置才有效。选中此复选框，则在凭证查询时，操作员只能查询具有相应人员的凭证查询权限。

(8) 允许修改、作废他人填制的凭证：若选中此复选框，在制单时可修改或作废别人填制的凭证，否则不能修改。选中此复选框，则在填制凭证时，操作员只能对相应人员的凭证进行修改或作废。

(9) 明细账查询权限控制到科目：这里是权限控制的开关，在系统管理中设置明细账查询权限，必须在总账系统选项中打开，才能起到控制作用。

(10) 制单、辅助账查询控制到辅助核算：设置此项权限，制单时才能使用有辅助核算属性的科目输入分录，辅助账查询时只能查询有权限的辅助项内容。

5.1.4 会计日历选项卡

选择“会计日历”选项卡，如图5-4所示，可查看各会计期间的起始日期与结束日期，以及账套名称、单位名称、账套路径、行业性质、科目级长、本位币精度等账套信息。若要修改，可到系统管理中去修改，这里只能更改数量小数位、单价小数位、本位币精度。

5.1.5 其他选项卡

选择“其他”选项卡，如图5-5所示。

(1) 外币核算：如果企业有外币业务，则应选择相应的汇率方式——固定汇率、浮动汇率。“固定汇率”即在制单时，一个月只按一个固定的汇率折算本位币金额。“浮动汇率”即在制单时，按当日汇率折算本位币金额。

(2) 本位币：可以在这里输入核算的本位币的币符和币名，例如：如果企业核算本位币是人民币，那么币符为“RMB”，币名为“人民币”。

(3) 部门(个人、项目)排序方式：在查询部门(个人、项目)账或参照部门(个人、项目)

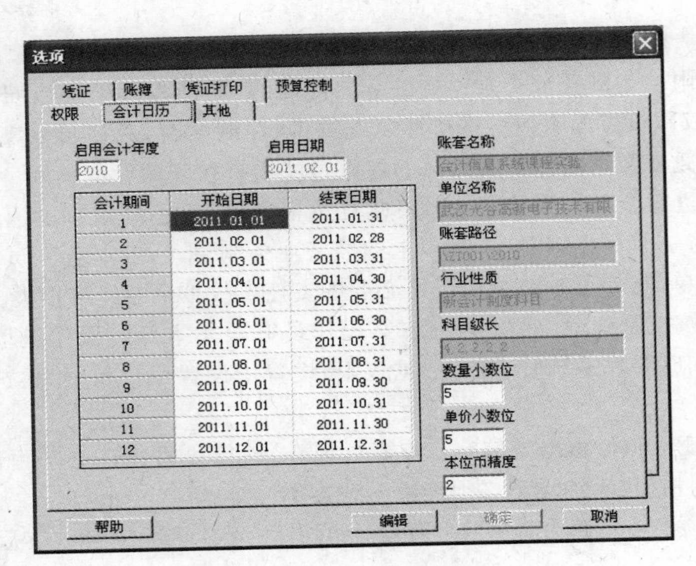

图 5-4 “会计日历”选项卡

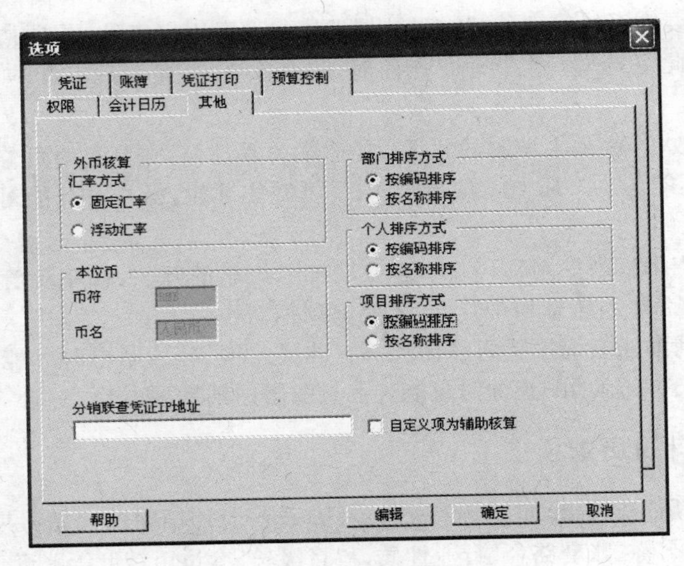

图 5-5 “其他”选项卡

目录时，可选择按部门(个人、项目)编码排序或按部门(个人、项目)名称排序。

(4) 分销联查凭证 IP 地址：在这里输入分销系统的网址，可以联查分销系统的单据。

(5) 自定义项为辅助核算：选中此项，则可得期初输入科目按自定义项组合的期初余额，年结时可以按科目自定义项组合结转科目期末余额。

5.2 总账期初余额

建立好会计科目后的工作就是输入各科目的期初余额，用友软件根据不同的情况设置了两种输入期初余额的方式，另外为进行计划控制，还可为科目输入计划数。

如果是第一次使用账务处理系统，必须使用此功能输入科目余额。如果系统中已有上年的数据，在使用结转上年数据后，上年各账户余额将自动结转本年，当余额不平或因其他原因需要对科目余额修改时，也须使用此功能。进入“期初余额输入”窗口后，显示期初余额。

1. 新用户操作方法

第一次使用用友账务的用户，将看到如图5-6所示的窗口。

期初余额录入

输出　方向　试算　对账　清零　明细

期初余额

期初：2011年02月　□末级科目□非末级科目 □辅助科目

科目名称	方向	币别/计量	年初余额	累计借方	累计贷方	期初余额
现金	借		8,216.04	22,667.58	22,632.78	8,250.84
银行存款	借		620,285.15	56,310.26	444,000.42	232,594.99
工行存款	借		620,285.15	56,310.26	444,000.42	232,594.99
中行存款	借					
	借	美元				

图5-6　输入科目余额

如果是年中使用账务，比如是2月开始使用账务系统，可以输入2月初的余额以及1～2月的借、贷方累计发生额，系统自动计算年初余额；否则可以直接输入年初余额，具体操作方法见老用户操作方法。

2. 老用户操作方法

(1) 选中需要输入数据的余额栏，直接输入数据即可。

(2) 如果是年中启用，还可以输入借、贷方累计发生额。

(3) 录完所有余额后，单击“试算”按钮，检查余额是否平衡。

3. 输入期初余额

辅助核算科目必须按辅助项输入期初余额，往来科目应输入期初未达项，双击辅助核算科目的期初余额(年中启用)或年初余额(年初启用)，打开“客户往来期初”窗口，部门、项目核算科目期初可直接在对应的数据区中直接输入。个人往来、单位往来、部门项目核算科目的期初，可通过双击科目，单击“增加”按钮，如图5-7所示。

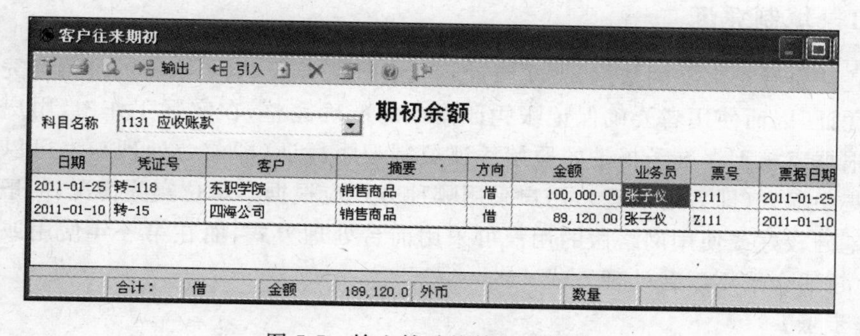

客户往来期初

输出　引入

期初余额

科目名称　1131 应收账款

日期	凭证号	客户	摘要	方向	金额	业务员	票号	票据日期
2011-01-25	转-118	东职学院	销售商品	借	100,000.00	张子仪	P111	2011-01-25
2011-01-10	转-15	四海公司	销售商品	借	89,120.00	张子仪	Z111	2011-01-10

合计：　借　金额　189,120.0　外币　数量

图5-7　输入辅助核算科目余额

【说明】

(1) 系统默认“资产、成本”类科目余额方向为借方，“负债、权益”类科目余额方向为贷

方，“损益”类科目系统默认“收入(收益)”类科目余额为贷方，“支出(损失)”类科目余额为借方，也可自定义借贷方向。

(2) 输入余额时不能对科目进行增、删、改操作。

(3) 如果某科目为数量核算，系统会自动打开对话框要求输入期初数量余额。

(4) 如果某科目为外币核算，系统会自动打开对话框要求输入期初外币余额。

(5) 系统只要求或允许用户输入一级和最低级科目的余额，中间级科目的余额系统自动计算，当光标在余额栏时，按空格键即可输入。

(6) 输入完余额后，单击“试算平衡”按钮进行试算平衡，核对上下级科目及账面是否平衡，如图 5-8 所示。系统的账面平衡试算规则符合会计制度要求。

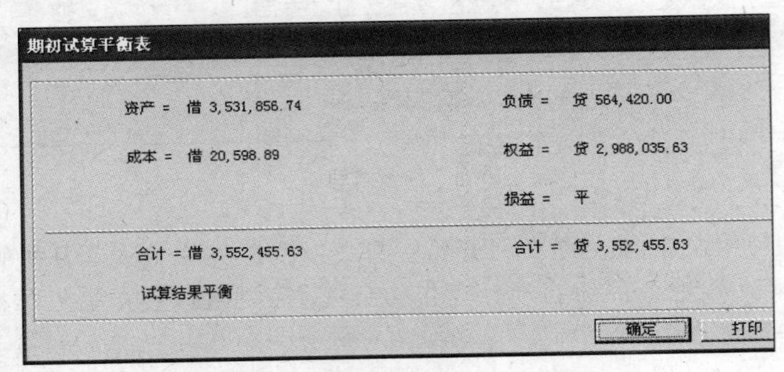

图 5-8 “期初试算平衡表”对话框

(7) 在输入过程中，用户可以单击“刷新”按钮，刷新上级科目余额。

(8) 在输入辅助核算期初余额之前，必须先设置各辅助核算目录。

5.3 总账系统日常会计处理

根据提供的会计业务资料，利用会计核算软件完成凭证输入、审核、修改、查询、记账工作。

5.3.1 填制凭证

记账凭证是登记账簿的依据，在实行计算机处理账务后，电子账簿的准确与完整完全依赖于记账凭证，因而使用者要确保记账凭证输入的准确完整，在实际工作中，用户可直接在计算机上根据审核无误准予报销的原始凭证填制记账凭证(即前台处理)，也可以先由人工制单而后集中输入(即后台处理)，用户采用哪种方式应根据本单位实际情况，一般来说业务量不多或基础较好或使用网络版的用户可采用前台处理方式，而在第一年使用或人机并行阶段，则比较适合采用后台处理方式。

【操作步骤】

(1) 执行“用友 ERP-U8”|“企业应用平台”|“业务”|“财务会计”|“总账”命令，打开“填制凭证”对话框，如图 5-9 所示。

(2) 单击“增加”按钮，增加一张新凭证，光标定位在选择凭证类别下拉列表框上。

(3) 选择凭证类别：选择一个凭证类别字，或直接输入凭证类别字，按 Enter 键。当凭

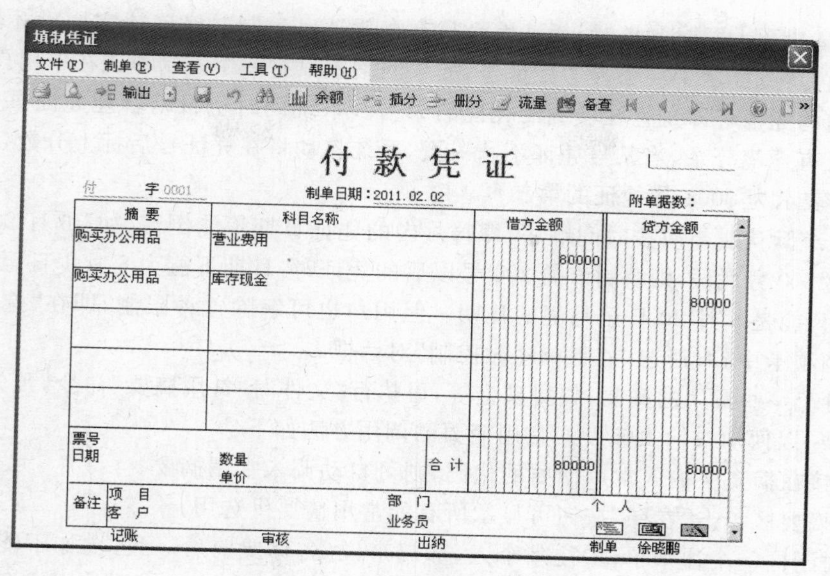

图 5-9 “填制凭证”对话框

证不分类时，直接按 Enter 键。

(4) 输入凭证日期：系统自动取进入账务前输入的业务日期为记账凭证填制的日期，如果日期不对，可进行修改。

(5) 输入原始单据张数，输入完成后按 Enter 键。

(6) 输入摘要：输入本笔分录的业务说明，摘要要求简洁明了，符合会计规范。

(7) 输入科目：科目必须输入末级科目。当输入的科目还有下级时，系统会自动提示其下级科目供选择。科目可以输入科目编码或科目名称，如果输入的科目名称有重名现象时，系统会自动提示重名科目供选择。输入科目时可在科目区中单击“参照”按钮参照输入。

(8) 输入外币、数量、部门、客户、个人、项目、支票号等专项信息。当科目设有外币核算、数量核算、部门核算、单位往来核算、个人往来核算、项目核算、银行核算等专项核算时，在输入完成科目后，屏幕自动提示输入各专项核算信息。

(9) 金额：即该笔分录的借方或贷方发生额，金额不能为零，但可以是红字，红字金额以负数形式输入。

(10) 如凭证填完，发现有错，可直接进行修改。

(11) 该张凭证被确认正确后，单击“增加”按钮，则可继续填制下一张凭证。

(12) 当一批凭证填完后，单击“退出”按钮，或通过执行“文件”|“退出”命令，退出制单状态。

【说明】

(1) 光标在各会计分录间移动时，凭证的备注栏将动态显示出该分录的辅助信息。

(2) 少用单击“删除”按钮删除会计凭证。如果凭证确实不正确，可将该凭证修改成一个新的合法凭证。在退出填制凭证时有删除的凭证，如果被删除的凭证为该会计期间、该凭证类别的最大号凭证，系统将自动删除，否则系统保留一张空凭证并占用一个凭证号。

(3) 凭证编号：由系统分类按月自动编制，即每类凭证每月都从 0001 号开始，对于网络用户，如果是几个人同时制单时，凭证编号只有在凭证已填制并经确认完毕后才给出，在凭证的左上角，系统提示了一个参考凭证号，如果网络版只有一个人制单或在单用户上制单时凭证左上角的凭证号即是正在填制的凭证的编号。系统同时也自动管理凭证页号，系统规定每页凭证有5笔分录，当某号凭证不止一页，系统自动将在凭证号后标上分数，如0001号0002/0003表示为0001号凭证的第二页。

(4) 系统默认制单应按时间顺序，即每月内的凭证日期不能倒流，如：6月20日某类凭证已填到第200号凭证，则填制该类200号以后的凭证时，日期不能为6月1日至6月19日的日期，而只能是6月20日至月底的日期。但用户也可解除这种限制，即在“选项”对话框的“凭证”选项卡中，取消选中“制单序时控制”对话框。

(5) 对于一些常用的摘要，如提现金等，可执行“文件”|“常用摘要”命令，预先定义好这些常用摘要，以便加快输入速度。常用摘要的调用方法如下：

① 直接在摘要区输入常用摘要的代码，则可自动调入常用摘要。

② 在摘要区单击“参照”按钮可显示所有的常用摘要供选用。

(6) 对于同一个往来单位、往来个人、部门来说，名称要前后一致，比如不能有时用“用友公司”，有时又用“用友集团公司”，像这样名称前后不一致，系统则将其当成两个单位，同样对于同一个部门，名称要前后一致，否则会出现分户现象。

(7) 往来单位、往来个人、部门、项目可在制单时随时通过“参照”对话框中的“编辑”按钮进行增加。

(8) 当光标所在的分录为往来科目时，通过执行“查看”|“联查明细账”命令，可查出当前往来单位或往来个人的最新往来明细账，正在填制的往来凭证的明细不能被查出。

(9) 当光标所在的分录为部门或项目科目时，通过执行“查看”|“联查辅助明细”命令，可查出当前部门或项目最新的计划执行数，正在修改或增加分录时不能查。

5.3.2 维护凭证

1. 修改凭证

【操作步骤】

(1) 进入“填制凭证”对话框，查上一张或下一张需修改凭证。

(2) 选中要修改的数据，直接修改，如果需要修改某分录的辅助项，双击该辅助项即可进行修改。

(3) 修改完成后单击空白处，再找下一张需修改的凭证，重复第二步，如此直至修改结束。

【说明】

修改辅助核算内容，只须将光标移到需要修改辅助核算内容的分录上，双击有辅助核算内容的区域即可修改，例如修改某分录的往来核算单位，双击该分录的部门(总经理办公室)即可，如图5-10所示。

2. 凭证删除

(1) 作废凭证

进入“填制凭证”对话框后，通过单击“首页”、“上页”、“下页”、“末页”按钮翻页查找或单击“查询”按钮输入条件查找要作废的凭证。外部凭证不能在总账作废。

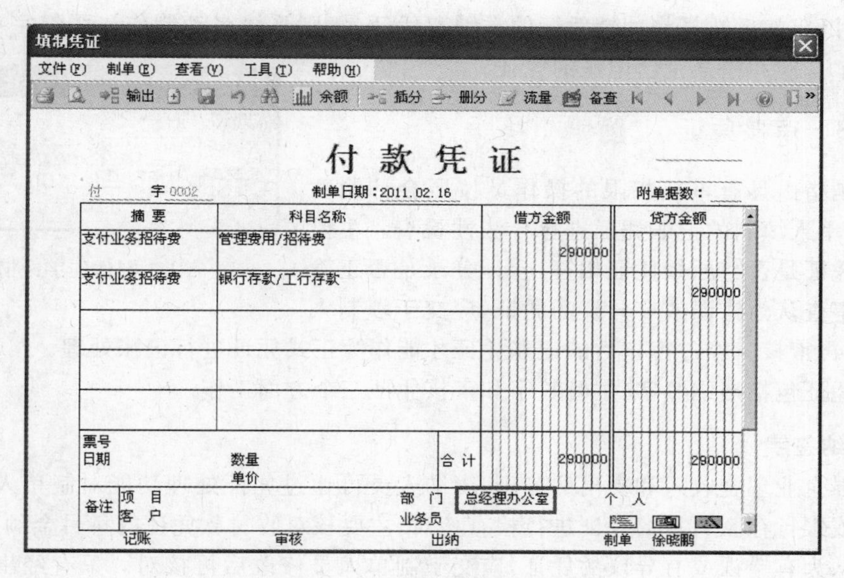

图 5-10 修改辅助核算

① 执行“制单”|“作废/恢复”命令，凭证左上角显示“作废”字样，表示已将该凭证作废。

② 作废凭证仍保留凭证内容及凭证编号，只在凭证左上角显示“作废”字样。作废凭证不能修改，不能审核。在记账时，不对作废凭证作数据处理，相当于一张空凭证。在账簿查询时，也查不到作废凭证的数据。

③ 若当前凭证已作废，执行“编辑”|“作废/恢复”命令，可取消作废标志，并将当前凭证恢复为有效凭证。

(2) 整理凭证

有些作废凭证不想保留，可以通过凭证整理功能将这些凭证彻底删除，并利用留下的空号对未记账凭证重新编号。

① 进入“填制凭证”对话框后，执行“制单”|“整理凭证”命令。

② 选择要整理的月份，单击“确定”按钮后，弹出对话框提示是否删除，如图 5-11 所示。

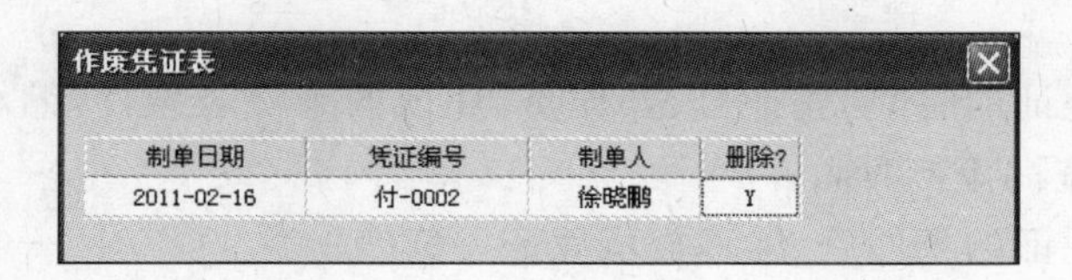
作废凭证表

制单日期	凭证编号	制单人	删除?
2011-02-16	付-0002	徐晓鹏	Y

图 5-11 整理凭证

③ 选择要删除的已作废凭证，将这些凭证从数据库中删除掉，并对剩下凭证重新排号。

④ 若本月有凭证已记账，那么，本月最后一张已记账凭证之前的凭证将不能作凭证整理，只能对其后面的未记账凭证作凭证整理。若想对已记账的凭证作凭证整理，先到“恢复记账前状态”功能中恢复本月月初的记账前状态，再作凭证整理。

3. 制作红字冲销凭证

执行“制单”|“冲销凭证”命令，制作红字冲销凭证。系统弹出如图 5-12 所示对话框，先

输入制单月份,然后选择将冲销凭证的类别和凭证号,则系统自动制作一张红字冲销凭证,本功能用于自动冲销某张已记账的凭证。

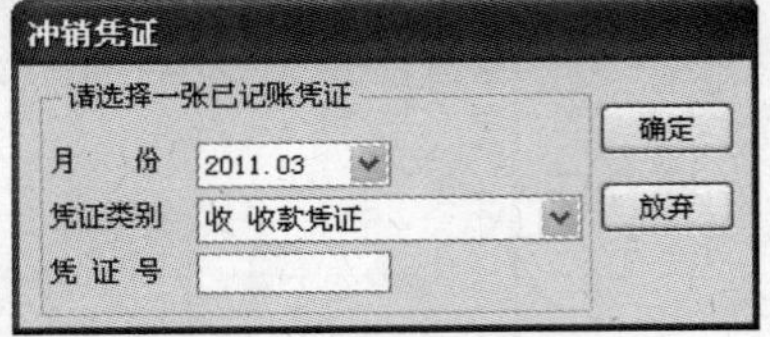

图 5-12 制作红字冲销凭证

5.3.3 审核凭证

审核是指由具有审核权限的操作员按照会计制度规定,对制单人填制的记账凭证进行合法性检查。主要审核记账凭证是否与原始凭证相符,会计分录是否正确等。如果审查认为错误或有异议的凭证,应交于填制人员修改后,再审核。经过审核后的记账凭证才能作为正式凭证进行记账处理。

审核凭证包括出纳签字、主管签字和审核凭证三个方面工作。

1. 出纳签字

为加强企业现金收入和支出的管理,出纳人员可通过凭证处理功能对制单人员填制的带有现金或银行存款科目的凭证进行检查核对,主要核对收付款凭证的科目金额是否正确,对于审查认为有错误或有异议的凭证,应交于制单人员修改后再核对。只有经出纳签字的凭证才能进行审核和记账处理。在系统中需要进行出纳签字的收付款凭证有两种,一是未进行出纳签字的收付款凭证;二是经出纳签字,但在记账前发现有问题,利用出纳签字功能将其出纳标志改为未签字的收付款凭证。

【操作步骤】

(1) 执行"凭证"|"出纳签字"命令,进入"出纳签字"对话框,如图 5-13 所示。

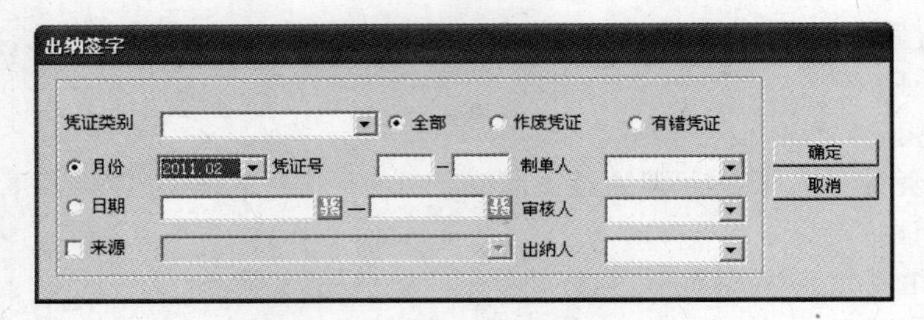

图 5-13 "出纳签字"对话框

(2) 输入查询凭证的时间、凭证号、操作员、凭证的来源等条件,缩小查询范围,在大量凭证环境下可减少查询等待时间。

(3) 输入出纳凭证的条件后,屏幕显示凭证一览表。

【注意】

(1) 企业根据实际需要在"选项"对话框中选中或取消选中"出纳凭证必须经由出纳签字"复选框。

(2) 凭证一经签字,就不能被修改、删除,只有被取消签字后才可以进行修改或删除。

(3) 取消签字只能由出纳人自己进行。

2. 主管签字

为了加强企业的集中财务管理,本系统的会计核算中心采取主管签字的管理模式。此模式中,经主管会计签字后,这些凭证才能记账。主管签字的操作流程参见出纳签字。

【注意】

(1) 已签字的凭证在凭证上显示为当前操作员姓名加红色框。

(2) 签字人不能与制单人相同。

(3) 取消签字必须由签字人本人取消。

3. 审核凭证

【操作步骤】

(1) 执行"凭证"|"审核"命令,进入"审核凭证"对话框,如图 5-14 所示。

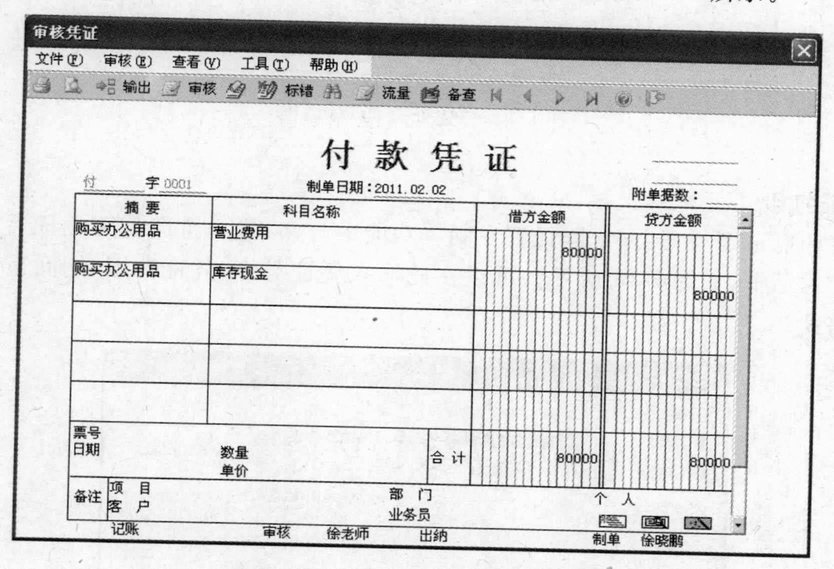

图 5-14 "审核凭证"对话框

(2) 屏幕显示第一张未复核的凭证,如果第一张不是要复核的凭证,可单击"导航"按钮查找,或单击"查找"按钮,输入要复核的凭证范围进行查找。

(3) 屏幕显示第一张待复核凭证,这时用户可进行复核,通过执行"查看"|"科目转换"命令可切换显示科目编码和科目名称,按↑键或↓键在分录中移动时,凭证下将显示当前分录的专项信息。

(4) 复核人员在确认该张凭证正确后,单击"审核"按钮,将在复核处自动签上复核人名,即该张凭证复核完毕,系统自动显示下一张待复核凭证。

【注意】

(1) 复核人和制单人不能是同一个人。

(2) 凭证一经复核,就不能被修改、删除,只有取消复核签字后才可以进行修改或删除。

(3) 取消复核签字只能由复核人自己进行。

(4) 采用手工制单的用户,在凭单上复核完后还须对输入计算机中的凭证进行复核。

5.3.4 输出凭证

1. 凭证查询

用于查询已记账凭证,未记账凭证在制单功能中查询,进入查询记账凭证后,单击"查询”按钮则屏幕显示查询条件，如图 5-15 所示，输入要查找的条件，然后屏幕显示符合条件的第一张凭证。单击“上一张”、“下一张”按钮可查找下一张凭证或上一张凭证，当一张凭证有几页时可按 Page Down 键或 Page Up 键查当前凭证的上一页或下一页。

凭证查询
全部凭证 已记账凭证 未记账凭证
凭证类别 全部 作废凭证 有错凭证
月份 2011.02 凭证号 制单人
日期 审核人
来源 出纳人
确定 取消 辅助条件 自定义项

图 5-15 “凭证查询”对话框

2. 凭证打印

用于打印已记账凭证，未记账凭证在制单功能中打印，进入打印记账凭证后，屏幕显示“凭证打印”对话框，如图 5-16 所示。可以在此输入凭证类别、凭证范围、期间范围，以及打印的凭证格式。

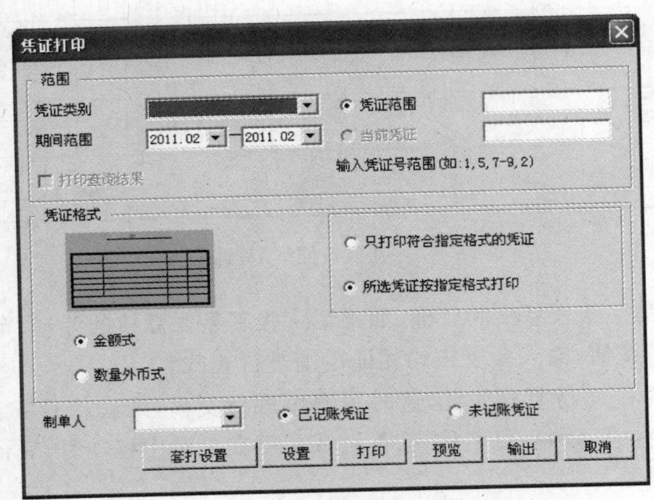

图 5-16 “凭证打印”对话框

凭证类别：可以打印某一凭证类别的凭证，也可以打印所有凭证类别的凭证。

凭证范围：可以输入需要打印的凭证号范围，不输则打印所有凭证。凭证号范围可以输入 1、3、5～9，表示打印 1 号、3 号、5～9 号凭证。

期间范围：可以选择打印凭证的起止期间范围。

凭证格式：即打印凭证的格式，分为金额式和数量外币式两种。可以通过单击不同的单选按钮进行选择。

范围选择完成后，单击“打印”按钮即可进行打印。如果想预览，单击“预览”按钮即可。如果需要将数据按其他数据格式输出，单击“输出”按钮，选择需要输出的数据格式即可。

5.3.5　凭证汇总

本功能可按条件对记账凭证进行汇总并生成一张凭证汇总表。

【操作步骤】

(1) 执行“凭证”|“科目汇总”命令。

(2) 打开“科目汇总”对话框，如图 5-17 所示。

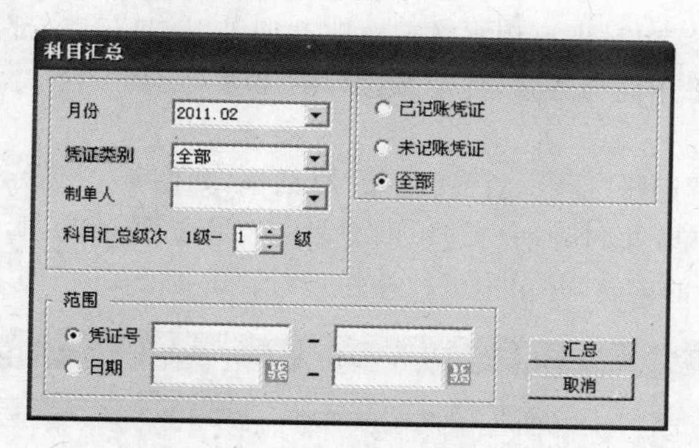

图 5-17　“科目汇总”对话框

【说明】

月份：确定要汇总哪个会计月度的记账凭证。

凭证类别：若按凭证类别查询时可选择需要汇总的凭证类别。类别为空，则汇总所有的类别。

凭证号：当凭证类别指定时，可输入要汇总的起止凭证号。

日期：当不指定凭证号范围时，可输入汇总的起止日期。

科目汇总级次：指科目汇总表的汇总级次。

(3) 打开“科目汇总表”窗口，如图 5-18 所示。

输出　定位　还原　转换　专项　详细

科目汇总表

共9张凭证，其中作废凭证0张，原始单据共0张

科目编码	科目名称	外币名称	计量单位	金额合计	
				借方	贷方
1001	库存现金			15,800.00	800.00
1002	银行存款			152,250.00	77,900.00
1131	应收账款				68,800.00
1133	其他应收款				5,000.00
1211	原材料			60,000.00	30,000.00
1243	库存商品		吨	4,000.00	
资产 小计				232,050.00	182,500.00
美元					
2121	应付账款				4,680.00
2171	应交税金			680.00	
负债 小计				680.00	4,680.00
3101	实收资本（或股本）				83,450.00
权益 小计					83,450.00
4101	生产成本			30,000.00	
成本 小计				30,000.00	
5501	营业费用			800.00	

图 5-18　“科目汇总表”窗口

【说明】

查询辅助明细：双击具有辅助核算功能的数据行，或选中要查询辅助明细的科目，单击“专项”按钮，即可看到该科目的辅助明细情况。

5.3.6 记账处理

1. 记账

记账凭证经复核签字后，即可用来登记总账和明细账、日记账、部门账、往来账、项目账以及备查账等。记账采用向导方式，使记账过程更加明确。

【操作步骤】

(1) 执行“凭证”|“记账”命令，打开“记账”对话框，如图 5-19 所示。屏幕上列出各期间的未记账凭证范围清单，并同时列出其中的空号与已审核凭证范围，其显示采用分段列示法，可以选择所要查看的内容，并单击下拉按钮查看详细信息。

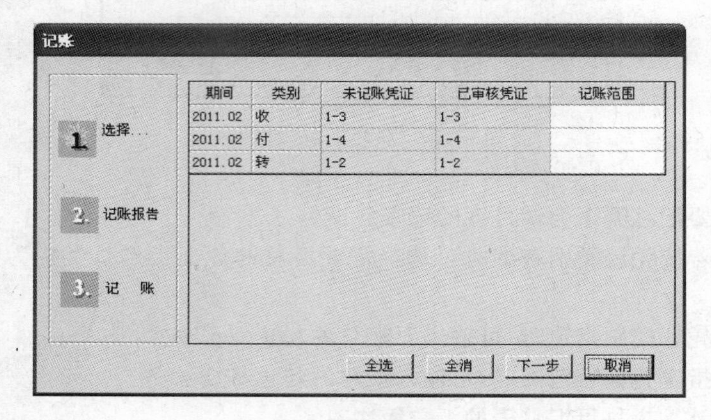

图 5-19 “记账”对话框 1

(2) 输入本次记账范围。单击可以输入的记账范围区，然后输入要进行记账的凭证范围。记账范围输入采用范围列示方式，记账范围可以输入数字、“-”和“,”。如：在记账范围区输入“1-5,8,10-12”，其表示所选记账范围为 1～5 号凭证，第八号凭证，10～12 号凭证。“15-”默认为第 15 张凭证。

(3) 选择完成后，单击“下一步”按钮，系统先对凭证进行合法性检查，如果发现不合法凭证，系统将提示错误。

(4) 屏幕显示所选凭证的汇总表及凭证的总数，供用户进行核对，如果需要打印汇总表，单击“打印”按钮即可。核对无误后，单击“下一步”按钮，进入记账界面。

(5) 当以上工作都确认无误后，可以单击“记账”按钮，如图 5-20 所示，开始记账，系统将首先做硬盘备份，以防记账中断，记账过程一旦断电或由其他原因造成中断后，可以调用“恢复记账前状态”恢复数据，然后再重新记账。

(6) 一切准备工作完毕后，系统开始登录有关的总账和明细账，包括正式总账、明细账；数量总账与明细账；外币总账与明细账；项目总账与明细账；部门总账与明细账；个人往来总账与明细账；单位往来总账与明细账；银行往来账等有关账簿。

如果发现某一步设置错误，可通过单击“上一步”按钮返回后进行修改。如果在设置过

图 5-20 “记账”对话框 2

程中不想再继续记账，可通过单击“取消”按钮，取消本次记账工作。

【说明】

(1) 在记账过程中，不得中断退出。

(2) 上月未结账时，本月不能记账。

(3) 所选范围内的凭证如有不平衡凭证，系统将列出错误凭证，并重选记账范围。

(4) 所选范围内的凭证如有未复核凭证时，系统提示是否只记已审核凭证或重选记账范围。

2. 恢复记账前状态

如果用户由于某种原因，事后发现本月记账有错误，利用本功能则可将本月已记账的凭证全部重新变成未记账凭证，供用户修改，然后再记账。

进入系统时，本功能并没有显示，如果要使用该功能，必须在“对账”对话框按 Ctrl＋H 组合键激活“恢复记账前状态”功能，退出“对账”功能。

【操作步骤】

(1) 在期末对账界面，按 Ctrl＋H 组合键，执行“凭证”|“恢复记账前状态”命令，再次按 Ctrl＋H 组合键隐藏此菜单。

(2) 执行“凭证”|“恢复记账前状态”命令，打开“恢复记账前状态”对话框，如图 5-21 所示。

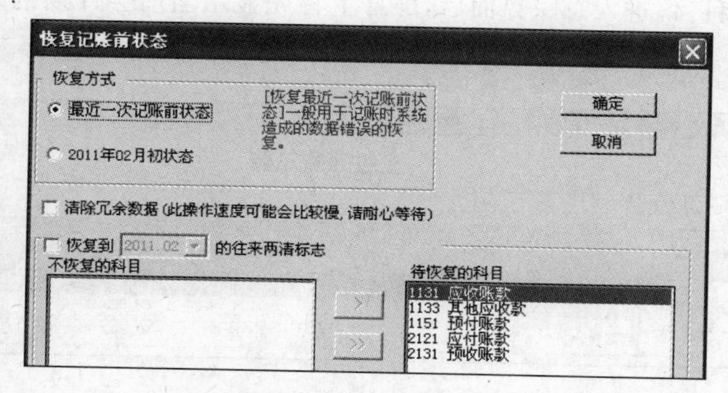

图 5-21 “恢复记账前状态”对话框

(3) 进入本功能后，根据需要选择是恢复最近一次还是恢复到本月月初状态。

最近一次：即将最近一次记账的凭证恢复成未记账凭证，以便重新修改，再记账。

月初：即将本月全部已记账的凭证恢复成未记账状态，以便重新修改，再记账。

(4) 选择完成后，单击"确认"按钮，系统开始进行恢复工作。

【说明】

已结账的月份，不能恢复到月初状态。

5.3.7 输出账簿

1. 总账查询与打印

总账查询分为两种形式：三栏式总账和发生额及余额表。

三栏式总账查询不但可以查询各总账科目的年初余额、各月发生额合计和月末余额，而且还可查询所有明细科目的年初余额、各月发生额合计和月末余额。

发生额及余额表用于查询统计各级科目的本期发生额、累计发生额和余额等。传统的三栏式总账，是以总账科目分页设账，而发生额及余额表则可输出某月或某几个月的所有总账科目或明细科目的期初余额、本期发生额、累计发生额、期末余额，在实行计算机记账后，建议用发生额及余额表代替总账。

查询总账时可以包含未记账凭证。

【操作步骤】

(1) 单击主界面上的"总账"按钮。

(2) 屏幕显示"总账查询条件"对话框，如图 5-22 所示。

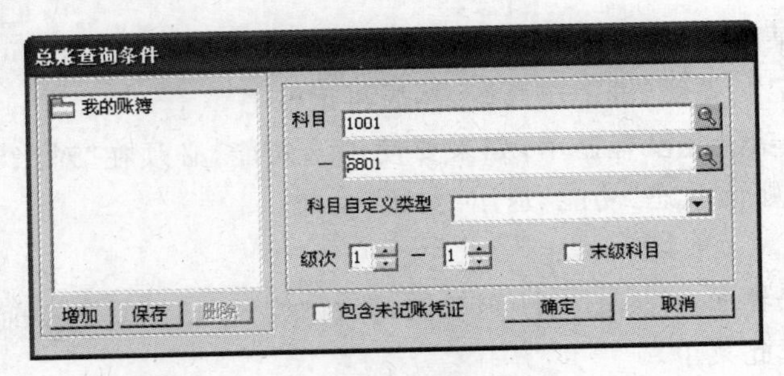

图 5-22 "总账查询条件"对话框

选中要查询的科目，进入总账界面后，屏幕上首先显示当前会计期的发生额及余额表，如图 5-23 所示。

输出　还原　明细

应收账款总账

科目 1131 应收账款

2011年 月	日	凭证号数	摘要	借方	贷方	方向	余额
			期初余额			借	189,120.00
02			当前合计		68,800.00	借	120,320.00
02			当前累计	72,009.00	92,800.00		

图 5-23 总账查询结果

在三栏式总账界面下，单击“账簿打印”按钮，屏幕显示“打印”对话框，在此选择需要打印的三栏式总账的范围，如图 5-24 所示。

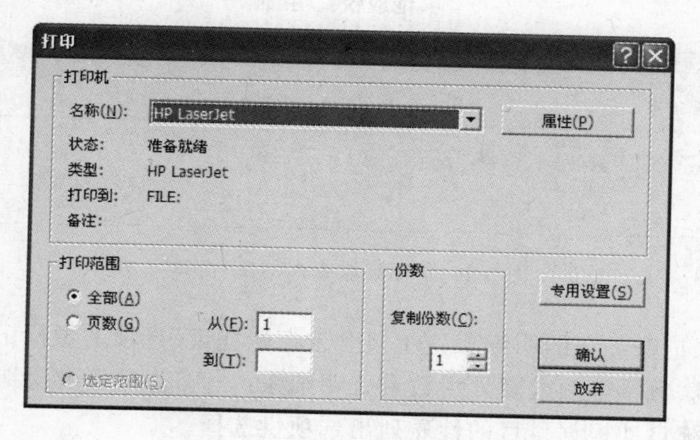

图 5-24 “打印”对话框

【说明】

科目：用于选择打印账簿的科目范围，如选择 101-103，表示打印 101～103 科目范围内各科目的三栏式总账；选择 103-，表示打印 103 以后各科目的三栏式总账。

级次：用于选择打印账簿的科目的级次范围，如：选择 1-1，表示只打印一级科目的三栏式总账。

账簿格式：用于选择所打印账簿的格式，系统提供 4 种打印格式供用户选择，即：金额式、外币金额式、数量金额式、外币数量式。

2. 明细账查询与打印

该功能用于平时查询各账户的明细发生情况，及按任意条件组合查询明细账。在查询过程中可以包含未记账凭证。

单击账簿界面上的“明细账”按钮，屏幕上显示如图 5-25 所示的“明细账查询条件”对话框。

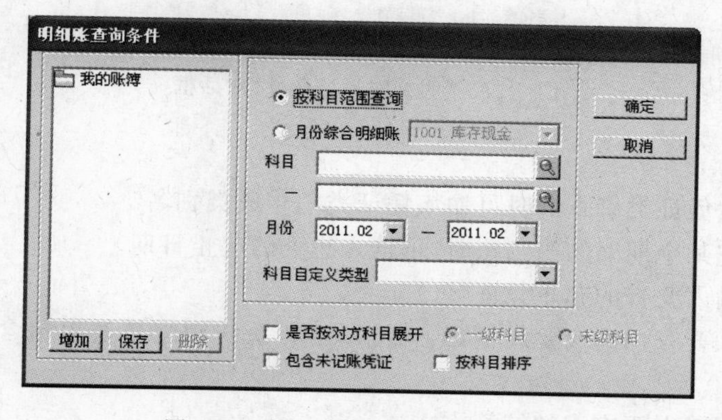

图 5-25 “明细账查询条件”对话框

进入后，屏幕显示明细账界面，如图 5-26 所示。

如要查某个上级科目的明细账，则输入或参照输入上级科目，系统则显示其末级科目序时明细账。

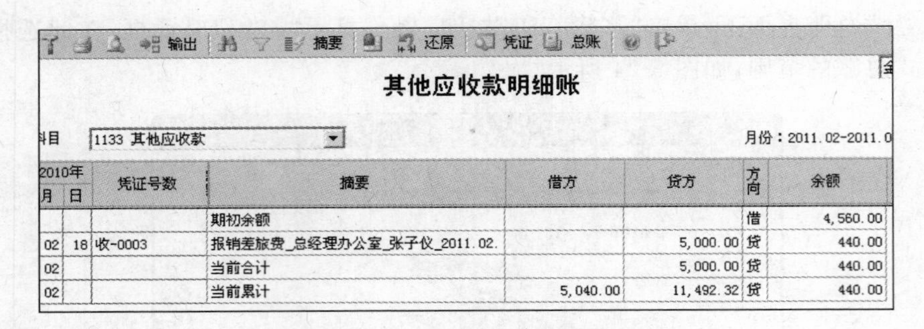

其他应收款明细账

科目 1133 其他应收款　　　月份：2011.02-2011.0

2010年 月	日	凭证号数	摘要	借方	贷方	方向	余额
			期初余额			借	4,560.00
02	18	收-0003	报销差旅费_总经理办公室_张子仪_2011.02.		5,000.00	贷	440.00
02			当前合计		5,000.00	贷	440.00
02			当前累计	5,040.00	11,492.32	贷	440.00

图 5-26 “明细账查询结果”窗口

如要查包含未记账凭证的明细账，在“包含未记账凭证”选项上做标记。

查外币金额式、数量金额式及外币数量式明细账：当屏幕显示出明细账后，通过选择需要查询的格式，系统自动根据科目的性质列出选项供选择。

明细账组合条件查询：在平时查账时，除了按科目和月份查以外，也可按其他条件查，如按摘要、发生额范围、日期范围、凭证范围、结算方式、票号、制单人、复核人等条件进行查询。单击“过滤”按钮，屏幕显示“明细账过滤条件”对话框，如图 5-27 所示。

明细账过滤条件
日期 2011.02.01 — 2011.02.28
类别 凭证号 —
摘要
金额 —
来源 所有 对方科目
客户 供应商
部门 个 人
项目
结算方式 票 号
制单人 审核人
自定义项... 取消过滤 确定 取消

图 5-27 “明细账过滤条件”对话框

【说明】

类别：当想按凭证类别查询时可输入凭证类别号或类别名。

日期：当想查某个期间的明细账时，可输入想查的起止日期。

凭证号：可输入要查的起止凭证号。

摘要：可输入要查询的摘要。例如：输入贷款，系统则将摘要中包含贷款两个字的明细账显示出来。

结算方式：可输入要查询的结算方式。

结算号：可输入要查询的起止结算号。

发生额：可按某一发生额或发生额区间进行查找。

如：　2000—3000　（发生额在 2000～3000 之间）

　　　2000—2000　（发生额为 2000）

2000 — （发生额在 2000 以上）

—3000 （发生额在 3000 以下）

可按部门、往来单位、个人、项目进行查找。

可按制单人和复核人查询。

当输入组合条件后，单击“确认”按钮，系统则进行查找。

打印需要正式保存的明细账：在明细账界面下，单击“打印账簿”按钮，屏幕显示“打印”对话框，在此选择需要打印的明细账的范围。选择完成后，即可单击“打印”按钮进行打印。如果需要改变打印设置，单击“打印设置”按钮即可。

【说明】

过滤只能在当前查出的明细账范围内过滤。

3. 日记账查询

本功能主要用于查询除现金日记账、银行日记账以外的其他日记账，现金日记账、银行日记账在“出纳管理”中查询。如果某日的凭证已填制完毕但未登记入账，可以通过“包含未记账凭证”进行查询。

【操作步骤】

(1) 单击主界面上的“日记账”按钮。

(2) 屏幕显示查询条件窗。

在条件窗中科目处选择日记账科目，即科目账类设有“日记账”的科目；然后选择查询方式，系统提供按月和按日查两种方式，可选择要查询的会计月份或日期；如果查看包含未记账凭证的日记账，可选中“包含未记账凭证”复选框。

(3) 屏幕显示日记账查询结果。

5.4 总账日常财务管理

5.4.1 出纳管理

1. 银行对账

本系统提供的银行对账是将系统登记的银行存款日记账与银行对账单进行核对，银行对账单由根据开户行送来的对账单输入。

(1) 银行对账业务流程

银行对账业务流程如图 5-28 所示。

(2) 输入银行对账期初

单击“银行对账期初输入”按钮，显示如图 5-29 所示。

选择银行科目后单击“确定”按钮，显示“银行对账期初”对话框，如图 5-30 所示。

在启用日期处参照输入该银行账户的启用日期(启用日期应为使用银行对账功能前最近一次手工对账的截止日期)。

输入单位日记账及银行对账单的调整前余额。

单击“对账单期初未达项”和“日记账期初未达项”按钮输入银行对账单及单位日记账期初未达项，系统将根据调整前余额及期初未达项自动计算出银行对账单与单位日记账的调

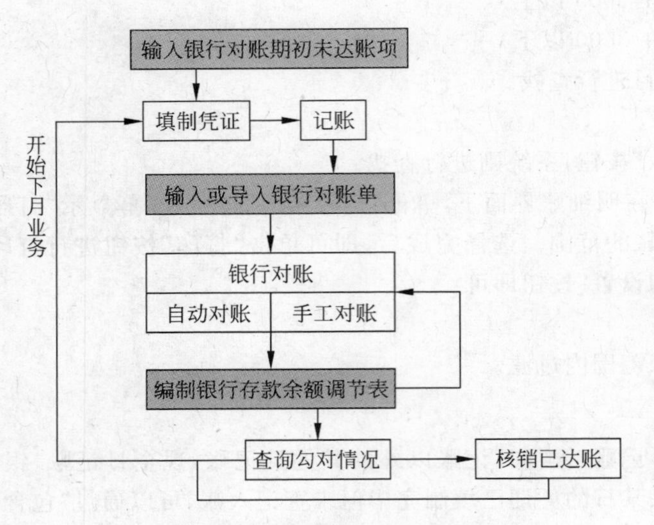

图 5-28 银行对账业务流程

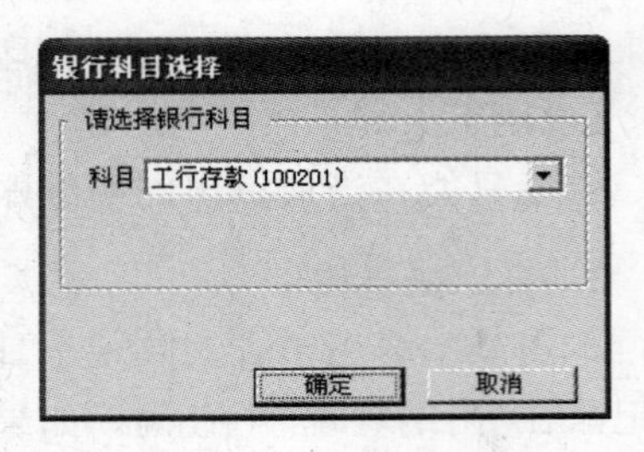

图 5-29 银行对账期初输入

整后余额。

(3) 输入银行对账单

单击"银行对账单"按钮,屏幕显示查询条件窗,如图 5-31 所示。

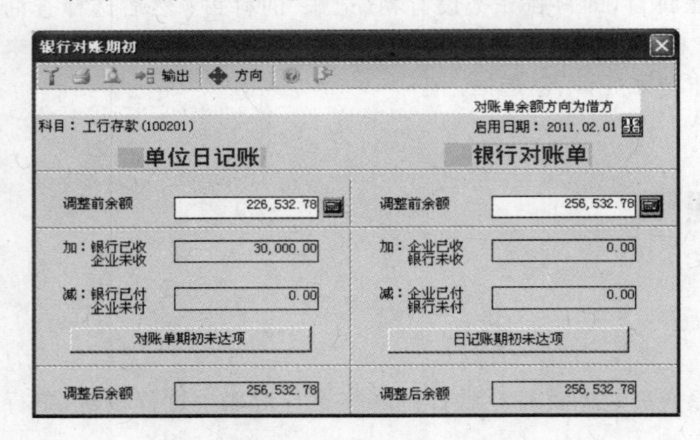

图 5-30 "银行对账期初"对话框

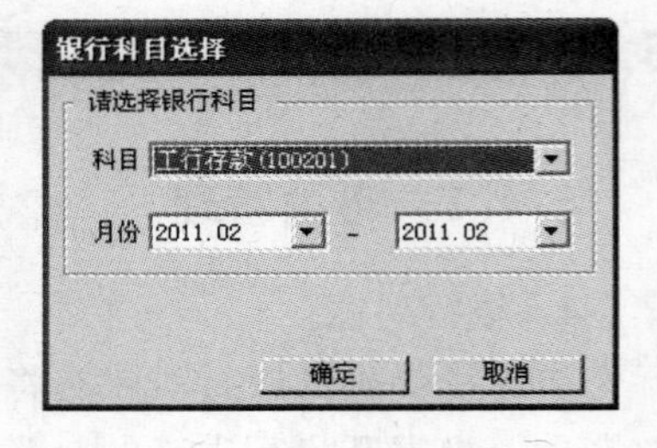

图 5-31 银行对账单查询

输入查询条件后显示银行对账单输入窗,如图 5-32 所示,单击"增加"按钮,可输入新增内容。

(4) 银行对账

单击"银行对账"按钮,在选择条件窗输入条件,如图 5-33 所示,选择要进行对账的银行科目(账户)。

若选中"显示已达账"复选框则显示已两清勾对的单位日记账和银行对账单。

对账界面,左边为单位日记账,右边为银行对账单,如图 5-34 所示。

单击"对账"按钮,进行自动银行对账。如果已进行过自动对账,可直接进行手工调整。

单击"检查"按钮,检查对账是否有错。如果有错误,应进行调整。

输出 引入

银行对账单

科目：工行存款(100201)

日期	结算方式	票号	借方金额	贷方金额
2011.02.01			40,000.00	
2011.02.03	201	XJ001		15,000.00
2011.02.06				60,000.00
2011.02.10	202	ZZR001		60,000.00
2011.02.14	202	ZZR002	68,800.00	

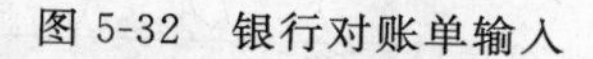

图 5-32 银行对账单输入

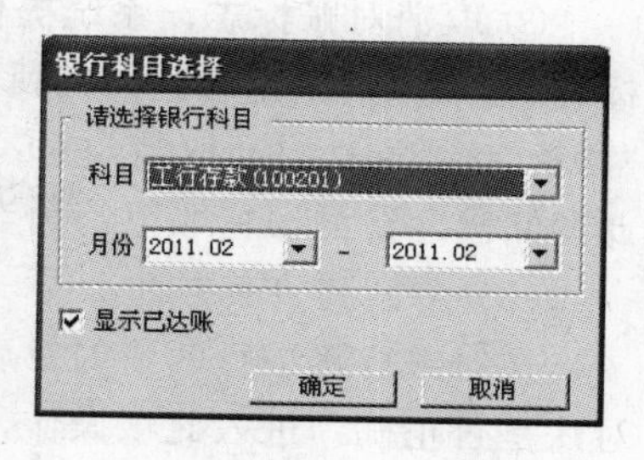

图 5-33 银行对账月份

对账 对照 方向 检查

科目：100201(工行存款)

单位日记账

票据日期	结算方式	票号	方向	金额	两清	凭证
2011.02.03	201	XJ001	贷	15,000.00		付-0
2011.02.08	202	采购原纸	贷	60,000.00		付-0
2011.02.12	202	ZZR002	借	68,800.00		收-0
2011.02.16	202	ZZR003	贷	2,900.00		付-0

银行对账单

日期	结算方式	票号	方向	金额
2011.02.01			借	40,000.00
2011.02.03	201	XJ001	贷	15,000.00
2011.02.06			贷	60,000.00
2011.02.10	202	ZZR001	贷	60,000.00
2011.02.14	202	ZZR002	借	68,800.00

图 5-34 对账界面

【操作说明】

① 进行自动对账。

单击“对账”按钮，屏幕显示“自动对账”对话框，如图 5-35 所示。

在截止日期处直接或参照输入对账截止日期，系统则将至截止日期前的日记账和对账单进行勾对。对账截止日期不输则将所有日期的账进行核对。

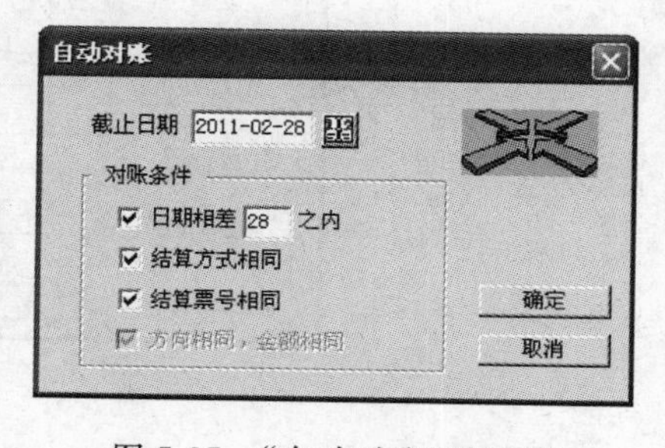

图 5-35 “自动对账”对话框

输入对账条件后，单击“确定”按钮，系统开始按照用户设定的对账条件对账，自动对账两清的记录标记“○”。可以分别选择对账条件按不同次序对账，如：对账先按票号＋方向＋金额相同进行(可多对多)，然后按方向＋金额相同，选择对账条件为日期相差 12 天之内，则先勾对日期相差 12 天的已达账。

② 进行手工对账。

在单位日记账中选择要进行勾对的记录。

单击“对照”按钮后系统将在银行对账单区显示票号或金额和方向同单位日记账中当前记录相似的银行对账单，用户可参照进行勾对。再单击“对照”按钮则为取消对照。

如果对账单中有记录同当前日记账相对应却未勾对上，则在当前单位日记账的“两清”区双击，将当前单位日记账标上两清标记——“√”。同样地，双击银行对账单中对应的对账单的两清区，标上两清标记。如果在对账单中有两笔以上记录同日记账对应，则所有对应的对账单都应标上两清标记。

选中单位日记账中下一未两清日记账，重复手工对账的步骤，直到找出所有的已达账项为止。

③ 取消对账标志。系统提供两种取消对账标志的方式,自动及手动取消某一笔的对账标志、自动取消指定时间内的所有对账标志。手动取消勾对:双击要取消对账标志业务的“两清”区即可;自动取消勾对:单击“取消”按钮,选择要进行反对账的期间,系统将自动对此期间已两清的银行账取消两清标志。

(5) 余额调节表查询

在对银行账进行两清勾对后,便可调用此功能查询打印“银行存款余额调节表”,以检查对账是否正确。进入此项操作,屏幕显示如图 5-36 所示。

输出 查看

银行存款余额调节表

银行科目(账户)	对账截止日期	单位账账面余额	对账单账面余额	调整后存款余额
工行存款(100201)	2011.02.28	217,432.78	230,332.78	227,432.78
中行存款(100202)		10,000.00	0.00	10,000.00

图 5-36 “银行存款余额调节表”窗口

如要查看工行存款 100201 的余额调节表,单击或双击该行,则可查看该银行账户的银行存款余额调节表,如图 5-37 所示。

银行存款余额调节表

输出 详细

银行账户: 工行存款(100201) 对账截止日期: 2011.02.28

单位日记账		银行对账单	
账面余额	217,432.78	账面余额	230,332.78
加:银行已收企业未收	70,000.00	加:企业已收银行未收	0.00
减:银行已付企业未付	60,000.00	减:企业已付银行未付	2,900.00
调整后余额	227,432.78	调整后余额	227,432.78

图 5-37 “银行存款余额调节表”对话框

【注意】

如果有的余额调节表显示账面余额不平,查看以下几处。

①“银行期初输入”中的“调整后余额”是否平衡?如不平衡查看“调整前余额”、“日记账期初未达项”及“银行对账单期初未达项”是否输入正确。如不正确需进行调整。

② 银行对账单输入是否正确?如不正确需进行调整。

③“银行对账”中勾对是否正确、对账是否平衡?如不正确需进行调整。

(6) 查询对账勾对情况

用于查询单位日记账及银行对账单的对账结果。

进入“银行科目选择”功能,显示如图 5-38 所示。

输入查询条件后,显示查询结果如图 5-39 所示,可以通过选择“银行对账单”、“单位日记账”选项卡切换显示对账情况。

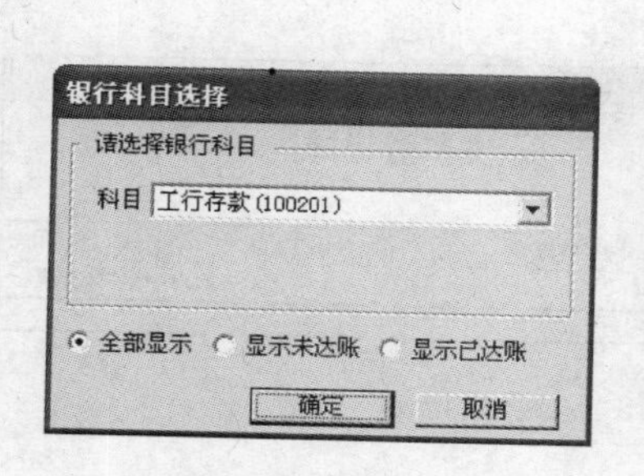

图 5-38 查询对账选择

输出 定位

银行对账单

科目 工行存款(100201)

银行对账单 | 单位日记账

日期	结算方式	票号	借方金额	贷方金额	两清标志
2011.01.31			30,000.00		
2011.02.01			40,000.00		
2011.02.03	201	XJ001		15,000.00	O
2011.02.06				60,000.00	Y
2011.02.10	202	ZZR001		60,000.00	
2011.02.14	202	ZZR002	68,800.00		O
合计			138,800.00	135,000.00	

图 5-39 对账查询结果

(7) 核销已达账

本功能用于将核对正确并确认无误的已达账删除，对于一般用户来说，在银行对账正确后，如果想将已达账删除并只保留未达账时，可使用本功能。如果银行对账不平衡，不要使用本功能，否则将造成以后对账错误。

进入“核销银行账”功能，屏幕显示如图 5-40 所示，选择要核销的银行科目，单击“确定”按钮后，即可进行核销已达银行账。

(8) 长期未达账审计

本功能用于查询至截止日期为止未达天数超过一定天数的银行未达账项，以便企业分析长期未达原因，避免资金损失。

执行“我的工作”|“系统菜单”|“出纳”|“长期未达账审计”命令，屏幕显示“长期未达账审计条件”对话框，如图 5-41 所示。

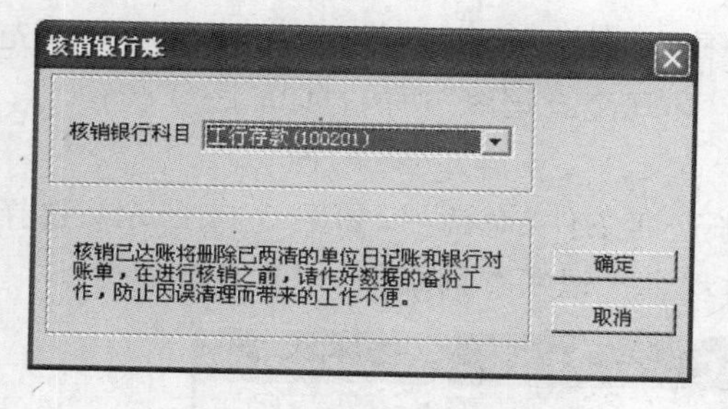

图 5-40 “核销银行账”对话框

图 5-41 “长期未达账审计条件”对话框

在此输入查询的截止日期，及至截止日期未达天数超过天数。完成后屏幕显示查询结果。

2. 支票登记簿

在手工记账时，银行出纳员通常建立有支票领用登记簿，它用来登记支票领用情况，为此本系统特为银行出纳员提供了“支票登记簿”功能，以供其详细登记支票领用人、领用日期、支票用途、是否报销等情况。如果是外币科目支票登记时，这里显示外币金额。

【操作步骤】

(1) 给结算方式设置“票据结算”标志；执行“选项”|“支票控制”命令。

(2) 执行“支票登记簿”命令，屏幕显示如图 5-42 所示。

(3) 选择银行科目,输出显示该科目的支票登记簿,如图 5-43 所示。

图 5-42 支票登记簿选择

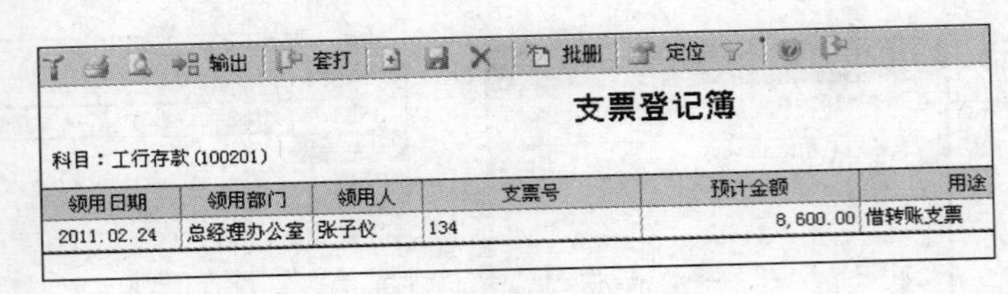

领用日期	领用部门	领用人	支票号	预计金额	用途
2011.02.24	总经理办公室	张子仪	134	8,600.00	借转账支票

图 5-43 支票登记簿

【说明】

① 按领用人或部门统计支票情况。

单击“过滤”按钮后,即可对支票按领用人或部门进行各种统计。

② 删除一批已报销的支票。

单击“批删”按钮后,输入需要删除已报销支票的起止日期,即可删除此期间内的已报销支票。

③ 修改登记的支票。

选中需要修改的数据项直接修改。

【注意】

已报销的支票不能进行修改。若想取消报销标志,只要选中报销日期,按空格键后删掉报销日期即可。

3. 现金日记账

本功能用于查询现金日记账,现金科目必须在“会计科目”|“指定科目”命令下预先指定。如要打印正式存档用的现金日记账调用“打印现金日记账”功能打印。

【操作步骤】

执行“现金日记账”命令,显示“现金日记账查询条件”对话框,如图 5-44 所示;选择科目范围、查询会计月份或查询会计日,屏幕显示现金日记账查询结果,如图 5-45 所示。

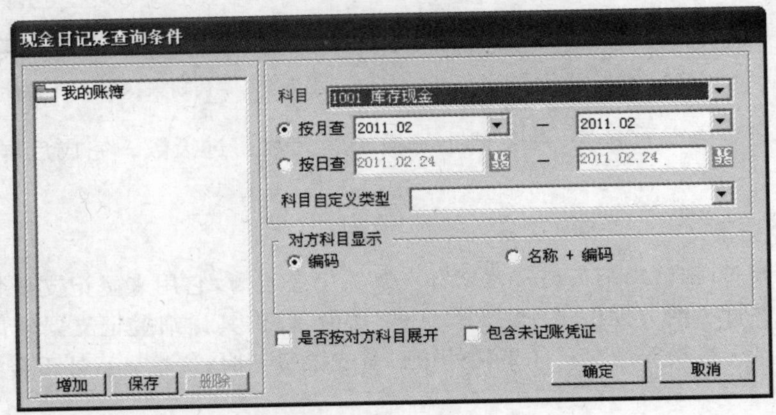

图 5-44 现金日记账查询条件

输出 摘要 还原 凭证 总账

现金日记账

金额式

科目 1001 库存现金

月份：2011.02-2011.02

2010年 月	日	凭证号数	摘要	对方科目	借方	贷方	方向	余额
			月初余额				借	8,250.8
02	02	付-0001	购买办公用品	5501		800.00	借	7,450.8
02	02		本日合计			800.00	借	7,450.8
02	03	付-0002	提取现金	100201	15,000.00		借	22,450.8
02	03		本日合计		15,000.00		借	22,450.8
02	18	收-0003	报销差旅费	1133	800.00		借	23,250.8
02	18		本日合计		800.00		借	23,250.8
02			当前合计		15,800.00	800.00	借	23,250.8
02			当前累计		38,467.58	23,432.78	借	23,250.8

图 5-45 现金日记账

【说明】

(1) 重新选择查询条件。

单击“查询”按钮，显示如图 5-44 所示对话框，输入查询条件或在“我的账簿”中选择查询方式重新查询。

(2) 快速过滤查询。

单击“过滤”按钮，显示如图 5-46 所示对话框，输入相关过滤条件包括自定义项，可缩小查询范围，快速查出需要的凭证。

(3) 设置摘要显示内容。

单击“摘要”按钮，显示如图 5-47 所示对话框，“辅助项”选项卡中“部门”、“个人”、“项目”、“供应商”、“客户”选项表示会计科目属性。“自定义项”选项卡显示所有自定义项以供选择。

如果该科目设有科目属性，且输入凭证时输入了科目属性的内容，在“摘要选项”中的复选框，则账表显示时摘要栏显示相关的科目属性内容、自定义项内容和结算方式、票号、日期、业务员等内容。注意该科目必须具有至少一项科目属性，这里的选项才能起作用。

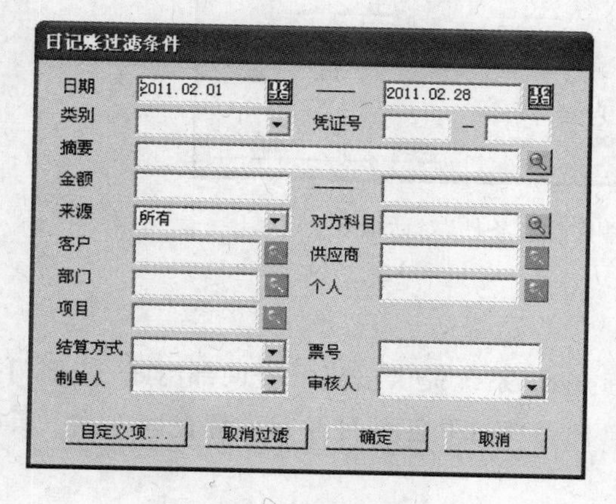

图 5-46 选择查询条件

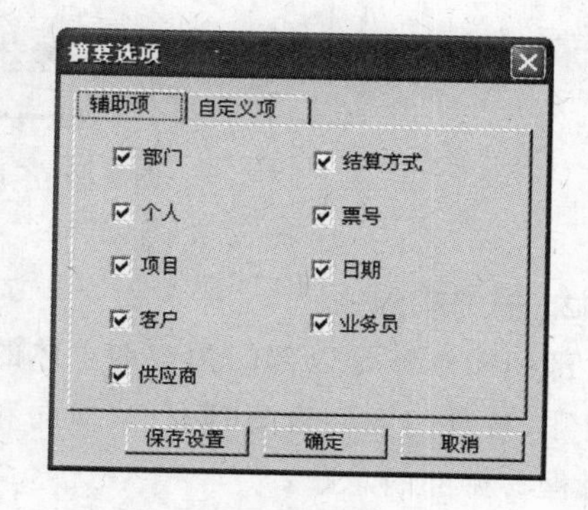

图 5-47 设置摘要显示

4. 银行日记账

本功能用于查询银行日记账，银行科目必须在“会计科目”|“指定科目”命令下预先指

定。银行日记账的查询方式参见查询现金日记账。

5. 资金日报表

资金日报表是反映现金、银行存款每日发生额及余额情况的报表，在企业财务管理中占据重要位置。本功能用于查询输出现金、银行存款科目某日的发生额及余额情况。

执行“资金日报”命令，屏幕显示“资金日报表查询条件”对话框，如图5-48所示。

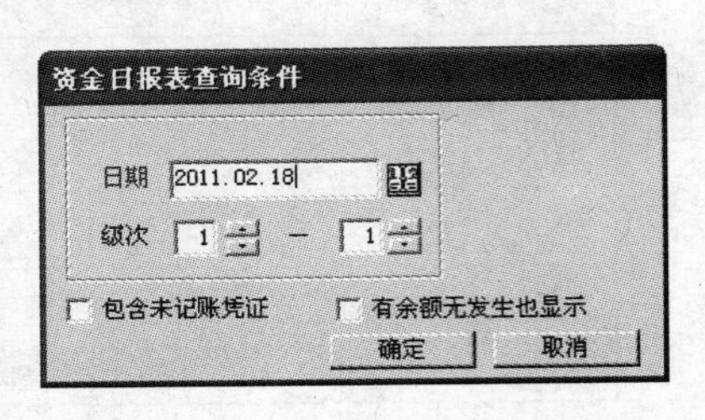

图5-48 “资金日报表查询条件”对话框

在日期处输入需要查询日报表的日期，并选择科目显示级次，单击“确定”按钮，屏幕显示资金日报表，包括本日共借、本日共贷及当日余额。

在“资金日报表”窗口单击“日报”可打印光标所在科目的日报单，单击“昨日”按钮可查看昨日余额，单击“还原”按钮返回前一日资金日报。

5.4.2 部门管理

部门辅助账管理主要功能是部门辅助总账、明细账的查询和打印以及如何设置取得部门收支分析表。

1. 部门总账

部门总账主要用于查询部门业务发生的汇总情况，从部门管理层审核监督各项收入和费用的发生情况。系统提供按科目、部门、科目和部门查询总账3种查询方式。

【操作步骤】

执行“部门总账”|“部门科目总账”命令，如图5-49所示。

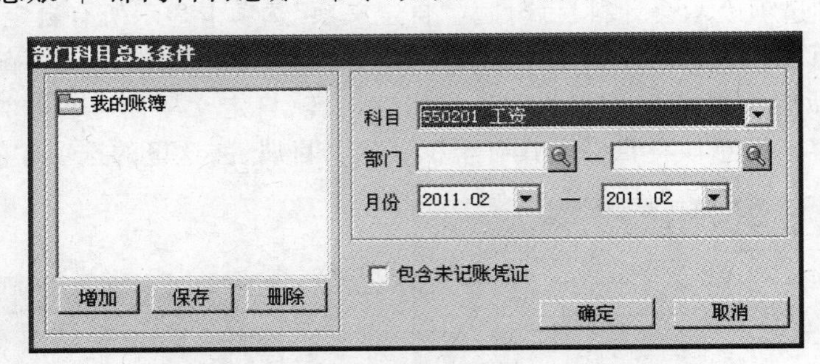

图5-49 “部门科目总账条件”对话框

2. 部门明细账

部门明细账是以部门为查询主体的查询方式，系统提供按科目查询部门账、按部门查询科目账、按部门和科目同时查询、横向和纵向查询部门下各科目账有4种查询方式。具体操作流程参见部门总账。

3. 部门收支分析

为了加强对各部门收支情况的管理，系统提供部门收支分析功能，可对所有部门核算科目的发生额及余额按部门进行分析。

【操作步骤】

(1) 执行"部门收支分析"命令,显示部门收支分析查询条件向导,选择需要进行收支分析的部门核算科目,如图5-50所示。

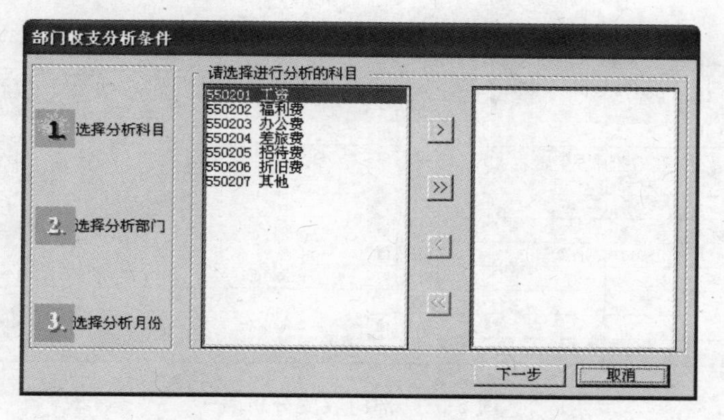

图5-50 "部门收支分析条件"对话框1

(2) 选择需要进行收支分析的部门,如图5-51所示。

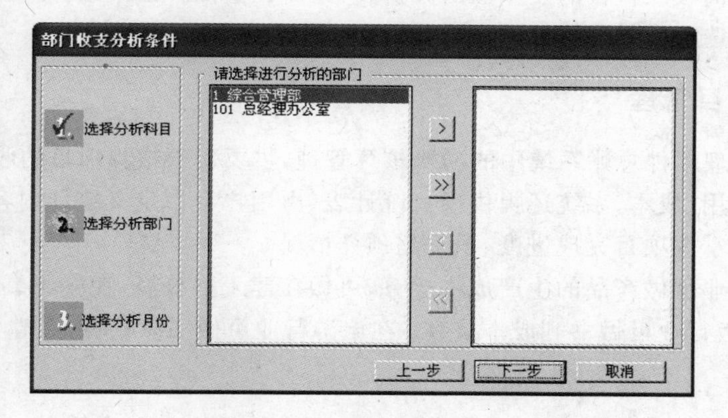

图5-51 "部门收支分析条件"对话框2

(3) 选择需要进行收支分析的起止月份,如图5-52所示。

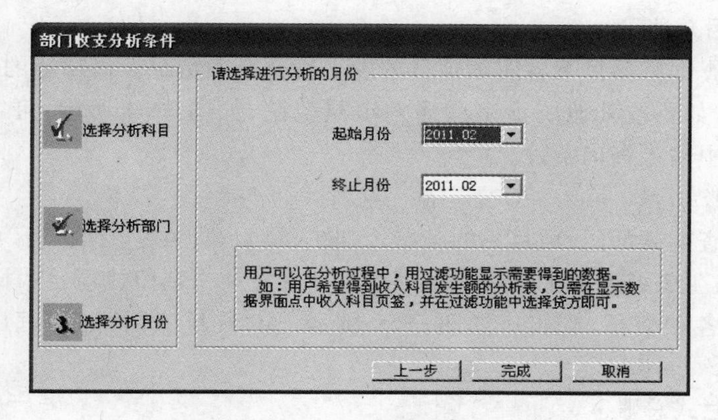

图5-52 "部门收支分析条件"对话框3

(4) 选择完成后，显示部门收支分析表，如图 5-53 所示。

部门收支分析表

2011.02-2011.02

全部 | 收入科目 | 费用科目

科目编码	科目名称	统计方式	方向	合计	1 综合管理部	101 总经理办公室
				金额	金额	金额
		期末	借			
550204	差旅费	期初	借			
		借方		4,200.00	4,200.00	4,200.00
		贷方				
		期末	借	4,200.00	4,200.00	4,200.00
550205	招待费	期初	借			
		借方		2,900.00	2,900.00	2,900.00
		贷方				
		期末	借	2,900.00	2,900.00	2,900.00
550206	折旧费	期初	借			

图 5-53　部门收支分析表

(5) 在部门收支分析表中可以选择“全部”、“收入科目”、“费用科目”选项卡查询数据。例如用户希望查询收入科目的发生额的分析表，只需在查询界面中选择“收入科目”选项卡，并在过滤功能中选择贷方即可。

5.4.3　项目管理

ERP-U8 管理软件总账系统中的项目核算管理，主要用于核算项目的收支情况，归集项目发生的各项费用、成本，系统还提供项目统计表，由用户自由定义统计内容，进一步帮助企业管理人员及时掌握项目完成进度、项目超预算情况。

它在工业企业可做产品的生产成本核算，可做在建工程核算，在科研事业单位可做课题成本核算，在出版行业可做书刊成本核算；在旅游行业可做团队核算，在建筑行业可做工程成本核算。

1. 项目总账

项目总账功能用于查询各项目经济业务的汇总情况，系统提供项目科目总账、项目总账、项目三栏式总账、项目分类总账、项目部门总账 5 种查询方式。下面主要介绍前三种。

(1) 项目科目总账

本功能用于查询某科目下各明细项目的发生额及余额情况。该功能的特点是系统默认查询所有的项目，如要按其他统计字段确定项目范围，如图 5-54 所示，可在查询条件中的“项目范围选择”中输入查询条件。

(2) 项目总账

本功能用于查询某部门、项目下的各费用、收入科目(即在“会计科目”中账类设为项目核算的科目)的发生额及余额汇总情况。因此可以针对一个部门或项目选择多个会计科目，按会计科目归集各项费用、支出。如图 5-55 所示，从“科目范围”列表框中选择要统计的科目。

(3) 项目三栏式总账

本功能用于查询某项目下某科目各月的发生额及余额汇总情况。

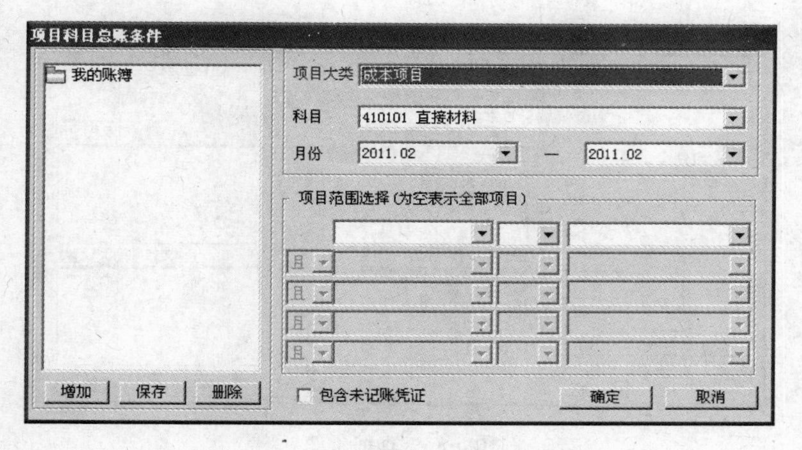

图 5-54　“项目科目总账条件”对话框

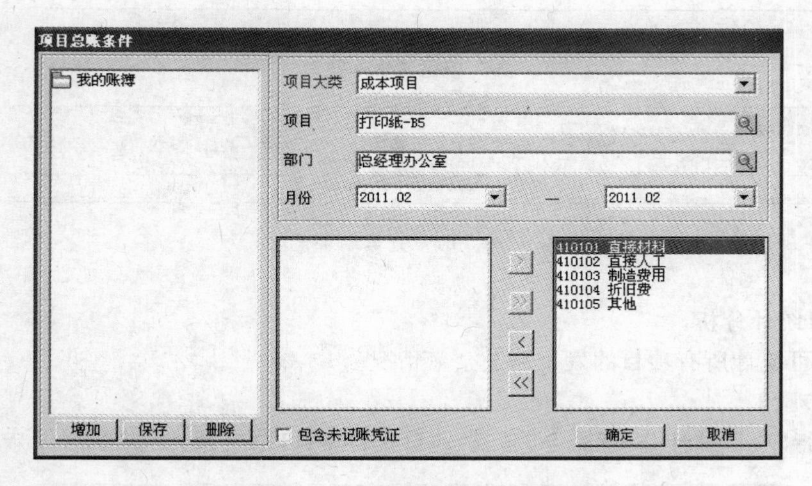

图 5-55　“项目总账条件”对话框

2. 项目明细账

本功能可以查询各项目核算科目的明细账，也可查询各项目明细账，还可以查询某一科目、某一项目的明细账以及项目多栏明细账。

(1) 可在项目总账查询结果界面，将光标指向要联查的月份，单击“明细”按钮，可直接快速查询指定月份的明细账。

(2) 可根据要查询的内容及方式，执行“项目明细账”菜单下的命令，根据查询条件对话框的提示输入相关查询条件，具体操作流程和操作说明详见项目总账。

3. 项目成本一览表

本功能可以按项目统计查询各项目成本费用的发生以及冲减后的余额。

(1) 查询条件：如图 5-56 所示，可以输入查询起止日期、费用科目、冲减成本的科目及项目范围。其中起始日期可以是非本会计年度的日期。

(2) 查询结果：如图 5-57 所示，可以按项目统计支出费用累计等数据。

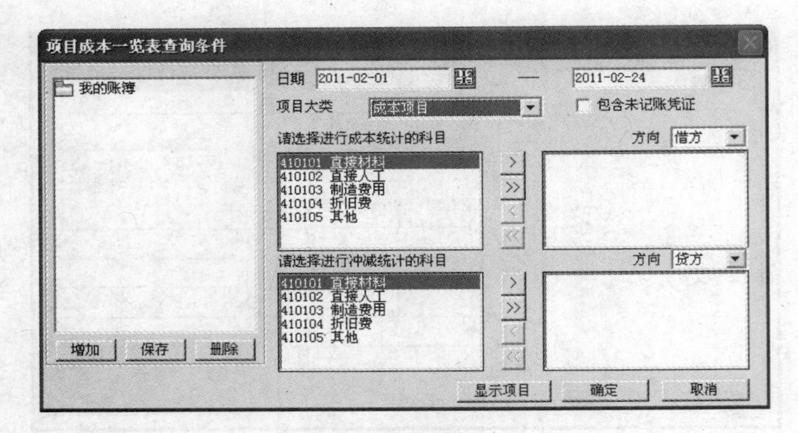

图 5-56 查询条件

输出 还原

项目成本一览表

日期：2011-02-01 - 2011-02-24

项目代码	项目名称	成本支出				
		小计	直接材料	直接人工	制造费用	折旧费
101	打印纸-B5	30,000.00	30,000.00			
合计		30,000.00	30,000.00			

图 5-57 查询结果

4. 项目统计分析

本功能可统计所有项目的发生额及余额情况。

【操作步骤】

(1) 执行“项目统计分析”命令，显示“项目统计条件”对话框，如图 5-58 所示。

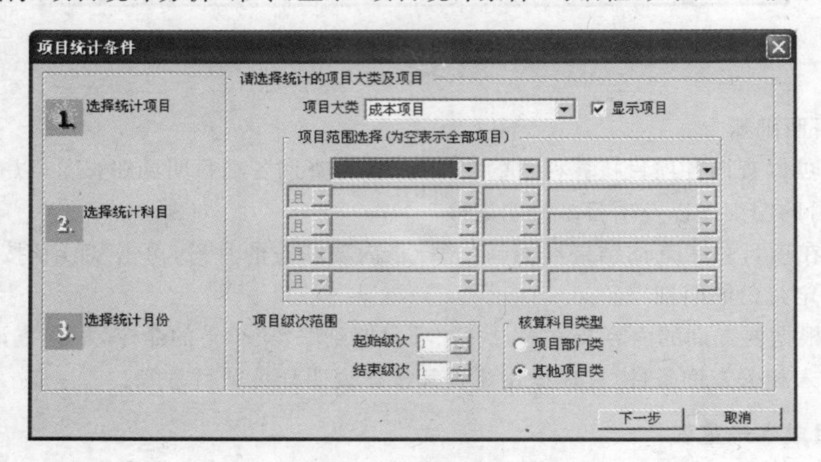

图 5-58 “项目统计条件”对话框 1

(2) 选择项目大类，选择项目范围。系统提供 5 个条件组，用户可以输入 5 个并列的条件选择项目范围。

（3）显示项目：若不选中“显示项目”复选框，则只对项目分类进行统计分析。

（4）核算科目类型：当统计科目既有项目核算又有部门核算时，应选择“项目部门类”单选按钮。

（5）单击“下一步”按钮，显示“项目统计条件”对话框，如图5-59所示，选择需要查询的项目统计表的项目核算科目。

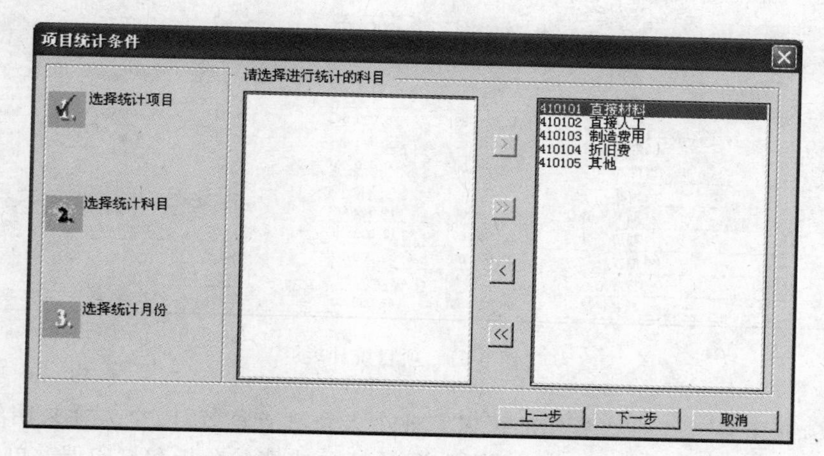

图5-59　“项目统计条件”对话框2

（6）选择完进行项目统计的科目后，单击“下一步”按钮，进入“项目统计条件”对话框，选择要查询的月份，如图5-60所示。

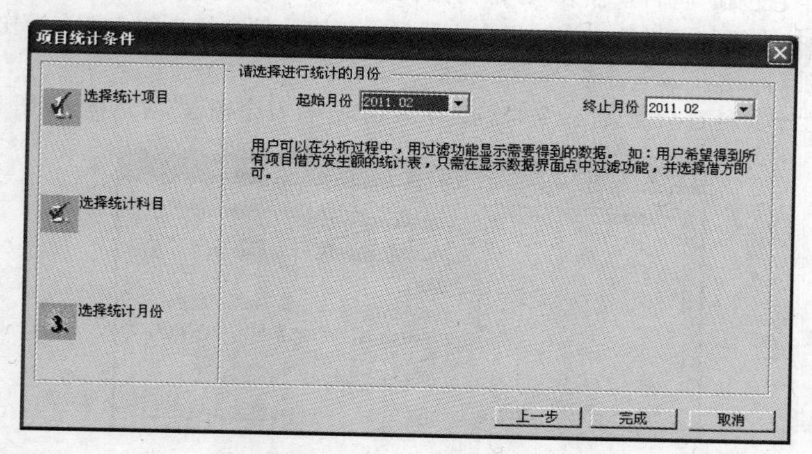

图5-60　“项目统计条件”对话框3

（7）选择起止月份后单击“完成”按钮，屏幕显示项目统计表，如图5-61所示。

5.4.4　往来管理

1. 个人往来管理

个人往来账功能适用于个人往来业务较多的企业或单位，个人往来是指企业与单位内部职工发生的往来业务。

利用个人往来核算功能需先在设置会计科目时将需使用个人往来核算的科目的账类设

输出　　金额式

项目统计表

2011.02-2011.02

项目分类及项目名称	统计方式	方向	合计	直接材料(410101)	直接人工(410102)	制造费用(410103)	折旧费(410104)
			金额	金额	金额	金额	金额
自行开发项目(1)	期初	借	20,598.89	12,000.00	4,800.89	2,400.00	1,398.00
	借方		30,000.00	30,000.00			
	贷方						
	期末	借	50,598.89	42,000.00	4,800.89	2,400.00	1,398.00
打印纸-A4	期初	借	13,700.89	8,000.00	3,300.89	1,600.00	800.00
	借方						
	贷方						
	期末	借	13,700.89	8,000.00	3,300.89	1,600.00	800.00
打印纸-B5	期初	借	6,898.00	4,000.00	1,500.00	800.00	598.00
	借方		30,000.00	30,000.00			
	贷方						
	期末	借	36,898.00	34,000.00	1,500.00	800.00	598.00
合计	期初	借	20,598.89	12,000.00	4,800.89	2,400.00	1,398.00
	借方		30,000.00	30,000.00			
	贷方						
	期末	借	50,598.89	42,000.00	4,800.89	2,400.00	1,398.00

图 5-61　项目统计表

为个人往来，使用个人往来核算功能可以完成个人余额查询统计、个人往来明细账查询输出、个人往来清理、往来对账、个人往来催款单、个人往来账龄分析和打印催款单等。

(1) 个人余额查询统计

用于查询个人往来科目各往来个人的期初余额、本期借方发生额合计、贷方发生额合计和期末余额。它包括"科目余额表"、"部门余额表"、"个人余额表"、"三栏式余额表"4 种查询方式，只能按末级部门进行查询。以个人科目余额表为例介绍余额表查询操作。

【操作步骤】

① 执行"个人科目余额表"命令，显示"个人往来_科目余额表"对话框，如图 5-62 所示。

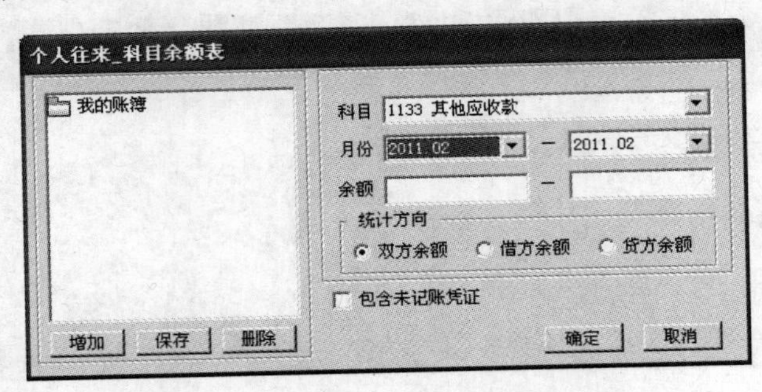

图 5-62　"个人往来_科目余额表"对话框

② 选择输入要查询的会计科目、起止月份，可限制查询的余额范围，缩小查询范围，查询结果为余额范围内的个人往来情况。如果不输，余额范围不限。

③ 统计方向：选择要统计的余额方向，如果要统计余额在借方的个人情况，则单击"借方余额"单选按钮，如果不分余额方向则单击"双方余额"单选按钮。

(2) 个人往来清理

本功能用于对个人的借款、还款情况进行清理，能够及时地了解个人借款、还款情况，清理个人借款。

执行“个人往来清理”命令，屏幕显示“个人往来两清条件”对话框，如图 5-63 所示，输入相关条件单击“确定”按钮后，输出查询结果界面如图 5-64 所示。

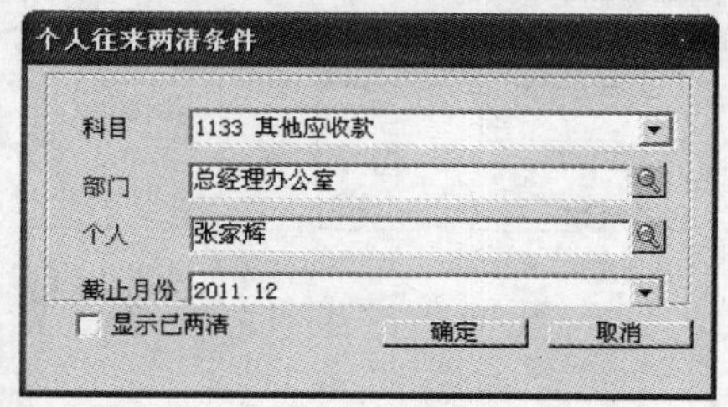

图 5-63　“个人往来两清条件”对话框

【说明】

① 勾对是将已达账项打上已结清的标记，如：某个人上月借款 1000 元本月归还欠款 1000 元，则两清就是在这两笔业务上同时打上标记，表示这笔往来业务已结清。系统提供自动与手工勾对两种方式。单击可进行自动勾对，单击“取消”按钮可自动取消勾对。

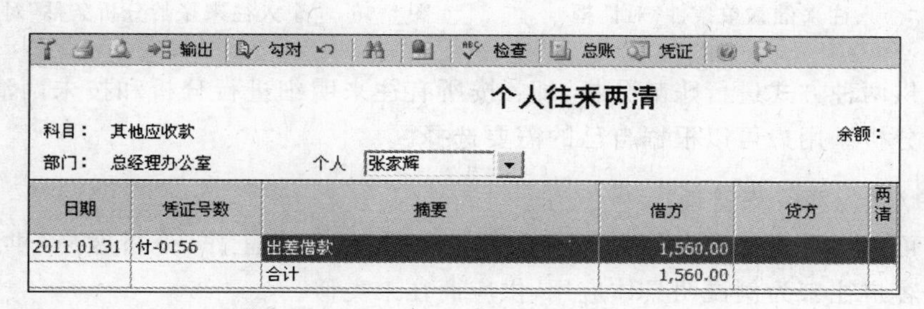

图 5-64　查询结果

② 自动勾对：往来自动勾对是按票号＋逐笔＋总额 3 种方式进行勾对的，票号勾对就是对同一科目下票号相同、借贷方向相反、金额一致的两笔分录进行自动勾对，逐笔勾对就是在用户未指定票号的情况下，系统按照金额一致、方向相反的原则进行自动勾对，总额勾对是指当某个人的所有未勾对的借方发生额之和等于所有未勾对的贷方发生额之和时，系统则将这几笔业务进行自动勾对，本功能执行一般可在记完账后或在期末如要查询或打印往来账前进行。进行自动勾对时，系统自动将所有已结清的往来业务打上“○”。

③ 手工勾对：是在由于制单过程中可能出现的错误操作或其他业务原因导致无法使用自动勾对的，在此进行手工勾对。进行手工勾对时，双击已结清业务所在行的“两清”栏，打上“√”。

(3) 个人往来催款单

此功能用于打印个人催款单，及时地清理个人借款。

执行“个人往来账”|“个人往来催款单”命令，屏幕显示“个人往来催款单条件”对话框，如图 5-65 所示。

选择所需要查看的科目、部门、个人、截止日期；输入催款单信息，如：请于某月某日前到财务科进行结算等。选中“包含已两清部分”复选框，用户可以选择是否显示已两清的个人往来款项。

(4) 个人往来账龄分析

本功能是用来对个人往来款余额的时间分布情况进行账龄分析。

执行“个人往来账龄分析”命令，显示查询“个人往来账龄分析条件”对话框，如图 5-66 所示。

指定账龄分析科目，输入要查询的截止日期，设置账龄分析的区间，选择是否对外币进行账龄分析。

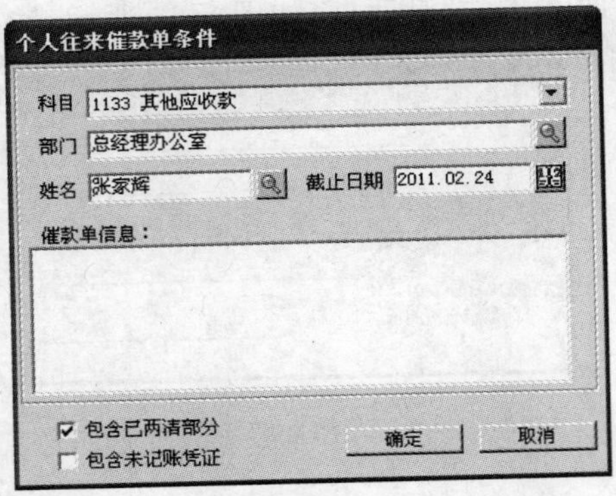

图 5-65 “个人往来催款单条件”对话框

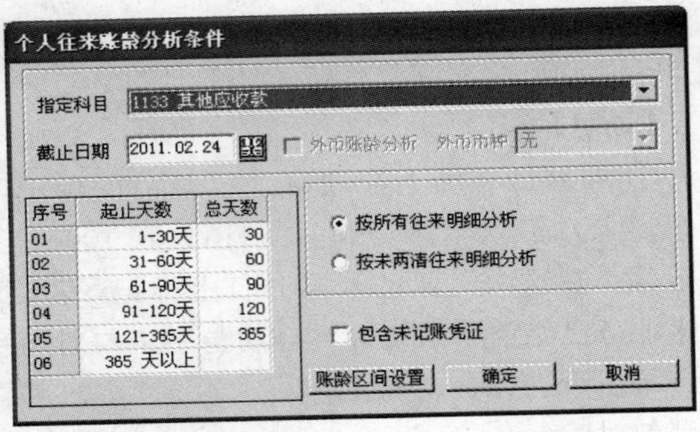

图 5-66 “个人往来账龄分析条件”对话框

系统提供两种方式进行账龄分析，即：按所有往来明细进行分析和按未两清的往来明细进行账龄分析。用户可以根据自己的需要选择。

2. 客户/供应商往来管理

本功能可以查看余额表、明细账、打印催款单，进行两清工作，分析客户（供应商）账龄等。这里以客户往来为例说明具体应用，供应商往来类似。

(1) 余额查询

用于查询客户往来科目各个客户的期初余额、本期借方发生额、本期借方发生额合计、本期贷方发生额合计、期末余额。它包括客户科目余额表、客户余额表、客户三栏式余额表、客户业务员余额表、客户地区分类余额表、客户部门余额表、客户项目余额表等查询方式。

科目余额表：用于查询某科目下所有客户的发生额和余额情况。

客户余额表：用于查询某个客户在所有客户往来科目下的发生额和余额情况。

三栏式余额表：用于查询某一客户往来科目下某客户在各月的发生额和余额情况。

客户分类余额表：用于查询某客户往来科目下所有客户分类的发生额和余额情况。

地区分类余额表：用于查询某客户往来科目下所有地区分类的发生额和余额情况。

业务员余额表：用于查询某客户往来科目下各业务员及其往来客户的发生额和余额情况。

部门余额表：用于查询某客户往来科目下各部门及其往来客户的发生额和余额情况。

项目余额表：用于查询带有客户、项目辅助核算科目的发生额和余额情况。

(2) 明细账查询

用于查询客户往来科目下各个往来客户的往来明细账。

科目明细账：用于查询指定科目下各往来客户的明细账情况。

客户明细账：用于查询某个客户所有科目的明细账情况。

三栏明细账：用于查询某个往来客户某个科目的明细账情况。

客户分类明细账：用于查询某客户往来科目下各客户分类及其往来客户的明细账。

地区分类明细账：用于查询某客户往来科目下各地区分类及其往来客户的明细账。

业务员明细账：用于查询某客户往来科目下各业务员及其往来客户的明细账。

部门明细账：用于查询某客户往来科目下各部门及其往来客户的明细账。

项目明细账：用于查询带有客户、项目辅助核算科目的明细账。

多栏明细账：用于查询某个客户各往来科目的多栏明细账。

(3) 客户往来两清

可以在此进行客户往来款项的清理勾对工作，以便及时了解应收款的结算情况以及未达账情况，系统提供自动与手工勾对两种方式清理客户欠款。供应商往来的清理操作与客户往来类似。

【操作步骤】

① 执行“账表”|“客户往来辅助账”|“客户往来两清”命令，显示“客户往来两清”对话框，如图 5-67 所示。

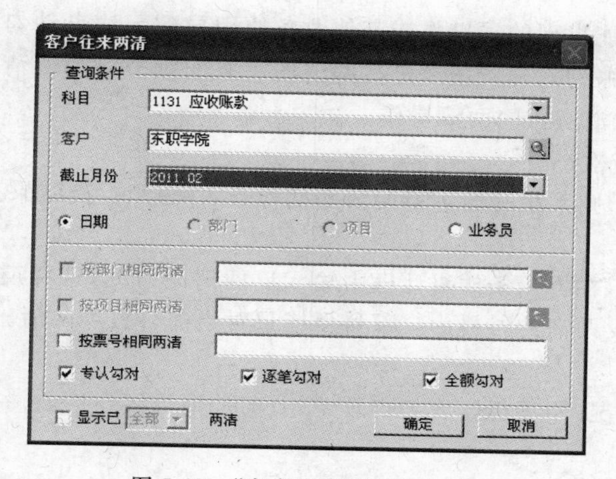

图 5-67 “客户往来两清”对话框

② 选择往来科目、往来客户名称和截止月份等查询条件。

③ 选择两清列表显示方式，如果选择显示业务员，则列表显示业务员栏目。

④ 选择两清依据。

⑤ 选择查询方式：专认勾对、逐笔勾对、全额勾对。

⑥ 单击“确定”按钮，屏幕会出现两清结果界面。

【说明】

按部门相同两清：对于同一科目下部门相同、借贷方向相反、金额一致的两笔分录自动勾对。

按项目相同两清：对于同一科目同一往来户下，辅助核算项目相同的往来款项多笔借方(贷方)合计相等的情况。

按票号相同两清：对于同一科目下相同票号、借贷方向相反、金额一致的两笔分录自动勾对。

显示已两清：是否包含两清部分，如选中则查询结果中包含已两清的客户往来。

专认勾对：即按业务号勾对，通过用户在制单过程中指定业务编号或字符，作为往来账勾对标识，对于同一科目下业务号相同、借贷方向相反、金额一致的两笔分录自动勾对。

逐笔勾对：在用户未指定业务号的情况下，系统按照金额一致方向相反的原则自动勾对同一科目下同一往来户的往来款项。

全额勾对：为提高对账成功率，对于同一科目同一往来户下，可能存在着借方（贷方）的某项合计等于对方科目的某几项合计，尤其是带有业务号的往来款项，全额勾对将对这些合计项进行勾对。

【说明】

① 进行自动勾对。

单击“自动勾对”图标，系统提示“是否对全部科目进行两清”，如果选择否，则只对当前科目进行两清。自动勾对包括专认勾对、逐笔勾对、全额勾对、部门勾对、项目勾对、票号勾对。

② 进行手工勾对。

在制单过程中可能出现的误操作或其他业务原因导致无法自动勾对时，系统提供手工清理的办法进行往来账勾对。双击要进行两清的一条明细分录的两清区，表示要将该笔业务两清；再次双击，取消所做的两清操作。

③ 进行两清平衡检查。

单击“检查”图标，则系统开始进行两清平衡检查，并显示检查结果。

④ 取消两清。

单击“取消”按钮，在提示条件对话框中输入反两清的时间，选择反两清方式为全部、自动或手工，并可选择反两清的科目为全部科目或只对当前科目反两清。

（4）客户催款单

显示客户欠款情况，用于打印客户催款单，及时地清理客户借款。按以下操作步骤定义催款单。

【操作步骤】

① 如图 5-68 所示，设置客户往来催款条件，选择“分析对象”为“客户”，单击“确定”按钮后显示催款单列表如图 5-69 所示。

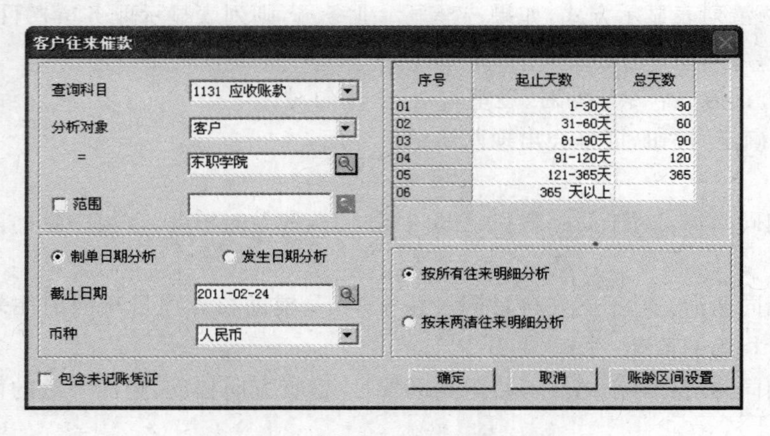

图 5-68 “客户往来催款”对话框

② 选择要催款的客户，单击“设置”按钮，显示“客户催款单设置”对话框如图 5-70 所示。

③ 设置完成后，输出如图 5-71 所示的催款单，可在“预览”对话框中执行“页面设置”命令或单击页面设置图标，对催款单的显示格式进行修改。

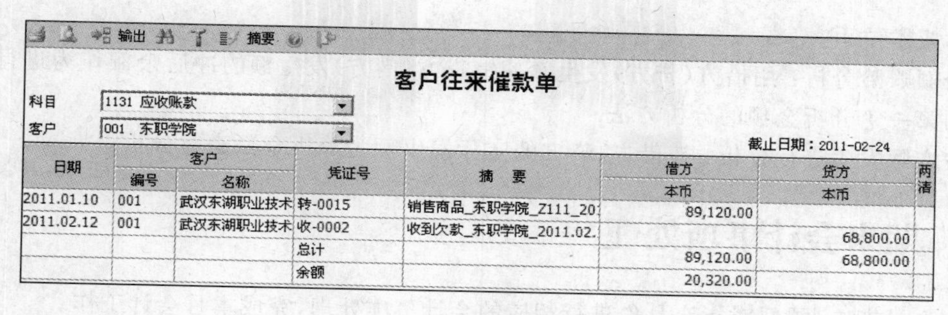

客户往来催款单

科目 1131 应收账款

客户 001 东职学院

截止日期：2011-02-24

日期	客户		凭证号	摘要	借方	贷方	两清
	编号	名称			本币	本币	
2011.01.10	001	武汉东湖职业技术	转-0015	销售商品_东职学院_Z111_20	89,120.00		
2011.02.12	001	武汉东湖职业技术	收-0002	收到欠款_东职学院_2011.02.		68,800.00	
			总计		89,120.00	68,800.00	
			余额		20,320.00		

图 5-69 催款单列表

客户催款单设置

单位名称 武汉光谷高新电子技术有限公司

催款单名称：催款单

催款单内容：☑ 客户名称 ☐ 地址 ☐ 邮政编码 ☐ 联系人 ☐ 联系电话

函证信息

请核对与我公司往来款，并尽快付款。

收款信息

说明

☐ 银行名称 银行账号

☐ 银行名称 银行账号

确定 取消

图 5-70 催款单设置

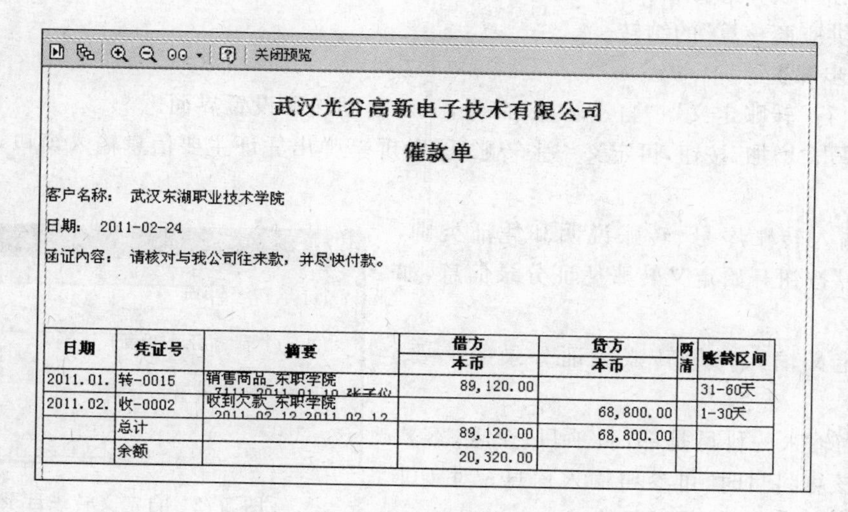

武汉光谷高新电子技术有限公司

催款单

客户名称： 武汉东湖职业技术学院

日期： 2011-02-24

函证内容： 请核对与我公司往来款，并尽快付款。

日期	凭证号	摘要	借方	贷方	两清	账龄区间
			本币	本币		
2011.01.	转-0015	销售商品_东职学院	89,120.00			31-60天
2011.02.	收-0002	收到欠款_东职学院		68,800.00		1-30天
	总计		89,120.00	68,800.00		
	余额		20,320.00			

图 5-71 催款单预览

(5) 账龄分析

可以在本功能中了解客户往来款余额的账龄分布情况。系统提供以下分析方法。

外币账龄分析：如果选择了此项，则只按该币种分析；否则对所有币种进行分析，将外币折算成本位币。

余额账龄分析：用借方（贷方）发生额冲销贷方（借方）发生额的冲后余额作为进行账龄分析的第一笔分析金额的分析方法。

按实际发生进行分析：按借方、贷方的实际发生额为分析金额进行分析。

5.5 期末会计事项处理

在会计期末，需要对指定月份进行相应的会计事项处理，完成本月会计工作。

5.5.1 总账系统内部转账定义

本功能提供7种转账功能的定义：自定义结转设置、对应结转设置、销售成本结转设置、售价（计划价）销售成本结转、汇兑损益结转设置、期间损益结转设置。

1. 自定义结转设置

自定义转账功能可以完成的转账业务主要如下。

（1）“费用分配”的结转，如：工资分配等。

（2）“费用分摊”的结转，如：制造费用等。

（3）“税金计算”的结转，如：增值税等。

（4）“提取各项费用”的结转，如：提取福利费等。

（5）“部门核算”的结转。

（6）“项目核算”的结转。

（7）“个人核算”的结转。

（8）“客户核算”的结转。

（9）“供应商核算”的结转。

【操作步骤】

（1）执行“转账定义”|“自动转账”命令，显示自动转账设置界面。

（2）单击“增加”按钮，可定义一张转账凭证，屏幕弹出凭证主要信息输入窗口，如图5-72所示。

（3）输入转账序号、转账说明和凭证类别，单击“确定”按钮开始定义转账凭证分录信息，如图5-73所示。

（4）定义输入每笔转账凭证分录的摘要、科目。

（5）当输入的科目是部门、项目、个人、客户和供应商核算科目时，可参照输入信息；对于非上述类型的科目，此处可以不输。

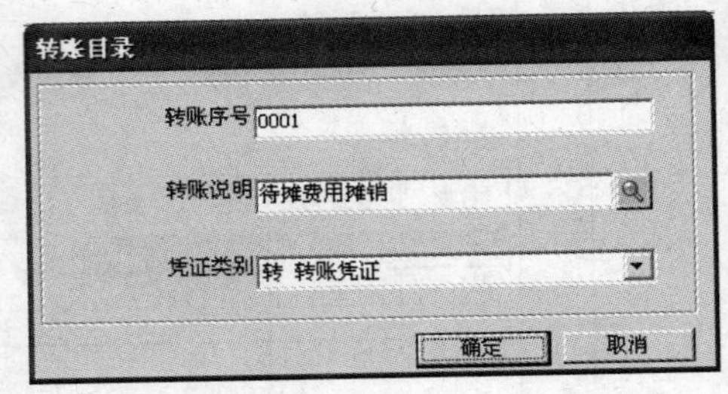

图5-72 自定义转账目录

（6）方向：输入转账数据发生的借贷方向。

（7）公式：可参照输入计算公式。（注：对于初级用户，建议通过参照输入公式，对于高级用户，若已熟练掌握转账公式，也可直接输入转账函数公式。）

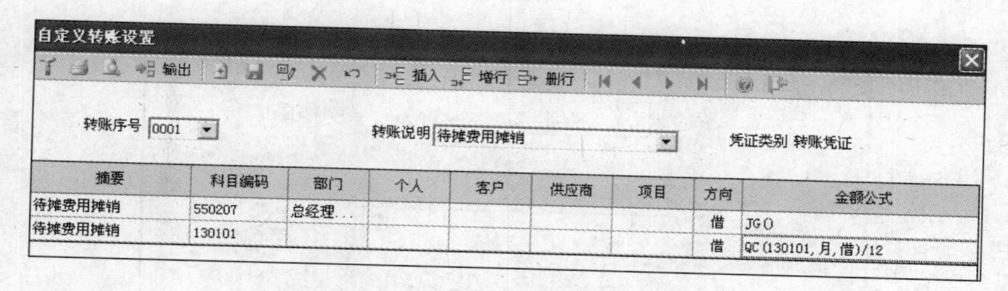

图 5-73 定义转账凭证分录

2. 对应结转设置

对应结转不可仅进行两个科目一对一结转，还提供科目的一对多结转功能，对应结转的科目可为上级科目，但其下级科目的科目结构必须一致（相同明细科目），如有辅助核算，则两个科目的辅助账类也必须一一对应。本功能只结转期末余额。

【操作步骤】

(1) 执行“对应结转”命令，显示“对应结转设置”对话框，如图 5-74 所示。

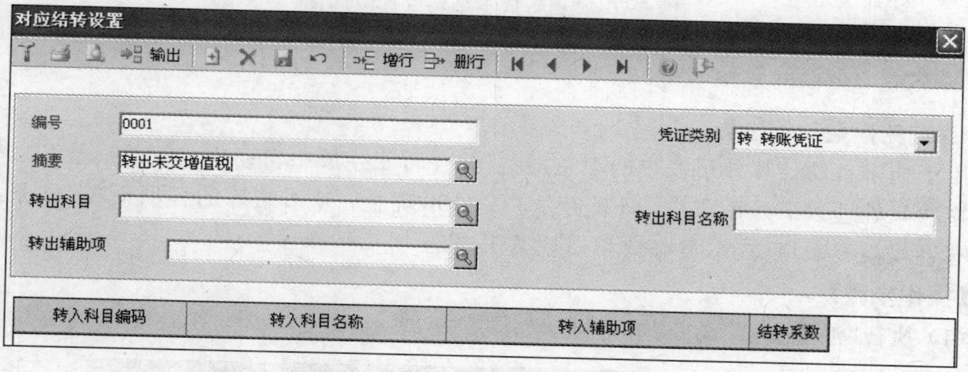

图 5-74 “对应结转设置”对话框

(2) 输入编号（指该张转账凭证的代号）、凭证类别、转出科目。

(3) 输入转入科目编码、名称、转入辅助和结转系数。

(4) 结转系数：即转入科目取数＝转出科目取值×结转系数，若未输入系统默认为 1。

(5) 本功能只结转期末余额。如果想转发生额，到自定义结转中设置。

3. 销售成本结转设置

销售成本结转功能，是将月末商品（或产成品）销售数量乘以库存商品（或产成品）的平均单价计算各类商品销售成本并进行结转。

【操作步骤】

(1) 执行“销售成本结转”命令，屏幕显示“销售成本结转设置”对话框，如图 5-75 所示。

(2) 用户可输入总账科目或明细科目，但输入要求这 3 个科目具有相同结构的明细科目，即要求库存商品科目和商品销售收入科目下的所有明细科目必须都有数量核算，且这 3 个科目的下级必须一一对应，输入完成后，系统自动计算出所有商品的销售成本。其中：数量＝商品销售收入科目下某商品的贷方数量；单价＝库存商品科目下某商品的月末金

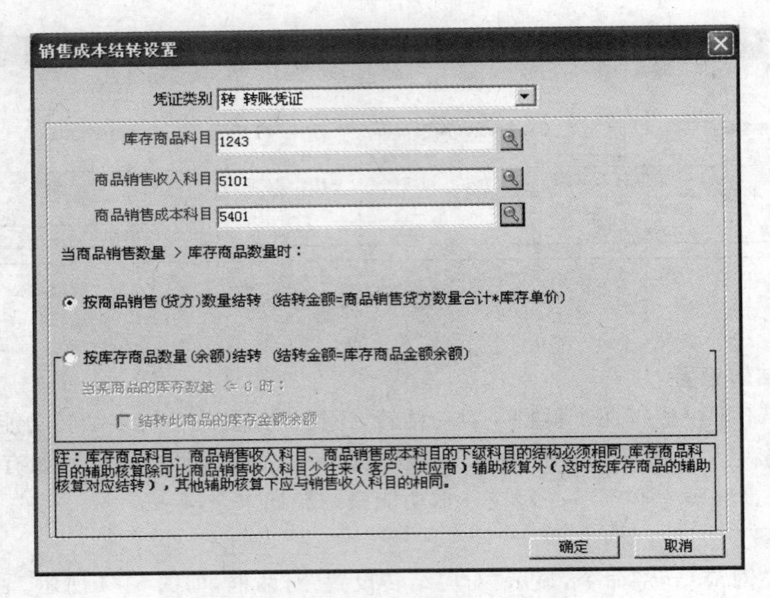

图 5-75 “销售成本结转设置”对话框

额/月末数量；金额＝数量×单价。

4. 汇兑损益结转设置

用于期末自动计算外币账户的汇总损益，并在转账生成中自动生成汇总损益转账凭证，汇兑损益只处理以下外币账户：外汇存款户；外币现金；外币结算的各项债权、债务，不包括所有者权益类账户，成本类账户和损益类账户。

【操作步骤】

(1) 执行“汇兑损益”命令，屏幕显示如图 5-76 所示。

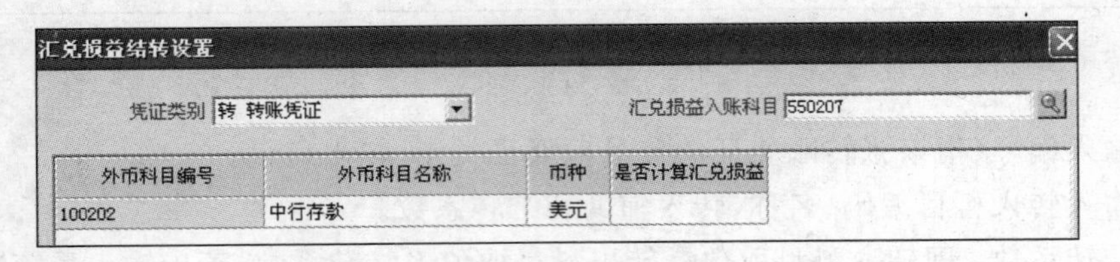

图 5-76 “汇兑损益结转设置”对话框

(2) 输入凭证类别和该账套中汇兑损益科目的科目编码。

(3) 选择需要计算汇兑损益的科目，即进行汇兑损益结转。

5. 期间损益结转设置

用于在一个会计期间终了对损益类科目进行结转，从而及时反映企业利润的盈亏情况。主要是对于管理费用、销售费用、财务费用、销售收入、营业外收支等科目的结转。

【操作步骤】

执行“期间损益结转设置”命令进入此功能，屏幕出现“期间损益结转设置”对话框，如图 5-77 所示。选择凭证类别和本年利润科目即可完成设置。

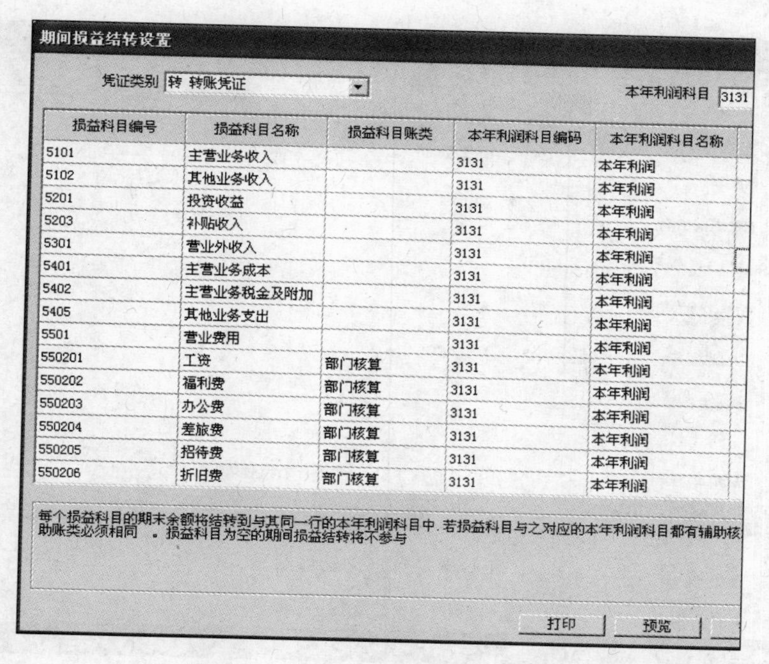

图 5-77 “期间损益结转设置”对话框

5.5.2 自动转账凭证生成

转账分录定义完毕后，每月月末只需执行转账生成功能即可快速生成转账凭证。在此生成的转账凭证需经审核、记账后才真正完成结转工作。

一般地，独立转账分录可以在任何时候生成转账凭证。而对一组相关转账分录，它们之间以及同本月的其他经济业务有一定的联系，必须在全部相关的经济业务入账之后使用，并且要按照合理的先后次序逐一生成凭证，即在某些转账凭证已经记账的前提下，另一些转账凭证才能生成，否则计算金额时就会发生差错。

一般情况下，应首先生成和处理由其他子系统转入总账系统的凭证；然后再生成和处理销售成本结转凭证、汇兑损益结转凭证、对应结转凭证或者自定义结转凭证；最后生成和处理期间损益结转凭证。

同一张转账凭证，年度内可根据需要多次生成，但每月一般只需结转一次。在定义完转账凭证后，每月月末只需执行本功能即可快速生成转账凭证，在此生成的转账凭证将自动追加到未记账凭证库中。

【操作步骤】

执行“转账生成”命令，进入此功能，屏幕出现转账生成窗口，图 5-78 所示为自定义转账生成，图 5-79 所示为期间损益转账生成。

执行“期间损益结转”命令，则显示期间损益结转科目。

选择需要结转的转账科目，在“是否结转”处双击打上“√”，表示该转账凭证将执行转账。选择完后，单击“确定”按钮后即生成凭证。

【说明】

(1) 执行转账完成后转账凭证并未记账。

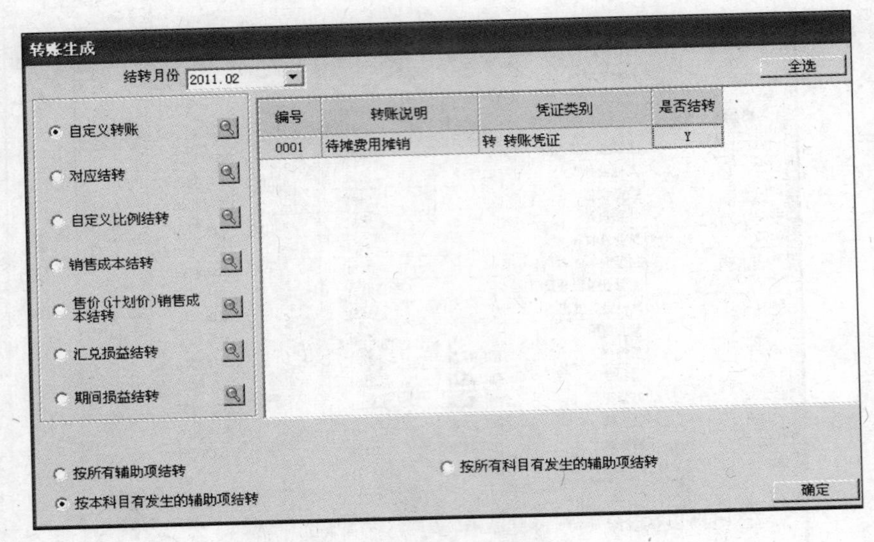

图 5-78 自定义转账生成

转账生成

结转月份 2011.02　　类型 全部　　全选

自定义转账
对应结转
自定义比例结转
销售成本结转
售价(计划价)销售成本结转
汇兑损益结转
期间损益结转

损益科目编码	损益科目名称	损益科目账类	利润科目编码	利润科目名称	利润科目账
5101	主营业务收入		3131	本年利润	
5102	其他业务收入		3131	本年利润	
5201	投资收益		3131	本年利润	
5203	补贴收入		3131	本年利润	
5301	营业外收入		3131	本年利润	
5401	主营业务成本		3131	本年利润	
5402	主营业务税金		3131	本年利润	
5405	其他业务支出		3131	本年利润	
5501	营业费用		3131	本年利润	
550201	工资	部门核算	3131	本年利润	
550202	福利费	部门核算	3131	本年利润	
550203	办公费	部门核算	3131	本年利润	

按科目+辅助核算+自定义项展开

确定

图 5-79 期间损益转账生成

(2) 执行转账的操作员将在“转账凭证定义”中的转账人中显示。

5.5.3 试算平衡

本功能提供科目分类余额，并按输入科目余额中的平衡公式检查期末余额是否平衡，并可显示余额表。若试算不平则提示不平信息，并显示差额。

【操作步骤】

(1) 执行“试算平衡”命令进入此功能，屏幕出现试算平衡对话框。

(2) 单击要进行对账月份的“是否对账”区，或选中要进行对账的月份，单击“对账”对话框，选择对账月份，如图 5-80 所示。

图 5-80 “对账”对话框

5.5.4 结账处理

在手工会计处理中，都有结账的过程，在计算机会计处理中也应有这一过程，以符合会计制度的要求，因此系统提供了结账功能。结账只能每月进行一次。结账后本月不能再制单。

【操作步骤】

(1) 执行“结账”命令进入此功能，屏幕出现“结账”对话框，如图 5-81 所示，选择要结账的月份。

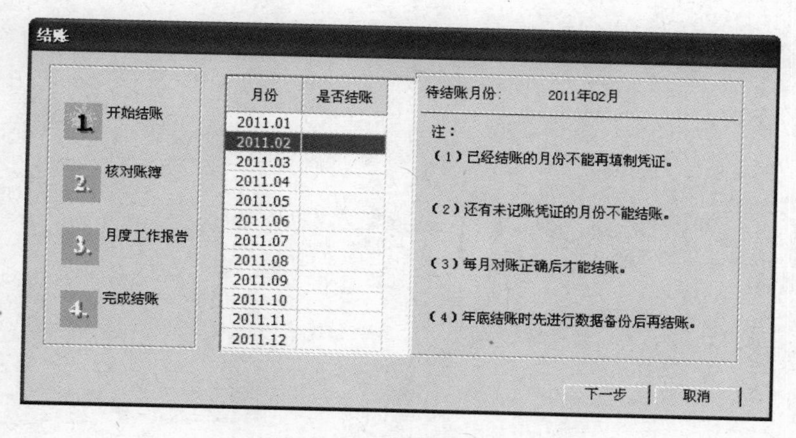

图 5-81 “结账”对话框

(2) 单击结账月份后，单击“下一步”按钮，屏幕出现下一个窗口。

(3) 系统自动对要进行结账的月份进行对账，对账完成后，单击“下一步”按钮，屏幕出现本月工作报告窗口。

(4) 若需打印，则执行“打印月度工作报告”命令即可打印。查看工作报告后，单击“下一步”按钮，屏幕出现下一个窗口。

(5) 单击“完成”按钮后即可结账，若不符合结账要求则不予结账。

【说明】

(1) 上月未结账，则本月不能结账。

(2) 上月未结账,则本月不能记账,但可以填制、复核凭证。

(3) 本月还有未记账凭证时,则本月不能结账。

(4) 结账只能由有结账权的人进行。

(5) 已结账月份不能再填制凭证。

(6) 每月对账正确后才能结账,若账账不平,则不能结账。

(7) 年底结账时,先进行数据备份后再结账。

复习思考题

1. 总账参数设置如何进行?
2. 期初余额输入须注意哪些问题?
3. 日常账务处理包含哪些内容?
4. 日常财务管理包含哪些内容?
5. 说明期末处理的步骤。

第6章　薪资和固定资产系统

6.1　薪资管理系统初始化工作

在使用薪资管理系统进行具体的薪资业务核算之前，必须首先启用薪资管理子系统，继而建立适用于本单位薪酬制度和结构的工资账套，并进行基础信息的设置，从而将通用的薪资管理系统打造成符合本单位实际情况的专用系统。

6.1.1　系统启用

要使用用友 ERP-U8 中某个产品的系统模块，必须首先启用该系统。以薪资管理系统为例，启用方法如下。

登录用友 ERP-U8 企业应用平台，执行"设置"|"基本信息"|"系统启用"命令，在弹出的"系统启用"对话框中选中系统编码为"WA"的薪资管理子系统并选择启用时间。如图 6-1 所示。

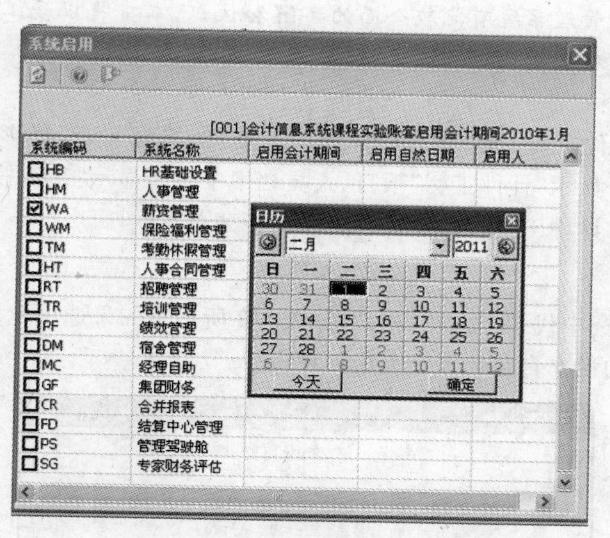

图 6-1　薪资管理子系统启用

6.1.2　建立工资账套

建立工资管理子账套的前提是在系统管理中已经建立了本单位的核算账套。正确建立工资管理子账套是正常进行工资项目设置和工资业务处理的根本保证。初次使用薪资管理系统，系统会自动进入"建立工资套"向导。该向导包含 4 个步骤。

1. 参数设置

选择本账套处理的工资类别个数、核算工资所使用的币种，以及是否核算计件工资，如图 6-2 所示。

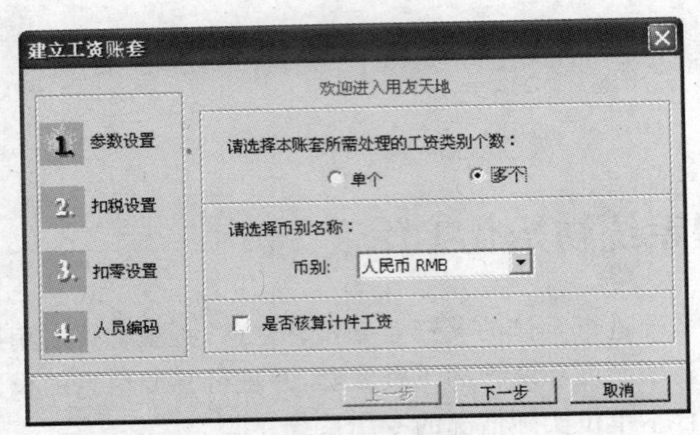

图 6-2 “建立工资账套”对话框 1

(1) 工资类别个数：当核算单位对所有人员工资实行统一管理，而且人员工资项目、计算公式全部相同时，选择“单个”工资类别；当核算单位按周发放工资或每月多次发放工资以及按不同的职工发放工资的项目不同、计算公式不同，但须对工资实行统一管理，则选择“多个”工资类别。

【注意】

为使读者对薪资管理系统有比较全面的了解和认识，本章将以多工资类别核算为例介绍薪资管理系统的各项具体业务处理。

(2) 选择币别名称。

(3) 是否核算计件工资：对“是否核算计件工资”的选择与否，将影响到此后系统中在工资项目设置中是否显示“计件工资”项目，人员档案中是否显示“是否核算计件工资”选项，计件工资标准设置和计件工资统计中是否显示功能菜单。

2. 扣税设置

设置“是否从工资中代扣个人所得税”，如图 6-3 所示。如果选中此复选框，则工资核算时系统会根据设定的税率自动计算个人所得税。

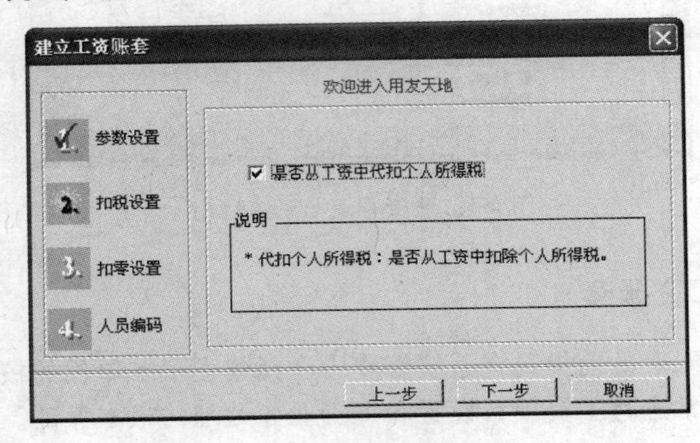

图 6-3 “建立工资账套”对话框 2

3. 扣零设置

选择是否进行扣零处理，若选中“扣零”复选框，则工资核算时系统会依据所选的扣零方案将零头扣下，并在累计成整时补上，如图 6-4 所示。

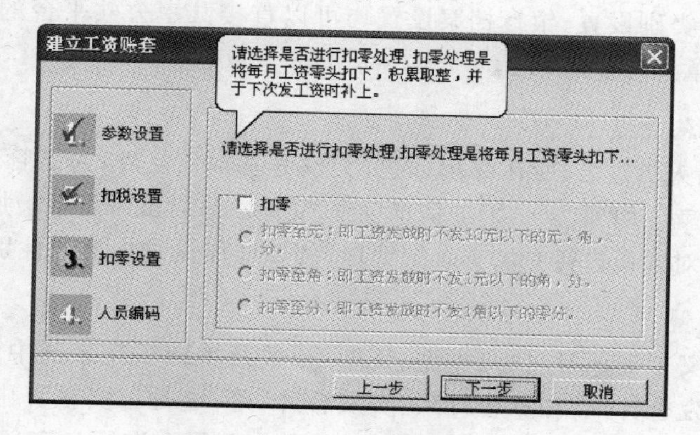

图 6-4 “建立工资账套”对话框 3

4. 人员编码

如图 6-5 所示，本系统的人员编码与公共平台的人员编码保持一致。具体设置及操作方法见第 5 章。

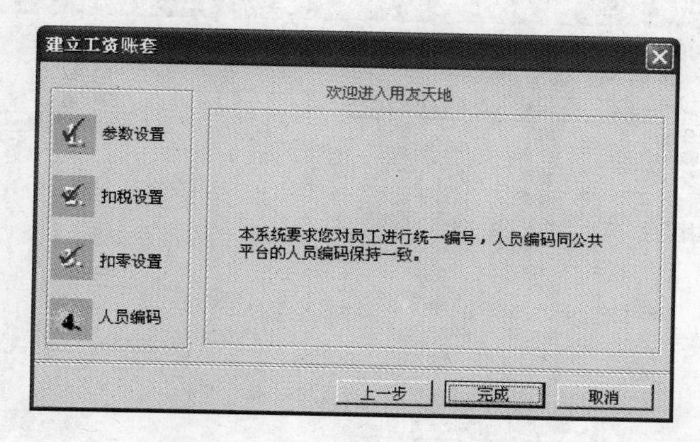

图 6-5 “建立工资账套”对话框 4

单击“完成”按钮，弹出系统提示“未建立工资类别！”，单击“确定”按钮，打开“工资管理”对话框，如图 6-6 所示，单击“取消”按钮。

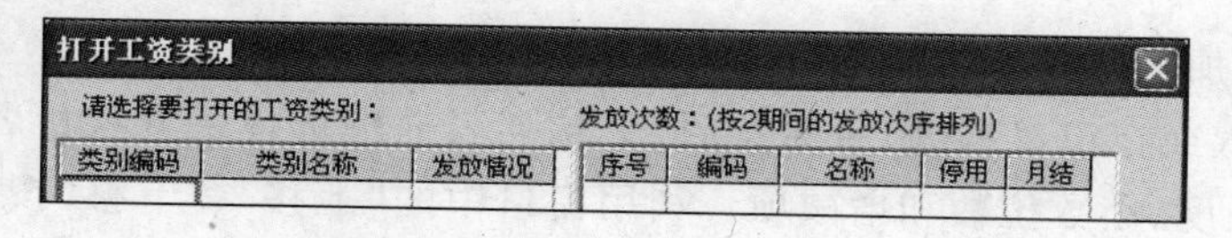

图 6-6 “打开工资类别”对话框

【注意】

部分参数设置可以在执行“设置”|“选项”命令后进行设置、修改。

6.1.3 基础信息设置

1. 部门设置、人员类别设置、银行档案设置

部门设置、人员类别设置、银行档案设置均可以直接共享公共平台的数据，具体设置及操作方法详见第5章。

2. 人员附加信息设置

除了人员编号、人员姓名、所在部门、人员类别等基本信息外，为了管理的需要还需要一些辅助管理信息，这就要用到“人员附加信息设置”功能。该功能可用于增加人员信息，丰富人员档案的内容，便于对人员进行更加有效的管理，例如增加设置人员的性别、民族、婚否等。

3. 工资项目设置

该设置用于定义工资项目名称、类型、长度、小数及增减项。系统中已经设定了一些固定项目名称，如“应发合计”、“扣款合计”、“实发合计”等，这是工资核算中必不可少的项目，因而不能删除或重命名。其他项目可以根据单位的实际需要进行自定义或参照增加。

【操作步骤】

(1) 在“业务”选项卡中，执行“人力资源”|“薪资管理”|“设置”|“工资项目设置”命令，弹出“工资项目设置”对话框，如图6-7所示。

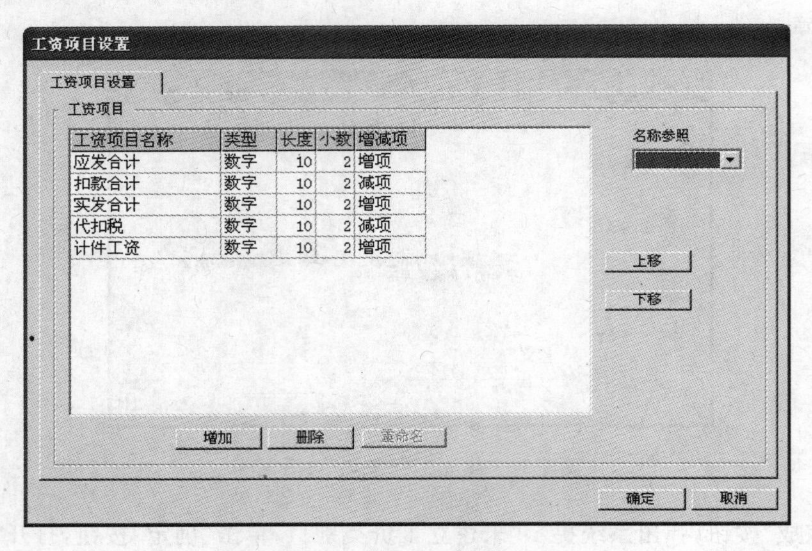

图6-7 “工资项目设置”对话框1

(2) 单击“增加”按钮，在工资项目列表新增一空白行。

(3) 直接输入或在窗口右侧“名称参照”下拉列表框中选择工资项目名称，并设置相应的项目的类型、长度、小数位数和增减项。利用窗口中的“上移”、“下移”按钮可以调整工资项目的排列顺序，如图6-8所示。

“增减项”设置为“增项”的项目，核算时直接计入“应发合计”，设置为“减项”的项目则计入“扣款合计”。根据实际情况，有时还将“增减项”设置为“其他”，例如对“请假天数”的设置，如图6-9所示。

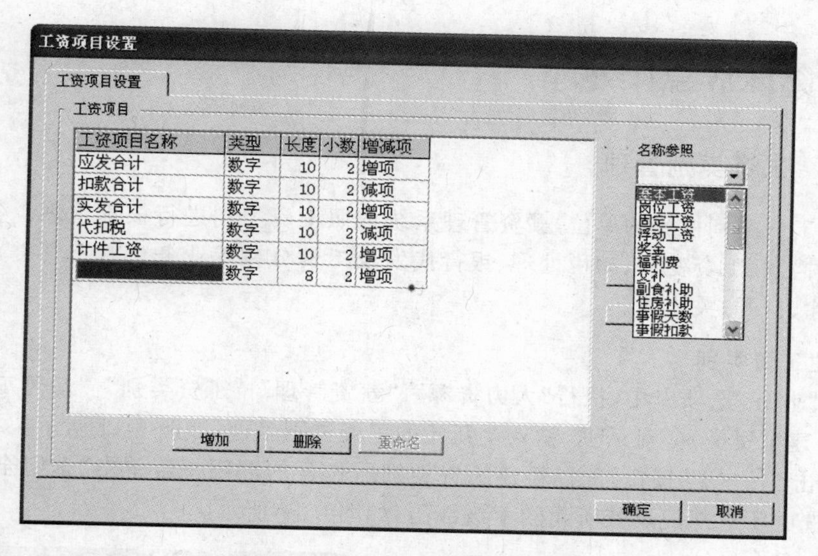

图 6-8 “工资项目设置”对话框 2

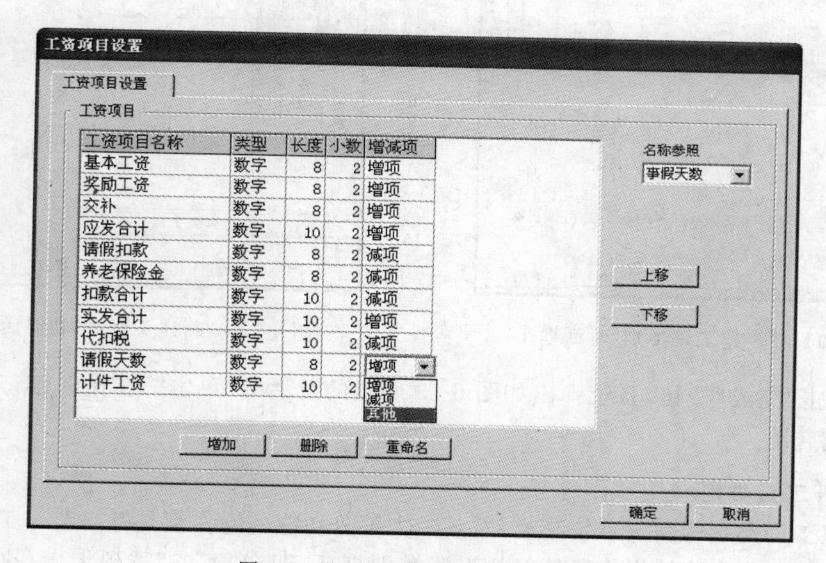

图 6-9 “工资项目设置”对话框 3

(4) 工资项目增加完毕，单击“确定”按钮，弹出如图 6-10 所示的对话框，单击“确定”按钮，保存设置并退出。

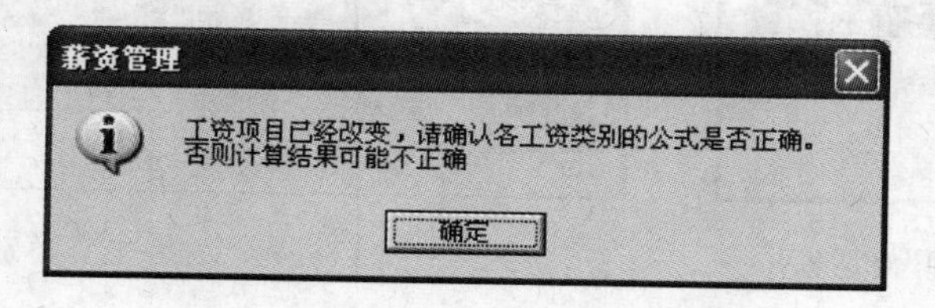

图 6-10 “薪资管理”对话框

6.2 工资日常会计处理

6.2.1 工资类别管理

采取多工资类别核算的单位，薪资管理系统依照工资类别进行核算管理。各工资类别下均有人员档案、工资变动、扣税处理、银行代发及工资分摊等业务。对工资类别的操作包括新建、删除、打开、关闭等。

1. 新建工资类别

(1) 在“业务”选项卡中，执行“人力资源”|“薪资管理”|“工资类别”|“新建工资类别”命令，弹出“新建工资类别”对话框，输入要新建的工资类别名称，如图 6-11 所示。

(2) 单击“下一步”按钮，选择新建工资类别所包含的部门。若单击“选定全部部门”按钮，则自动选中所有部门及其所属的下级部门，如图 6-12 所示。

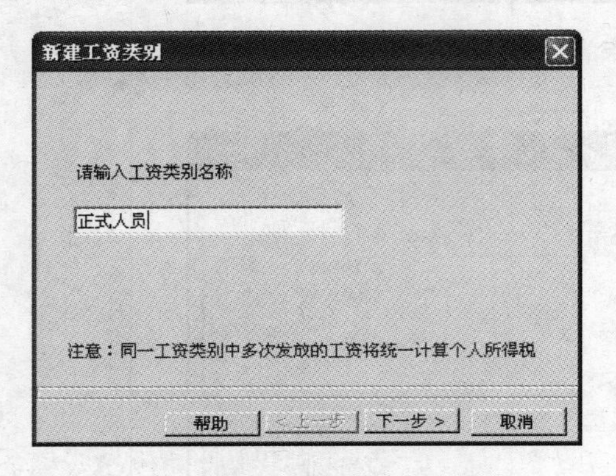

图 6-11 “新建工资类别”对话框 1

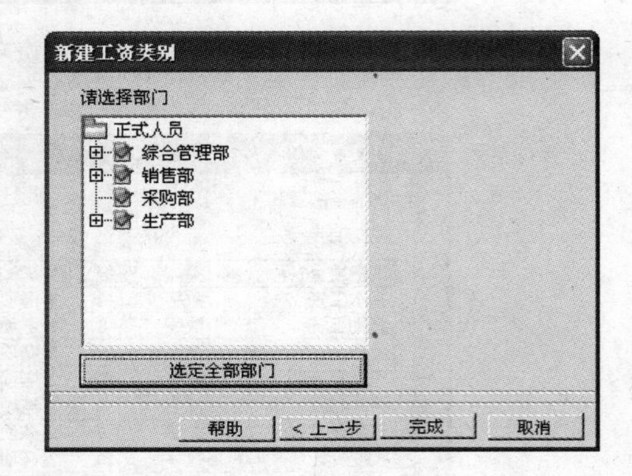

图 6-12 “新建工资类别”对话框 2

(3) 单击“完成”按钮，系统弹出如图 6-13 所示的对话框，单击“是”按钮，新建工资类别成功并完成启用。

2. 打开工资类别

对于多工资类别的薪资系统来说，对其中大部分功能的操作都是针对某一工资类别的，因此在操作前必须先将该操作所针对的工资类别打开，即在“业务”选项卡中，执行“人力资源”|“薪资管理”|“工资类别”|“打开工资类别”命令，继而选择相应的工资类别(前提是有已经建立的工资类别)，如图 6-14 所示。

图 6-13 “薪资管理”对话框

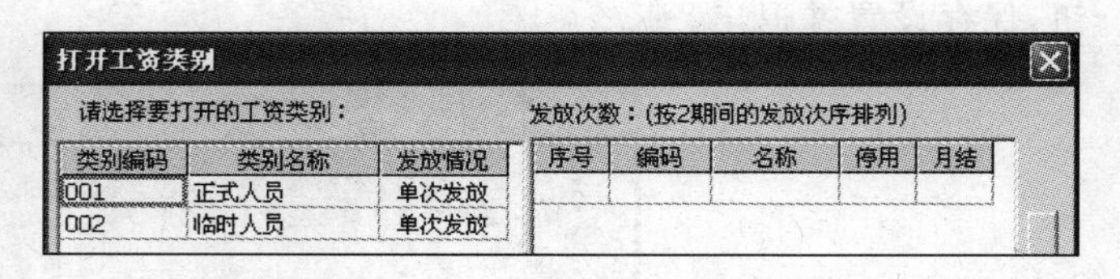

图 6-14 “打开工资类别”对话框

3. 关闭工资类别

同样针对多工资类别薪资管理系统，当操作所针对的工资类别发生变化时，必须先关闭

原先打开的工资类别，重新打开新操作所针对的工资类别。关闭方法是在已经打开某工资类别的状态下，在“业务”选项卡中，执行“人力资源”|“薪资管理”|“工资类别”|“关闭工资类别”命令完成操作。

4. 删除工资类别

在关闭工资类别状态下，执行“人力资源”|“薪资管理”|“工资类别”|“删除工资类别”命令，选择要删除的工资类别，单击“确定”按钮进行删除操作。

6.2.2 设置人员档案

人员档案的设置用于登记工资发放人员的姓名、编号、部门及人员类别和代发工资的银行账号等信息。员工的增减及各项具体信息的变动也需在此功能中进行处理。由于人员档案的操作是针对某工资类别的，因此操作时必须先打开相应的工资类别。

(1) 打开工资类别后，执行“工资管理”|“设置”|“人员档案”命令，进入“人员档案”窗口。在此可对人员档案进行增加、修改、删除、筛选等操作，如图6-15所示。

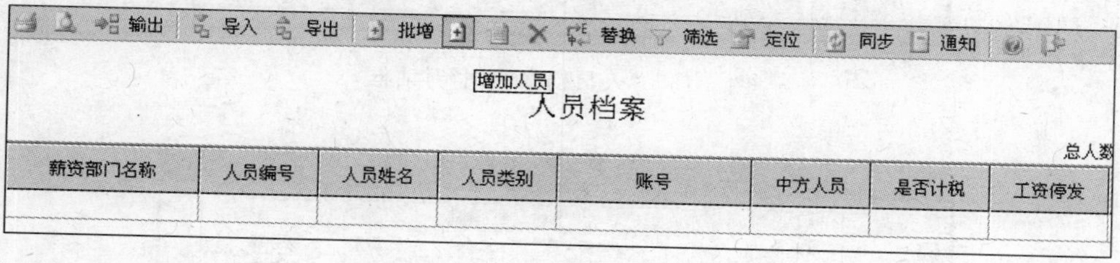

输出 导入 导出 批增 替换 筛选 定位 同步 通知

增加人员

人员档案

总人数

薪资部门名称	人员编号	人员姓名	人员类别	账号	中方人员	是否计税	工资停发

图6-15 “人员档案”窗口

(2) 单条增加人员信息：单击“增加”按钮，在弹出的对话框中输入各人员档案的具体信息，包括人员编号、姓名、部门编码、名称、人员类别等。可以参照选择公共平台的数据进行输入。(若要新增公共平台中没有的人员，则需要先在公共平台中添加人员信息，具体设置和操作方法见第4章。)在“属性”选项区域下可以对是否计税、是否核算计件工资等进行选中。在“银行代发”选项区域下选定负责给该人员代发工资的银行名称，并输入代发工资的银行账号。在“附加信息”选项卡中可以对更多信息进行完善。单击“确定”按钮完成当前人员档案的设置，如图6-16所示。

(3) 批量增加人员信息：在图6-15所示的“人员档案”窗口，单击“批增”按钮，在弹出的窗口中可以选择人员档案进行批量增加，具体的方法是在“选择”列中选择“是”，再单击可取消选择，如图6-17所示。最后单击“确定”按钮，批量信息添加成功。

6.2.3 设置工资项目计算公式

在工资系统初始设置中定义的工资项目包含本单位各种工资类别所需的全部工资项目。但是，不同的工资类别，工资发放项目可能不同，计算公式也不相同，因此本系统可以实现根据不同的工资类别设置工资项目，并定义相应的计算公式。

(1) 执行“薪资管理”|“工资类别”|“打开工资类别”命令，打开要设置项目的工资类别。

(2) 执行“薪资管理”|“设置”|“工资项目设置”，在“工资项目设置”选项卡中设置该工资类别涉及的工资项目，方法与系统初始中的工资项目设置相同。可以参照选择系统初始

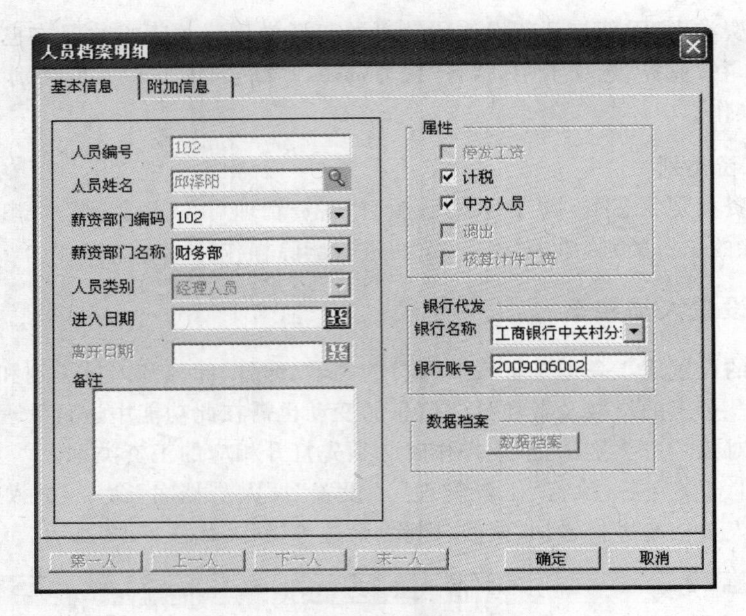

图 6-16 “人员档案明细”对话框

人员批量增加

选择	人员类别
是	管理人员
是	经营人员
是	开发人员
是	经理人员

选择	人员类别	编码	姓名	薪资部门
是	管理人员	103	吴彦祖	财务部
是	管理人员	104	章敏	财务部
是	经营人员	202	林若兰	武昌销售…
是	经营人员	204	贾敬闻	沌口销售…
	经营人员	205	王心凌	汉口销售…
	开发人员	404	蔡琳	研发室
是	经理人员	101	张子仪	总经理办…
是	经理人员	102	邱泽阳	财务部
是	经理人员	201	张家辉	汉口销售…
是	经理人员	203	孙浩	汉阳销售…

确定　取消　全选　全消

图 6-17 “人员批量增加”对话框

中设置的工资项目。

(3) 在“工资项目设置”对话框中选择“公式设置”选项卡,单击“增加”按钮选择要定义公式的工资项目,在右侧公式定义框中输入计算公式和项目之间的运算关系,输入完毕后单击“公式确认”按钮,保存所定义的公式,如图 6-18 所示。

(4) 带函数的公式添加:某些含有逻辑运算关系或函数的公式,可以使用“函数公式向导输入”按钮帮助定义,具体过程如图 6-19～图 6-21 所示。

【注意】

系统固定的工资项目如“应发合计”、“扣款合计”、“实发合计”,其计算公式是依据工资项目设置的“增减项”自动给出的,因此这里只能增加、修改或删除其他工资项目的计算公式。计算公式定义要符合逻辑,系统会对公式进行合法性检查,不符合逻辑将给出错误提示。

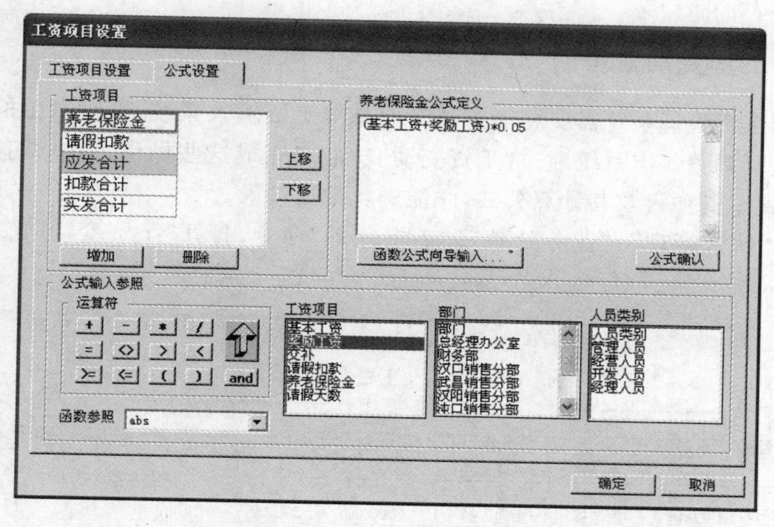

图 6-18 “工资项目设置”对话框中的“公式设置”选项卡

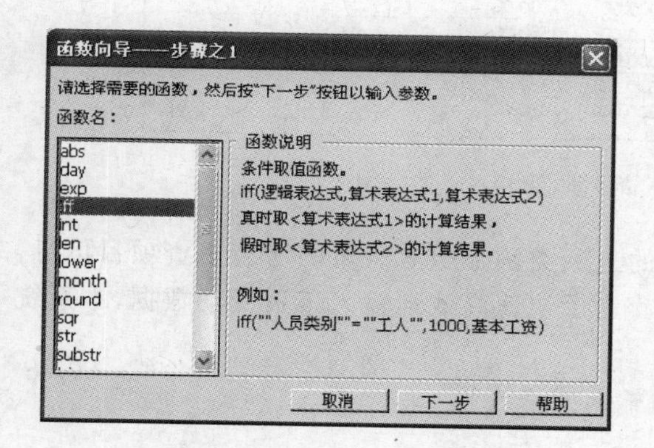

图 6-19 “函数向导——步骤之 1”对话框

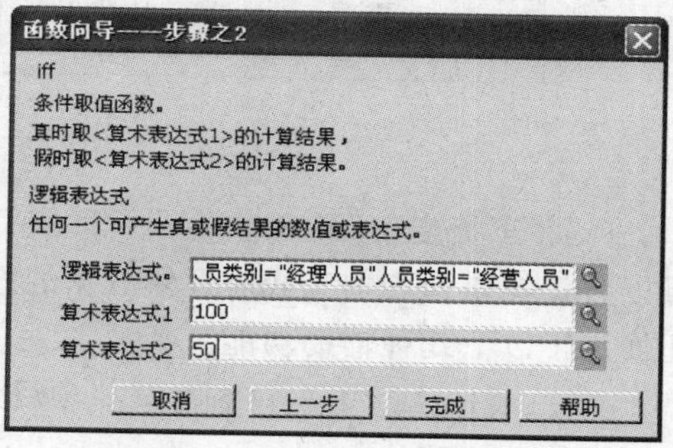

图 6-20 “函数向导——步骤之 2”对话框

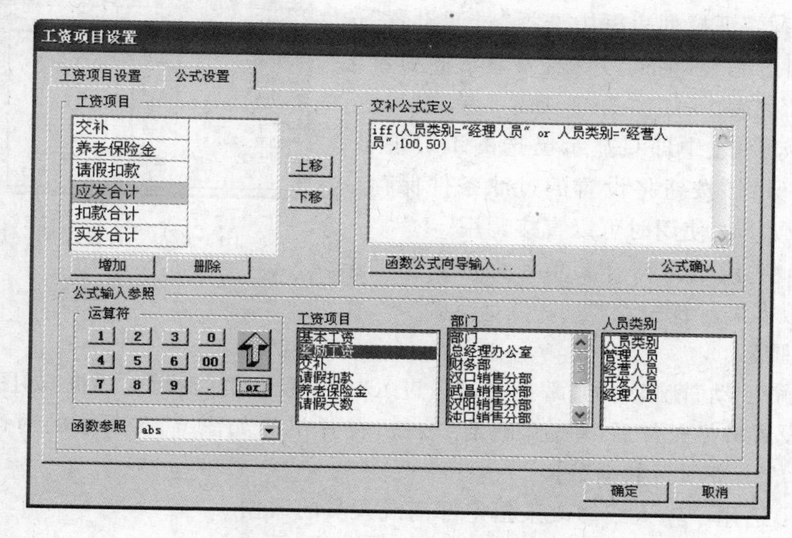

图 6-21 “工资项目设置”对话框

6.2.4 工资变动业务

首次使用工资管理系统需要将所有员工的基本工资输入系统，平时发生的工资数据变动也要及时进行调整。本系统通过“工资变动”功能来完成这些操作，前提是首次使用本功能前，需先设置工资项目及其计算公式，才能进行数据输入。

(1) 执行“薪资管理”|“业务处理”|“工资变动”命令，打开“工资变动”窗口，如图 6-22 所示。

输出 替换 定位 筛选 计算 Σ 汇总 编辑

工资变动

过滤器 　　□ 定位器

人员编号	姓名	部门	人员类别	基本工资	奖励工资	交补	应发合计	请假扣款	养
101	张子仪	总经理办公	经理人员	6,000.00	600.00				
102	邱泽阳	财务部	经理人员	4,000.00	400.00				
103	吴彦祖	财务部	管理人员	3,000.00	300.00				
104	章敏	财务部	管理人员	2,500.00	200.00				
201	张家辉	汉口销售分	经理人员	3,000.00	300.00				
202	林若兰	武昌销售分	经营人员	2,000.00	200.00				
203	孙浩	汉阳销售分	经理人员	5,500.00	550.00				
204	贾敬闻	沌口销售分	经营人员	2,000.00	200.00				
401	周渝民	研发室	经理人员	5,500.00	550.00				
403	陆毅	研发室	开发人员	4,500.00	450.00				

图 6-22 “工资变动”窗口

(2)“工资变动”列表中显示了目前打开的工资类别下所有人员的所有工资项目信息，可以直接在该列表中完成对具体数据的修改。为了快速高效地输入工资变动数据，本系统还使用了以下几种辅助功能。

① 过滤器。适用于只需对某些项目进行输入或修改。

【操作步骤】

右击，在弹出的快捷菜单中执行“项目过滤”命令，或在“过滤器”下拉列表框中选择“过滤设置”选项，打开“项目过滤”对话框。将需要显示的项目选到“已选项目”列表中，如图 6-23 所示。单击“确定”按钮，工资变动列表中即只显示已选的工资项目。也可以单击“保存”按钮将设置的过滤条件保存在过滤器中，以便下次使用时可以直接调用。

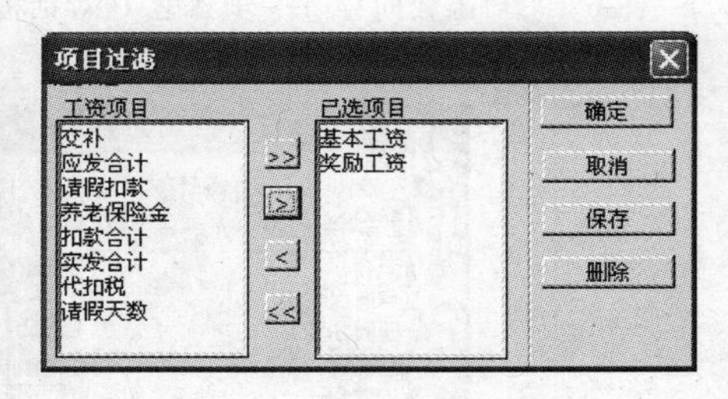

图 6-23 “项目过滤”对话框

② 替换：适用于将符合某项条件的人员的某个工资项目数据进行统一调整。

【操作步骤】

单击“工资变动”窗口中的“替换”按钮，进入“工资项数据替换”对话框，如图 6-24 所示。

在其中设置替换条件后，单击“确定”按钮，在弹出的如图 6-25 所示的对话框中，单击“是”按钮，完成工资项目数据替换。

③ 定位：适用于输入或修改某指定部门或人员的数据。

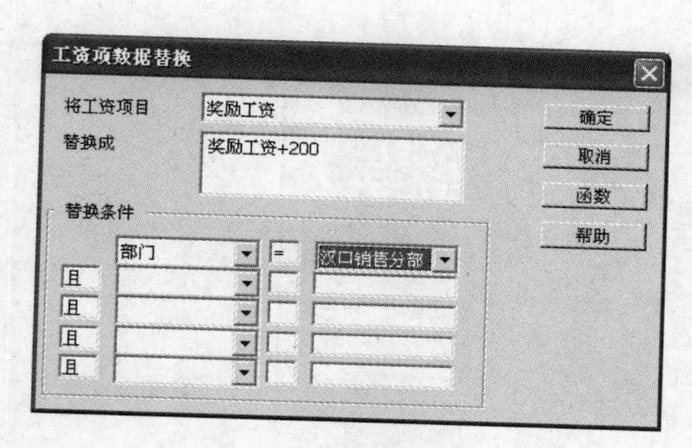

图 6-24 “工资项数据替换”对话框

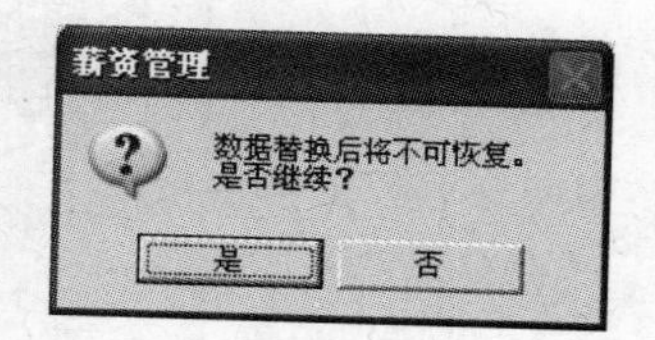

图 6-25 “薪资管理”对话框 1

【操作步骤】

单击“工资变动”窗口中的“定位”按钮，使用部门、人员定位功能令系统自动定位到需要的部门或人员上，进行输入。

④ 筛选：适用于需选取某些符合特定条件的人员进行数据输入。

【操作步骤】

单击“工资变动”窗口中的“筛选”按钮，设置筛选条件，选取出符合条件的记录进行编辑修改。

【注意】

在工资变动中，只需输入没有进行公式设定的项目，如基本工资、奖励工资和请假天数等，其他各项由系统根据计算公式自动计算生成。

(3) 工资数据计算与汇总。

在输入或修改了某些工资数据、重新设置了计算公式、进行了工资数据替换等操作后，都必须及时对工资数据进行计算(重新计算)和汇总。该功能通过单击“工资变动”窗口中的“计算”和“汇总”按钮来实现。

如果工资变动后没有执行数据的计算与汇总，在退出“工资变动”窗口时，系统会提示是否进行工资计算和汇总，如图 6-26 所示。

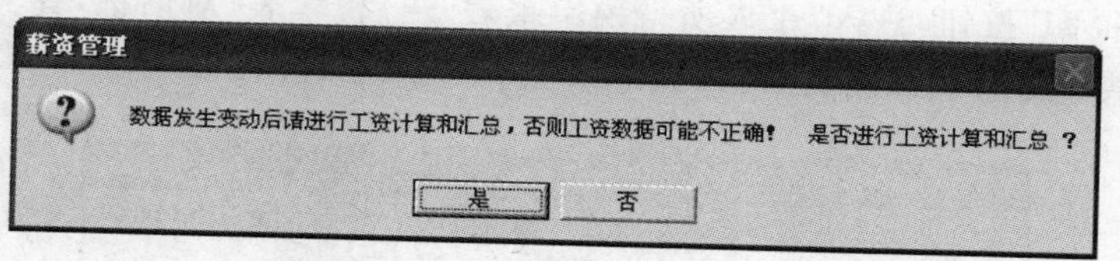

图 6-26 “薪资管理”对话框 2

6.2.5 扣缴所得税

本系统提供个人所得税自动计算功能，使用者只需自定义所得税税率，系统即可自动计算个人所得税，前提是在建立工资账套的过程中进行了相应的设置。

(1) 执行“薪资管理”|“业务处理”|“扣缴所得税”命令，进入“栏目选择”对话框。其中，“标准栏目”列示了系统默认显示的栏目，可以在“可选栏目”中选择新栏目，设置“所得项目”，同时定义个人所得税申报表中收入额合计项所对应的工资项目，如图 6-27 所示。

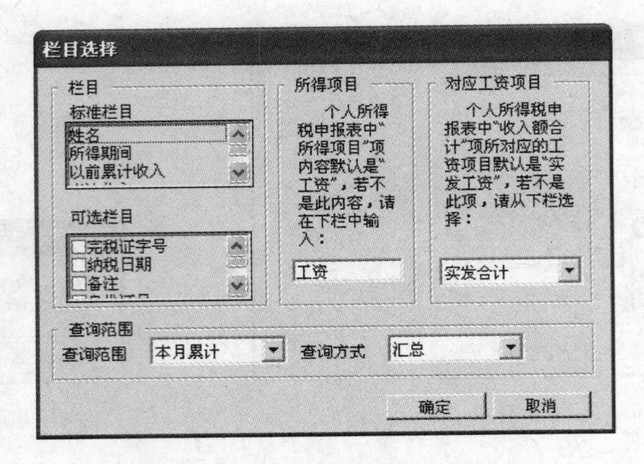

图 6-27 "栏目选择"对话框

(2) 单击"确定"按钮，进入"个人所得税扣缴申报表"窗口，如图 6-28 所示。

输出 申报 税率 定位

税率 个人所得税扣缴申报表

2011年2月

姓名	本次收入	应纳税所得额	税率(%)	本次纳税
张子仪	6,370.00	5,570.00	20.00	739.00
邱泽阳	4,280.00	3,480.00	15.00	397.00
吴彦祖	3,185.00	2,385.00	15.00	232.75
章敏	2,615.00	1,815.00	10.00	156.50
张家辉	3,500.00	2,700.00	15.00	280.00
林若兰	2,190.00	1,390.00	10.00	114.00
孙浩	5,847.50	5,047.50	20.00	634.50
贾敬闻	2,150.00	1,350.00	10.00	110.00
周渝民	5,847.50	5,047.50	20.00	634.50
陆毅	4,752.50	3,952.50	15.00	467.88
李丽珍	2,900.00	2,100.00	15.00	190.00
合计	43,637.50	34,837.50		3,956.13

图 6-28 个人所得税扣缴申报表

(3) 单击"税率"按钮，进入"个人所得税申报表——税率表"对话框，在其中可根据单位需要调整计税基数和附加费用，也可以增删级数，如图 6-29 所示。

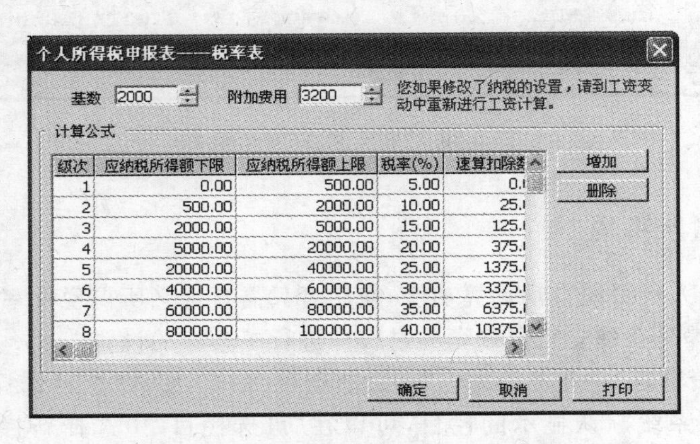

图 6-29 "个人所得税申报表——税率表"对话框

(4) 单击“确定”按钮,由系统根据最新设置自动计算并生成新的个人所得税申报表。在工资变动中也需要重新汇总计算。

6.2.6 工资分摊

工资是费用中人工费最主要的部分,需要对工资费用进行工资总额的计提计算、分配及各种费用的计提,并编制转账会计凭证,供总账系统记账处理用。

(1) 执行“薪资管理”|“业务处理”|“工资分摊”命令,进入“工资分摊”对话框,如图 6-30 所示。

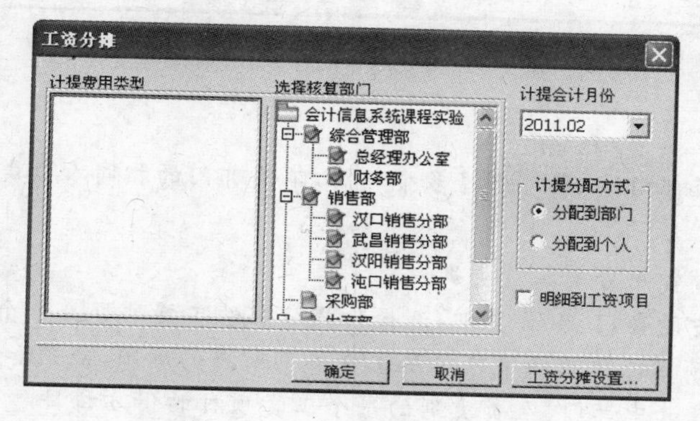

图 6-30 “工资分摊”对话框

(2) 单击“工资分摊设置”按钮进行有关分摊类型、分摊计提比例及分摊构成的设置。

① 分摊类型设置。

在“工资分摊”对话框中单击“工资分摊设置”按钮,进入“分摊类型设置”对话框,如图 6-31 所示。单击“修改”按钮可以修改选中行的工资分配计提类型;单击“删除”按钮可以删除光标所在行的工资分配计提类型。已分配计提的类型不能删除。

② 分摊计提比例设置。

在“分摊类型设置”对话框单击“增加”按钮,新增一项工资分配计提类型,在弹出的对话框中输入计提类型名称和分摊计提比例,如图 6-32 所示。

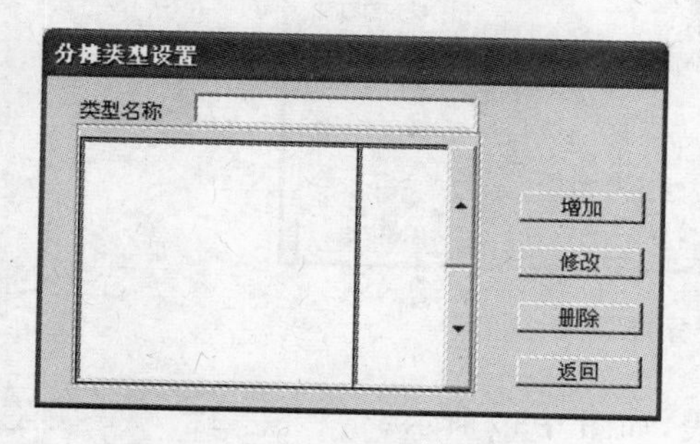

图 6-31 “分摊类型设置”对话框

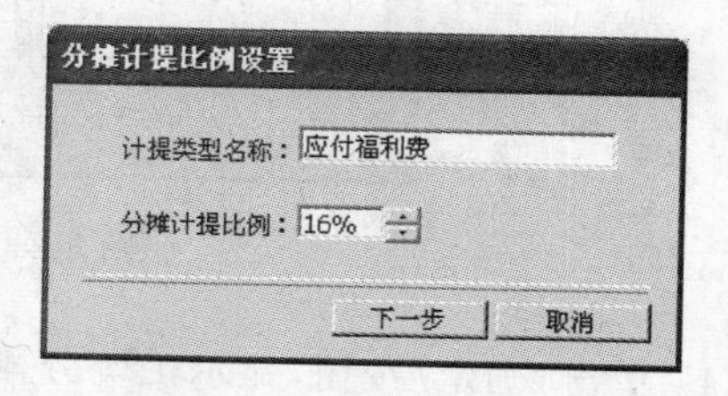

图 6-32 “分摊计提比例设置”窗口

③ 分摊构成设置。

在“分摊计提比例设置”对话框单击“下一步”按钮,进入“分摊构成设置”对话框,设置部门名称、人员类别、项目、借/贷方科目,如图 6-33 所示。

分摊构成设置

分摊构成设置

部门名称	人员类别	项目	借方科目	贷方科目
总经理办公室,…	经理人员	应发合计	550202	2153
总经理办公室,…	管理人员	应发合计	550202	2153
汉口销售分部,…	经理人员	应发合计	5501	2153
汉口销售分部,…	经营人员	应发合计	5501	2153
研发室	经理人员	应发合计	410501	2153
研发室	开发人员	应发合计	410102	2153

上一步 完成 取消

图 6-33 “分摊构成设置”对话框

【注意】

部门名称：选择部门，一次可选择多个部门，不同部门的相同人员类别可设置不同的分摊科目。

人员类别：选择费用分配人员类别。

项目：对应选中的部门、人员类别，选择计提分配的工资项目。每个人员类别可选择多个计提分配的工资项目。工资项目包括本工资类别所有的增项、减项和其他项目。

借方科目：对应选中部门、人员类别的每个工资项目的借方科目。

贷方科目：对应选中部门、人员类别的每个工资项目的贷方科目。

④ 单击“完成”按钮，成功增加一个新的分摊类型。

(3) 选择参与本次费用分摊的计提费用类型、参与核算的部门以及计提月份、计提分配方式，同时确定是否明细到工资项目，如图 6-34 所示。若选中“明细到工资项目”复选框，则按工资项目明细列示工资费用分摊表格。

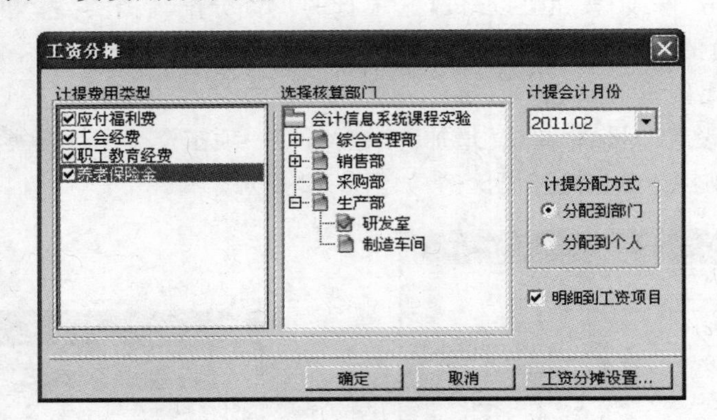

图 6-34 “工资分摊”对话框

(4) 单击“确定”按钮，显示工资分摊一览表，如图 6-35 所示。

(5) 制单。在“工资分摊一览表”窗口中的“类型”下拉列表框中选择需要生成凭证的分摊类型，单击“制单”按钮，进入凭证填制窗口。

选择凭证类别为“转账凭证”，并检验确认凭证中其他各项是否填制正确。确认无误后，单击“保存”按钮成功生成凭证，如图 6-36 所示。

输出 | 重选 | 制单 | 批制

养老保险金一览表

☐ 合并科目相同、辅助项相同的分录

类型 养老保险金

计提会计月份 2011.02月

部门名称	人员类别	应发合计				
		计提基数	计提比例	计提金额	借方科目	贷方科目
总经理办公室	经理人员	6700.00	15.00%	1005.00	550207	2181
财务部	管理人员	6100.00	15.00%	915.00	550207	2181
	经理人员	4500.00	15.00%	675.00	550207	2181
汉口销售分部		3700.00	15.00%	555.00	550207	2181
武昌销售分部	经营人员	2300.00	15.00%	345.00	550207	2181
汉阳销售分部	经理人员	6150.00	15.00%	922.50	550207	2181
沌口销售分部	经营人员	2300.00	15.00%	345.00	550207	2181
研发室	开发人员	8050.00	15.00%	1207.50	550207	2181
	经理人员	6150.00	15.00%	922.50	550207	2181

图 6-35 “养老保险金一览表”窗口

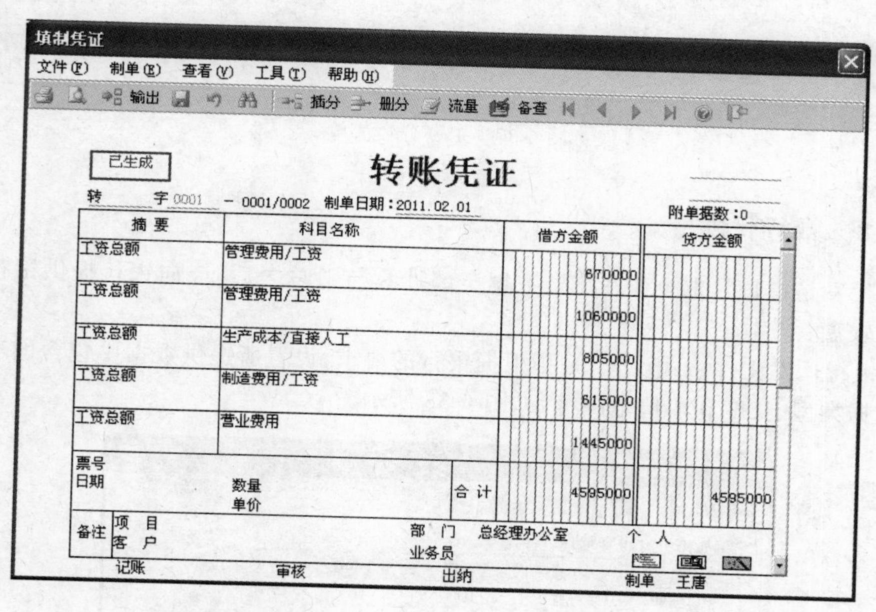
填制凭证

文件(F) 制单(E) 查看(V) 工具(T) 帮助(H)

输出 插分 删分 流量 备查

已生成

转账凭证

转 字 0001 - 0001/0002 制单日期:2011.02.01 附单据数:0

摘要	科目名称	借方金额	贷方金额
工资总额	管理费用/工资	670000	
工资总额	管理费用/工资	1060000	
工资总额	生产成本/直接人工	805000	
工资总额	制造费用/工资	615000	
工资总额	营业费用	1445000	
票号 日期	数量 单价 合计	4595000	4595000

备注 项目 客户 部门 总经理办公室 个人 业务员

记账 审核 出纳 制单 王唐

图 6-36 工资分摊——制单(生成凭证)

【注意】

也可以在“工资分摊一览表”窗口中单击“批制”按钮,即可一次生成所有参与本次分摊的分摊类型所对应的凭证。

6.2.7 工资分钱清单

工资分钱清单是根据企业计算的实发工资发放分钱票面额的清单。针对以现金形式发放工资的企业,出纳人员根据此表可以从银行提款并准确轻松地发放给各部门人员。需要注意的是:执行此功能,必须在工资数据调整完毕之后,如果工资数据在计算后又做了修改,必须重新执行本功能,以保证数据的正确性。

执行“薪资管理”|“业务处理”|“工资分钱清单”命令,查看工资分钱清单,如图 6-37 所示。

输出

分钱清单

部门分钱清单 | 人员分钱清单 | 工资发放取款单

请选择部门级别：全体

部门	壹佰元	伍拾元	贰拾元	拾元	伍元	贰元	壹元	伍角
综合管理部	153	3	4	2	2	4	3	
总经理办公室	58		1	1	1	2		
财务部	95	3	3	1	1	2	3	
销售部	128	3	6	1	2	1		
汉口销售分部	33	1	1		1			
武昌销售分部	21	1	1	1				
汉阳销售分部	53	1	2		1			
沌口销售分部	21		2			1		
生产部	125	2	3	2	2	2		
研发室	125	2	3	2	2	2		
票面合计数	406	8	13	5	6	7	3	
金额合计数	40600.00	400.00	260.00	50.00	30.00	14.00	3.00	

图 6-37　工资分钱清单

6.2.8　银行代发

银行代发是指每月末企业在工资数据全部计算与汇总之后，应向银行提供银行给定内文件格式软盘。

(1) 银行代发文件格式设置，是指根据银行的要求，设置所提供数据中包含的项目以及项目的数据类型、长度和取值范围等，如图 6-38 所示。

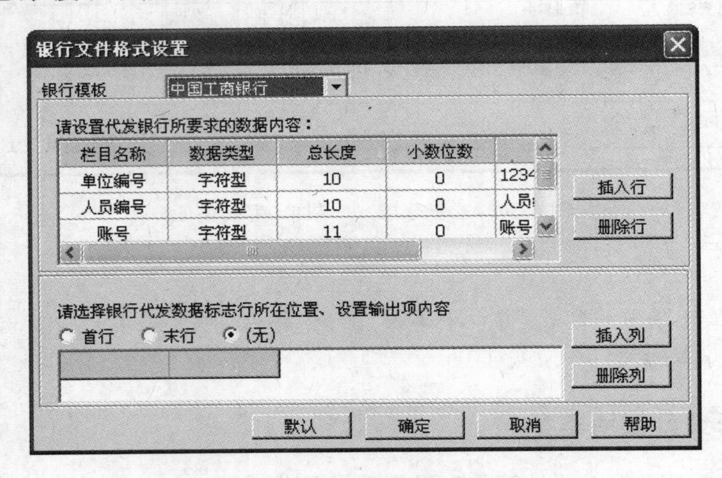

图 6-38　银行文件格式设置

(2) 银行代发文件方式设置，是指根据银行的要求，设置向银行提供的数据，即数据以何种文件形式存放在磁盘中，且在文件中各数据项目是如何存放和区分的等，如图 6-39 所示。

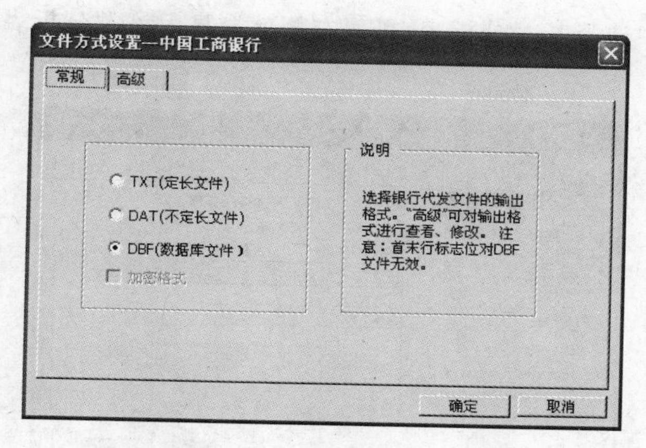

图 6-39 银行文件方式设置

6.3 薪资日常财务管理

工资数据处理结果最终会通过工资报表的形式反映，本系统提供了各种主要的工资报表。工资数据能够以多种形式计算汇总出来，便于企业充分了解工资的构成和工资变动的情况，为企业提供及时、准确、有用的工资信息，为薪资的日常财务管理提供帮助。

6.3.1 工资表

工资表主要用于本月工资的发放和统计，使用本功能可以查询和打印各种工资报表。系统提供的原始表包括：工资发放签名表、工资发放条、工资卡、部门工资汇总表、人员类别汇总表、部门条件汇总表、条件统计表、条件明细表、工资变动明细表、工资变动汇总表等。

工资表查询方法(查询前需先打开某一工资类别，后述各表同此)如下：

(1) 执行“薪资管理”|“统计分析”|“账表”|“工资表”命令，弹出“工资表”对话框，如图 6-40 所示。

(2) 从列表中选择要查看的工资表，单击“查看”按钮，再单击“查看”按钮弹出的系统提示进行相应的选择或设置，即可生成符合条件的工资表。

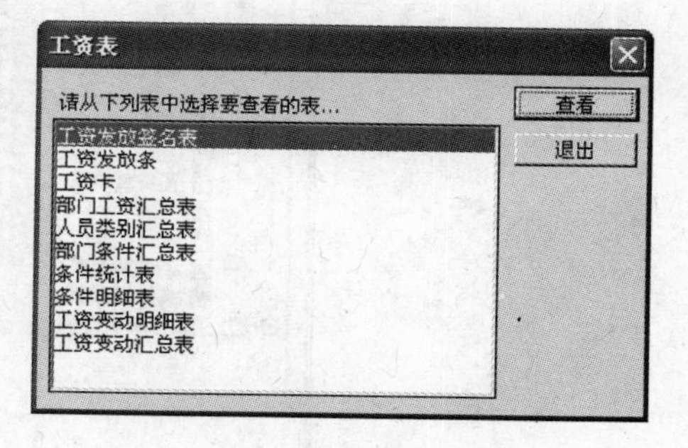

图 6-40 “工资表”对话框

6.3.2 工资分析表

工资分析表是以工资数据为基础，对部门、人员类别的工资数据进行分析和比较，产生各种分析表，以供决策人员使用。主要包括：工资项目分析表(按部门)、员工工资汇总表(按月)、分部门各月工资构成分析表、工资增长情况表、部门工资项目构成分析表、员工工资项目统计表、分类统计表(按项目/部门/月)。

工资分析表的查询使用方法如下：

(1) 执行“薪资管理”|“统计分析”|“账表”|“工资分析表”命令，弹出“工资分析表”对话

框。在左侧的列表中选择某一分析表，界面右侧就会显示该类分析表的表样，如图 6-41 所示。

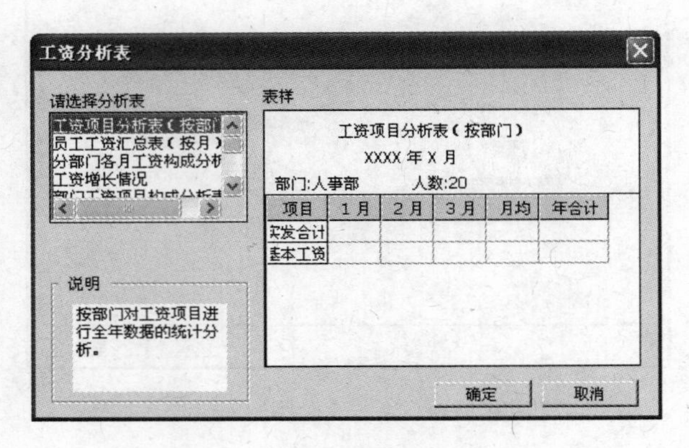

图 6-41 “工资分析表”对话框

（2）选择要查看的工资分析表类型，单击“确定”按钮，再根据选择不同工资分析表所弹出的系统提示进行相应的选择或设置，即可生成符合条件的工资分析表。

6.3.3 我的账表

工资报表(含工资表和工资分析表)的默认格式由系统提供，也可以根据实际需要自行设计格式。在本系统中，可通过“我的账表”来实现该功能。

【操作步骤】

（1）执行“工资管理”|“统计分析”|“账表”|“我的账表”命令，弹出“账表管理”窗口，如图 6-42 所示。

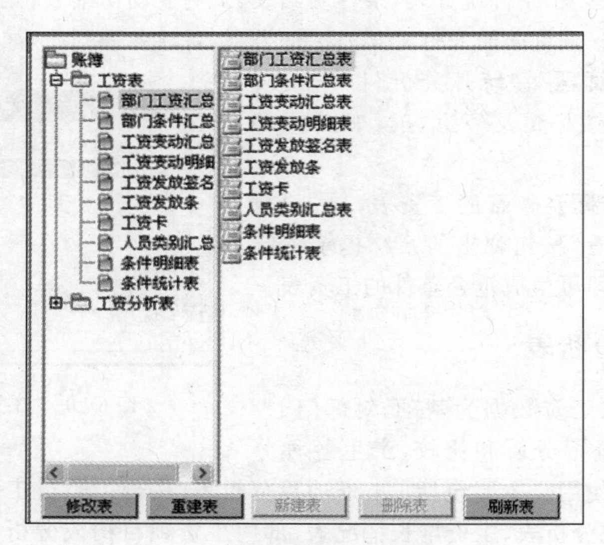

图 6-42 “我的账表”修改重建窗口

（2）选中某一账表，单击“修改表”按钮，进入“修改表”窗口。可以此直接修改栏目名称及栏目宽度，也可增加或删除栏目，并为选中的栏目设置计算公式。

(3) 单击“重建表”按钮,显示重建表选择界面,选择需要重新生成的系统原始表,单击“确认”按钮,可重新生成系统原始表。

【注意】

工资变动汇总表、工资变动明细表不能修改和删除。

6.4　工资期末会计事项处理

6.4.1　月末处理

每月工资数据处理完毕后均可进行月末处理。操作方法如下:

(1) 执行“工资管理”|“业务处理”|“月末处理”命令,进入“月末处理”对话框,如图 6-43 所示。

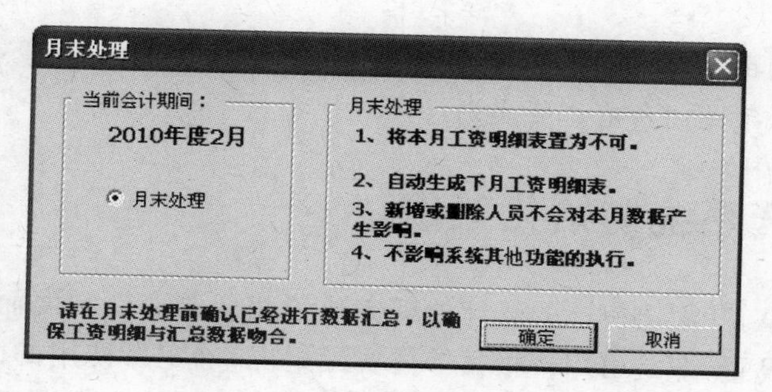

图 6-43　“月末处理”对话框

(2) 单击“确定”按钮,弹出如图 6-44 所示的提示。

(3) 单击“是”按钮,系统提示是否选择清零项,如图 6-45 所示。

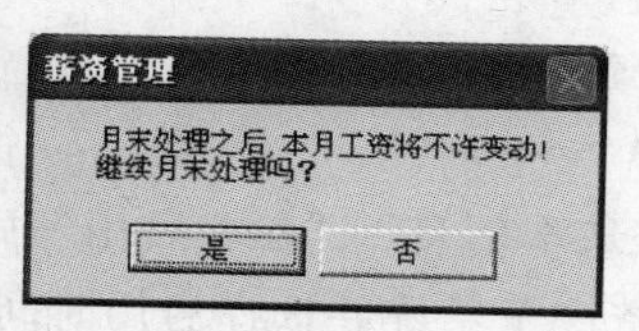

图 6-44　“薪资管理”对话框 1

图 6-45　“薪资管理”对话框 2

(4) 单击“是”按钮,选项需要清零的工资项目,如图 6-46 所示。

(5) 单击“确定”按钮,系统提示月末处理完毕,如图 6-47 所示。

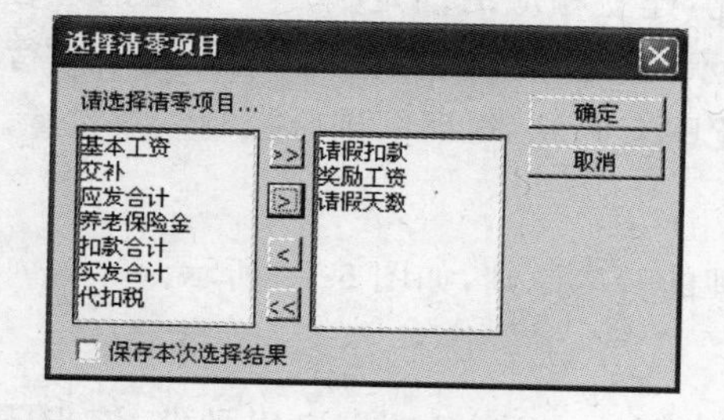

图 6-46　选择清零项目

图 6-47　“薪资管理”对话框 3

【注意】

(1) 月末结转只有在会计年度的1～11月进行。

(2) 只有在本月工资数据汇总之后才能进行月末结转。

(3) 进行期末处理后，当月数据将不再允许变动。

6.4.2 反结账

工资管理系统在进行结账后，如发现某些业务或事项需要在已结账月份进行账务处理，则可以通过本系统提供的反结账功能恢复结账前状态。

【操作步骤】

执行“工资管理”|“业务处理”|“反结账”命令，进入“反结账”窗口。在列表中选择需要进行反结账操作的账套，单击“确定”按钮，系统即进行反结账处理。

【注意】

(1) 反结账只能由账套主管进行操作。

(2) 反结账前必须关闭所有工资类别。

6.5 固定资产系统初始化工作

不同性质的单位，其固定资产的会计处理方法依相应的会计制度而有所不同。固定资产管理系统的初始设置，即是由用户根据单位实际情况，确定所使用的固定资产应用方案，建立相应固定资产子账套的过程。主要包括控制参数、基础信息的设置以及期初固定资产卡片的输入。

6.5.1 系统启用

要使用用友ERP-U8中某个产品的系统模块，必须先启用该系统。以固定资产系统为例，启用方法如下。

登录用友ERP-U8企业应用平台，执行“设置”|“基本信息”|“系统启用”命令，在弹出的“系统启用”对话框中选中系统编码为“FA”的固定资产子系统并选择启用时间，如图6-48所示。

6.5.2 初始控制参数设置

初始控制参数是根据用户单位的具体情况，建立相应的固定资产子账套的过程。新建账套初次使用固定资产管理系统时，系统会提示“这是第一次打开此账套，还未进行过初始化，是否进行初始化?”。选择“是”进入“初始化账套向导”对话框进行控制参数设置。

1. 约定及说明

包含此新建子账套的基本信息和资产管理的基本原则，如图6-49所示。

2. 启用月份

在图6-49中选择“我同意”单选按钮，单击“下一步”按钮进入启用月份，该步骤用于查看本账套固定资产开始使用的年份和会计期间，启用日期只可查看，不能修改，需输入系统

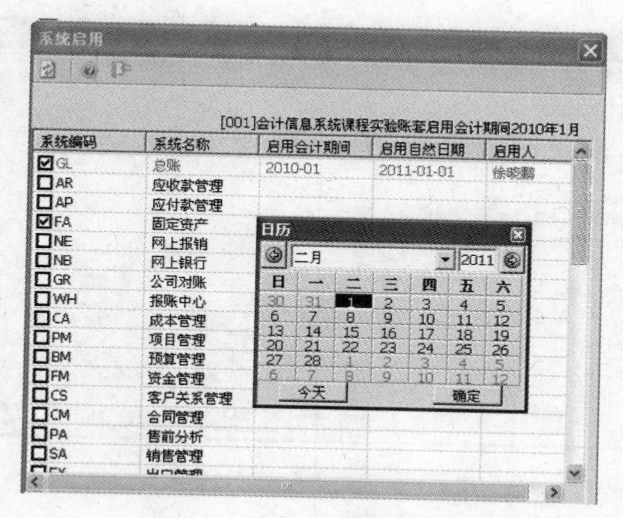

图 6-48 固定资产系统启用

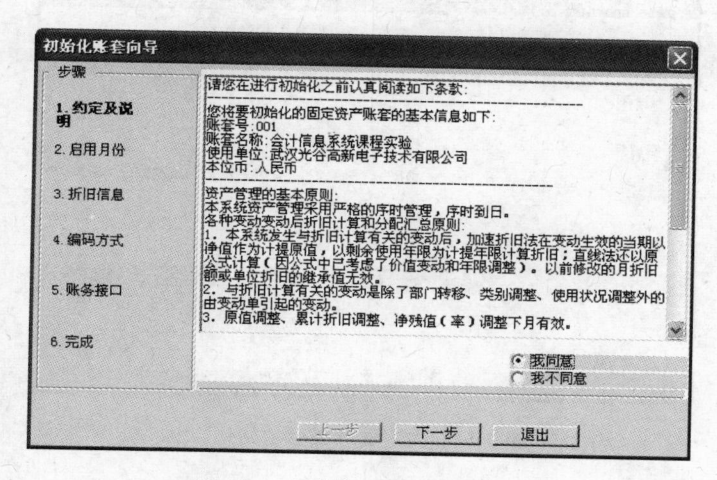

图 6-49 固定资产账套初始化 1

的期初数据一般即指至此期间期初的数据,如图 6-50 所示。

3. 折旧信息

选择是否计提折旧和相应的折旧方案,如图 6-51 所示。

【注意】

如果不选中“本账套计提折旧”复选框,则账套内与折旧相关的功能不能操作。且该选项在保存初始化设置后不能更改。因此需根据单位性质和会计制度要求谨慎选择。

4. 编码方式

为资产类别和固定资产选择相应的编码方案,如图 6-52 所示。

资产类别是根据单位的管理及核算需要对固定资产进行分类,本系统类别编码最多可设置 4 级,系统推荐使用国家规定的 4 级 6 位(2112)编码方案,也可以根据实际情况设定各级编码长度,但总长度不能超过 10 位。

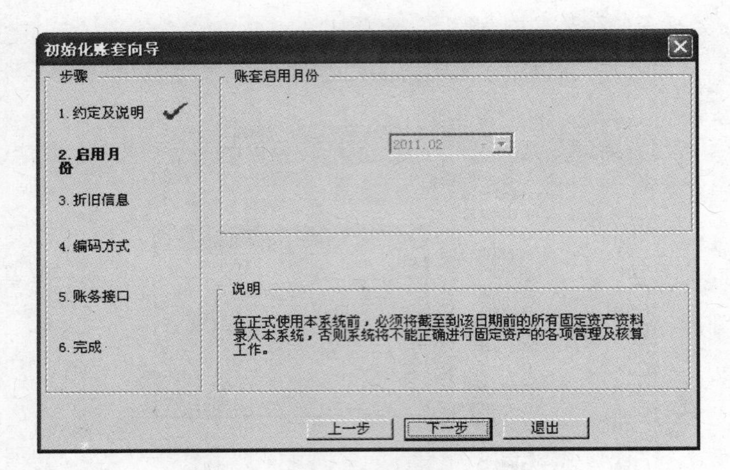

图 6-50 固定资产账套初始化 2

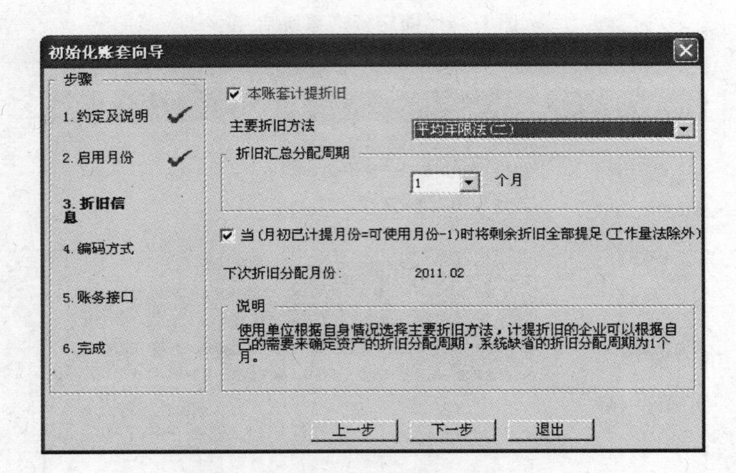

图 6-51 固定资产账套初始化 3

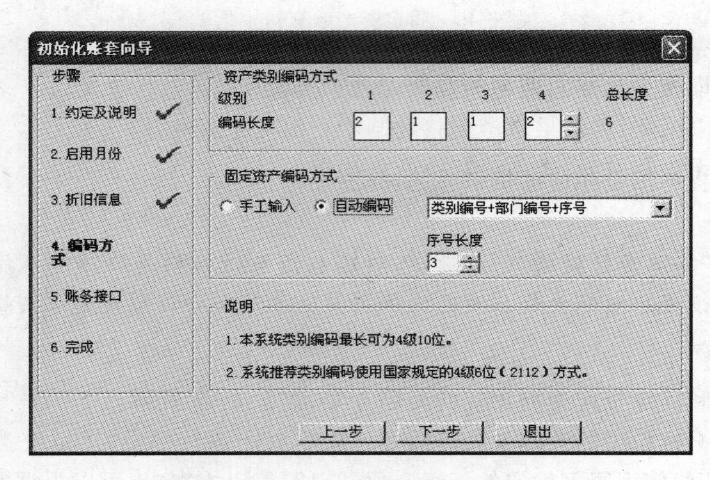

图 6-52 固定资产账套初始化 4

固定资产编码是为固定资产编制唯一标识码以便于管理，如选择“手工输入”，则在输入固定资产卡片时手工输入。本系统也提供4类自动编码方案，分别为“类别编号＋序号”、“部门编号＋序号”、“类别编号＋部门编号＋序号”、“部门编号＋类别编号＋序号”，可根据需要由“自动编码”后的下拉列表框选择。自动编号的序号长度可自定义为1～5位。采用自动编码方案在输入固定资产卡片时有助于提高效率，也便于及时掌握资产数量情况。

5. 账务接口

选择是否与总账系统对账及相应的对账科目，并选择在对账不平情况下是否允许固定资产月末结账，如图6-53所示。

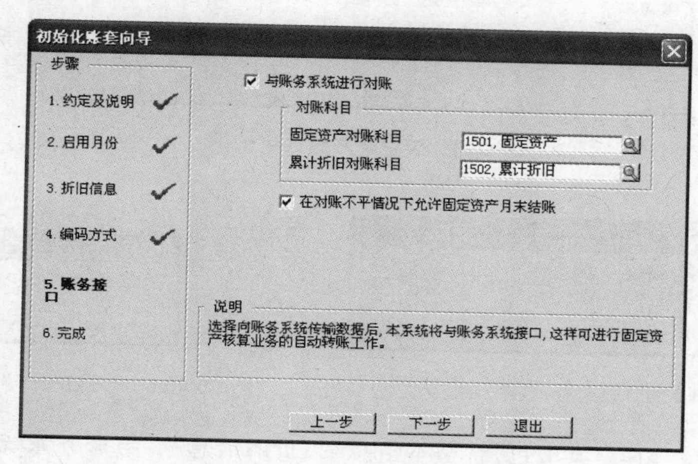

图6-53 固定资产账套初始化5

与账务系统进行对账：意为将固定资产管理系统内的全部资产原值、累计折旧与总账系统中的固定资产、累计折旧科目的余额进行核对，检验数值是否相等。对账功能可以在系统运行中随时执行。

对账科目：可以单击“参照”按钮或按F2键，参照选择相应科目。由于固定资产管理系统提供要对账的数据是系统内全部资产的原值和累计折旧，故选择的相应对账科目分别应是固定资产和累计折旧的一级科目。

在对账不平情况下允许固定资产月末结账：选中此复选框意味着可以在自动对账不平的情况下进行月末结账，但如果希望严格控制系统间平衡，且能够保证总账及固定资产管理系统输入的数据无时间差异，则不要选中此复选框。

【注意】

只有对应的总账系统存在的情况下，才可以选中“与账务系统进行对账”复选框。

6. 完成

此页面显示了前5步的初始化设置结果，如图6-54所示。对其进行检查，确认无误即可单击“完成”按钮，在系统弹出的提示中单击“是”按钮，如图6-55所示，最后单击“确定”按钮，保存固定资产管理子账套的初建工作并退出，如图6-56所示。

7. 补充参数设置——选项设置

选项设置用于补充或修改在固定资产账套初始化中设置的参数和其他一些在账套运行

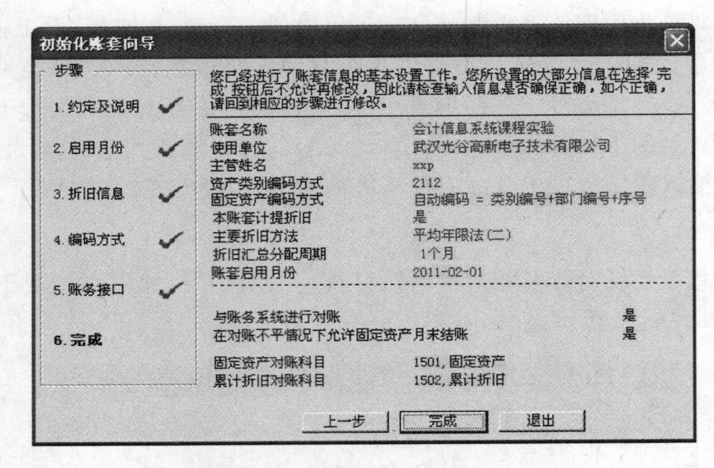

图 6-54 固定资产账套初始化 6

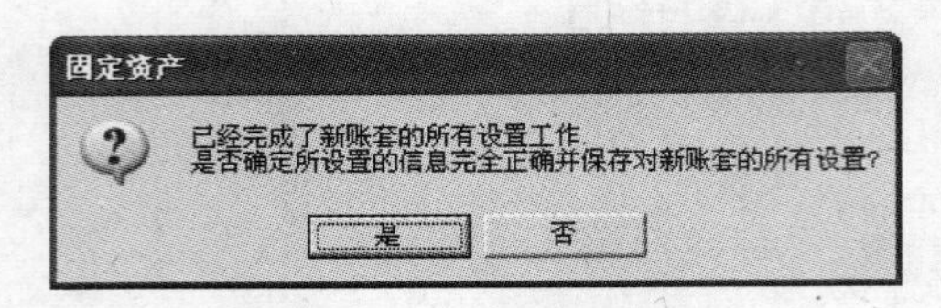

图 6-55 “固定资产”对话框 1

图 6-56 “固定资产”对话框 2

中使用到的参数或选择。其中包括“基本信息”、“折旧信息”、“与账务系统接口”和“其他”4 个选项卡。

在“业务”选项卡中执行“财务会计”|“固定资产”|“设置”|“选项”命令，可进入“选项”对话框进行相应设置。在“选项”对话框中主要可以补充对“业务发生后立即制单”、“月末结账前一定要完成制单登账业务”做出选择，并补充设置固定资产和累计折旧的默认入账科目。其余各项，在控制参数中已经进行过设置，除“基本信息”选项卡中的内容不能修改外，对账和折旧信息均可以在此进行修改，如图 6-57～图 6-60 所示。

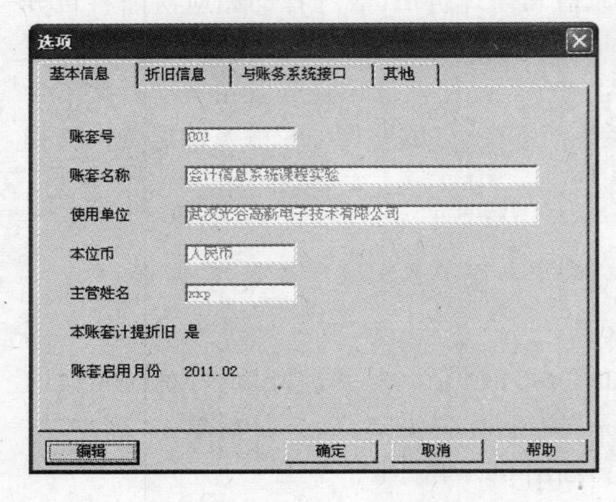

图 6-57 “基本信息”选项卡

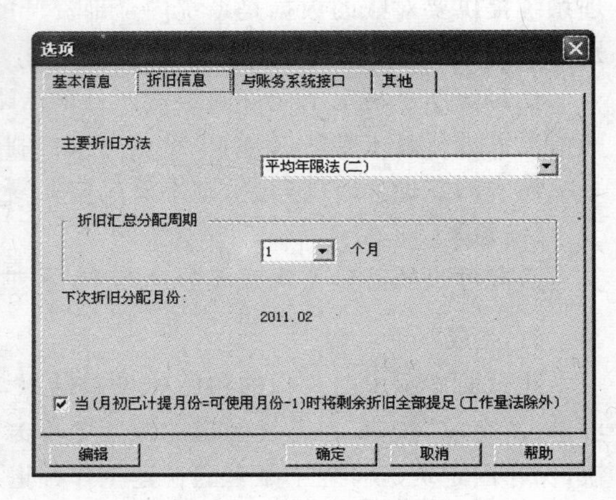

图 6-58 “折旧信息”选项卡

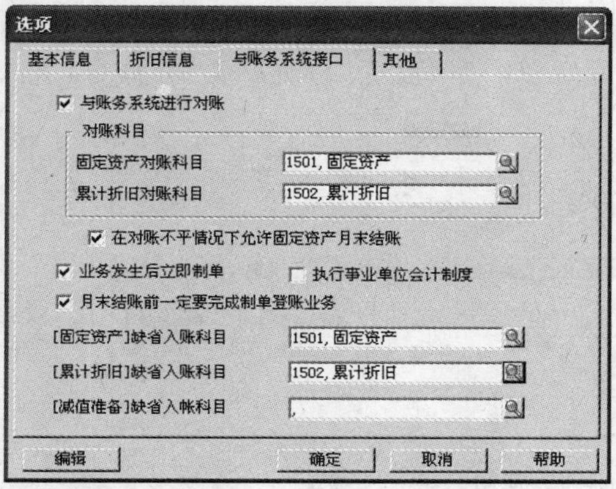

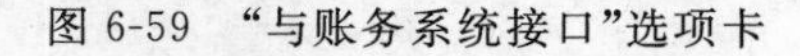

图 6-59 “与账务系统接口”选项卡

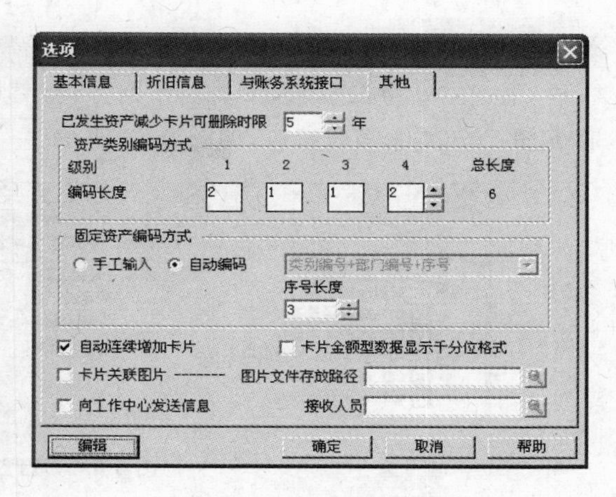

图 6-60 “其他”选项卡

6.5.3 基础信息设置

1. 部门对应折旧科目设置

该设置为各部门选择折旧科目，使得在输入固定资产卡片时能够自动显示折旧科目，在生成部门折旧分配表时各部门可按折旧科目汇总，以制作记账凭证。

【操作步骤】

(1) 在“业务”选项卡下，执行“财务会计”|“固定资产”|“设置”|“部门对应折旧科目”命令，如图 6-61 所示。

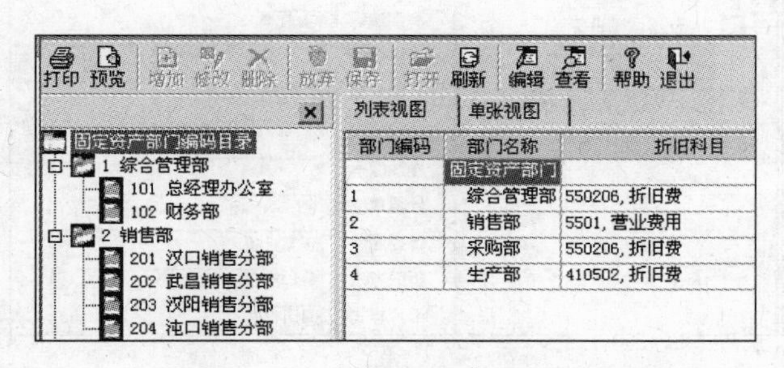

图 6-61 部门对应折旧科目

(2) 在界面左侧选择要设置或修改对应折旧科目的部门，可以查看该部门的编码、名称、上级名称和对应折旧科目等详细信息。系统提供“列表视图”和“单张视图”两种视图方式。

(3) 选中某部门后，单击“修改”按钮，可以修改该部门的对应折旧科目，修改上级部门的折旧科目时，系统会询问是否同步修改下级部门的折旧科目，如图 6-62 所示。

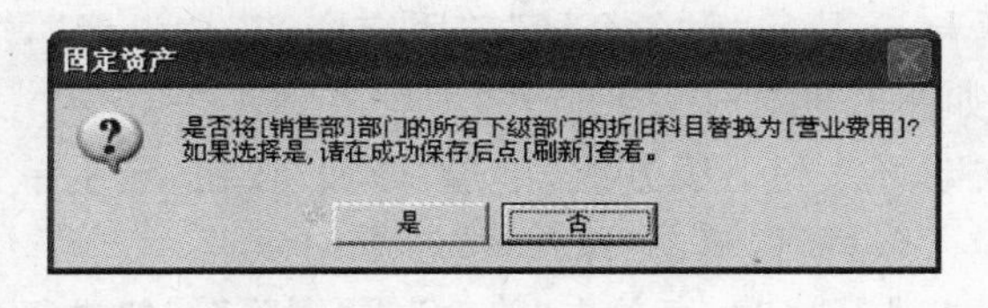

图 6-62 修改对应折旧科目

2. 资产类别设置

(1) 在“业务”选项卡下,执行“财务会计”|“固定资产”|“设置”|“资产类别”命令,进入固定资产分类编码表窗口,如图 6-63 所示。

类别编码	类别名称	使用年限(月)	净残值率(%)	计量单位	计提属性	折旧方法
	固定资产分					
01	交通运输	0	6.00		正常计提	平均年限法
02	电子设备	0	6.00		正常计提	平均年限法

图 6-63 资产类别列表视图

(2) 在界面左侧选择资产类别,系统提供“列表视图”和“单张视图”两种视图方式,可查看资产类别的编码、名称、使用年限、净残值率、计量单位、计提属性、折旧方法和卡片样式等信息。

(3) 在左侧分类目录中选择要增加资产类别的上一级资产类别,单击“增加”按钮,可显示该类别的“单张视图”,在其中可以完成新增资产类别信息的输入和已有资产类别信息的修改,单击“保存”按钮保存设置,如图 6-64 所示。

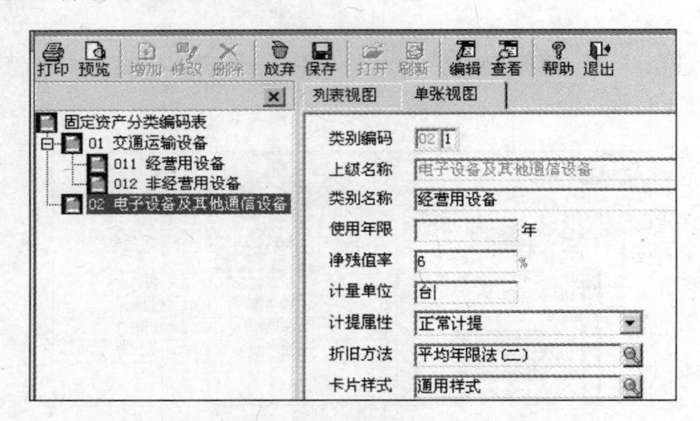

图 6-64 资产类别单张视图

3. 增减方式设置

增减方式分为增加方式和减少方式两类。本系统提供 6 种增加方式,分别为:直接购入、投资者投入、捐赠、盘盈、在建工程转入和融资租入。7 种减少方式,分别为:出售、盘亏、投资转出、捐赠转出、报废、毁损和融资租出。用户可以根据需要进行选择或另行增加。

【操作步骤】

(1) 在“业务”选项卡下,执行“财务会计”|“固定资产”|“设置”|“增减方式”命令,进入“增减方式”列表视图,如图 6-65 所示。

(2) 选择要增加增减方式的上级方式,单击“增加”按钮,显示单张视图界面,在其中输入增减方式名称和对应入账科目,单击“保存”按钮添加完毕。

(3) 如需对增减方式进行修改,可单击“修改”或“删除”按钮进行相应操作。

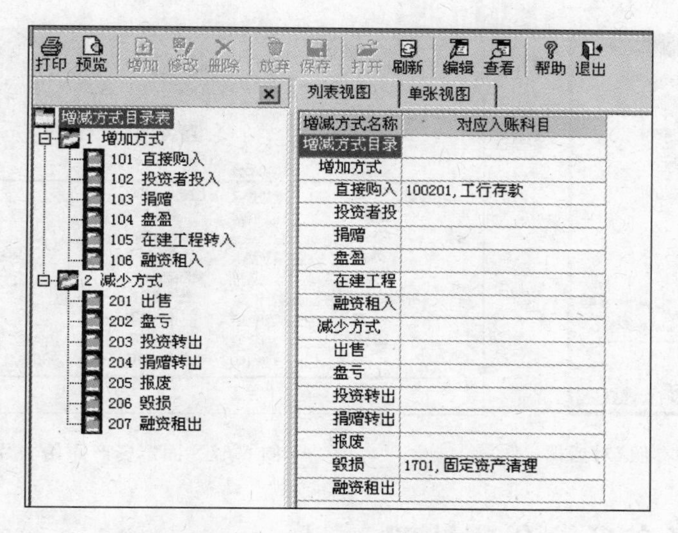

图 6-65 固定资产增减方式设置

4. 使用状况及折旧方法

在“业务”选项卡下，执行“财务会计”|“固定资产”|“设置”命令，还可以完成对资产使用状况和折旧方式的设置。方法同上。

6.5.4 输入固定资产原始卡片

为保持历史资料的连续性，在使用固定资产管理系统进行核算前，需将原始卡片资料输入系统。原始卡片所记录的资产，其开始使用日期的月份必须早于其输入系统的月份。只要遵循此原则，原始卡片的输入并不限制必须在第一个期间结账前，随时可以输入。

【操作步骤】

(1) 在“业务”选项卡下，执行“财务会计”|“固定资产”|“卡片”|“输入原始卡片”命令，显示“资产类别参照”对话框，如图 6-66 所示。

(2) 在“资产类别参照”对话框中选择要输入的原始卡片所属的资产类别，如果资产类别较多，可以通过系统提供的查询方式进行查找。双击类别或者选中类别后单击“确定”按钮，即显示固定资产卡片输入界面，如图 6-67 所示。用户可在此界面输入或参照选择各具体项目的内容。

(3) 固定资产主卡片输入完毕后，选择其他选项卡，可以输入附属设备和以前卡片发生的各种变动。附属选项卡上的信息只供参考而不参与计算。输入后单击“保存”按钮保存该张卡片。

【注意】

输入原始卡片时，先选择资产类别的目的是确定卡片的样式。在刚输入或查看完一张卡片的情况下，再进行输入原始卡片的操作，将会直接出现固定资产卡片界面，默认类别为上张卡片的类别。而左上角的“卡片编号”则可以快速定位至相应原始卡片进行查看及修改操作。

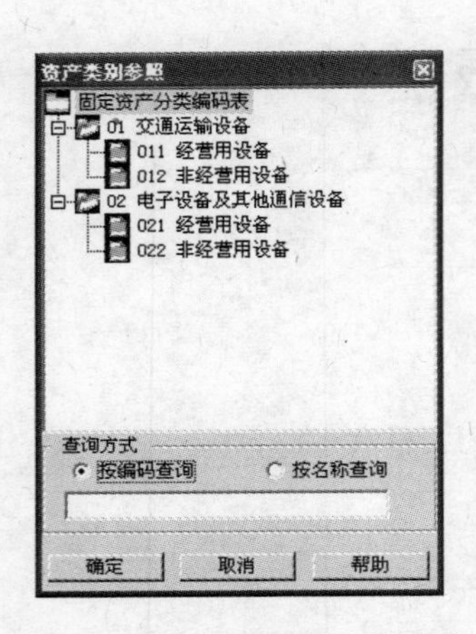

图 6-66 “资产类别参照”对话框

增加 修改 删除 放弃 保存 打开 刷新 编辑 查看 帮助 退出

片 | 附属设备 | 大修理记录 | 资产转移记录 | 停启用记录 | 原值变动 | 减少信息

固定资产卡片

卡片编号	00003			日期	2011-02-01
固定资产编号	022101002	固定资产名称			打印机
类别编号	022	类别名称			非经营用设备
规格型号		使用部门			总经理办公室
增加方式	直接购入	存放地点			
使用状况	在用	使用年限(月)	5	折旧方法	平均年限法(一)
开始使用日期	2009-10-01	已计提月份	15	币种	人民币
原值	3510.00	净残值率	6%	净残值	210.60
累计折旧	1825.20	月折旧率	0.188	月折旧额	659.88
净值	1684.80	对应折旧科目	550206,折旧费	项目	
录入人	王唐			录入日期	2011-02-01

图 6-67 固定资产原始卡片

6.6 固定资产日常会计处理

6.6.1 固定资产的增减业务处理

1. 资产增加

资产增加是指单位通过购入或其他方式新增加资产。该情况下新增资产需要通过“资产增加”操作输入系统。不同于“原始卡片输入”功能，此功能的操作只适用于某项资产开始使用的日期期间与输入的期间相同时。

【操作步骤】

(1) 在“业务”选项卡下，执行“财务会计”|“固定资产”|“卡片”|“资产增加”命令，显示资产类别参照界面。

(2) 选择要输入的卡片所属的资产类别，单击“确定”按钮进入新增资产卡片输入界面。手工输入或参照选择各项目的具体内容，如图 6-68 所示。

打印 预览 增加 修改 删除 放弃 保存 打开 刷新 编辑 查看 帮助 退出

固定资产卡片 | 附属设备 | 大修理记录 | 资产转移记录 | 停启用记录 | 原值变动 | 减少信息

固定资产卡片

卡片编号	00006			日期	2011-02-18
固定资产编号	021401003	固定资产名称			笔记本电脑
类别编号	021	类别名称			经营用设备
规格型号		使用部门			研发室
增加方式	直接购入	存放地点			
使用状况	在用	使用年限(月)	6	折旧方法	平均年限法(一)
开始使用日期	2011-02-12	已计提月份	0	币种	人民币
原值	9500.00	净残值率	6%	净残值	570.00
累计折旧	0.00	月折旧率	0	月折旧额	0.00
净值	9500.00	对应折旧科目	410502,折旧费	项目	
录入人	王唐			录入日期	2011-02-18

图 6-68 新增固定资产卡片

(3) 固定资产主卡片输入完毕后，选择其他选项卡，可以输入附属设备和其他信息。附属选项卡上的信息只供参考而不参与计算。

【注意】

① 在“资产增加”中输入新增固定资产卡片时输入日期不能修改。

② 新卡片第一个月不计提折旧，累计折旧为空或0。

③ 固定资产原值必须输入卡片输入月月初的价值，否则会出现计算错误。

卡片输入完毕可在单击“保存”按钮后进入“填制凭证”窗口进行制单，也可不立即制单，而在月末进行批量制单。

(4) 如要在保存后立即进行制单操作，则在“填制凭证”窗口选择相应的凭证类别，并修改制单日期和附单据数等信息，确认无误后单击“保存”按钮生成凭证，如图 6-69 所示。

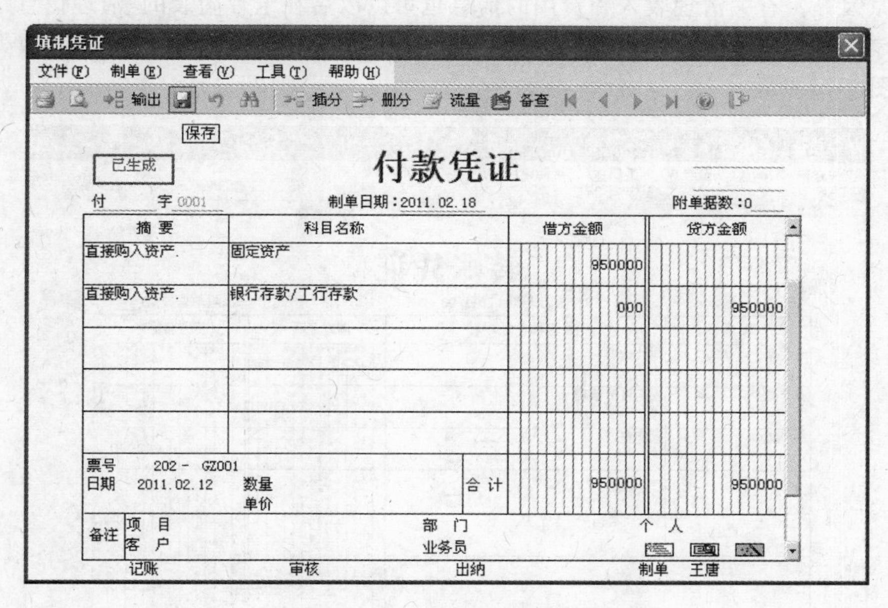

图 6-69 新增固定资产制单

2. 资产减少

资产减少是指资产在使用过程中，由于毁损、出售、盘亏等各种原因而退出企业。此时需要做资产减少处理，输入资产减少卡片并记录减少原因。

【注意】

只有当本账套进行计提折旧后，才能使用“资产减少”功能，否则只有通过删除固定资产卡片来完成减少资产操作。

【操作步骤】

(1) 在“业务”选项卡下，执行“财务会计”|“固定资产”|“卡片”|“资产减少”命令，进入“资产减少”窗口，如图 6-70 所示。

(2) 选择要减少的资产。有以下两种方法。

① 如果要减少的资产较少，可以通过直接输入卡片编号或资产编号，单击“增加”按钮，将相应资产添加到资产减少表中。

图 6-70 “资产减少”窗口

② 如果要减少的资产较多且有共同点，则可通过单击“条件”按钮，挑选出符合相应条件的资产进行减少操作。

(3) 在列表内记录资产减少的详细信息，包括减少日期、减少方式、清理收入、清理费用、清理原因等。有关清理收入和费用的信息也可以以后在卡片附表的“清理信息”中输入。

(4) 输入完毕，单击“确定”按钮，完成相应资产的减少，并可随即完成资产减少的制单工作，如图 6-71 所示。

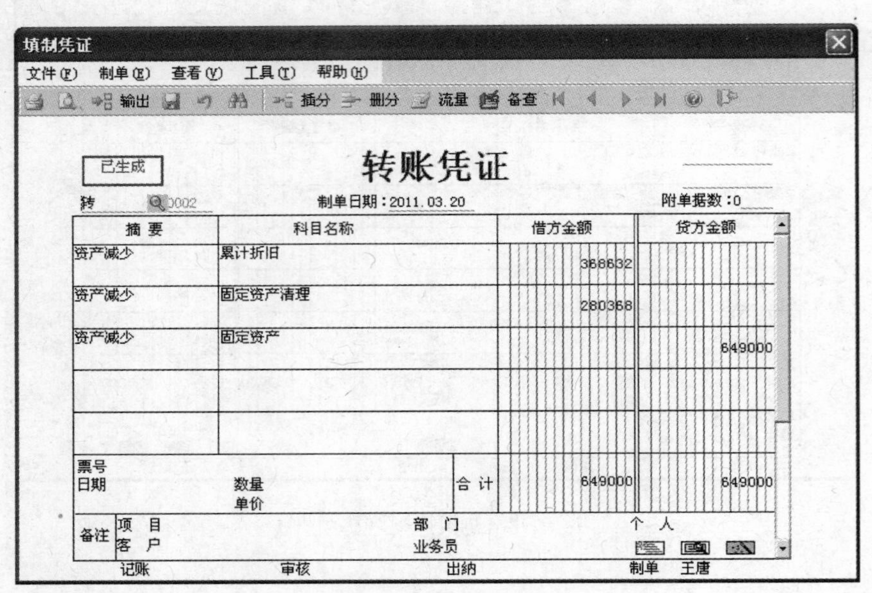

图 6-71 资产减少制单

6.6.2 固定资产变动业务处理

资产变动主要包括原值变动、部门转移、使用状况变动、折旧方法调整、累计折旧调整、使用年限调整、工作总量调整、净残值(率)调整等。对发生这些变动的资产，要输入相应的变动单来记录相应的资产调整结果。其他如名称、编号等项目的修改可直接在卡片上进行。

1. 原值变动

固定资产的原值变动包括原值增加和原值减少两种类型。下面以原值增加为例说明具体的业务处理程序，原值减少的处理与此类同。

【操作步骤】

(1) 在“业务”选项卡下，执行“财务会计”|“固定资产”|“卡片”|“变动单”命令，“原值增

加”命令，显示“固定资产变动单——原值增加”对话框。

(2) 输入卡片编号或资产编号，变动单中会自动显示出固定资产的名称、开始使用日期、规格型号、变动的净残值率、变动前净残值及变动前的原值；输入增加金额和币种，系统会自动显示汇率并自动计算变动的净残值、变动后的原值和变动后净残值。最后记录下资产原值的变动原因，如图 6-72 所示。

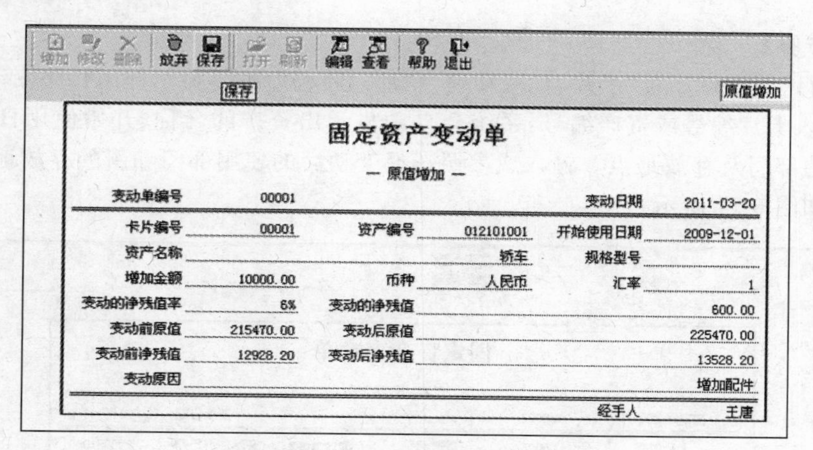

图 6-72　固定资产原值变动

(3) 单击“保存”按钮即进入制单窗口，完善并生成凭证，如图 6-73 所示。也可暂不制单，以后执行“固定资产”|“处理”|“批量制单”命令完成批量制单。

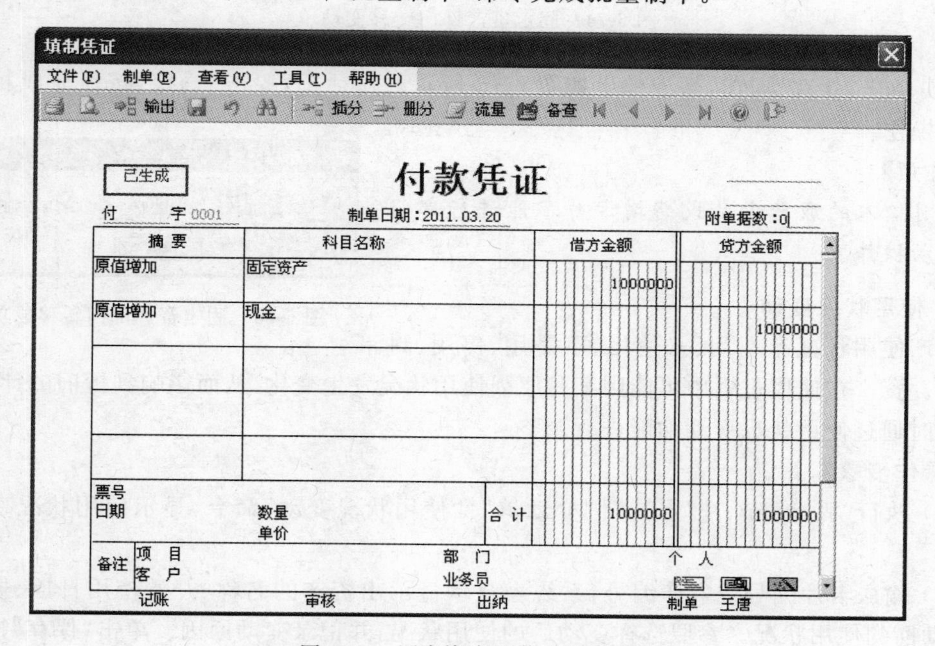

图 6-73　固定资产原值变动制单

【注意】

(1) 变动单不能修改，只有当月变动单可以删除重做。

(2) 当月输入的原始卡片或新增卡片不能进行原值增减变动操作。

(3) 做原值减少时必须保证变动后的净值不低于变动后的净残值。

2. 部门转移

资产使用过程中发生的归属部门的变动，要通过部门转移功能进行处理，这关系到部门的折旧计算。

【操作步骤】

(1) 执行“固定资产”|“卡片”|“变动单”|“部门转移”命令，显示部门转移变动单界面。

(2) 输入卡片编号或资产编号，系统会自动显示出资产的名称、开始使用日期、规格型号、变动前的部门及存放地点。输入或参照选择变动后的使用部门和新的存放地点，并记录变动原因，如图 6-74 所示。

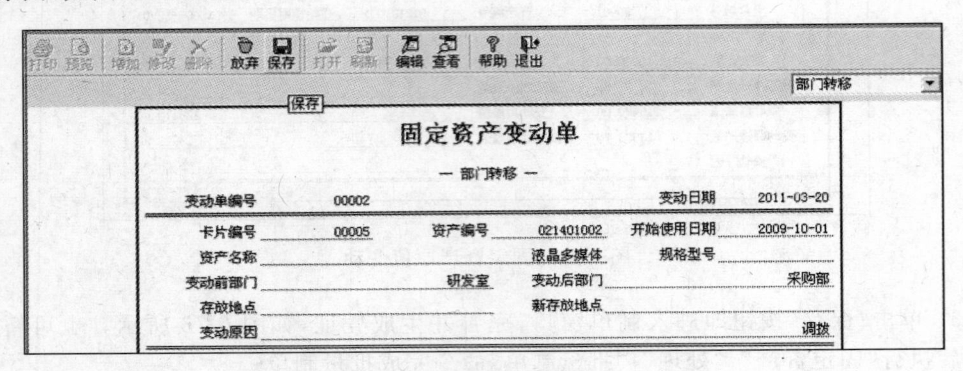

图 6-74 固定资产部门转移变动单

(3) 单击“保存”按钮，系统弹出如图 6-75 所示的对话框，单击“确定”按钮完成相应的变动单操作。

【注意】

当月输入的原始卡片或新增卡片不能进行部门转移变动操作。

图 6-75 固定资产部门转移成功

3. 使用状况变动

资产使用状况有在用、未使用、不需用、停用、封存 5 种。资产在使用过程中可能因某些原因使用状况发生变化，从而影响到折旧的计算，因而要及时通过使用状况变动功能进行调整。

【操作步骤】

(1) 执行“固定资产”|“卡片”|“变动单”|“使用状况变动”命令，显示使用状况变动单界面。

(2) 输入卡片编号或资产编号，系统会自动显示出资产的名称、开始使用日期、规格型号、变动前的使用状况。参照选择变动后的使用状况，并记录变动原因。单击“保存”按钮完成相应变动单操作。

【注意】

当月输入的原始卡片或新增卡片不能进行使用状况变动操作。

4. 折旧方法调整

该功能用于调整资产使用过程中计提折旧方法的改变。

【操作步骤】

(1) 执行“固定资产”|“卡片”|“变动单”|“折旧方法调整”命令,显示折旧方法调整变动单界面。

(2) 输入卡片编号或资产编号,系统会自动显示出资产的名称、开始使用日期、规格型号、变动前的折旧方法。参照选择变动后的折旧方法,并记录变动原因。单击“保存”按钮完成相应变动单操作。

【注意】

进行折旧方法调整变动的资产,自调整当月起即应按调整后的折旧方法计提折旧。

5. 累计折旧调整

资产使用过程中,因补提折旧或多提折旧而需对已经计提的累计折旧进行调整,可使用此功能。具体操作方法与折旧方法调整变动相似。

【注意】

累计折旧调整后,资产的原值和调整后累计折旧值之差必须大于资产的净残值。

6. 使用年限调整

资产使用过程中,使用年限可能会因资产的重新评估、大修等原因而发生改变,从而影响到折旧的计算,因而要及时通过使用年限调整功能进行变动操作。具体操作方法与折旧方法调整变动相似。

【注意】

进行使用年限调整变动的资产,自调整当月起应按调整后的使用年限计提折旧。

6.6.3 固定资产计提折旧

自动计提折旧是固定资产管理系统的主要功能之一。系统根据用户输入的相关资料,对每项资产的折旧在每期计提一次,并自动生成折旧分配表,而后制作记账凭证,将本期的折旧费用自动登账。

执行计提折旧功能后,系统将自动计提各项资产当期的折旧额,并将当期的折旧额自动累加到累计折旧项目中。计提折旧完成后,还需进行折旧分配,形成折旧费用,系统除自动生成折旧清单外,还同时生成折旧分配表,从而完成本期折旧费用的记账工作。

【操作步骤】

(1) 在“业务”选项卡中,执行“财务会计”|“固定资产”|“处理”|“计提本月折旧”命令,弹出“是否要查看折旧清单”对话框,如图 6-76 所示。单击“是”按钮可查看折旧清单,单击“否”按钮继续弹出对话框提示“本操作将计提本月折旧,并花费一定时间,是否要继续?”单击“是”按钮,如图 6-77 所示。

(2) 系统计提折旧完成后,弹出“折旧分配表”对话框,如图 6-78 所示。单击“部门分配条件”按钮可以选择折旧分配部门,以后每次均按此选择的部门生成部门折旧分配表,直至下次修改部门分配调协。

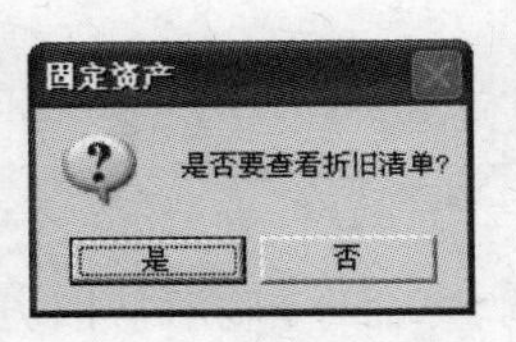

图 6-76 计提折旧提示

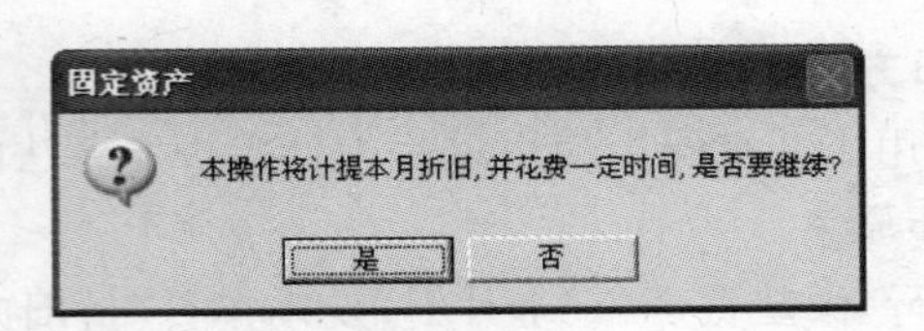

图 6-77 计提折旧

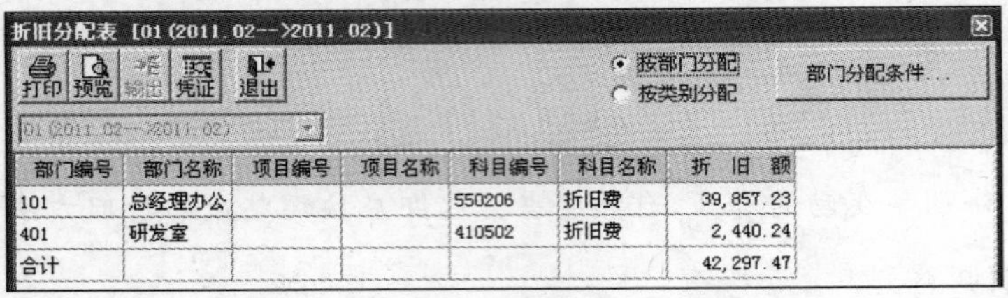

折旧分配表 [01 (2011.02-->2011.02)]

打印 预览 输出 凭证 退出　　◉ 按部门分配　○ 按类别分配　部门分配条件...

01 (2011.02-->2011.02)

部门编号	部门名称	项目编号	项目名称	科目编号	科目名称	折旧额
101	总经理办公			550206	折旧费	39,857.23
401	研发室			410502	折旧费	2,440.24
合计						42,297.47

图 6-78 “折旧分配表”对话框

在“折旧分配表”对话框内可以选择“按类别分配”查看类别折旧分配表；选择“按部门分配”查看部门折旧分配表；另可通过下拉列表框选择要查看的分配时间范围，查看各期折旧分配表。

(3) 单击“折旧分配表”中的“凭证”按钮，进入“填制凭证”对话框。填写或修改其中相应项目，单击“保存”按钮完成制单，如图 6-79 所示。

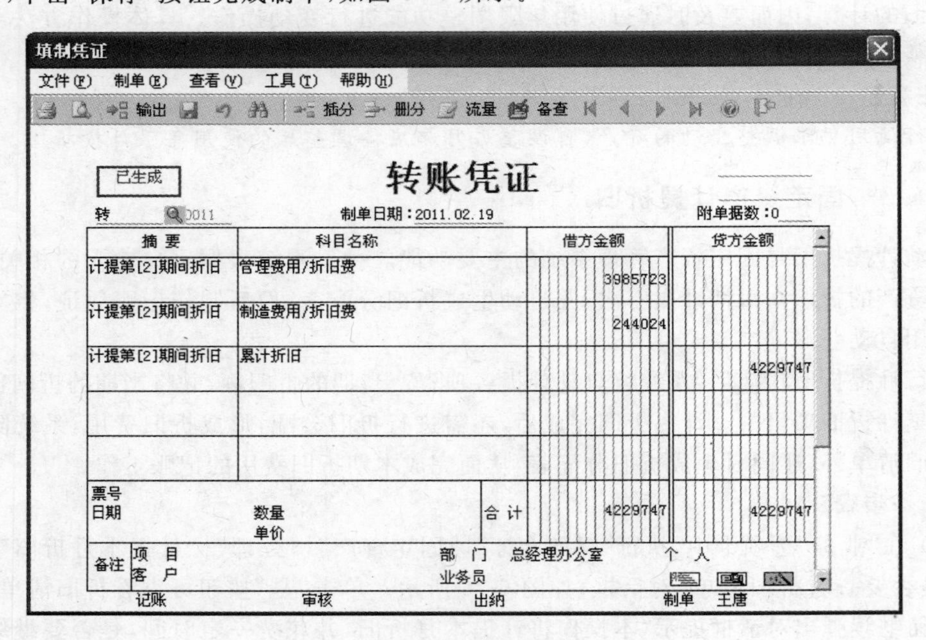

图 6-79 计提折旧制单

(4) 退出制单对话框，系统弹出对话框提示“计提折旧完成”，如图 6-80 所示。

【注意】

计提折旧遵循的原则如下：

(1) 在一个期间内可以多次计提折旧,每次计提折旧后,只是将计提的折旧累加到月初的累计折旧上,不会重复累计。

(2) 若上次计提折旧已制单并传递到总账管理系统,则必须删除该凭证后才能重新计提折旧。

(3) 计提折旧后,如又对账套进行了影响折旧计算分配的操作,则必须重新计提折旧,否则系统不允许结账。

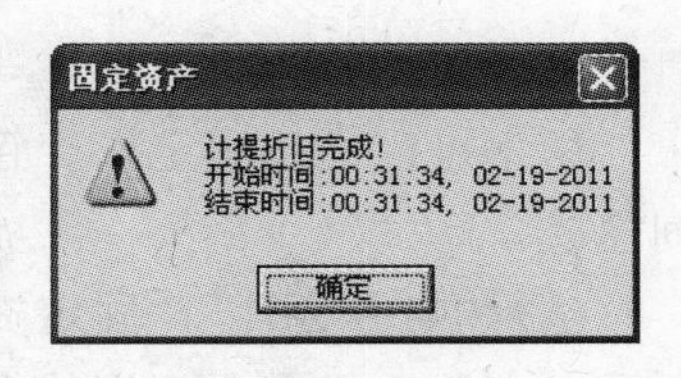

图 6-80 计提折旧完成

(4) 若自定义的折旧方法致使月折旧率或月折旧额出现负数,系统会自动中止计提折旧。

(5) 资产的使用部门和资产折旧要汇总的部门有可能不同,为加强资产管理,使用部门必须是明细部门,而折旧分配部门并不一定要求分配到明细部门。具体应视单位情况,在计提折旧后,分配折旧费用时进行选择。

6.7 固定资产日常财务管理

1. 卡片管理

输入的固定资产卡片可以在"业务"选项卡下,执行"财务会计"|"固定资产"|"卡片"|"卡片管理"命令进行查看,如图 6-81 所示。并能通过双击某行记录打开固定资产卡片进行修改、编辑等操作。

打印 预览 增加 修改 删除 放弃 保存 打开 刷新 编辑 查看 帮助 退出

按部门查询

固定资产部门编码目录
1 综合管理部
2 销售部
3 采购部
4 生产部

在役资产

卡片编号	开始使用日期	使用年限(月)	原值	固定资产编号	净残值率	录入人
00001	2009.12.01	6	215,470.00	012101001	0.06	王唐
00002	2009.10.01	5	28,900.00	022101001	0.06	王唐
00003	2009.10.01	5	3,510.00	022101002	0.06	王唐
00004	2009.10.01	5	6,490.00	021401001	0.06	王唐
00005	2009.10.01	5	6,490.00	021401002	0.06	王唐
合计:			260,860.00			

图 6-81 固定资产卡片管理

2. 查看折旧清单

计提折旧工作完成后,如果需要了解全年或某个时期的折旧信息,则可以选择查询折旧清单。在"业务"选项卡中,执行"财务会计"|"固定资产"|"处理"|"折旧清单"命令进入"折旧清单"对话框,如图 6-82 所示。也可以在计提折旧时直接查看折旧清单。

折旧清单 [2011.02]

打印 预览 输出 退出

2011.02(登录)(最新)

按部门查询

固定资产部门编码目录
1 综合管理部
2 销售部
3 采购部
4 生产部

卡片编号	资产编号	资产名称	原值	计提原值	本月折旧	累计折旧
00001	012101001	轿车	215,470.00	215,470.00	33,764.15	71,018.90
00002	022101001	索尼摄像机	28,900.00	28,900.00	5,433.20	10,982.00
00003	022101002	打印机	3,510.00	3,510.00	659.88	2,485.08
00004	021401001	液晶多媒体	6,490.00	6,490.00	1,220.12	2,466.20
00005	021401002	液晶多媒体	6,490.00	6,490.00	1,220.12	2,466.20
合计			260,860.00	260,860.00	42,297.47	89,418.38

图 6-82 固定资产折旧清单

3. 账表管理

用户可以通过固定资产管理系统的账表功能生成有关固定资产的各类账簿，以满足查询需要。

执行“财务会计”|“固定资产”|“账表”|“我的账表”命令，进入账表查询界面，如图 6-83 所示。在此选择需要查询的报表类型并设置一定的条件，系统可据此生成相应的固定资产报表。用户也可以通过其中的“自定义账夹”功能建立符合个性需要的报表并对其命名。

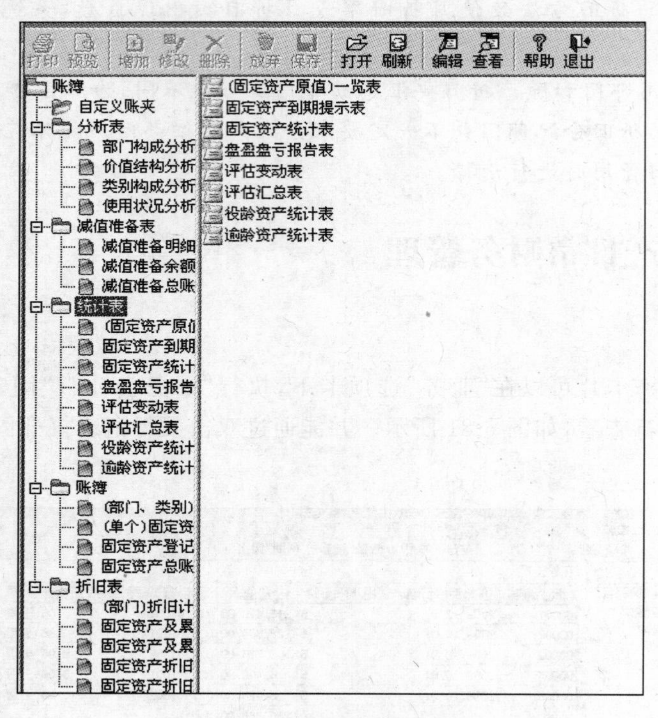

图 6-83 固定资产账表管理

6.8 固定资产期末会计事项处理

6.8.1 对账

系统运行过程中，可通过执行本系统提供的对账功能审查固定资产管理系统中的固定资产价值和总账管理系统中的固定资产科目数值是否相等。对账操作可随时进行，系统在执行月末结账时自动对账一次，给出对账结果，并根据初始化或选项中的设置来确定对账不平情况下是否允许结账。

【操作步骤】

在“业务”选项卡中，执行“财务会计”|“固定资产”|“处理”|“对账”命令，系统会给出对账结果。

【注意】

只有当系统初始化或选项中的参数设置选中了“与账务系统对账”复选框，此功能才可用。

6.8.2 月末结账

1. 结账

当固定资产系统完成本月全部制单业务后,可以进行月末结账。月末结账每月进行一次,结账后当期数据不能修改。12 月底结账时系统要求完成本年应制单业务,即批量制单表为空时方可结账。

【操作步骤】

在“业务”选项卡中,执行“财务会计”|“固定资产”|“处理”|“月末结账”命令,系统会自动进行一系列处理直至结账完毕,如图 6-84 和图 6-85 所示。结账完成后,系统会提示用户可操作日期已转成下一期间的日期,只有以下一期间的日期登录,才能对账套进行操作。

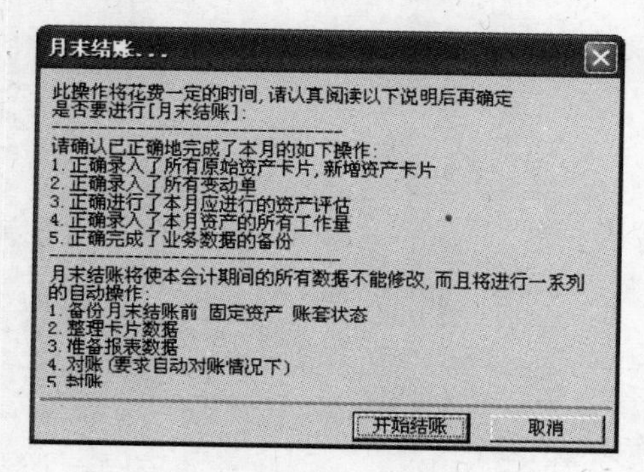

图 6-84 固定资产月末结账

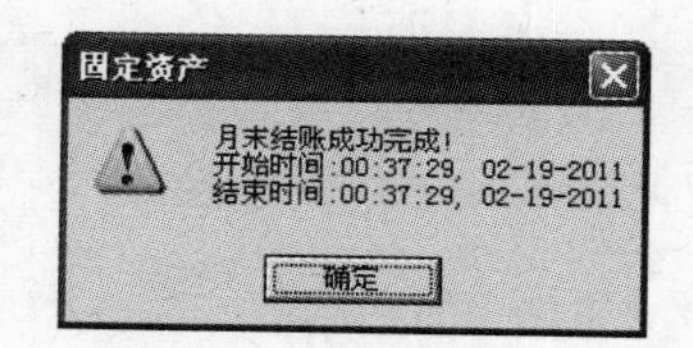

图 6-85 固定资产月末结账完成

【注意】

结账前一定要进行数据备份,否则数据一旦丢失,将造成无法挽回的后果。

2. 反结账

本系统提供“反结账”功能。如果由于某种原因,结账后发现结账前操作有误,而结账后不能修改结账前的数据,此时可使用“反结账”功能恢复到月末结账前的状态对错误进行修改。

【操作步骤】

以要恢复的月份登录,执行“财务会计”|“固定资产”|“处理”|“恢复月末结账前状态”命令,系统弹出提示对话框,单击“是”按钮,系统即执行反结账操作,并提示反结账成功。

【注意】

(1) 不能跨年度恢复数据,即本系统年末结转后,不能利用本功能恢复年末结转前状况。

(2) 恢复到某个月月末结账前状态后,本账套内对该结账后所做的所有工作都无痕迹删除。

复习思考题

1. 工资管理子系统有账务处理子系统那样的输入初始数据的功能吗?
2. 为什么工资管理子系统的基础设置中必须由部门与人员类别的设置?

3. 为什么工资管理子系统中要设置多个工资类别的工资账套?

4. 输入职工工资数据时,所有工资项目都要独立输入吗?如果不是,为什么?

5. 在设置工资项目的计算公式时,需要按顺序设置吗?

6. 在固定资产管理子系统中,提供了哪些功能保证固定资产管理子系统与账务处理子系统的一致性?

7. 在输入固定资产卡片时,系统有数据完整性的校验吗?如何体现?

8. 为什么在基础数据设置时,要设置部门和资产类别档案?

9. 在使用固定资产管理子系统时,进行了什么操作,才能进行固定资产减少的操作?为什么?

10. 在固定资产管理子系统中产生的凭证在账务处理子系统中,可以删除与修改吗?为什么?

第7章　应收和应付系统

7.1　输入期初数据

7.1.1　系统启用

要使用用友 ERP-U8 中某个产品的系统模块，必须先启用该系统。以应收款管理系统为例，启用方法如下：

登录用友 ERP-U8 企业应用平台，执行“设置”|“基本信息”|“系统启用”命令，在弹出的“系统启用”对话框中选中系统编码为“AR”的应收款管理子系统并选择启用时间，如图 7-1 所示。

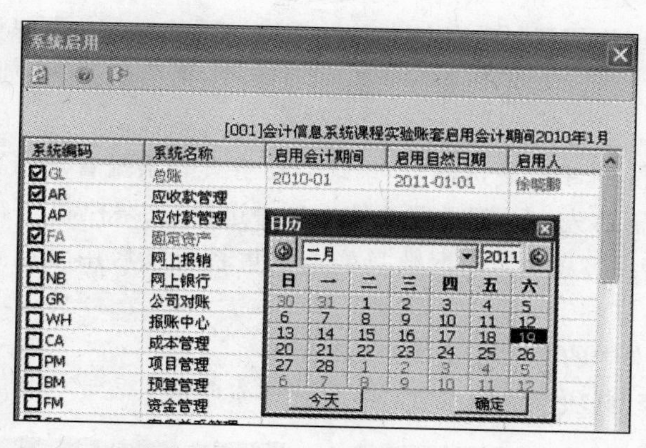

图 7-1　应收款管理系统启用

7.1.2　账套参数设置

使用应收款管理系统之前，应根据单位需要设置合适的账套参数。启用本系统后，在“业务”选项卡中执行“财务会计”|“应收款管理”|“设置”|“选项”命令，打开“账套参数设置”对话框，其中包含“常规”、“凭证”、“权限与预警”3 个选项卡。

(1) “常规”选项卡中的参数设置如图 7-2 所示。

① 应收款核销方式：系统提供按单据、按产品两种方式。

② 单据审核日期依据：提供单据日期、业务日期两种确认单据审核日期的依据。

③ 汇兑损益方式：有外币余额结清时计算、月末处理两种备选项。

④ 坏账处理方式：备选项为直接转销法和备抵法，如选择备抵法，还需从应收余额百分比法、销售收入百分比法、账龄分析法中选取一种具体方法。

⑤ 代垫费用类型：此选项定义从销售系统传递的代垫费用单在应收系统中用何种单

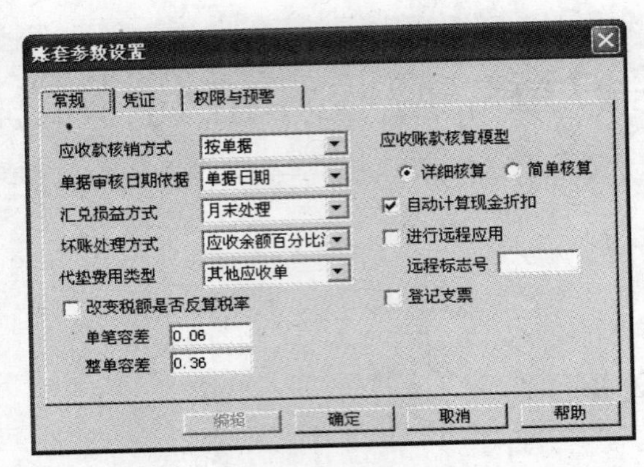

图 7-2 应收款管理账套参数设置——常规

据类型进行接收。系统默认为“其他应收单”,也可以初始设置中的单据类型设置中自定义单据类型,然后在此处更改选择。

⑥ 应收账款核算模型:选择详细核算或简单核算。系统默认设置为“详细核算”,此处的选择一旦在应收款管理系统中进行过业务处理(含期初数据输入)后即不可更改。

⑦ 是否自动计算现金折扣:如选中此复选框,则在发票或应收单中输入付款条件后,在核销处理界面中系统将依据付款条件自动计算该发票或应收单可享受的折扣。

⑧ 是否进行远程应用:如用户在异地有应收业务,则可通过选中此复选框在两地间进行收付款单等的传递。

⑨ 是否登记支票:选中此复选框,则系统自动将具有票据管理结算方式的付款单登记支票登记簿。但此项需首先在总部总账系统选项中选择“支票控制”。

⑩ 改变税额是否反算税率:本参数只能在销售系统未启用时设置。启用销售系统后该项不可更改。

(2)“凭证”选项卡中的参数设置如图 7-3 所示。

(3)“权限与预警”选项卡中的参数设置如图 7-4 所示。

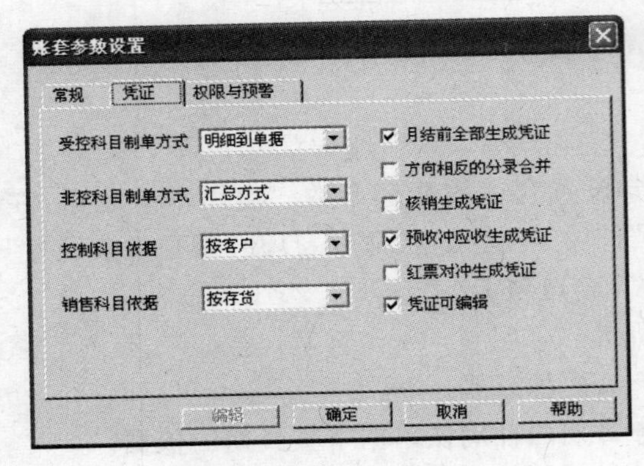

图 7-3 应收款管理账套参数设置——凭证

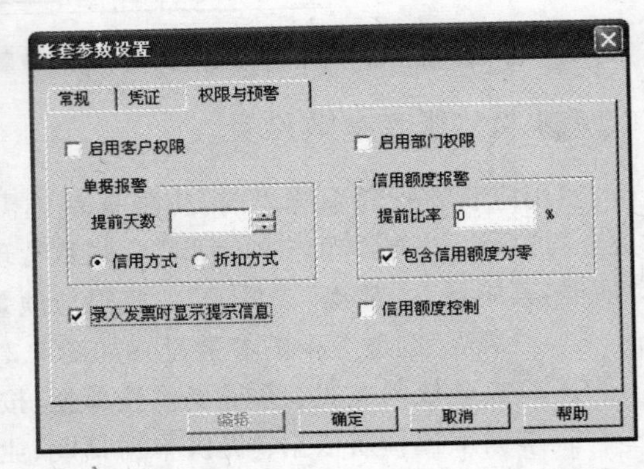

图 7-4 应收款管理账套参数设置——权限与预警

该选项卡一般取系统默认设置,可以根据需要选择“是否根据信用额度自动报警”,选择此项,系统会自动计算发票或应收单的信用比例是否达到报警条件,符合条件则显示信用期报警单。(登录用户需拥有信用额度报警单查看权限。)

【注意】

除特别说明外,“账套参数设置”对话框中的绝大部分参数可以在使用过程中进行修改。

7.1.3　基础信息设置

应收、应付款管理系统的基础信息设置主要是对常用科目、坏账准备、账龄区间、报警级别、存货分类档案、单据类型和单据格式进行设置。其他如部门档案、职员档案、结算方式、客户分类及档案等信息已在系统管理和总账管理初始设置中完成,由各管理模块共享。

1. 设置科目

应收、应付款管理系统的业务类型相对固定时,生成的凭证类型也较固定,因此为简化凭证生成操作,提高效率,可以在此处预先设置好各业务类型凭证中的常用科目。

【操作步骤】

在“业务”选项卡中,执行“财务会计”|“应收款管理”|“设置”|“初始设置”命令,打开“设置科目”菜单可进行4类科目设置。

(1) 基本科目设置:可以在此定义应收系统凭证制单所需要的基本科目。如应收科目、预收科目、销售收入科目、税金科目等,如图7-5所示。

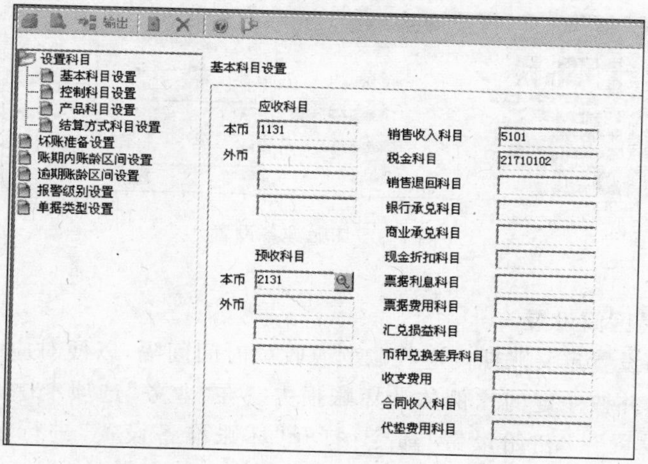

图7-5　设置科目——基本科目设置

(2) 控制科目设置:进行应收科目、预收科目的设置,如图7-6所示。

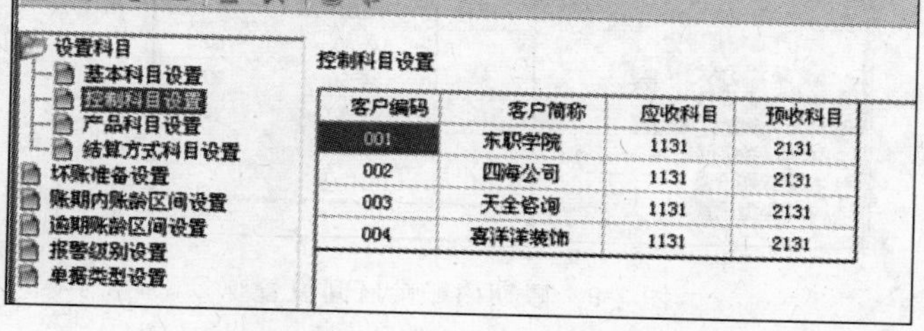

客户编码	客户简称	应收科目	预收科目
001	东职学院	1131	2131
002	四海公司	1131	2131
003	天全咨询	1131	2131
004	喜洋洋装饰	1131	2131

图7-6　设置科目——控制科目设置

(3) 产品科目设置：进行销售收入、应交增值税、销售退回科目的设置。

(4) 结算方式科目设置：进行结算方式、币种、科目的设置，如图 7-7 所示。

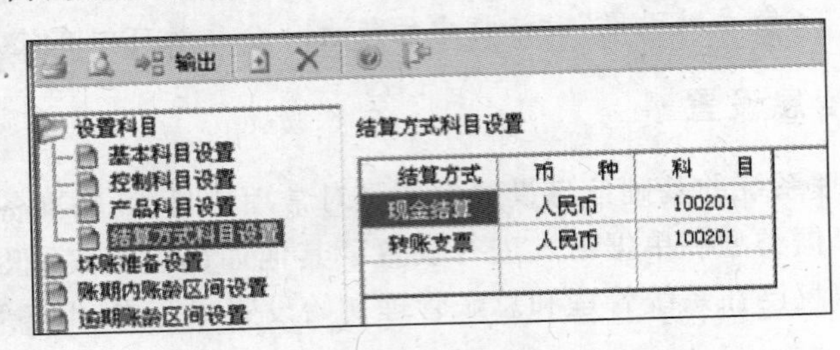

图 7-7 设置科目——结算方式科目设置

2. 坏账准备设置

通过坏账准备设置定义本系统内计提坏账准备比率和设置坏账准备期初余额的功能。

【操作步骤】

在“业务”选项卡中，执行“财务会计”|“应收款管理”|“设置”|“初始设置”命令，打开“坏账准备设置”进行相应设置，如图 7-8 所示。

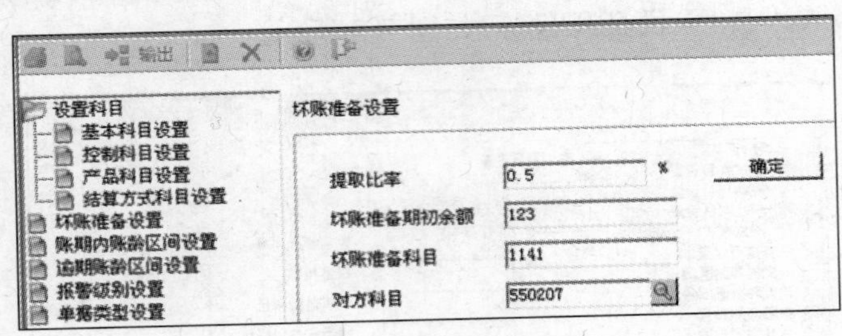

图 7-8 坏账准备设置

3. 账期内账龄区间设置

通过账龄区间设置定义账期内应收账款或收款时间间隔，以便对应收账款进行账龄分析，评估客户信誉，并按一定的比例估计坏账损失。在“业务”选项卡中，执行“财务会计”|“应收款管理”|“设置”|“初始设置”命令，打开“坏账准备设置”进行相应设置，如图 7-9 所示。

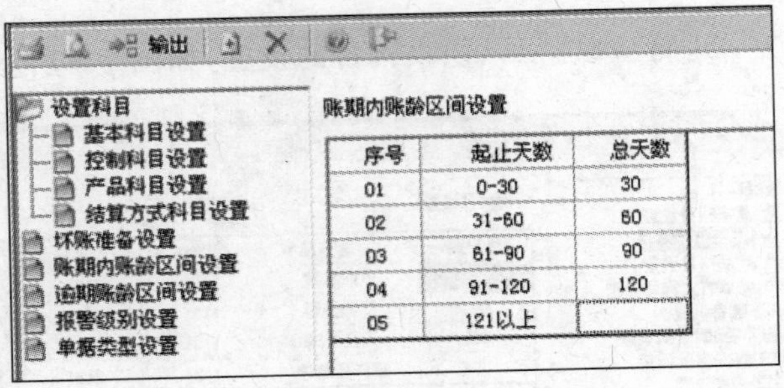

账期内账龄区间设置

序号	起止天数	总天数
01	0-30	30
02	31-60	60
03	61-90	90
04	91-120	120
05	121以上	

图 7-9 账期内账龄区间设置

4. 报警级别设置

通过此功能将客户按欠款余额与其授信额度的比例分为不同的类型，以便掌握各客户信用情况。

5. 单据类型设置

通过此功能将往来业务与单据类型建立对应关系。系统提供发票和应收单两大类单据。

7.1.4 期初余额

正式使用应收款管理系统处理日常业务前，要将此前发生的所有应收业务数据输入到系统中，作为期初建账的数据，以便今后的处理。当进入第二年度处理时，系统自动将上年度未处理完全的单据转成为下一年度的期初余额。用户可以下年第一个会计期间里进行期初余额的调整。

【操作步骤】

(1) 执行“应收款管理”|“设置”|“期初余额”命令，弹出“期初余额—查询”对话框，可在其中设置一定的条件查询相关单据，并对其进行修改编辑。如图 7-10 所示。

(2) 在“期初余额—查询”对话框中设置一定的单据查询条件，单击“确定”按钮，进入“期初余额明细表”对话框，单击“增加”按钮，在弹出的“单据类别”对话框中选择要增加的单据名称、类型和方向，如图 7-11 所示。

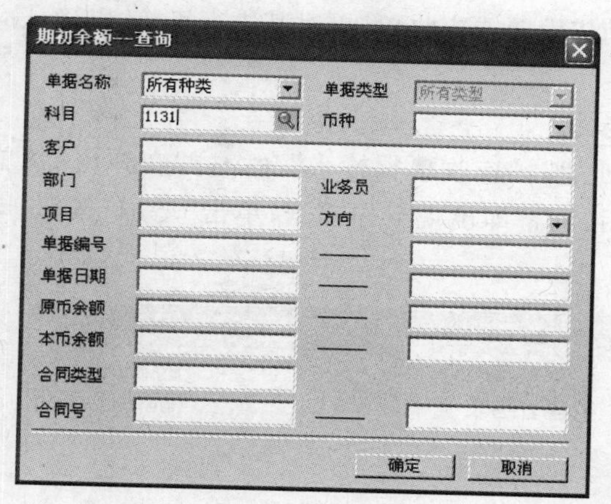

图 7-10 “期初余额—查询”对话框

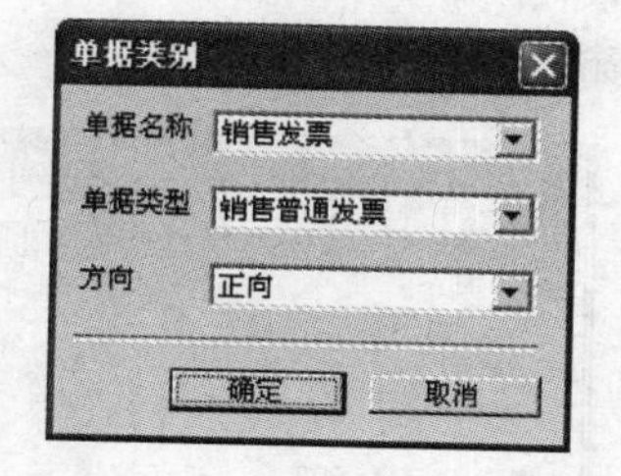

图 7-11 “单据类别”对话框

(3) 单击“确定”按钮，屏幕出现刚才在“单据类别”中选中的单据类型的空白界面，单击“增加”按钮，在空白单据中输入有关数据。单击“保存”按钮完成数据记录，如图 7-12 所示。

【注意】

(1) 如为初次使用本系统，输入票据的日期必须早于本账套的启用时间；以后年度使用时，输入票据日期必须早于使用年的会计期初。

(2) 发票和应收单的方向包括正向和负向，类型包括系统预置的各类型和用户定义的类型。如果是预收款和应收票据，则不用选择方向，系统默认预收款方向为贷，应收票据方向为借。

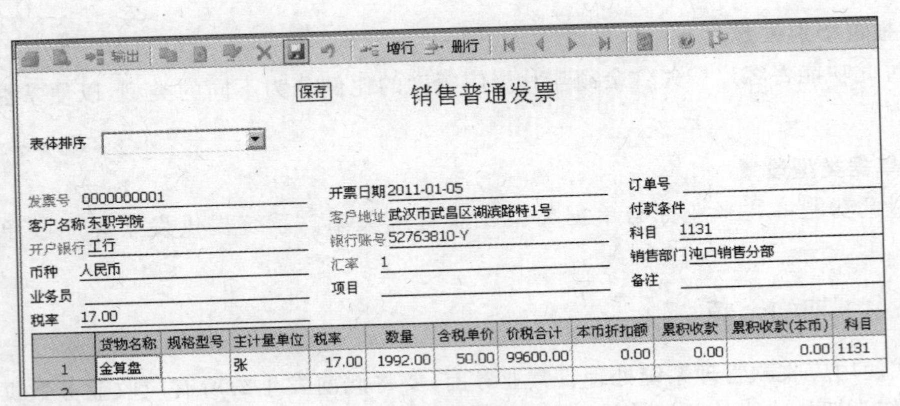

图 7-12　期初余额明细输入

7.2　日常会计处理

应收款管理系统日常业务处理主要包括应收单据处理、收款单据处理、核销处理、票据管理、转账、坏账处理、单据查询等。

7.2.1　应收单据处理

应收款项是指企业因销售商品、提供劳务等发生的应向有关债务人收取的款项，是流动资产的重要组成部分。在本系统中输入销售发票或应收单，再对其进行审核，以确认应收业务的成立，作为记入应收明细账的依据。

【操作步骤】

(1) 执行“应收款管理”|“应收单据处理”|“应收票据输入”命令，并在弹出的“单据类别”对话框中选择单据名称、类型及方向后，屏幕即出现空白票据，单击“增加”按钮，即可进行票据输入，如图 7-13 所示。

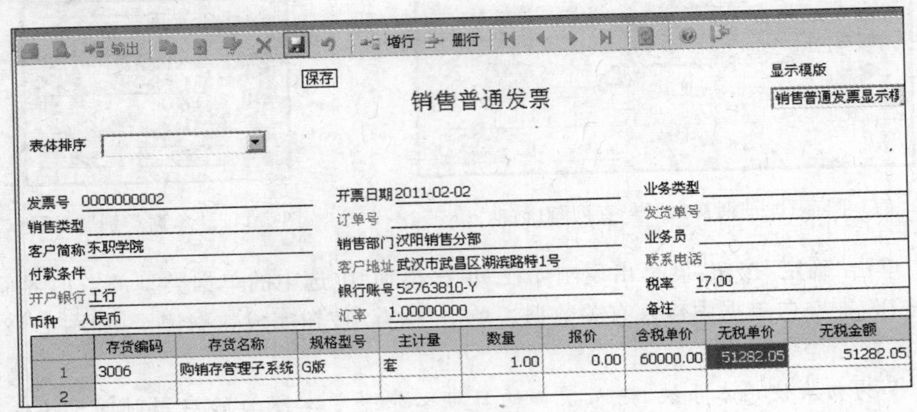

图 7-13　应收单据输入

(2) 应收单据输入完毕，单击“审核”按钮，完成对该单据的审核。系统会提示“是否立即制单”，单击“是”按钮可在此时完成凭证的填制，也可以单击“否”按钮在后期进行批量制单。

7.2.2　收款单据处理

收款单据处理主要对结算单据进行管理，包括收款单、付款单(红字收款单)的输入及审核。其中，应收、预收款性质的收款单将与发票和应收单进行核销勾对；付款单可与应收、预收性质的收款单、红字应收单和红字发票进行核销。

【操作步骤】

(1) 执行"应收款管理"|"收款单据处理"|"收款单据输入"命令，进入收款单输入界面。单击"增加"按钮，即可进行收款单输入。输入完毕单击"保存"按钮进行确认，如图 7-14 所示。

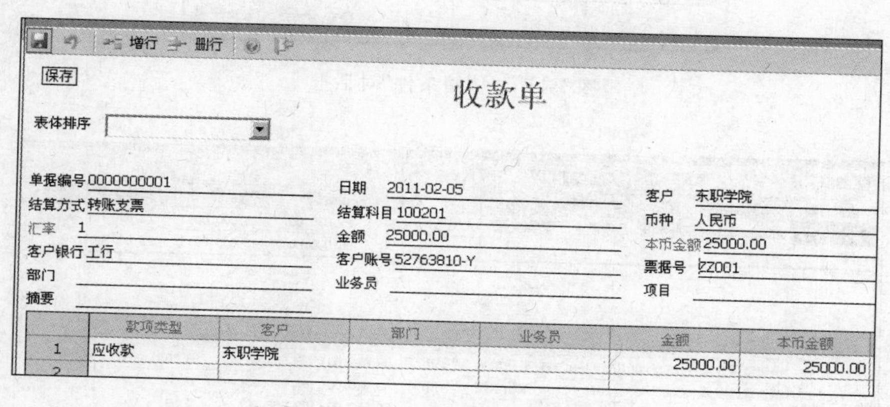

图 7-14　收款单据输入

(2) 执行"收款单处理"|"收款单据审核"命令，输入过滤条件后可以进行自动审核或批量审核。

(3) 输入完收款单后，即可单击"核销"按钮，进行符合条件的核销操作。

7.2.3　核销处理

核销处理指日常进行的收款核销应收款的工作。本系统通过核销处理功能进行收款结算，即进行收款单与对应的发票、应收单据相关联，冲减本期应收。可以在输入收款单后进行单张核销，也可用系统提供的手工核销或自动核销功能进行核销。

【操作步骤】

(1) 要进行核销操作时，首先会弹出的"核销条件"对话框，如图 7-15 所示。

(2) 在"核销条件"对话框中选择、设置相应的条件，系统即显示单据核销界面，在其中选择核销单据与被核销单据，输入本次结算金额，或单击"分摊"按钮，将结算金额分摊到被核销单据处，可手工修改分摊金额，单击"保存"按钮，完成核销处理，如图 7-16 所示。

【注意】

核销处理中常遇到以下几种情况。

(1) 收款单与原有单据完全核销：即收款单的数额等于应收单据的数额。

(2) 核销时使用预收款：如客户事先预付部分款项，业务完成后又付清了剩余款项，且要求两笔款项同时结算，则在核销时需要使用预收款。

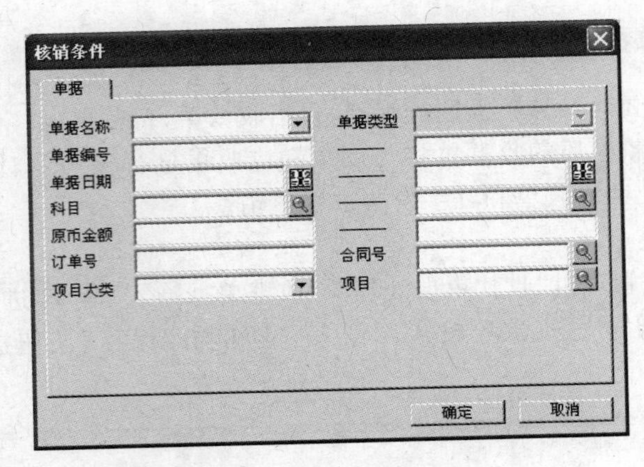

图 7-15 “核销条件”对话框

分摊 栏目 汇率 单据

单据日期	单据编号	客户	款项类型	结算方式	币种	汇率	原币金额	原币余额	本次结算金额	订单号
2011-02-05	0000000001	东职学院	应收款	转账支票	人民币	1	25,000.00	25,000.00	25,000.00	
合计							25,000.00	25,000.00	25,000.00	

单据日期	单据类型	单据编号	到期日	客户	币种	原币金额	原币余额	可享受折扣	本次折扣	本次结算
2011-01-05	销售普通发票	0000000001	2011-01-05	东职学院	人民币	99,650.00	99,650.00	0.00		25000
2011-02-02	销售普通发票	0000000002	2011-02-02	东职学院	人民币	60,000.00	60,000.00	0.00		
合计						159,650.00	159,650.00	0.00		

图 7-16 填写核销结算金额

(3) 核销后余款转为预收款：如与客户往来较频繁，在某笔业务完成后预计今后还会有往来业务发生，而结算该业务的收款单金额又大于本笔业务应付款，则该笔应收单完全核销后余款转为预收款。

(4) 单据仅得到部分核销：如收到款项小于原有单据的数额，则单据仅能部分被核销，未核销余款留待下次核销。

(5) 预收款余款退回：如预收往来单位款项大于实际结算的货款，可以将余款退付给往来单位。处理时按余款数额输入付款单，与原收款单核销。

7.2.4 转账

系统提供转账处理功能以满足调整应收账款的需要。针对不同业务类型进行调整，分为应收冲应收、预收冲应收、应收冲应付和红票对冲等。本小节以应收冲应收和预收冲应收为例介绍具体的转账操作方法，其他转账类型方法类同。

1. 应收冲应收

当一个客户为另一个客户代付款时，通过该功能将应收账款在客商之间进行转入、转出，实现应收业务的调整。

【操作步骤】

(1) 执行“应收款管理”|“转账”|“应收冲应收”命令，在弹出的对话框中选择要转出的

单据类型、转出户及转入户，单击“过滤”按钮，系统会将满足条件的单据全部列出，可以手工输入并账金额，或双击本行，系统将余额自动填充为并账金额，如图 7-17 所示。

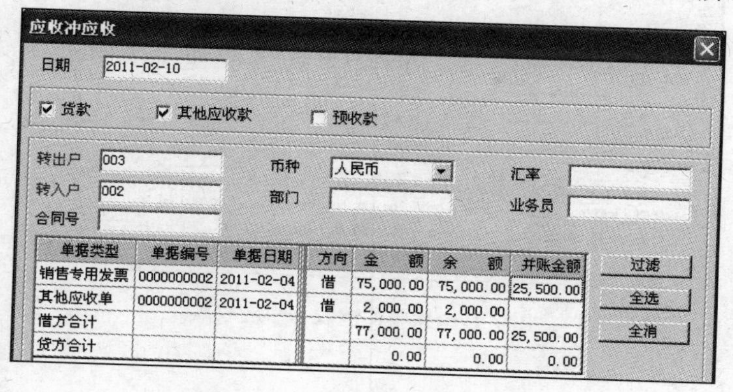

图 7-17 “应收冲应收”对话框

(2) 输入完有关信息后，单击“确定”按钮，系统自动进行转出、转入处理。同时询问“是否立即制单”，可以选择“是”立即进入转账制单，也可以选择“否”在后期进行批量制单。

【注意】

(1) 每笔应收款的转账金额不能超出其余额。

(2) 每次只能选择一个转入单位。

2. 预收冲应收

用于处理客户的预收款(红字预收款)与该客户应收欠款(红字应收)之间的核算业务。

【操作步骤】

(1) 执行“应收款管理”|“转账”|“预收冲应收”命令，弹出的对话框中包括“预收款”和“应收款”两个选项卡，在“预收款”选项卡中选择客户等信息，单击“过滤”按钮，系统列出该客户的预收款，在其中输入本次的转账金额，如图 7-18 所示。

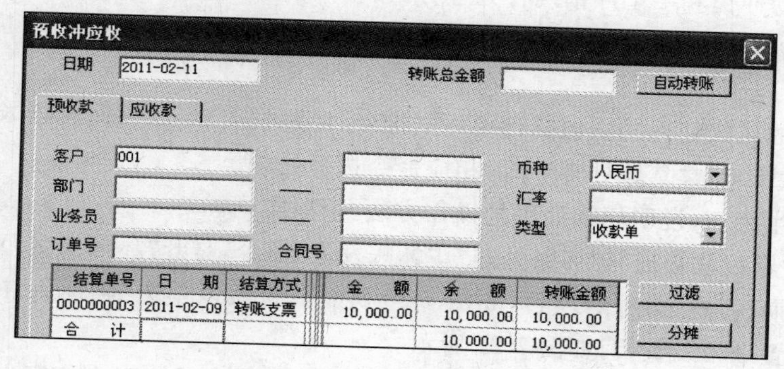

图 7-18 预收冲应收——预收款

(2) 选择“应收款”选项卡，单击“过滤”按钮，系统列出该客户的应收款，在其中输入本次的转账金额，如图 7-19 所示。

(3) 单击“确定”按钮，系统自动进行转账处理。同时询问“是否立即制单”，可以选择“是”立即进入转账制单，也可以选择“否”在后期进行批量制单。

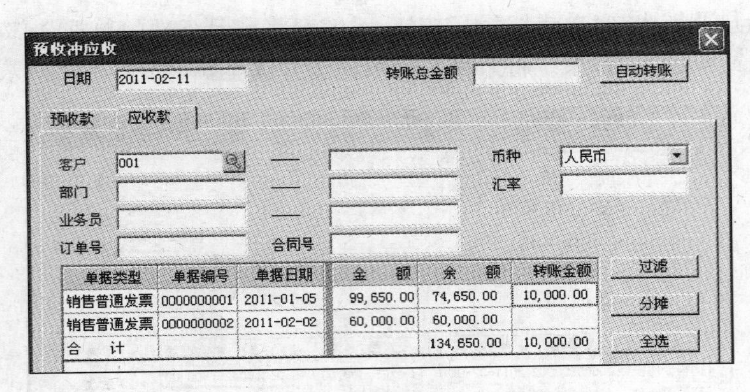

图 7-19 预收冲应收——应收款

【注意】

(1) 每一笔应收款的转账金额不能大于其余额。

(2) 应收款的转账金额合计应该等于预收款的转账金额合计。

(3) 在初始设置时,如将应收科目和预收科目设置为同一科目,将无法通过预收冲应收功能生成凭证。

(4) 此笔预收款也可不先冲应收款,待收到此笔货款的剩余款项并进行核销时,再同时使用此笔预收款进行核销。

3. 应收冲应付

用于将应收款业务在客户和供应商之间进行转账,实现应收业务的调整,解决应收债权与应付债务的冲抵。

4. 红票对冲

可用于客户的红字应收单据与其蓝字应收单据、收款单与付款单之间进行冲抵的操作。系统提供了自动冲销和手工冲销两种处理方式。

7.2.5 坏账处理

系统提供的坏账处理功能包括计提坏账准备、坏账发生、坏账收回和坏账查询。可以通过执行“应收款管理”|“坏账处理”中的相应命令进行处理。

以坏账发生为例,说明坏账处理的操作方法,余项类同。

(1) 执行“应收款管理”|“坏账处理”|“坏账发生”命令,打开“坏账发生”对话框,在其中选择相应的日期、客户、币种等项目,如图 7-20 所示。也可以单击“辅助条件”按钮,进行更详细的条件设置来帮助查找,如图 7-21 所示。

(2) 单击“确定”按钮,进入“坏账发生单据明细”对话框,系统列出该客户所有未核销的应收单据,在发生坏账的单据行输入本次发生坏账金额,单击 OK 按钮,如图 7-22 所示。弹出“是否立即制单”提示,可选择“是”进行立即制单,或选择“否”进行后期制单。

7.2.6 制单处理

本系统中的处理分为立即制单和批量制单,前者可以在多种日常业务处理完成时,系统

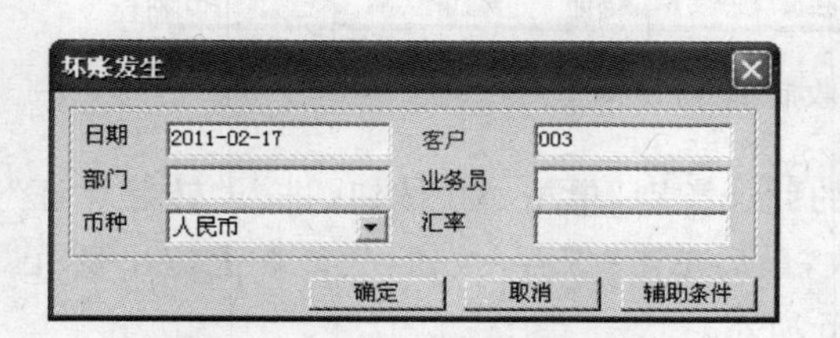

图 7-20 “坏账发生”对话框 1

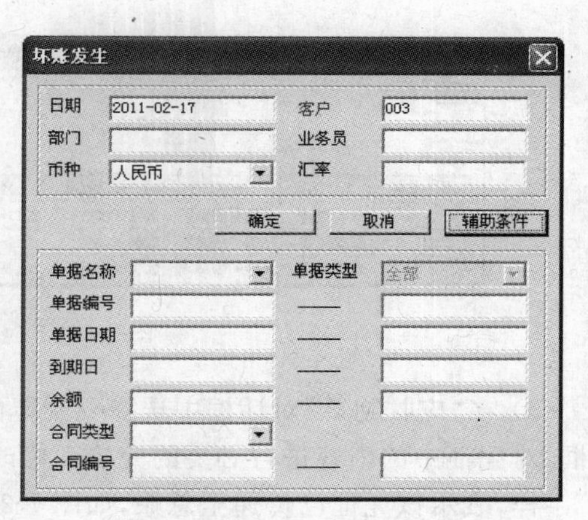

图 7-21 “坏账发生”对话框 2

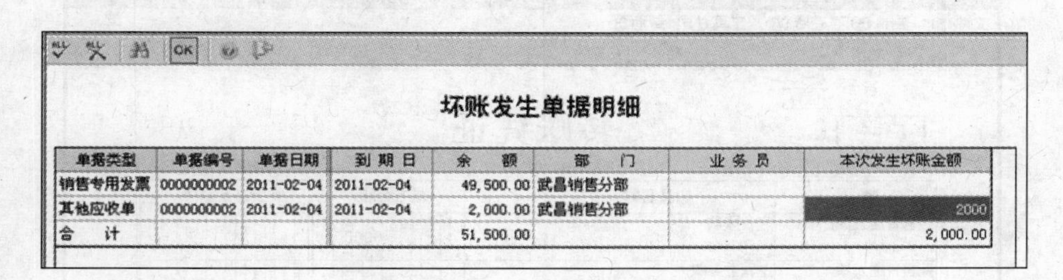

坏账发生单据明细

单据类型	单据编号	单据日期	到 期 日	余 额	部 门	业 务 员	本次发生坏账金额
销售专用发票	0000000002	2011-02-04	2011-02-04	49,500.00	武昌销售分部		
其他应收单	0000000002	2011-02-04	2011-02-04	2,000.00	武昌销售分部		2000
合 计				51,500.00			2,000.00

图 7-22 “坏账发生单据明细”对话框

询问是否立即制单时选择“是”进行凭证填制。后者可以在当期业务发生完毕后，进行批量制单。

【操作步骤】

(1) 执行“应收款管理”|“制单处理”命令，打开“制单查询”对话框，如图 7-23 所示。

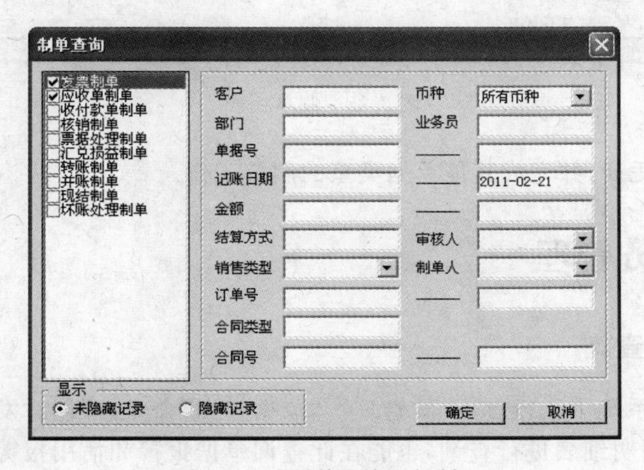

图 7-23 “制单查询”对话框

(2) 在“制单查询”对话框中选中需要进行制单的单据类型，单击“确定”按钮进入“应收制单”窗口，如图 7-24 所示。

应收制单

全选

凭证类别 收款凭证　　制单日期 2011-02-21　　共 3

选择标志	凭证类别	单据类型	单据号	日期	客户名称	部门	金额
1	收款凭证	销售普通发票	0000000002	2011-02-02	武汉东湖职业技术学院	汉阳销售分部	60,000.00
2	收款凭证	销售专用发票	0000000002	2011-02-04	上海天全咨询公司	武昌销售分部	75,000.00
3	收款凭证	其他应收单	0000000002	2011-02-04	上海天全咨询公司	武昌销售分部	2,000.00

图 7-24 “应收制单”对话框

(3) 在“应收制单”对话框中选择要制单的凭证类别，单击 All 按钮，进入“转账凭证”对话框，对凭证中的内容进行必要的完善和修改，最后单击“保存”按钮，凭证左上方出现“已生成”字样，表示该凭证已传递至总账，如图 7-25 所示。

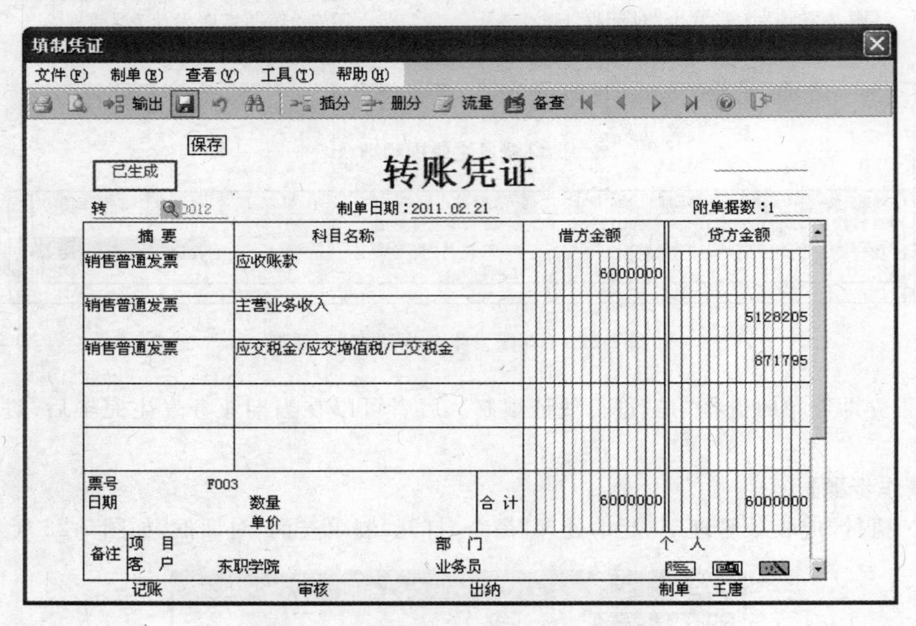

图 7-25 制单完成

(4) 保存其他凭证，并完成其他单据类型的制单工作。

7.3 日常财务管理

7.3.1 单据查询

在应收款管理系统中执行“应收款管理”|“单据查询”命令，可以对发票、应收单、收付款单、凭证和应收核销明细表进行查询，也能在此查询单据报警和信用报警的有关信息。财务人员据此可以随时了解往来款项的核算与管理情况。

以发票查询为例，执行“应收款管理”|“单据查询”|“发票查询”命令，系统自动列示出所有发票的记录，如图 7-26 所示。

发票查询

记录总数：3

单据日期	单据类型	单据编号	客户	币种	原币金额	原币余额	本币金额	本币余额
2011-01-05	销售普通发票	0000000001	武汉东湖职业技术学院	人民币	99,650.00	64,650.00	99,650.00	64,650.00
2011-02-02	销售普通发票	0000000002	武汉东湖职业技术学院	人民币	60,000.00	60,000.00	60,000.00	60,000.00
2011-02-04	销售专用发票	0000000002	上海天全咨询公司	人民币	75,000.00	75,000.00	75,000.00	75,000.00
合计					234,650.00	199,650.00	234,650.00	199,650.00

图 7-26 “发票查询”窗口

单击“单据”按钮可查看选定单据的原始信息，单击“详细”按钮可查看选定单据的详细结算情况，如图 7-27 所示。

该单据详细结算情况：

结算时间	核销方式	结算单号	币种	原币结算金额	原币余额	本币结算金额	本币余额
2011-02-11	预收冲应收		人民币	10,000.00	89,650.00	10,000.00	89,650.00
2011-02-19	核销	0000000001	人民币	25,000.00	64,650.00	25,000.00	64,650.00

图 7-27 单据详细结算情况

7.3.2 账表管理

1. 业务账表

执行“应收款管理”|“账表管理”|“业务账表”命令，可以进行总账、明细账和对账单的查询，并能实现总账↔明细账↔单据的查询。通过总账及明细账查询，可以查看客户、客户分类、地区分类、部门、业务员、存货、存货分类在一定期间所发生的应收、收款余额及明细情况。例如，图 7-28 所示的“应收对账单”窗口。

应收对账单

币种： 全部

期间： 2 - 2

年 月	年 日	凭证号	客户 编码	客户 名称	摘要	单据类型	单据号	币种	本期应收 本币	本期收回 本币	余额 本币
			001	武汉东湖职业技术学院	期初余额						99,650.00
02	02	转-0012	001	武汉东湖职业技术学院	销售普...	销售普...	0000000002	人民币	60,000.00		159,650.00
02	05	收-0001	001	武汉东湖职业技术学院	收款单	收款单	0000000001	人民币		25,000.00	134,650.00
02	09	收-0003	001	武汉东湖职业技术学院	预购清...	收款单	0000000003	人民币		10,000.00	124,650.00
			(001)小计:						60,000.00	35,000.00	124,650.00
			002	深圳四海公司	期初余额						89,470.00
02	07	收-0002	002	深圳四海公司	收款单	收款单	0000000002	人民币		90,000.00	-530.00
02	10	转-0014	002	深圳四海公司	并账	并账	BZAR000...	人民币	25,500.00		24,970.00
			(002)小计:						25,500.00	90,000.00	24,970.00
02	04	付-0002	003	上海天全咨询公司	代垫运费	其他应收单	0000000002	人民币	2,000.00		2,000.00
02	04	转-0013	003	上海天全咨询公司	销售专...	销售专...	0000000002	人民币	75,000.00		77,000.00
02	10	转-0014	003	上海天全咨询公司	并账	并账	BZAR000...	人民币	-25,500.00		51,500.00
02	17	转-0016	003	上海天全咨询公司	坏账发生	坏账发生	HZAR000...	人民币		2,000.00	49,500.00
			(003)小计:						51,500.00	2,000.00	49,500.00
...									137,000.00	127,000.00	199,120.00

图 7-28 “应收对账单”窗口

2. 统计分析

执行"应收款管理"|"账表管理"|"统计分析"命令，可以对应收账龄、收款账龄及欠款进行分析，并对收款进行预测。例如，图 7-29 所示的"收款预测"窗口。

输出 展开

收款预测

金额式

客户 全部　　币种：所有币种　　预测日期：2011-02-21至2011-02-28

客户		收款总计	货款	应收款	预收款
编号	名称	本币	本币	本币	本币
001	武汉东湖职业技术学院	124,650.00	124,650.00		
002	深圳四海公司	24,970.00	25,500.00		530.00
003	上海天全咨询公司	49,500.00	49,500.00		
合计		199,120.00	199,650.00		530.00

图 7-29 "收款预测"窗口

3. 科目账查询

执行"应收款管理"|"账表管理"|"科目账查询"命令，可以查询科目明细账及科目余额表，如图 7-30 和图 7-31 所示。

输出 总账 凭证

科目明细账

金额式

科目 2131 预收账款　　期间：2011.02-2011.02

2010年		凭证号	科目		客户		摘要	借方	贷方	方向	余额
月	日		编号	名称	编号	名称		本币	本币		本币
02	21	收-0003	2131	预收账款	001	武汉东湖职业技术学院	预购清华紫光显示器定金		10,000.00	贷	10,000.00
02	21	转-0015	2131	预收账款	001	武汉东湖职业技术学院	预购清华紫光显示器定金		-10,000.00	平	
02			2131	预收账款	001	武汉东湖职业技术学院	本月合计			平	
02			2131	预收账款	001	武汉东湖职业技术学院	本年累计			平	
			2131	预收账款			合计			平	
			2131	预收账款			累计			平	
							合计			平	
							累计			平	

图 7-30 "科目明细账"窗口

输出 明细 详细 Σ 累计

科目余额表

金额式

科目 全部　　期间：2011.02-2011.02

科目		客户		方向	期初余额	借方	贷方	方向	期末余额
编号	名称	编号	名称		本币	本币	本币		本币
1131	应收账款	001	武汉东湖职业技术学院	借	31,200.00	60,000.00	35,000.00	借	56,200.00
1131	应收账款	002	深圳四海公司	借	89,120.00	25,500.00	90,000.00	借	24,620.00
1131	应收账款	003	上海天全咨询公司	平		51,500.00	2,000.00	借	49,500.00
小计：				借	120,320.00	137,000.00	127,000.00	借	130,320.00
合计：				借	120,320.00	137,000.00	127,000.00	借	130,320.00

图 7-31 "科目余额表"窗口

4. 自定义账表

执行"应收款管理"|"账表管理"|"我的账表"命令，可以建立符合财务人员需要的账簿

和自定义账夹。

7.4 期末会计事项处理

7.4.1 月末结账

如果当月各业务已经处理完毕，即可进行月末结账。当月结账后，才能开始下月的业务处理。

【操作步骤】

（1）执行“应收款管理”|“期末处理”|“月末结账”命令，弹出月末处理窗口，选择要结账的月份，双击该月的“结账标志”一栏，如图 7-32 所示。

（2）单击“下一步”按钮，系统将月末结账的检查结果列示，可以通过双击其中的某项来检查该项的详细信息，如图 7-33 所示。

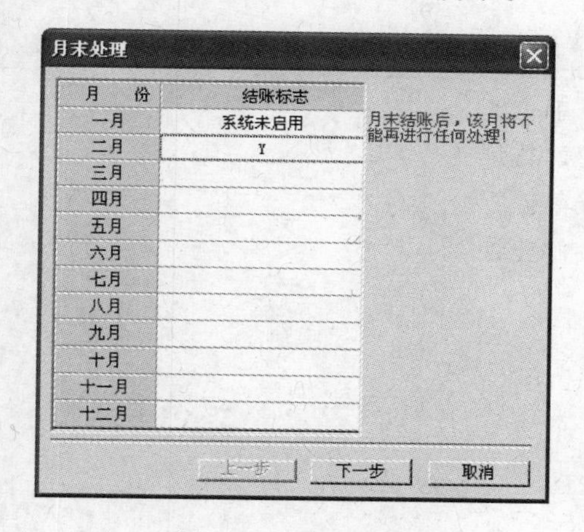

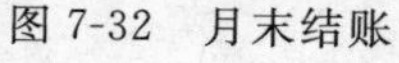
图 7-32 月末结账

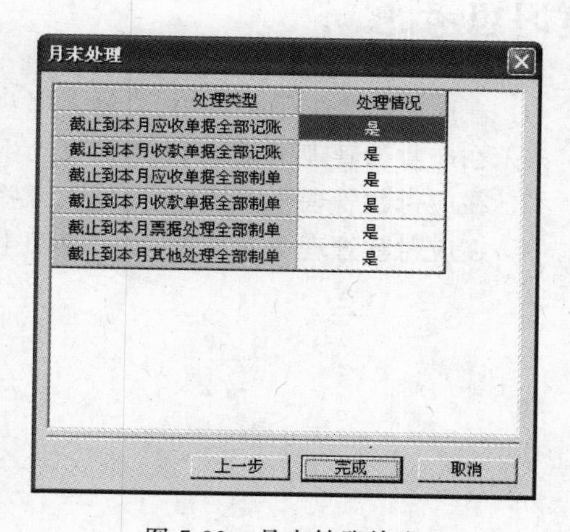

图 7-33 月末结账检查

（3）单击“完成”执行结账功能。提示“结账成功”，如图 7-34 所示。

【注意】

（1）进行月末处理时，一次只能选择一个月进行结账，前月未结账，本月不能结账。

（2）结算单未审核完毕不能结账。

（3）年末结账前，应对所有核销、坏账、转账等处理全部制单。

（4）执行月末结账功能后，该月不能再进行任何业务处理。

图 7-34 月末结账成功

7.4.2 取消月结

应收款管理系统的该功能可取消最近月份的结账状态。

【操作步骤】

（1）执行“应收款管理”|“期末处理”|“取消月结”命令，打开“取消结账”对话框，在“结账标志”栏中，已经用红色字在最新可进行取消月结操作的月份中标示了“已结账”，如图 7-35 所示。

（2）直接单击“确定”按钮，系统提示“取消结账成功”，如图 7-36 所示。

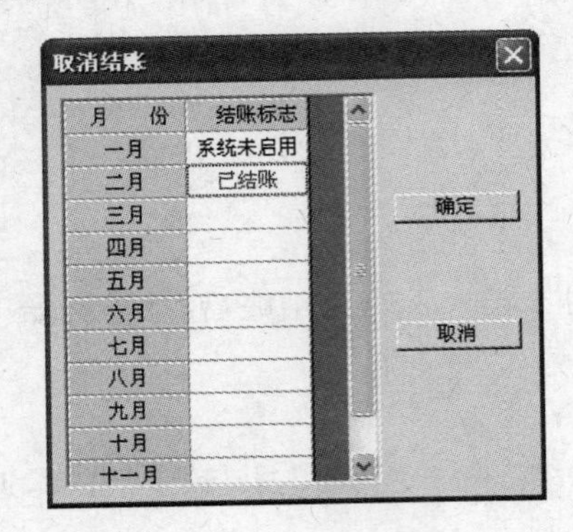

图 7-35 取消月结

图 7-36 取消月结成功

复习思考题

1. 在应收款管理子系统中，要输入哪些业务单据？
2. 在应收款管理子系统中，如何自动生成会计凭证？
3. 在应付款管理子系统中，要输入哪些业务单据？
4. 在应付款管理子系统中，如何自动生成会计凭证？

第8章　报表管理系统

8.1　报表管理系统概述

电子报表处理系统 UFO 是用友软件的一个重要组成部分，利用该系统可以对已经在账务处理系统中记账的各种经济业务资料进行分析、统计、汇总，并输出各种各样的财经报表和其他专业报表，有效地帮助企业财务人员完成企业的财务核算管理工作。

UFO 报表具有良好的移植性，可以打开其他格式的文件，实现不同格式之间的数据转换。随着 Internet 的发展，对网络数据提出了新的要求，UFO 还可以把本系统处理的数据表格生成 HTML 文件，为互联网提供有效的数据。

8.1.1　报表管理系统功能概述

UFO 报表与其他电子表格的最大区别在于它是真正的三维立体表，在此基础上提供了丰富的实用功能，完全实现了三维立体表的四维处理能力。

UFO 报表的主要功能有：文件管理功能、格式管理功能、数据处理功能、图形功能、丰富的打印功能、强大的二次开发功能、支持多窗口操作、操作更加灵活、易学易用、更加强大的数据处理功能、提供数据接口便捷的应用程序间信息交流功能，提供应用查询服务图文混排、注册管理、提供行业报表模板。

1. 文件管理功能

UFO 报表提供了创建新文件、打开已有的文件、保存文件、备份文件的文件管理功能，并且能够进行不同文件格式的转换。UFO 报表的文件可以转换为 ACCESS 文件、MSEXCEL 文件、LOTUS1-2-3 文件、文本文件、XML 格式文件、HTML 格式文件。上述文件格式的文件也可转换为 UFO 报表文件。

文件管理器，以类似 Windows 资源管理器的风格，将 UFO 的文件统一管理，同时支持按预先设置的邮件地址将相应文件发送到对应邮件地址。

另外，U861 按照国家标准《信息技术会计核算软件数据接口》(GB/T 19581—2004)文件，新增财务标准格式输出账表功能。

2. 格式管理功能

UFO 报表提供了丰富的格式设计功能。如设置表尺寸、画表格线(包括斜线)、调整行高列宽、设置字体和颜色等，可以制作符合各种要求的报表。并且内置了 11 种套用格式和 21 个行业的标准财务报表模板，可以轻轻松松制表。

3. 数据处理功能

UFO 报表以固定的格式管理大量不同的表页，能将多达 99 999 张具有相同格式的报表资料统一在一个报表文件中管理，并且在每张表页之间建立有机的联系。提供了排序、审核、舍位平衡、汇总功能；提供了绝对单元公式和相对单元公式，可以方便、迅速地定义计算公式；提供了种类丰富的函数，可以从账务系统、应收系统、应付系统、薪资系统、固定资产系统、销售系统、采购系统、库存系统等用友产品中提取数据，生成财务报表。

4. 图形功能

UFO 报表提供了很强的图形分析功能，可以很方便地进行图形数据组织，制作包括直方图、立体图、圆饼图、折线图等 10 种图式的分析图表。可以编辑图表的位置、大小、标题、字体、颜色等，并打印输出图表。

5. 丰富的打印功能

所见即所得：屏幕显示内容和位置与打印效果一致。打印预览功能：随时观看报表或图形的打印效果。首页尾页功能：自动重复打印报表的表头和表尾。自动分页功能：根据纸张大小和页面设置，对普通报表和超宽表自动分页。强制分页功能：可以根据用户需要进行强制分页。全表打印功能：可以连续打印多张表页。缩放打印功能：可以在 0.3 到 3 倍之间缩放打印。控制打印方向、打印品质功能：可以横向或纵向打印。

6. 强大的二次开发功能

提供批命令和自定义菜单，自动记录命令窗口中输入的多个命令，可将有规律性的操作过程编制成批命令文件。提供了 Windows 风格的自定义菜单，综合利用批命令，可以在短时间内开发出本企业的专用系统。

7. 更加强大的数据处理功能

数据量增大，一个 UFO 报表能同时容纳 99 999 张表页，每张表页可容纳 9999 行×255 列，支持绝对计算公式和相对计算公式，支持单值表达式和多值表达式，并可以分类打印各类公式及数据状态下的内容，支持对数据的立体透视，并且可以保存透视结果，新增自动求和，调整表页的行高列宽功能。

8. 提供数据接口

可直接打开多种文件格式的文件，如文本文件、ACCESS 文件、MSEXCEL 文件和 LOTUS1-2-3(4.0 版)文件。UFO 报表文件也可以方便地转换为文本文件、ACCESS 文件、MSEXCEL 文件和 LOTUS1-2-3(4.0 版)文件。UFO 报表还可以把文本文件和 SQL 数据库文件的数据直接取到当前报表中，进行数据处理。提供同其他财务软件文件转换接口(文件的导入及导出)功能。

9. 提供行业报表模板

提供了多个行业的标准财务报表模板，包括最新的《现金流量表》，可以轻松生成复杂报表。提供自定义模板的新功能，可以根据本单位的实际需要定制模板。

10. 提供联查明细账功能

提供在报表上联查明细账功能，用户可以通过此功能查询与报表数据相关的账务系统中的明细账来进行数据的查询分析。

8.1.2　报表管理系统与其他系统的主要关系

报表管理系统与其他系统的主要关系如图 8-1 所示。

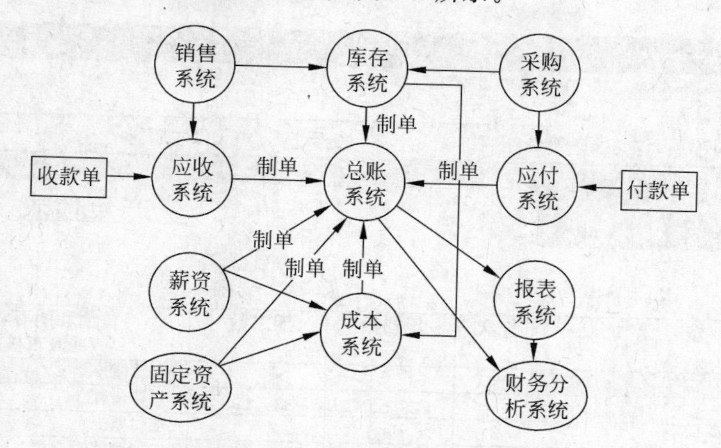

图 8-1　报表管理系统与其他系统的主要关系

8.1.3　报表管理系统的基本操作流程

编制会计报表是每一个会计期末最主要的工作之一，会计报表的编制过程具有很强的规律性。在手工条件下，会计报表编制的基本过程可分为 4 个步骤：设计并绘制表格线条及有关说明文字、查阅账簿内容、计算并填写数据、根据数据间的钩稽关系检查数据的正确性。尽管目前大部分表是由上级部门统一设计并印制好的固定格式报表，但从总体来看这一基本步骤仍然是存在的。

报表编制工作在计算机上完成，其基本处理流程与手工并没有什么大的区别，但每一步骤的具体工作方法却大不相同。根据计算机编制报表的工作内容，会计报表软件的工作流程可分为以下 4 个步骤：报表名称登记报表格式及数据处理公式设置、报表编制、报表输出，如图 8-2 所示。

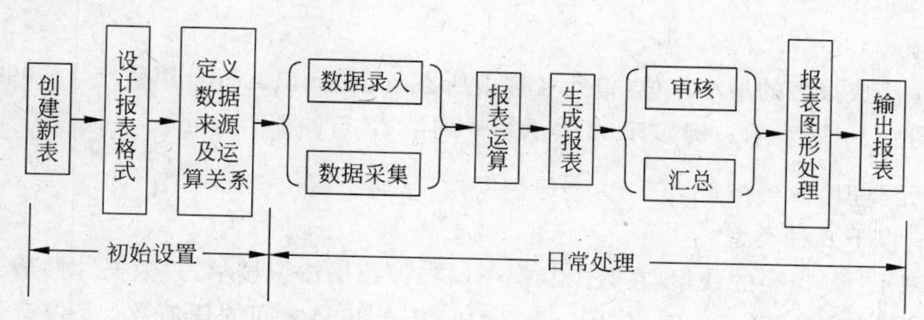

图 8-2　报表基本处理流程

8.1.4　基本概念

1. 格式状态和数据状态

UFO 将含有数据的报表分为两大部分来处理，即报表格式设计工作与报表数据处理工作。报表格式设计工作和报表数据处理工作是在不同的状态下进行的。实现状态切换的是一个特别重要的按钮——格式/数据按钮，如图 8-3 所示，单击该按钮可以在格式状态和数据状态之间切换。

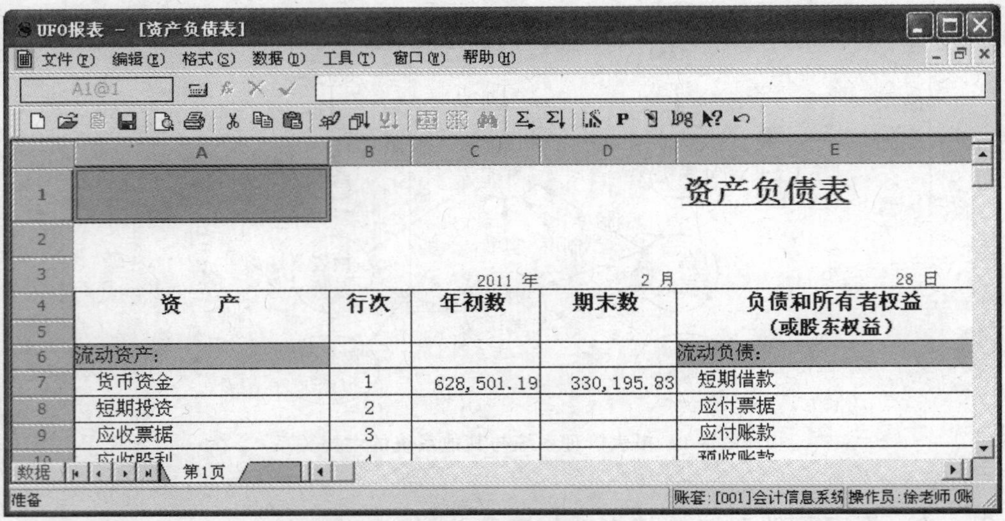

图 8-3 "UFO 报表"窗口

格式状态：在格式状态下设计报表的格式，如表尺寸、行高列宽、单元属性、单元风格、组合单元、关键字、可变区等。报表的 4 类公式分别为：单元公式、计算公式、审核公式、舍位平衡公式（也在格式状态下定义）。在格式状态下所做的操作对本报表所有的表页都发生作用。在格式状态下不能进行数据的输入、计算等操作。

在格式状态下时，所看到的是报表的格式，报表的数据全部都隐藏了。

数据状态：在数据状态下管理报表的数据，如输入数据、增加或删除表页、审核、舍位平衡、做图形、汇总报表等。在数据状态下不能修改报表的格式。在数据状态下时，看到的是报表的全部内容，包括格式和数据。

2. 单元

单元是组成报表的最小单位，单元名称由所在行、列标识。行号用数字 1～9999 表示，列标用字母 A～IU 表示。例如，D22 表示第 4 列第 22 行的那个单元。

3. 单元类型

单元有以下 3 种类型。

数值单元：是报表的数据，在数据状态下（格式/数据按钮显示为"数据"时）输入。数值单元的内容可以是 1.7×(10E－308)～1.7×(10E＋308)之间的任何数（15 位有效数字），数字可以直接输入或由单元中存放的单元公式运算生成。建立一个新表时，所有单元的类型默认为数值。

字符单元：是报表的数据，在数据状态下输入。字符单元的内容可以是汉字、字母、数字及各种键盘可输入的符号组成的一串字符，一个单元中最多可输入 63 个字符或 31 个汉字。字符单元的内容也可由单元公式生成。

表样单元：是报表的格式，是定义一个没有数据的空表所需的所有文字、符号或数字。一旦单元被定义为表样，那么在其中输入的内容对所有表页都有效。

表样在格式状态下输入和修改，在数据状态下不允许修改。一个单元中最多可输入63个字符或31个汉字。

4. 组合单元

组合单元由相邻的两个或更多的单元组成，这些单元必须是同一种单元类型（表样、数值、字符），UFO在处理报表时将组合单元视为一个单元。可以组合同一行相邻的几个单元，可以组合同一列相邻的几个单元，也可以把一个多行多列的平面区域设为一个组合单元。

组合单元的名称可以用区域的名称或区域中的单元的名称来表示。例如把B2到B3定义为一个组合单元，这个组合单元可以用"B2"、"B3"或"B2:B3"表示。

5. 区域

区域由一张表页上的一组单元组成，自起点单元至终点单元是一个完整的矩阵。

在UFO中，区域是二维的，最大的区域是一个二维表的所有单元（整个表页），最小的区域是一个单元。

6. 表页

一个UFO报表最多可容纳99 999张表页，每一张表页是由许多单元组成的。一个报表中的所有表页具有相同的格式，但其中的数据不同。表页在报表中的序号在表页的下方以标签的形式出现，称为"页标"。页标用"第1页"～"第99999页"表示。

7. 二维表

确定某一数据位置的要素称为"维"。在一张有方格的纸上填写一个数，这个数的位置可通过行和列（二维）来描述。如果将一张有方格的纸称为表，那么这个表就是二维表，通过行（横轴）和列（纵轴）可以找到这个二维表中的任何位置的数据。

8. 三维表

如果将多个相同的二维表叠在一起，找到某一个数据的要素需增加一个，即表页号（Z轴）。这一叠表称为一个三维表。

如果将多个不同的三维表放在一起，要从这多个三维表中找到一个数据，又需增加一个要素，即表名。三维表中的表间操作即称为"四维运算"。

9. 报表的大小

行数：1～9999（默认值为50行）

列数：1～255（默认值为7列）

行高：0～480（默认值为15）

列宽：0～640（默认值为75）

表页数：1～99999页（默认值为1页）

10. 固定区及可变区

固定区是组成一个区域的行数和列数的数量是固定的数目。一旦设定好以后，在固定区域内其单元总数是不变的。

可变区是屏幕显示一个区域的行数或列数是不固定的数字，可变区的最大行数或最大列数是在格式设计中设定的。

在一个报表中只能设置一个可变区，或是行可变区或是列可变区，行可变区是指可变区中的行数是可变的；列可变区是指可变区中的列数是可变的。设置可变区后，屏幕只显示可变区的第一行或第一列，其他可变行列隐藏在表体内。在以后的数据操作中，可变行列数随着需要而增减。

11. 固定表及可变表

有可变区的报表称为可变表。没有可变区的表称为固定表。

12. 关键字

关键字是游离于单元之外的特殊数据单元，可以唯一标识一个表页，用于在大量表页中快速选择表页。

UFO 共提供了以下 6 种关键字，关键字的显示位置在格式状态下设置，关键字的值则在数据状态下输入，每个报表可以定义多个关键字。

单位名称：字符(最大 30 个字符)，为该报表表页编制单位的名称。

单位编号：字符型(最大 10 个字符)，为该报表表页编制单位的编号。

年：数字型(1904～2100)，该报表表页反映的年度。

季：数字型(1～4)，该报表表页反映的季度。

月：数字型(1～12)，该报表表页反映的月份。

日：数字型(1～31)，该报表表页反映的日期。

13. 筛选

筛选是在执行 UFO 的命令或函数时，根据用户指定的筛选条件，对报表中每一个表页或每一个可变行(列)进行判断，只处理符合筛选条件的表页或可变行(列)；不处理不符合筛选条件的表页或可变行(列)。

筛选条件分为表页筛选条件和可变区筛选条件。表页筛选条件指定要处理的表页；可变区筛选条件指定要处理的可变行或可变列。筛选条件跟在命令、函数的后面，用“FOR ＜筛选条件＞”来表示。

14. 关联

(1) 关联

UFO 报表中的数据有着特殊的经济含义，因此报表数据不是孤立存在的，一张报表中不同表页的数据或多个报表中的数据可能存在着这样或那样的经济关系或钩稽关系，要根据这种对应关系找到相关联的数据进行引用，就需要定义关联条件。UFO 在多个报表之间操作时，主要通过关联条件来实现数据组织。

关联条件跟在命令、函数的后面，用“RELATION ＜关联条件＞”来表示。如果有筛选条件，则关联条件应跟在筛选条件的后面。

(2) 关联条件

关联条件即描述表页间的对应关系，可以利用关联条件来引用本表其他页的数据或其他表页的数据。

UFO 在多个报表之间操作时，主要通过关联条件来实现数据组织。

关联条件的格式为：

```
RELATION <单值表达式 1> WITH <单值表达式 2> [,<单值表达式 11> WITH <单值表达式 22> ]
```

其中："RELATION"为关联条件关键字，关联条件可以有多个，每个同类关系之间用","隔开。当＜单值表达式 1＞与＜单值表达式 2＞相等时，关联关系成立；否则关联关系不成立。

例如：

```
...RELATION 月 WITH "ZJB" ->月
```

表示在"ZJB"表中，找到和本表当前表页的关键字"月"的值相等的表页。（如果"ZJB"为本表表名，则为同表关联。）

```
...RELATION 2 WITH "ZJB" ->季
```

表示在"ZJB"表中，找到 2 季度的表页。（如果"ZJB"为本表表名，则为本表关联。）

15. 筛选条件

（1）筛选条件

筛选条件跟在命令、函数的后面，用"FOR ＜筛选条件＞"来表示。执行命令或函数时，对报表中每一个表页或每一个可变行(列)进行条件比较，使命令或函数只处理符合筛选条件的表页或可变行(列)；不处理不符合筛选条件的表页或可变行(列)。筛选条件又分为表页筛选条件和可变区筛选条件。

筛选条件的格式为：

```
FOR <表页筛选条件><;可变区筛选条件>
```

其中：表页筛选条件确定要处理的表页，若省略则指当前表页；ALL 表示选择所有的表页。可变区筛选条件表示要处理的可变行或可变列，省略则表示当前光标所在可变行(列)；ALL 表示整个可变区。表页筛选条件和可变区筛选条件之间要用"；"隔开。

（2）表页筛选条件

在所有的表页中选出符合条件的表页进行处理。筛选条件可以省略，省略时表示只处理当前表页，ALL 则代表所有表页。

例如：

```
...FOR C1 >=  A1 . B1
```

表示处理所有满足 C1 单元大于等于 A1 和 B1 二单元之和的表页。

```
...FOR ALL
```

表示处理当前报表所有的表页。

【说明】

在单元公式中，如果省略表页筛选条件，则计算所有的表页。

8.1.5　基本约定

1. 行的表示

行：用＃＜行号＞表示，行号为 1～9999 之间的数字。如＃2 表示当前表页的第 2 行。

最大行：用＃＃表示当前表页的最大行。

2. 列的表示

列：用＜列标＞或！＜列号＞表示。

(1) ＜列标＞：列标为 A～IU 之间的字母。如 B 表示 B 列，超过 26 列时，用 26 进制的方法表示，如第 28 列表示为 AB。

(2) ！＜列号＞：列号为 1～255 之间的数字，如!2(等同于 B)。

最大列：用!! 表示当前表页的最大列。

3. 表页的表示

表页：以@＜表页号＞表示表页，表页号为 1～99999 之间的数字，如@2 表示第 2 页。

当前表页：以@表示当前正在处理的表页。

最大表页：以@@表示最大表页。

4. 报表的表示

报表名必须用“ ”括起来，例如，利润表应表示为“利润表”。当报表名用来表示数据的位置时，在报表名的后面应跟减号和大于号。

例如：表示利润表中第 10 页的 D5 单元时，应该用"利润表"－＞D5@10 表示。

5. 单元的表示

(1) 单元名称：单元名称可以用下面几种形式表示。

① ＜列标＞＜行号＞：如 A2 表示 A 列中的第 2 个单元。

② ＜列标＞＃＜行号＞：如 A＃2(等同于 A2)。

③ ！＜列号＞＃＜行号＞：如!1＃2(等同于 A2)。

④ !!＃＃：表示当前表页的最大单元。(以屏幕显示的最大行列数为准，不是表尺寸。)

(2) 单元描述：有以下几种方法。

① 单元的完整描述为：

"报表名"－><单元名称>@表页号

例如：在报表“利润表”第 5 张表页上的 A11 单元表示为："利润表"－＞A11@5。

当表页号省略时，即单元描述为"报表名"－＞＜单元名称＞时，系统默认为单元在指定报表的第 1 页上。

② 单元在当前正在处理的报表上时，报表名可以省略。

单元表示为：＜单元名称＞@表页号。

例如：在当前报表第 5 张表页上的 A11 单元表示为：A11@5。

③ 单元在当前报表的当前表页上时，报表名和表页号可以省略。

单元表示为：＜单元名称＞。

例如：在当前表页上的 A11 单元表示为：A11。

6. 区域的表示

区域的表示如图 8-4 所示。

单元名称:A			单元名称:B
单元名称:D			单元名称:C

图 8-4 区域

(1) 区域名称：区域名称可以用以下几种方式表示。

① ＜单元名称＞:＜单元名称＞

用形成区域对角线的两个单元的单元名称表示，不分先后顺序。

以上区域可以用下面 4 种方法表示。

A:C　　C:A　　B:D　　D:B

② ＜行＞

例如：

“＃5”表示第 5 行所有单元组成的区域。

“＃＃”表示表页中最后一行所有单元组成的区域。

③ ＜列＞

例如：

“B”或“!2”表示 B 列所有单元组成的区域。

“!!”表示表页中最后一列所有单元组成的区域。

④ ＜行＞:＜行＞

例如：

“＃5:＃7”表示第 5 行到第 7 行所有单元组成的区域。

“＃1:＃＃”表示整个表页的区域。

⑤ ＜列＞:＜列＞

例如：

“B:D”或“!2:!4”或“B:!4”或“!2:D”表示 B 列到 D 列所有单元组成的区域。

“A:!!”或“!1:!!”表示整个表页的区域。

(2) 区域描述：区域描述有以下几种方法。

① 区域的完整描述为：

```
"报表名"-><区域名称>@表页号
```

例如：在报表“利润表”第 5 张表页上的 A1:A11 区域表示如下。

```
"利润表"->A1:A11@5
```

当表页号省略时，即单元描述为"报表名"－＞＜区域名称＞时，系统默认为区域在指定报表的第 1 页上。

② 区域在当前正在处理的报表上时，报表名可以省略。

区域表示为：＜区域名称＞@表页号。

例如：在当前报表第 5 张表页上的 A1:A11 区域表示为“A1:A11@5”。

③ 区域在当前表页上时，报表名和表页号可以省略。

区域表示为：＜区域名称＞。

例如：在当前表页上的 A1:A11 区域表示为“A1:A11”。

【说明】

描述区域时在“:”两边的单元名称应统一，不能混用可变区描述和固定区描述。

例如：区域可以表示为 B2:B5 或 V_B1:V_B4，不能表示为 B2:V_B4 或 V_B1:B5。

7. 可变区的表示

可变区中的行、列、单元、区域可以同样用行、列、单元、区域的绝对地址表示。可变区还有另外一套特殊的表示方法，即用“V_＜可变区内相对地址＞”表示。由于可变区分为行可变区和列可变区，同样一个名称在行可变区时和在列可变区时会有不同的含义。

例如："V_1"在行可变区时表示第 1 可变行（整行）；"V_1"在列可变区时表示第 1 行在列可变区中的部分（非整行）。

(1) 可变区中的行

行可变区中的可变行或列可变区中的行，可以用两种方法表示。

① V_＜行号＞

例如："V_1"表示行可变区的第 1 可变行；或者列可变区中的第 1 行。

② V_#＜行号＞

例如："V_#1"表示行可变区的第 1 可变行；或者列可变区中的第 1 行。

(2) 可变区中的列

行可变区中的列或列可变区中的可变列，可以用两种方法表示。

① V_＜列标＞

例如："V_A"表示行可变区中的第 1 列；或者列可变区中的第 1 可变列。

② V_! ＜列号＞

例如："V_!1"表示行可变区中的第 1 列；或者列可变区中的第 1 可变列。

可变区中的单元用 V_＜可变区内相对地址＞表示。

可变区区域名称可以用下面几种形式表示。

① ＜V_单元名称＞:＜V_单元名称＞

例如："V_A1:V_C1"表示行可变区中的第 1 行前 3 个单元组成的区域；或者 A1:C1 区域（列可变区时）。

② ＜V_行号＞

例如："V_1"或"V_#1"表示行可变区中的第 1 行所有单元组成的区域；或者列可变区的第 1 行所有单元组成的区域。

③ ＜V_列标＞

例如："V_A"或"V_!1"表示行可变区的 A 列所有单元组成的区域；或者列可变区中的第 1 列。

④ ＜ V_行号＞:＜ V_行号＞

例如："V_1:V_2"表示行可变区中的第 1 行到第 2 行所有单元组成的区域；或者列可变区的第 1 行到第 2 行所有单元组成的区域。

⑤ ＜ V_列标＞:＜ V_列标＞

例如："V_A:V_B"表示行可变区中的 A 列到 B 列所有单元组成的区域；或者列可变区的第 1 列到第 2 列所有单元组成的区域。

【说明】

描述区域时，在"："两边的单元名称应统一，不能混用可变区描述和固定区描述。

例如：区域可以表示为 B2:B5 或 V_B1:V_B4，不能表示为 B2:V_B4 或 V_B1:B5。

8. 算术运算符

算术运算符是在描述运算公式时采用的符号，UFO 可使用的算术运算符及运算符的优先顺序如表 8-1 所示。

表 8-1 算术运算符及运算符

顺序	算术运算符	运算内容
1	^	平方
2	*、/	乘、除
3	+、−	加、减

9. 比较运算符

UFO 有下列比较运算符，如表 8-2 所示。

10. 逻辑运算连接符

UFO 有下列逻辑运算连接符，如表 8-3 所示。

表 8-2 比较运算符

符 号	含 义	符 号	含 义
=	等于	<>	不等于
>	大于	>=	大于或等于
<	小于	<=	小于或等于

表 8-3 逻辑运算连接符

符号	含 义
AND	与(并且)
OR	或(或者)
NOT	非

【注意】

逻辑运算符在使用时，如与其他内容相连接，必须至少有一个前置空格和一个后置空格。例如：

A1=B1 AND B2=B3，NOT A=B 为正确的。

A1=B1ANDB2=B3，NOTA=B 为错误的。

11. 算术表达式

运算符、区域和单元、常数、变量、关键字、非逻辑类函数以及算术表达式的组合，其结果为一个确定值。表达式中括号嵌套应在 5 层以下。

算术表达式又分为单值和多值算术表达式。

单值算术表达式：其结果为一个数值，也可为一个单纯的常数，可将其赋值给一个单元。例如：

```
C1 = 10
C2 = A1.B1
```

等号后面的式子即为单值算术表达式。

多值算术表达式：其结果为多个数值，可将其运算结果赋值给多个单元。例如：

```
C1:C10 = A1:A10 + B1:B10(表示 C1 = A1 + B1,C2 = A2 + B2, … ,C10 = A10 + B10)
C1:C10 = 100(表示 C1 = 100,C2 = 100, … ,C10 = 100)
```

等号后面的式子即为多值算术表达式。

12. 条件表达式(逻辑表达式)

利用比较运算符、逻辑运算符和算术表达式形成的判定条件，其结果只有两个，即 1(真)，0(假)。例如：

D5 >= 100 表示比较 D5 单元的值和数字“100”，如果 D5 单元的值大于或等于 100，则条件表达式为真，否则为假。

月＜＝ 6 表示比较关键字“月”的值和数字“6”，如果关键字“月”的值小于或等于 6，则条件表达式为真，否则为假。

8.2 报表模板的使用

UFO 提供的报表模板包括了 11 种套用格式和 21 个行业的 70 多张标准财务报表。可以根据所在行业挑选相应的报表套用其格式及计算公式。

8.2.1 调用报表模板

调用系统已有的报表模板，如果该报表模板与实际需要的报表格式或公式不完全一致，可以在此基础上稍作修改即可快速得到所需要的报表格式和公式。

【操作步骤】

(1) 进入 UFO 报表系统。执行“文件”|“新建”命令，系统自动生成一张空白表，如图 8-5 所示。

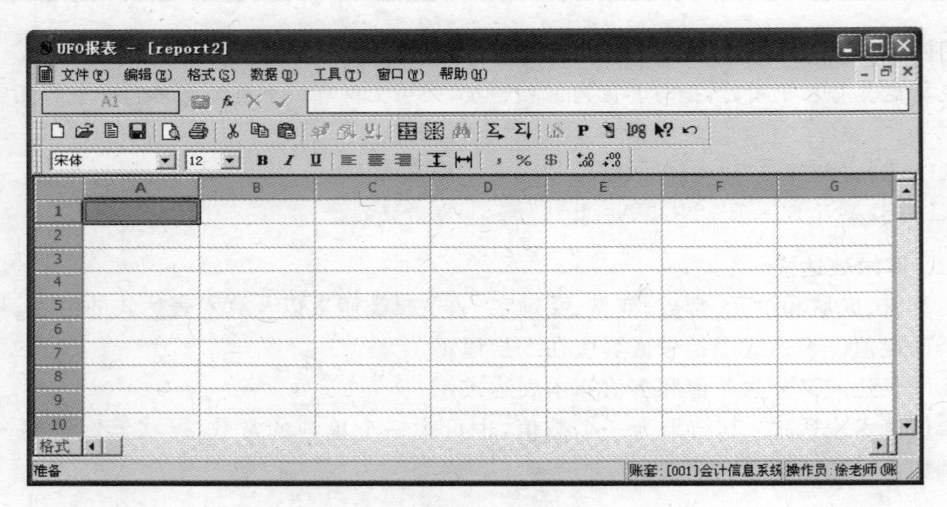

图 8-5 空白表

(2) 执行“格式”|“报表模板”命令，打开“报表模板”对话框，如图 8-6 所示。

(3) 在“您所在的行业”下拉列表框中选择“新会计制度科目”选项。

(4) 在“财务报表”下拉列表框中选择“资产负债表”选项。

(5) 单击“确认”按钮，打开“模板格式将覆盖本表格式！是否继续？”提示框。

(6) 单击“确定”按钮，当前格式被自动覆盖。

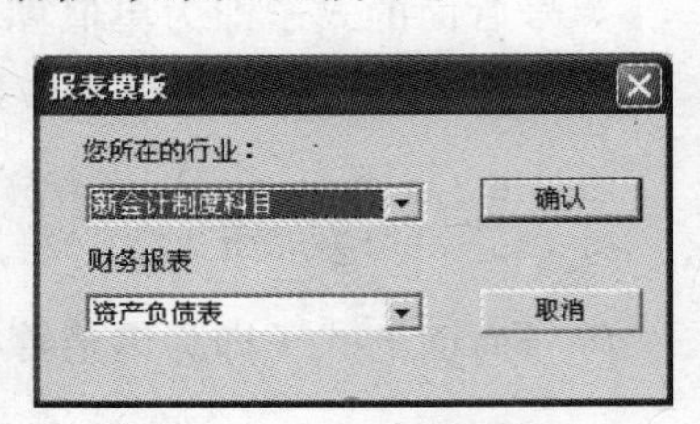

图 8-6 “报表模板”对话框

【注意】

当前报表套用报表模板后，原有内容将丢失。

8.2.2 修改报表模板

调用报表模板以后，首先要在格式状态下检查该模板的格式或公式是否与本企业实际需要的报表完全一致，如果不一致，则应作适当的修改。

1. 单元公式的编辑

为了方便而又准确地编制会计报表，系统提供了手工设置和引导设置两种方式。

(1) 直接输入公式

① 选定需要定义公式的单元，例如："C16"即"存货"的年初数。

② 执行"数据"|"编辑公式"|"单元公式"命令，打开"定义公式"对话框，如图 8-7 所示。

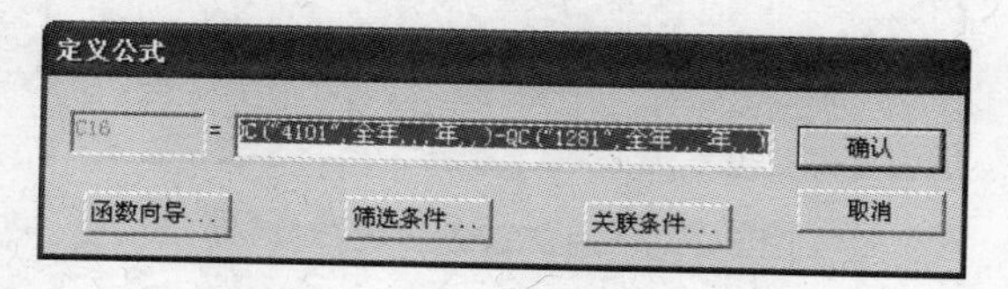

图 8-7 "定义公式"对话框

③ 在"定义公式"对话框内，直接输入总账期初函数公式：QC("1201",全年,,,年,,)+QC("1211",全年,,,年,,)+ QC ("1243",全年,,,年,,)+QC ("4101",全年,,,年,,)。

④ 单击"确认"按钮。

(2) 利用函数向导输入公式

① 选定被定义单元"H41"，即未分配利润期末数。

② 单击编辑框中的"Fx"按钮，打开"定义公式"对话框，如图 8-8 所示。

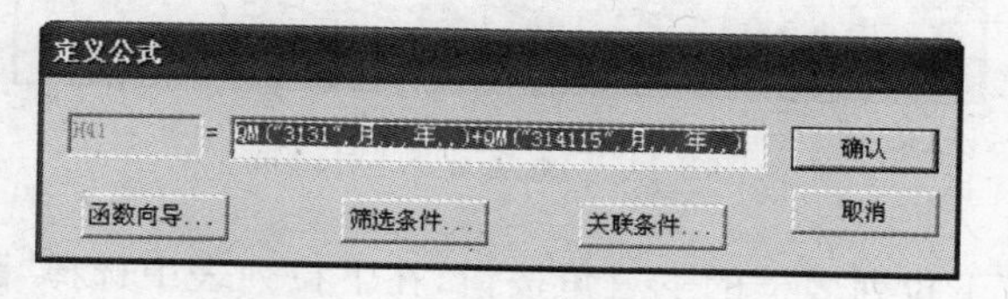

图 8-8 "定义公式"对话框

③ 单击"函数向导"按钮，打开"函数向导"对话框，如图 8-9 所示。

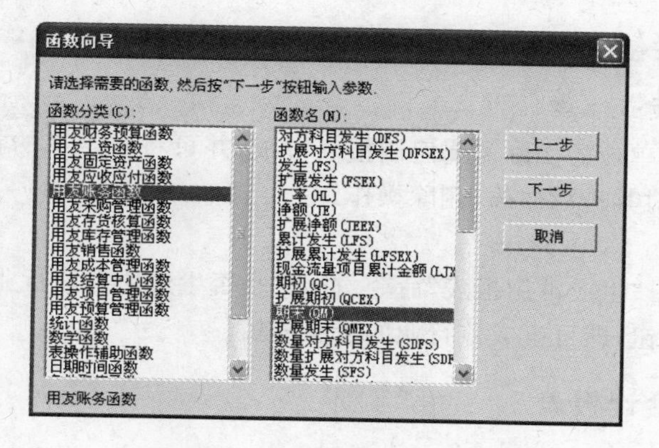

图 8-9 "函数向导"对话框

④ 在“函数分类”列表框中选择“用友账务函数”选项。

⑤ 在“函数名”列表框中选择“期末(QM)”选项。

⑥ 单击“下一步”按钮,打开“用友账务函数”对话框,如图 8-10 所示。

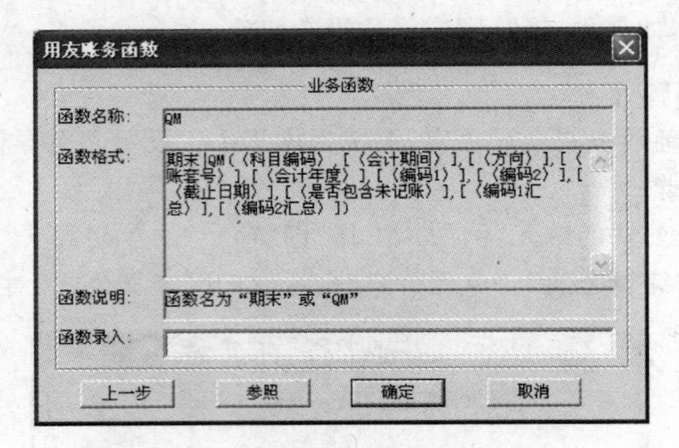

图 8-10 “用友账务函数”对话框

⑦ 单击“参照”按钮,打开“账务函数”对话框,如图 8-11 所示。

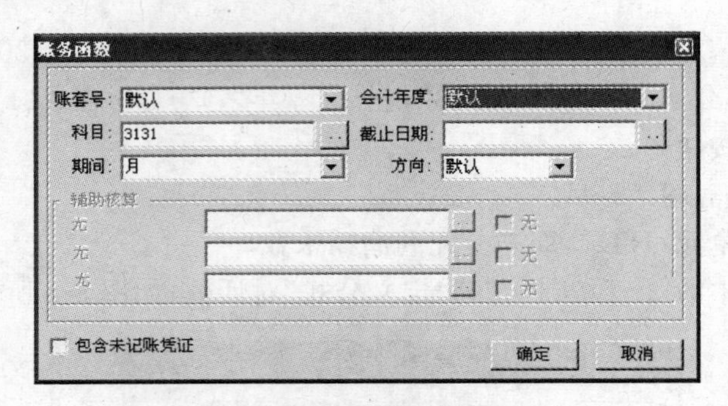

图 8-11 “账务函数”对话框

⑧ 单击“账套号”下拉列表框的下三角按钮,在下拉列表中选择“默认”选项。

⑨ 在“科目”文本框输入“3131”。单击“期间”下拉列表框的下三角按钮,在下拉列表中选择“月”选项。单击“方向”下拉列表框的下三角按钮,在下拉列表中选择“默认”选项。

⑩ 单击“确定”按钮,返回“用友账务函数”对话框。

2. 添加报表模板

企业可以根据本单位的实际需要定制报表模板,并可将自定义的报表模板加入系统提供的模板库中,也可对其进行修改、删除操作。

【操作步骤】

(1) 执行“格式”|“生成常用报表”命令,打开“是否生成所有该行业模板”提示框。

(2) 单击“是”按钮,即可生成该行业的所有模板。

8.2.3 生成会计报表

调用系统内预置的报表模板或企业自行编制的报表模板,均可随时生成固定格式的标准报表。

1. 输入关键字

每一张表页均对应不同的关键字,输出时表页的关键字会随同单元一起显示。

(1) 执行“数据”|“关键字”|“输入”命令,打开“录入关键字”对话框,如图 8-12 所示。

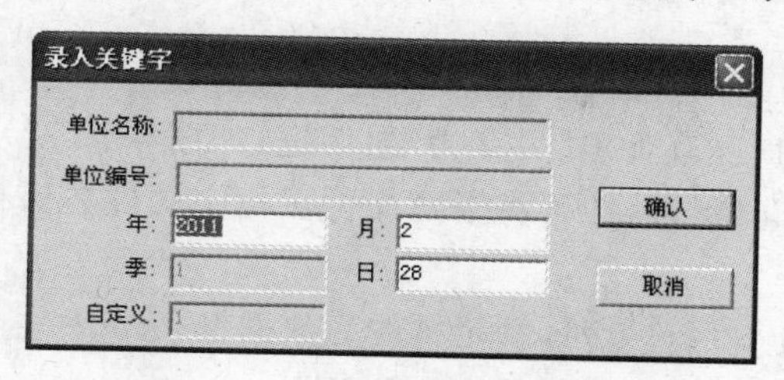

图 8-12　“录入关键字”对话框

(2) 输入相关的关键字。

2. 生成报表

按计算公式计算报表中的数据。一般来说,要正确进行报表的编制,首先需要正确定义单元公式,其次还需要正确完成记账工作,这样才能生成正确的报表数据。在编制报表时,可以选择整表计算或表页重算,整表计算是将该表的所有表页全部进行计算,而表页重算仅是将该表页的数据进行计算。

(1) 在“录入关键字”对话框输入相应的关键字,单击“确认”按钮,打开“是否重算第 1 页?”对话框。

(2) 单击“是”按钮,系统自动根据公式计算 1 月份数据。

(3) 执行“数据”|“表页重算”命令,打开“是否重算第 1 页?”对话框。

(4) 单击“是”按钮,系统自动在初始的账套和会计年度范围内,根据单元公式计算生成数据。

8.3　自定义报表的编制

UFO 设计报表分为两个部分来处理,即报表格式设计与报表数据处理。在 UFO 中,报表格式设计工作和报表数据处理工作是在不同的系统状态下进行的,也就是说,报表的格式设计与报表的数据输入、处理是分开进行的,分属于不同的系统菜单下。

在进行报表格式设计时,不能同时进行数据的输入、计算处理,而在对报表数据的输入、计算处理时,也不能对报表格式进行编辑、修改。

报表格式的存在是数据输入、计算处理的基础。没有报表格式,报表数据毫无意义,只有将这些数据放入相应的报表中,才能用文字说明其意义所在。所以,报表格式设计工作是整个报表系统的重要组成部分,是报表数据输入和处理的依据,也是用户操作使用 UFO 系统的基础。报表格式设计的主要内容有:表样格式编辑、单元属性设置、数据处理公式编辑、打印设置等。

下面以资产负债表为例来介绍报表格式设计的步骤与方法。

8.3.1 设计报表格式

1. 建立报表

在 UFO 中报表是以文件的方式存储的，因此编制报表首先要为报表命名。

【操作步骤】

(1) 在系统主菜单下，单击“新建”按钮，新建一张报表。

(2) 单击“保存”按钮，屏幕弹出“另存为”对话框，如图 8-13 所示。

(3) 输入文件名按 Enter 键，即可将新建文件按指定文件名保存。

【说明】

(1) 空表的表尺寸为 50 行，7 列，单元属性为数据型。

(2) UFO 系统自动为文件加上扩展名“. REP”。

2. 设定报表尺寸

为报表命名完成后，要对报表的大小，也就是表尺寸进行定义。表尺寸用行数和列数来确定。UFO 默认的行列数为 50 行，7 列，如图 8-14 所示。

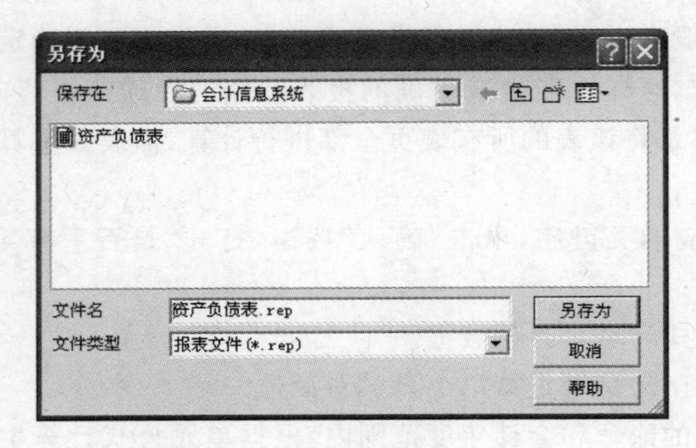

图 8-13 定义报表文件名

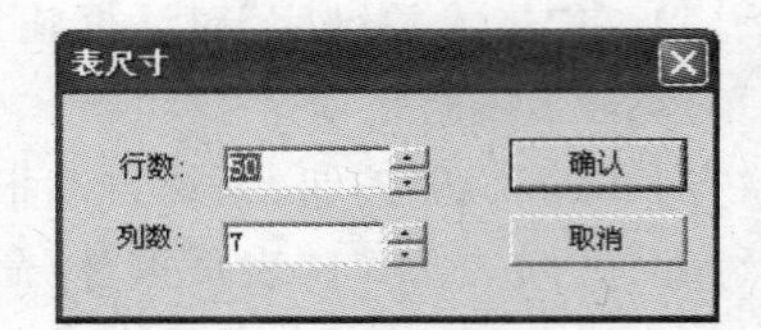

图 8-14 设置表尺寸

【操作步骤】

(1) 单击“格式/数据”按钮，进入格式状态。

(2) 执行“格式”|“表尺寸”命令，弹出“表尺寸”对话框。在对话框中输入报表的行数和列数，确认后表尺寸就设置完成了，当前处理的报表将按照设置的表尺寸显示。

(3) 修改表尺寸时，重复(1)、(2)步操作即可。

3. 设置行高与列宽

行高与列宽的设置方法相同，设置列宽有 3 种方法。

(1) 编辑方法：单击“列宽”按钮，屏幕弹出列宽编辑窗，输入实际所需的列宽后按 Enter 键，如图 8-15 所示。

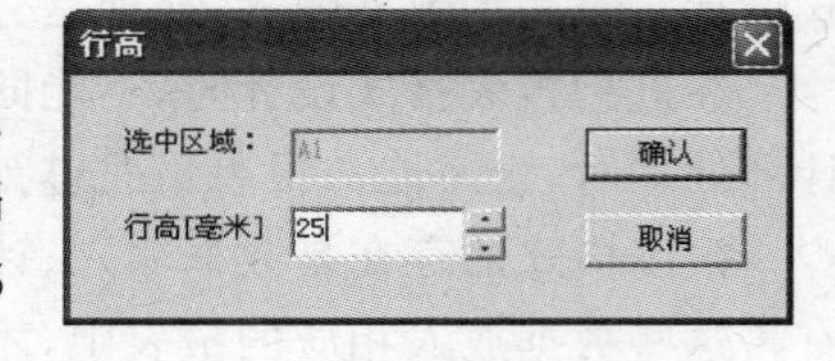

图 8-15 设置列宽

(2) 区域方法：选择区域后设置列宽，可将区域内所有列都设置成相同列宽。

(3) 鼠标设置列宽：将鼠标对准列头尾处，当光标变成十字标时按住鼠标右键并移动鼠标到合适的位置，松开右键即可改变列宽。

4. 画表格线

定义好表尺寸和列宽后，就可以画出表格线。报表的表格线画法有多种，画线时可根据需要进行选择。

【操作步骤】

(1) 单击“格式/数据”按钮，进入格式状态。

(2) 选取要画线的区域。

(3) 执行“格式”|“区域画线”命令，将弹出“区域画线”对话框，如图 8-16 所示。

在“画线类型”和“样式”中选择一种即可，确认后，选定区域中按指定方式画线。

(4) 如果想删除区域中的表格线，则重复(1)、(2)、(3)步，在对话框中选相应的画线类型样式为“空线”即可。

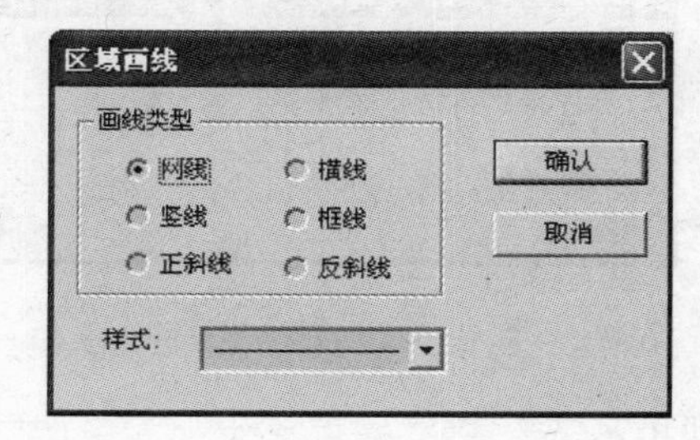

图 8-16 画表格线

5. 设置单元属性

单元属性指单元的类型、数字格式和边框线。

【操作步骤】

(1) 单击“格式/数据”按钮，进入格式状态。

(2) 选取要设置单元属性的区域。

(3) 执行“格式”|“单元格属性”命令，弹出“单元格属性”对话框选取单元类型，如图 8-17 所示，在其中设置单元的单元类型、数字格式和边框样式。

(4) 要改变单元属性时，重复(1)、(2)、(3)步即可。

6. 设置字体图案

单元风格指单元内容的字体、颜色图案、对齐方式和折行显示。

【操作步骤】

(1) 单击“格式/数据”按钮，进入格式状态。

(2) 选取要设置单元风格的区域。

(3) 执行“格式”|“单元属性”命令，弹出“单元格属性”对话框如图 8-18 所示，选取字体图案，在其中设置单元内容的字体、字形、字号、前景色、背景色、图案、对齐方式和折行显示。

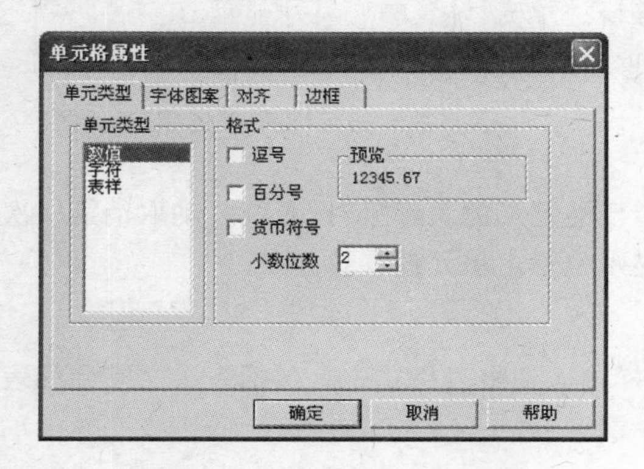

图 8-17 “单元格属性”对话框

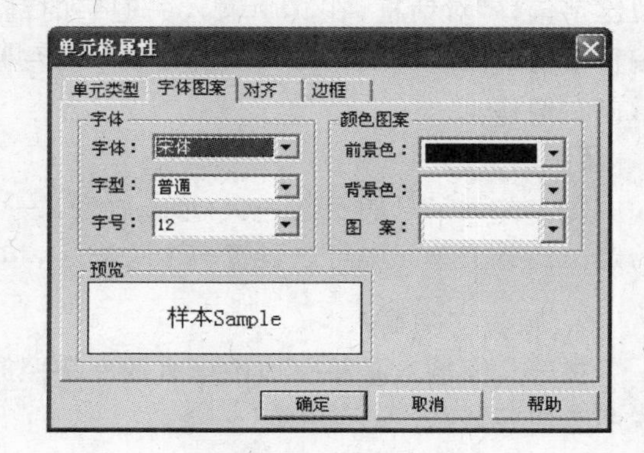

图 8-18 设置字体图案

(4) 要改变单元风格时,重复(1)、(2)、(3)步即可。

7. 设置标题区与组合单元

为使得标题在打印出来的报表上自动居中和放大,须将标题输入到报表的中间位置,因此需要预先定义输入标题的组合单元。

【操作步骤】

(1) 定义组合单元:当遇到类似标题这样的需占用多个单元位置的输入时,首先鼠标选定组合单元的块区,然后执行"格式"|"组合单元"命令,屏幕弹出如图 8-19 所示对话框,通过选择,可设置或取消组合单元。

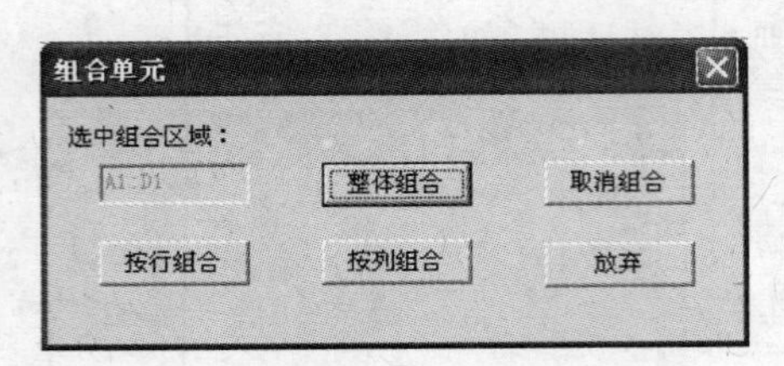

图 8-19 设置组合单元

(2) 输入标题:将光标移动到已定义好的标题组合单元上,通过键盘输入报表标题。

(3) 设置标题显示打印风格:选择标题所在单元,执行"格式"|"单元属性"命令,选择合适的设置即可。

8. 关键字设置

UFO 共提供了 6 种关键字,关键字的显示位置在格式状态下设置,关键字的值在数据状态下输入,每个报表可以定义多个关键字。

【操作步骤】

(1) 单击"格式/数据"按钮,进入格式状态。

(2) 设置关键字:选取要设置关键字的单元,执行"数据"|"关键字"|"设置"命令,弹出"设置关键字"对话框,如图 8-20 所示,在对话框中关键字名称中选择一个,确认后在选定单元中显示关键字名称为红色。

(3) 取消关键字:执行"数据"|"关键字"|"取消"命令,弹出"取消关键字"对话框,选取要取消的关键字,则该关键字被取消。

(4) 关键字设置之后,可以改变关键字在单元中的左右位置。执行"数据"|"关键字"|"偏移"命令,弹出"定义关键字偏移"对话框,在其中输入关键字的偏移量。单元偏移量的范围是(−300,300),负数表示向左偏移,正数表示向右偏移。

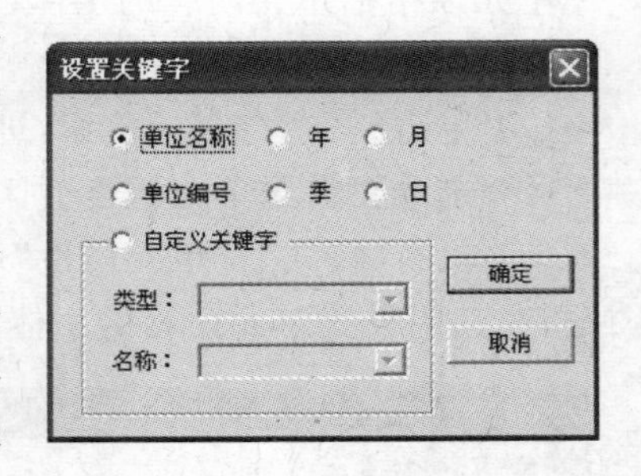

图 8-20 "设置关键字"对话框

【说明】

每个关键字只能定义一次,第二次定义一个已经定义的关键字时,系统自动取消第一次的定义。每个单元中可以设置多个关键字,其显示位置由单元偏移量控制。

9. 报表文字输入

报表文字输入是将空表中已有的文字照原样输入到报表格式中。包括表头文字和编表说明等内容。

【操作步骤】

(1) 将光标移动到相应单元。

(2) 从键盘输入报表文字。

UFO自动将输入文字的单元的单元属性设定为表样文字，即只能在格式设计状态下才能对其进行修改。

8.3.2 报表公式

计算公式是报表数据的一个重要组成部分。虽然，报表中有相当一部分数据必须通过手工直接输入，这些数据是一些最基本的、最原始的报表数据；然而，报表中还有许多数据仅仅用手工来输入，从某些角度而言，可能是不现实、不经济、不可能的，尤其是一些非常复杂而重复的数据关系，费工、费时、费力、费钱。因此，通过计算公式来组织报表数据，既经济又省事，把大量重复、复杂的劳动简单化了。合理地设计计算公式能大大节约劳动时间，提高工作效率。

1. 表页内部的计算公式

表页内部的计算公式，是指数据存放位置和数据来源位置，都没有超出本表本页范围的计算公式。

【说明】

计算结果为数字的表达式应用于给数值型单元赋值，计算结果为字符的表达式应用于给字符型单元赋值，如果单元类型不符，系统将对数据进行强制转换。

表页内部的计算公式可以分为以下3种。

(1) 单元公式

固定区中一个单元公式是最简单的公式。例如，对下表进行赋值与计算。其中，B5为字符型单元，C5:G5为数值型单元。若单元G5为单元C5、D5、E5、F5的和，则G5单元的公式可定义为：

G5＝C5＋D5＋E5＋F5　或　G5＝PTOTAL(C5:F5)

(2) 区域公式

当某一区域内各单元的公式极其相似时，需要用到区域公式。区域公式等号左边区域所含单元的个数与等号右边表达式输出值的个数必须对应。例如：

令区域D3:D25取E3:E25与F3:F25的商：D3:D25＝E3:E25/F3:F25。

令区域C7:C13取F15:F21与H6:H12的和：C7:C13＝F15:F21＋H6:H12。

令区域B8:C12等于12：B8:C12＝12。

整行小计：＃5＝＃6＋＃7＋＃8＋＃9＋＃10。

整列小计：C＝D＋E＋F＋G＋H。

(3) 统计函数

固定区统计函数和可变区统计函数的格式为：

函数名（<区域>［，<区域筛选条件>］）

对于固定区统计函数来说，对参数“区域”中的固定区单元进行计算，对于可变区统计函数来说，对参数“区域”中的可变区单元进行计算。

例如单元公式为：

E3＝PTOTAL(B3:B9)

E4＝PAVG(B3:B9)

E5＝PCOUNT(B3:B9)

E6＝PMIN(B3:B9)

E7＝PMAX(B3:B9)

F8＝PVAR(B3:B9,B3:B9＞0)

F9＝PSTD(B3:B9,B3:B9＞0)

2. 表页与表页间的计算公式

有些报表数据是从以前的历史记录中取得的，如：本表其他表页。当然，这类数据可以通过查询历史资料而取得，然而，类似数据可能会繁多而复杂，查询起来既不方便，又会由于抄写错误而引起数据的失真。而如果在计算公式中进行取数设定，既减少工作量，又节约时间，同时数据的准确性也得到了保障。这就需要用到表页与表页间的计算公式。

在表页间取数可以分为：取确定页号表页的数据、按一定关键字取数、用 SELECT 函数从本表其他页取数、用关联条件从本表其他页取数。

当所取数据所在的表页页号已知时，用以下格式可以方便的取得本表他页的数据。

```
<目标区域> = <数据源区域> @ <页号>
```

例如：下面单元公式令各页 B2 单元均取当前表第一页 C5 单元的值。

```
B2 = C5@1
```

下面单元公式令“年”关键字为“1992”的各页 C 列取第 1 页 D 列值与第 5 页 E 列值的商乘以 169.4。

```
C = (D@1/E@5) * 169.4 FOR 年 = 1992
```

8.3.3 账务函数

1. 提取账务系统数据的意义

UFO 提供了账务函数，账务函数架起了报表数据处理系统和账务处理系统之间数据传递的桥梁。所以，如果使用了用友软件公司的套装软件(含账务处理系统和报表处理系统)，就可以实现账表一体化操作。利用账务函数设计计算公式，每期的会计报表无须过多操作，系统就会自动地将账务系统的会计数据传递到报表系统的会计报表中。

2. 账务取数函数

(1) UFO 提供的账务取数函数

① 期初余额函数。

```
金额 QC(<科目>,<会计期> [,<账套号>])
数量 SQC(<科目>,<会计期> [,<账套号>])
外币 WQC(<科目>,<会计期> [,<账套号>])
```

② 期末余额函数。

```
金额 QM(<科目>,<会计期> [,<账套号>])
数量 SQM(<科目>,<会计期> [,<账套号>])
外币 WQM(<科目>,<会计期> [,<账套号>])
```

③ 发生额函数。

```
金额 FS(<科目>,<会计期>,<方向> [,<账套号>])
数量 SFS(<科目>,<会计期>,<方向> [,<账套号>])
外币 WFS(<科目>,<会计期>,<方向> [,<账套号>])
```

④ 发生净额函数。

```
金额 JE(<科目>,<会计期> [,<账套号>])
数量 SJE(<科目>,<会计期> [,<账套号>])
外币 WJE(<科目>,<会计期> [,<账套号>])
```

(2) 账务取数函数参数说明

科目：可以是字符串或字符串变量。

会计期：1 到 12 的数字表示 1～12 月份；21～24 的数字表示 1～4 季度；80～99 的数字表示会计年度；也可以是整型变量。

方向：可用“借”,“贷”,“增”,“减”,“收”,“付”来表示。

账套号：数字，默认为 001 套账。

【说明】

① 有方向参数时，为本科目编号下的所有“明细”、“多栏”之和。

方向为“借”时，返回值等于科目类型为“来源”取负值的绝对值，科目类型为“占用”取正值之和。

方向为“贷”时，返回值等于科目类型为“来源”取正值，科目类型为“占用”取负值的绝对值之和。

② 方向默认返回值等于科目所对应期初值。

③ 科目编码和账套号必须在账务系统中存在。

④ 科目编码和方向必须用半角双引号引起来。

3. 账务函数的使用

在准备利用账务函数设计计算公式之前，应确认账务处理系统和报表处理系统同时存在，并在报表系统内设置账务路径。

在单元公式中，可以使用函数向导，在账务函数对话框的指导下输入，也可以直接输入。

在命令窗和批命令中，以及不用账务函数对话框而直接在单元公式中输入账务函数时，必须完全遵从账务函数的格式，随时都可以按 F1 键调出相关的帮助信息。

在命令窗和批命令中使用账务函数时，“科目”、“部门”、“姓名”、“单位”、“项目”、“方向”都必须用双引号括起，而会计期中的年、季、月不能用双引号括起。

4. 账务函数参照的使用

在设置单元公式时，使用账务函数对话框是正确而快速输入账务函数的最好方法。以下是一个标准的账务函数对话框，其中函数格式并不需要记忆，在参数输入框输入后，单击“确认”按钮回到“账务函数”对话框，如图 8-21 所示，会发现账务函数已按照标准格式设置完成。

在“科目编码”中输入所需科目的科目编码，当科目名称不重复时也可以是科目名称，但如果科目名称有重复的可能性时，尽量使用科目编码，以免取数错误。对于不同的账类，应

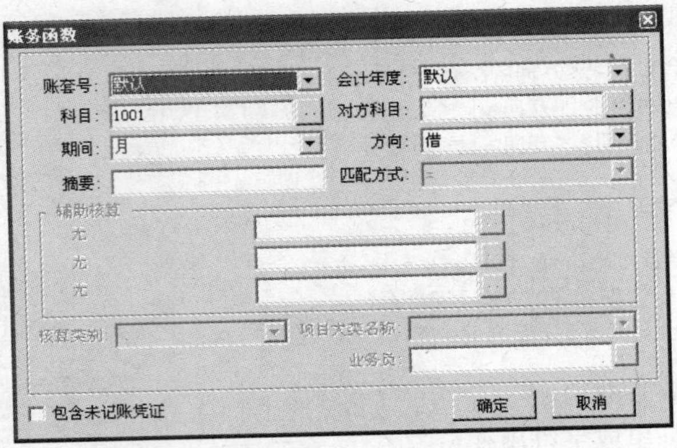

图 8-21 “账务函数”对话框

使用不同账类的科目编码，如：数量账取数函数使用数量(S)类科目编码，个人往来账取数函数使用个人往来(A)类科目编码。

“部门”、“姓名”、“单位”、“项目”分别用于个人往来账、部门核算账、单位往来账和项目核算账。在个人往来账取数函数中“部门”指往来个人所属部门。

在“会计期”下拉列表框中可以选择年、季、月，表示取表页上的相应关键字，也可以输入数字，具体使用如下。

1～12：分别表示 12 个月份。

21～24：分别表示 4 个季度。

1990～2099：分别表示各年度。

在“方向”下拉列表框中，如果有的账务系统使用借贷记账法，使用“借”或“贷”，如果使用收付记账法，使用“收”或“付”。期初函数 QC 和期末函数 QM 允许默认参数“方向”，其他在账务函数对话框中出现“方向”下拉列表框的账务函数必须选择一种方向。

如果取 001 至 010 套账，可以在“账套号”下拉列表框中选取，如果取其他套账，可以输入 001～999 的整数，默认为第一套账 001。

在使用账务函数对话框中，随时可以按 F1 键调出相关帮助信息。

8.3.4 报表取数

设计完报表格式，并编辑好公式后，就可以通过 UFO 报表的数据处理功能，将报表中的数据自动计算并填入报表了。UFO 报表在第一次设计好之后，只要报表格式和要求不发生变化，下一个会计期间编制报表，只需简单地复制或者追加一张报表，重新计算即可得到新的会计期间的报表，非常方便。

报表数据处理分为两个部分。首先应输入关键字内容，因为关键字的值在计算公式中要用到，如设计公式时：

```
C7 = QC("1001",月,01)
```

上面公式中的会计期间“月”就相当于一个变量，具体是几月，由关键字中输入的数值决定。这样设计公式的好处是当设计好了 11 月的报表，等到 12 月，不用去修改公式中的会计期，而只需在关键字输入时输入不同的会计期即可计算出不同会计期的报表。

关键字输入完成后，即可由计算机自动进行计算，计算结果会自动填入相应的单元。计算完成后，经查对数据无误，就完成了在UFO下编制报表的工作。

1. 关键字输入

在格式状态下设置关键字，在数据状态下输入关键字的值，每张表页上的关键字的值最好不要完全相同。(如果有两张关键字的值完全相同的表页，则利用筛选条件和关联条件寻找表页时，只能找到第一张表页。)

【操作步骤】

(1) 单击“格式/数据”按钮，进入数据状态。

(2) 选中要输入关键字的值的表页的页标，使它成为当前表页。

(3) 执行“数据”|“关键字”|“输入”命令，将弹出“输入关键字”对话框，如图8-22所示。

(4) 在“年”、“季”、“月”、“日”编辑框中显示系统时间。在已定义的关键字编辑框中输入关键字的值。

未定义的关键字编辑框为灰色，不能输入内容。确认后，关键字的值显示在相应的关键字所在单元中。

(5) 如果要修改关键字的值，重复(1)、(2)、(3)、(4)步骤即可。

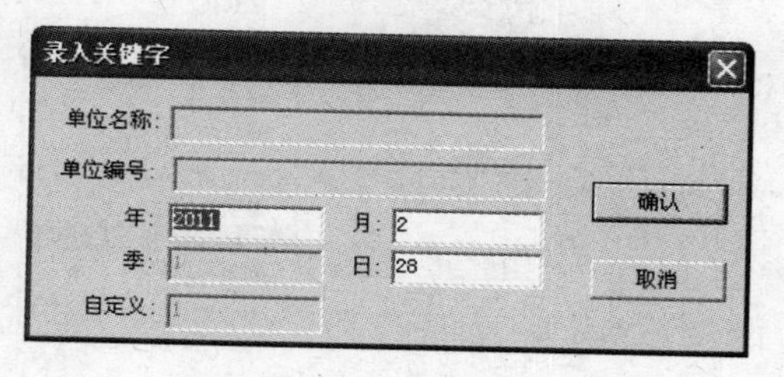

图8-22 “输入关键字”对话框

【说明】

“单位名称”：字符型，最长30个字符或15个汉字。

“单位编号”：字符型，最长10个字符。

“年”：数字型，1904～2100。

“季”：数字型，1～4。

“月”：数字型，1～12。

“日”：数字型，1～31。

2. 数据计算

如果在格式状态下定义了单元公式，进入数据状态之后，当前表页的单元公式将自动运算并显示结果；当单元公式中引用单元的数据发生变化时，公式也随之自动运算并显示结果。

要重新计算所有表页的单元公式，在数据状态下执行“数据”|“整表重算”命令。

【说明】

如果本表页设置了“表页不计算”标志，则进行整表重算时，本表页中的公式不重新计算。

设置表页不计算可以改善系统的性能，加快软件运算速度。当表页设置了“表页不计算”之后，无论任何情况下，表页中的单元公式都不再重新计算。

例如，当从账务系统中取账务数据时，取到正确的数据之后设置“表页不计算”标志。这样在账务系统中月底结转之后报表数据也不会受到影响。

当某页设置为不计算表页时，图标显示在该页行列标的交界处，如图 8-23 所示。

为设置表页不计算标志，在数据菜单中执行“表页不计算”命令，或单击“表页不计算”按钮，按钮随表页“计算”或“不计算”呈“按下”与“恢复”状态显示。

3. 报表审核

在数据处理状态中，当报表数据输入完毕后，应对报表进行审核，检查报表各项数据钩稽关系的准确性。

(1) 进入数据处理状态，执行“数据”|“审核”命令，如图 8-24 所示。

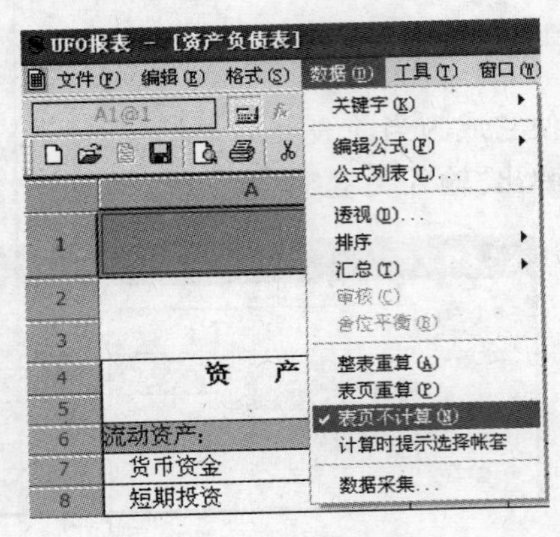

图 8-23 “表页不计算”命令

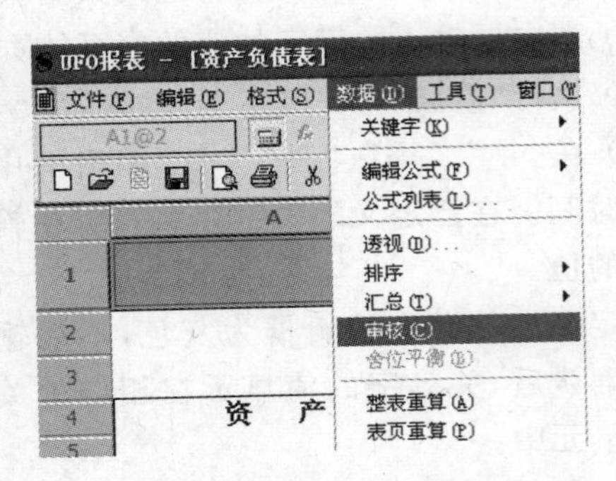

图 8-24 “数据|审核”命令

(2) 系统按照审核公式逐条审核表内的关系，当报表数据不符合钩稽关系时，屏幕上出现提示信息，记录该提示信息后按任意键继续审核其余的公式。

(3) 按照记录的提示信息修改报表数据，重新进行审核，直到不出现任何提示信息，表示该报表各项钩稽关系正确。

【说明】

每当对报表数据进行修改后，都应该进行审核，以保证报表各项钩稽关系正确。

8.4 报表汇总

报表的汇总是报表数据不同形式的叠加。报表汇总是每一位财会人员都熟悉的，也是非常复杂和繁琐的。利用 UFO 提供的汇总功能就可以快速、简捷地完成报表汇总操作。

UFO 提供了表页汇总和可变区汇总两种汇总方式，表页汇总是把整个报表的数据进行立体方向的叠加，汇总数据可以存放在本报表的最后一张表页或生成一个新的汇总报表。可变区汇总是把指定表页中可变区数据进行平面方向的叠加，把汇总数据存放在本页可变区的最后一行或最后一列。下面主要介绍 UFO 的表页汇总功能。

UFO 的表页汇总功能非常强大，可把汇总数据保存在本报表中，也可形成一个新的汇总表；可汇总报表中所有的表页，也可只汇总符合指定条件的表页，例如，在 1996 年全年各月共 12 张表页中，汇总上半年的表页；报表中的可变区可按数据位置汇总，也可重新排列顺序，按各项内容汇总。

【操作步骤】

(1) 单击“格式/数据”按钮，进入数据状态。

(2) 执行“数据”|“汇总”|“表页”命令，将弹出“表页汇总--三步骤之一”对话框，如图 8-25 所示，对话框用于指定汇总数据保存位置。

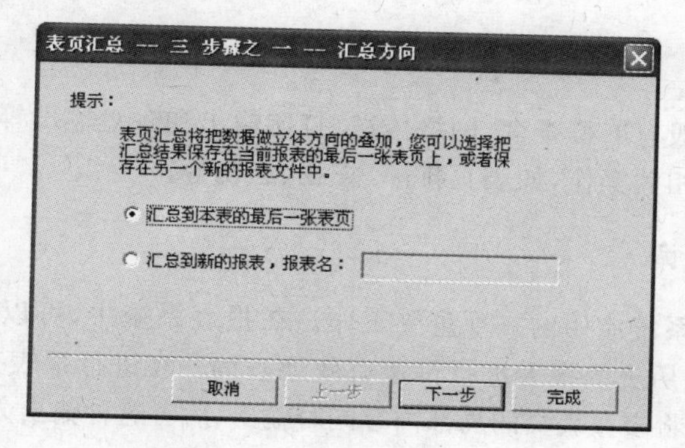

图 8-25　表页汇总步骤 1

(3) 单击“下一步”按钮，将弹出“表页汇总--三步骤之二”对话框，如图 8-26 所示，此对话框用于指定汇总哪些表页。

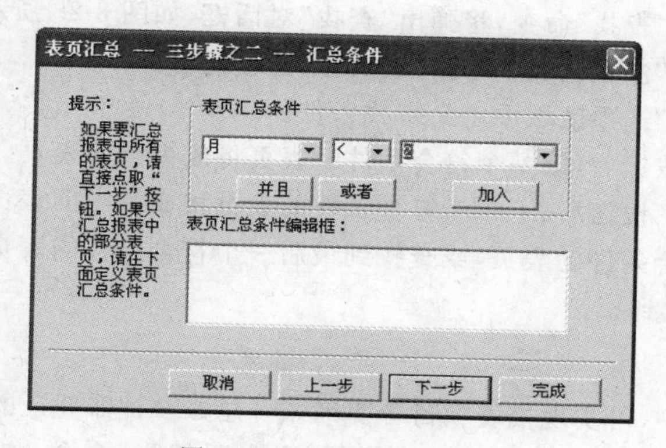

图 8-26　表页汇总步骤 2

(4) 单击“下一步”按钮后，将弹出“表页汇总--三步骤之三”对话框，如图 8-27 所示，此对话框用于处理报表中的可变区。

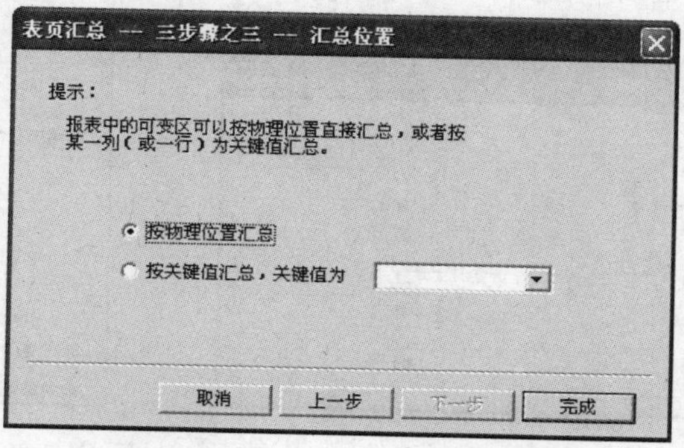

图 8-27　表页汇总步骤 3

(5) 单击“完成”按钮后将生成汇总结果。

【说明】

UFO 将自动给汇总表页设置“表页不计算”标志。

8.5 报表输出

报表输出形式一般有屏幕查询、网络传送、打印输出和磁盘输出等形式。输出报表数据时往往会涉及表页的相关操作,如表页排序、查找、透视等。

8.5.1 报表查询

报表查询是报表系统应用的一项重要工作。在报表系统中,可以对当前正在编制的报表予以查阅,也可以对历史的报表进行迅速有效地查询。在进行报表查询时,一般以整张表页的形式输出,也可以将多张表页的局部内容同时输出,后者这种输出方式叫做表页的透视。

1. 查找表页

可以以某关键字或某单元为查找依据。

(1) 单击“格式/数据”按钮,进入数据状态。

(2) 执行“编辑”|“查找”命令,将弹出“查找”对话框,如图 8-28 所示。

(3) 在“查找内容”选项区域中单击“表页”单选按钮。

(4) 在“查找条件”选项区域中定义查找条件。

(5) 单击“查找”按钮后,第一个符合条件的表页将成为当前表页。

(6) 单击“下一个”按钮后,下一个符合条件的表页将成为当前表页。

(7) 如果没有符合条件的表页,或查找到最后一个符合条件的表页时,状态栏中将显示“满足条件的记录未找到!”。

2. 联查明细账

在 UFO 表系统中,可实现报表项目↔明细账↔总账↔记账凭证的联查。

选中 B4 单元格,右击,在快捷菜单中执行“联查明细账”命令,如图 8-29 所示,或单击“查询”按钮,即可进行查询相应的明细账。

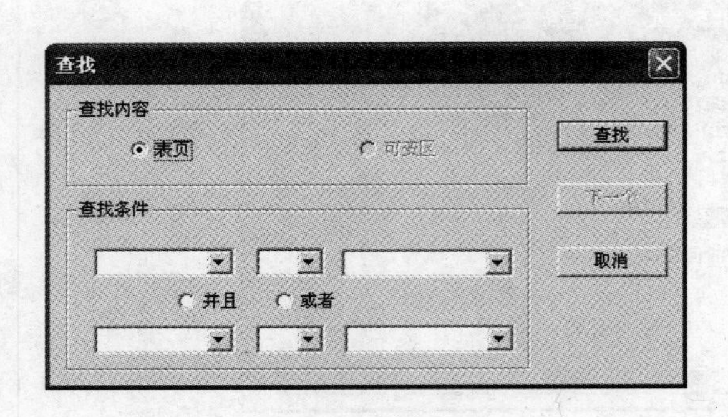

图 8-28　查找表页

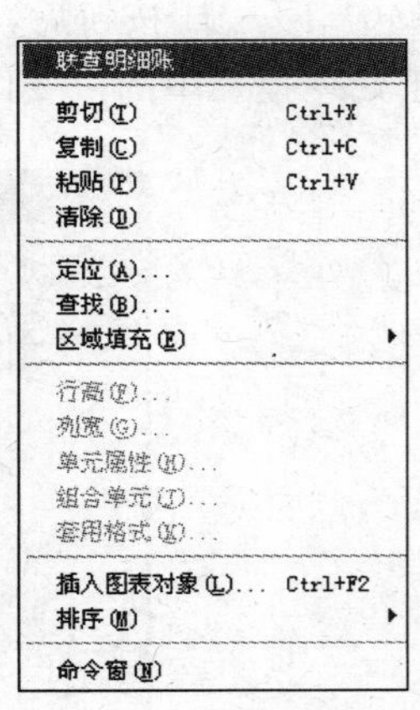

图 8-29　联查明细账

【注意】

(1) 必须在数据状态下使用联查明细账功能。

(2) 必须在有单元公式的单元格中使用,单元公式必须是有会计科目参数的期初类函数(包括 QC、WQC、SQC)、期末类函数(包括 QM、WQM、SQM)、发生类函数(包括 FS、SFS、WFS、LFS、SLFS、WLFS)、净额类函数(包括 JE、SJE、WJE、WTFS)。在无单元公式的单元格无法使用此功能。

(3) 当选中某个单元格时,只要当前单元格内有总账函数,即联查当前科目的明细账,如果当前单元格有多个科目,显示第一个科目的明细账,其他科目通过明细账的查询窗口进行切换。

(4) 必须同时具备 UFO 明细功能、总账函数、总账明细账查询权限的用户,才能通过函数联查明细账。

8.5.2 网络传送

网络传输方式是通过计算机网络将各种报表从一个工作站传递到另一个或几个工作站的报表传输方式。使用计算机网络进行报表传输,可在各自的计算机上方便、快捷地查看相关报表,这样大大地提高会计数据的时效性和准确性,又有很好的安全性,并且可以节省报表报送部门大量的人力、物力、财力。随着计算机网络的日益普及,网络传输方式的优势越发明显,正在逐步取代其他方式的传输。将报表生成网页 HTML 文件,可发布在企业内部网或互联网上。

8.5.3 报表打印

打印输出方式是指将编制出来的报表以纸质的形式打印输出。打印输出是将报表进行保存、报送有关部门而不可缺少的一种报表输出方式。但在付诸打印之前必须在报表系统中做好打印机的有关设置以及报表打印的格式设置,并确认打印机已经与主机正常连接。打印报表之前可以在"预览"窗口预览。

8.6 图表分析

图表是利用报表文件中的数据生成的,图表与报表数据存在着紧密的联系,报表数据发生变化时,图表也随之变化,报表数据删除以后,图表也随之消失。

在进行图表分析管理时,可以通过图表对象来管理,也可以在图表窗口将图表专门作为图表文件来管理。如果通过图表对象管理,图表对象和报表数据一样在报表区域中编辑、显示、打印;如果把图表单独作为一个文件来管理,则图表文件的编辑、显示、打印均在图表窗口中进行,图形的大小会随报表数据变动。

8.6.1 追加图形

在管理图表对象时,图表对象和其他数据一样需要占用一定的报表区域。由于在报表格式设置时没有为图形预留空间,如果不增加图形显示区域的话,插入的图形会和报表数据重叠在一起,影响阅读。因此,一般需要增加若干行或列,作为专门的图形显示区域。

(1) 在格式状态下，执行“编辑”|“追加”|“行”命令，打开“追加行”对话框，如图 8-30 所示。

(2) 输入需要追加的行数“8”。

(3) 单击“确认”按钮。

图 8-30 “追加行”对话框

8.6.2 选取数据

插入的图表并不是独立存在的，它依赖报表的数据而存在，反映报表指定区域中数据的对比关系，所以在插入图表对象之前必须事先选择图表对象反映的数据区域。

【注意】

(1) 插入的图表对象实际上也属于报表的数据，因此有关图表对象的操作必须在数据状态下进行。

(2) 选择图表对象显示区域时，区域不能少于 2 行×2 列，否则会提示出现错误。

(3) 系统把区域中的第 1 行和第 1 列默认为 X、Y 轴标注，其余为数据区。如果选中数据区域的第 1 行和第 1 列在每张表页上不一样，则以第 1 页的第 1 行和第 1 列为标注。

8.6.3 插入图表

图表对象实际上是报表的特殊数据。它由以下内容组成。

(1) 主标题、X 轴标题、Y 轴标题：最多可以输入 20 个字符或 10 个汉字。

(2) X 轴标注：用于区分不同的数据。

(3) Y 轴标注：用于显示数据的值。

(4) 单位：指 Y 轴(数据轴)的单位，Y 轴标注乘以单位即是实际数值。

(5) 图例：说明不同颜色或图案代表的意义，图例可以移动但不能修改。

(6) 图形：指图形显示部分。

(7) 关键字标识：当选取“整个报表”作为操作范围时，用以区别不同表页的数据。

图表对象可以在报表的任意区域插入，一般为了不和报表的数据重叠，可以将图表对象插入到事先已增加的图形显示区域内。

在 UFO 系统中，允许同时插入多个图表对象，以不同的图形反映不同数据。

【操作步骤】

(1) 执行“工具”|“插入图表对象”命令，打开“区域作图”对话框，如图 8-31 所示。

(2) 在“数据组”选项区域中，选择“行”则以行为 X 轴、以列为 Y 轴作图(选择“列”则以列为 X 轴、以行为 Y 轴作图)，默认为“行”。

(3) “操作范围”选项区域中选择“当前表页”，则利用当前表页中的数据作图(选择“整个报表”则利用所有表页中的数据作图)，默认为“当前表页”。

(4) 在“图表名称”文本框中输入图表的名称“销售分析表”；在“图表标题”文本框中输入图表标题“销售分析”；X 轴标题“项目”；Y 轴标题“销售额”。

(5) 在列出的图表格式中选择一种图形，例如：成组直方图。

(6) 单击“确认”按钮，显示分析图，如图 8-32 所示。

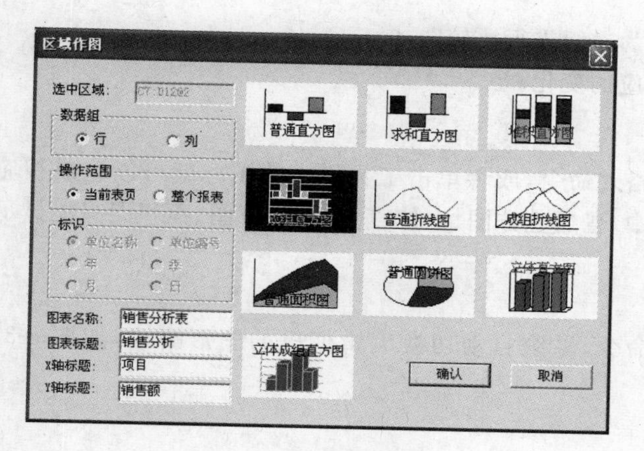

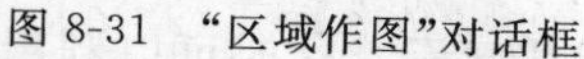
图 8-31 “区域作图”对话框

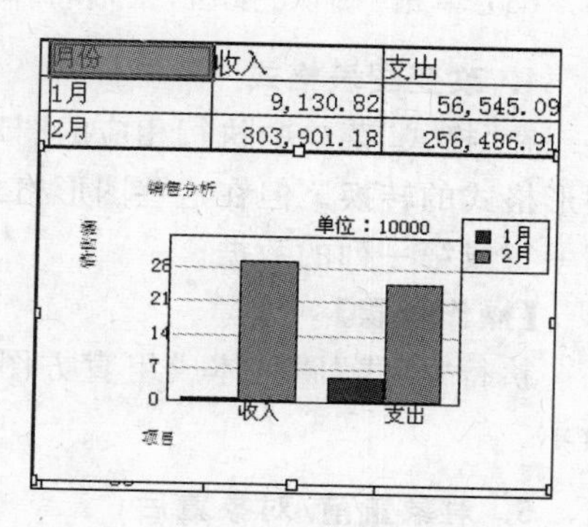

图 8-32 分析图

8.6.4 编辑图表

图表对象建立起来以后,可以在图表对象窗口对图表对象进行编辑。在数据状态下,选中图表对象后,可以拖动、拉伸图表对象,双击图表对象即可进入图表对象窗口。在图表对象窗口中可以编辑图表对象、改变图表格式及图表对象的相对位置等。单击图形区域以外的区域即可回到正常报表处理状态。

在图表窗口中可以完成图表对象窗口的基本操作功能。

1. 编辑标题

图表标题、X 轴标题、Y 轴标题可以在建立图表时的“区域作图”对话框中输入内容,也可以在图表建立以后进行编辑。编辑标题时,可以在图表对象编辑状态下的“编辑”菜单中编辑,或在图表编辑状态下双击要编辑的标题进行编辑。

【操作步骤】

(1) 双击图表对象的任意部位,图表即被激活,此时,图表及图形四周均出现 8 个黑点。

(2) 执行“编辑”|“主标题”命令,打开“编辑标题”对话框。

(3) 在“请输入标题”文本框里输入标题内容。

(4) 单击“确认”按钮。

2. 改变主标题的字体

【操作步骤】

(1) 单击要改变的标题,如主标题,使之激活。

(2) 执行“编辑”|“标题字体”命令,打开“标题字体”对话框。

(3) 在字体框中选取宋体,在字号框中选取字号 14。

(4) 单击“确认”按钮。同样地,X、Y 轴标题的字形、字体、字号也可按此法改变。

3. 定义数据组

图表的坐标轴可以进行转换。

【操作步骤】

(1) 执行“编辑”|“定义数据组”命令,打开“定义数据组”对话框。

（2）在对话框中选择“以一列数据为一组进行比较”。

（3）单击“确认”按钮，图形将作相应的变化。

4. 改变图表格式

在“格式”菜单中执行相应的图形格式命令，或者单击工具栏中的图标就可以完成相应图形格式的转换。但在这些图形格式中，普通直方图、立体直方图、圆饼图、面积图只能显示第一行或第一列的数据。

【操作步骤】

执行“格式”|“立体成组直方图”命令，系统自动切换编辑框里的图形格式，如图 8-33 所示。

5. 对象置前/对象置后

如果这些图表对象相互重叠，会导致有些图表无法显示。这时可以利用“对象置前”或“对象置后”使它显示在最前端或隐藏在其他图表对象之后。

【操作步骤】

选定对象，右击，执行“对象置后”命令，系统自动切换图形，将藏在下面的图表对象置于表面显示，如图 8-34 所示。

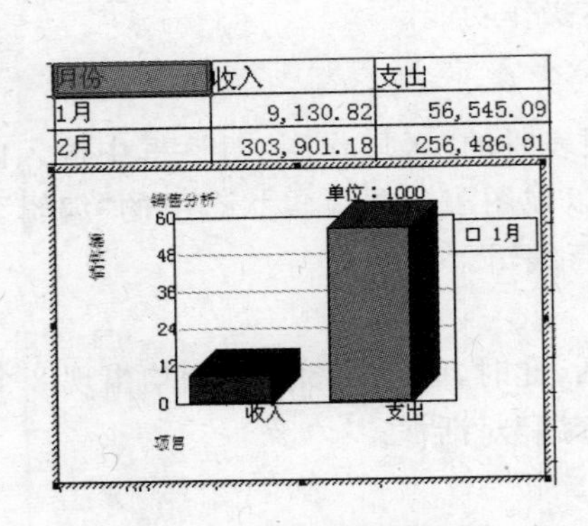

图 8-33　立体成组直方图

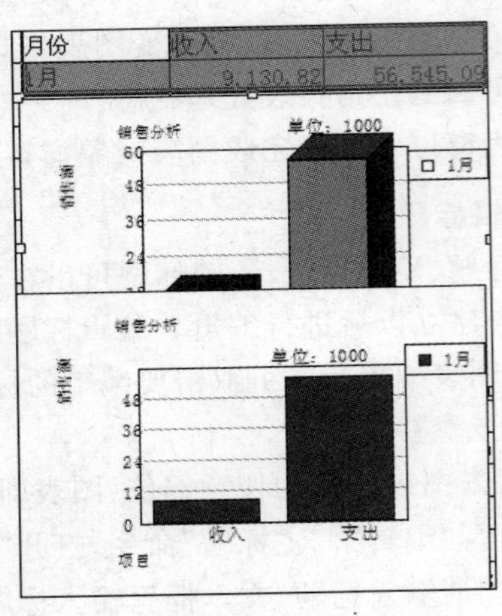

图 8-34　对象置后效果

6. 图表对象预览/打印

可以和报表数据一起打印/预览，也可以单独打印/预览。这里的图表对象的预览/打印功能仅对图表对象有效，不打印或预览报表的数据。

【注意】

（1）如果要将图表和报表一起打印，可以执行“文件”|“打印”命令。

（2）如果存在多个图表对象的话，对象预览/打印只对最上层的图表对象有效。可以利用对象置前/置后功能将需要打印的图表对象放置在最上层。

8.6.5　图表窗口

图表窗口是一个特殊的窗口，有别于图表对象窗口。在图表窗口中看到的仅仅是图表文件，且只能对图表文件进行操作，却无法观察到报表的格式和数据。要在图表窗口中操作图表，首先要打开图表窗口。

(1) 打开图表窗口。在报表窗口中，执行“工具”|“图表窗口”命令，即可打开图表窗口。

【注意】

① 打开图表窗口既可以在格式状态下，又可以在数据状态下操作。

② 如果已有图表，则自动打开第一个图表；如果没有图表，则打开一个空的图表窗口。

③ 打开图表窗口时只能打开一个图表，不能同时打开多个图表。

(2) 打开图表。在图表窗口中，执行“图表”|“打开”命令，打开“打开图表”对话框。在对话框中列出了本报表文件已有的图表名，从中选择一个即可。

(3) 删除图表。如果不需要某一张图表，可以随时将其删除。操作完毕后，退出图表窗口。关闭后，退出到“格式/数据”窗口。

(4) 关闭图表。执行“图表”|“退出图表窗口”命令，即可关闭图表。关闭图表的同时将自动保存图表。

复习思考题

1. 报表处理子系统的数据来源有哪些？

2. 一个报表文件为什么只能存放一种报表？

3. 为什么报表能够一次设置，多次使用？

4. 手工条件下一般在会计期末才能编制会计报表，计算机条件下也是这样吗？如果不是这样，多长时间可以编制一次报表？

5. 如果要编制现金流量表，账务处理子系统的科目初始设置和凭证输入应该如何处理？

6. 报表处理子系统从其他系统取数据采用何种形式？

7. 在编制利润表时，由于财务费用科目，既可以是贷方余额，也可以是借方余额，应该用何种函数才能正确取数？

8. 什么样的报表可以汇总？

第9章 会计信息系统实验案例

9.1 系统管理及基础设置

【实验目的及要求】

通过完成本次实验，要求理解会计信息系统基础信息及系统管理的设置在整个会计信息系统中的作用及其重要性，掌握设置的具体方法及操作步骤，学会如何建立单位新账套及调整相关参数，以适应具体单位的日常工作需要，并能根据实际工作情况的不同，设置不同人员岗位，相互监督制约，共同协调完成账套日常工作并能较好地进行软件的维护。

【实验内容】

第一步，建立一套新的单位账套。

第二步，增加新账套的具体操作人员，并按工作岗位的需要进行财务分工，分配权限。

第三步，设置新账套共享的基础信息，调整软件参数，以适应具体工作需要。

第四步，备份新账套数据。

【实验准备】

已正确安装用友软件。

【实验资料】

1. 建立新账套

(1) 账套信息

账套号；账套名称；采用默认账套路径；启用会计期：2011 年 1 月；会计期间设置：1 月 1 日～12 月 31 日。

各模块启用日期分别如下。

总账 2011 年 2 月

薪资 2011 年 2 月

固定资产 2011 年 2 月

应收系统 2011 年 2 月

报表 2011 年 2 月

(2) 单位信息

单位名称：新疆某高新电子技术有限公司；单位简称：新疆高新；单位地址：北四路 36 号；法人代表：张子仪；邮政编码：430000；联系电话及传真：87284488；电子邮件：xjuf@qq.com；税号：128467920888664。

(3) 核算类型

该企业的记账本位币：人民币(RMB)；企业类型：工业；行业性质：新会计制度科目；

账套主管：邱泽阳；选中“按行业性质预置科目”复选框。

(4) 基础信息

该企业有外币核算，进行经济业务处理时，需要对存货、客户、供应商进行分类。

(5) 分类编码方案

该企业的分类方案如下。

存货分类编码级次：1223

客户和供应商分类编码级次：223

收发类别编码级次：12

部门编码级次：122

结算方式编码级次：12

地区分类编码级次：223

成本对象编码级次：122

科目编码级次：42222

(6) 数据精度

该企业对存货数量、单价小数位定为2。

2. 操作人员设置及分工

(1) 学生——账套主管

负责财务软件运行环境的建立，以及各项初始设置工作；负责财务软件的日常运行管理工作，监督并保证系统的有效、安全、正常运行；负责总账子系统的凭证审核、记账、账簿查询、月末结账工作；负责报表管理及其财务分析工作。

具有系统所有模块的全部权限。

(2) 教师——软件操作员

负责现金、银行账管理工作。

具有出纳签字权、现金、银行存款日记账和资金日报表的查询及打印权、支票登记权以及银行对账操作权限。

(3) 教师——软件操作员

负责总账子系统的凭证管理工作以及客户往来和供应商往来管理工作。

具有总账子系统的填制凭证、自动转账定义、自动转账生成、凭证查询、明细账查询操作权限。

具有工资、固定资产、应收系统、应付系统的全部操作权限。

(4) 教师——软件操作员

负责购销存业务。

具有采购管理、销售管理、库存管理、存货核算的全部操作权限。

3. 设置基础档案

新疆某高新电子技术有限公司分类档案资料如下。

(1) 机构设置

① 部门档案如表9-1所示。

表 9-1 部门档案表

部门编码	部门名称	部门属性	部门编码	部门名称	部门属性
1	综合管理部	管理部门	203	汉阳销售分部	专售软件
101	总经理办公室	综合管理	204	沌口销售分部	售配套用品
102	财务部	财务管理	3	采购部	采购供应
2	销售部	市场营销	4	生产部	研发制造
201	汉口销售分部	专售打印纸	401	研发室	技术开发
202	武昌销售分部	专售硬件	402	制造车间	生产制造

② 企业人员类别设置为经理人员、管理人员、经营人员、开发人员。

③ 职员档案如表 9-2 所示。

表 9-2 职员档案表

职员编码	职员名称	人员类别	所属部门	职员属性	业务员
101	张子仪	经理人员	总经理办公室	总经理	是
102	邱泽阳	经理人员	财务部	会计主管	是
103	吴彦祖	管理人员	财务部	出纳	是
104	章 敏	管理人员	财务部	会计	是
201	张家辉	经理人员	汉口销售分部	部门经理	是
202	林若兰	经营人员	武昌销售分部	经营人员	是
203	孙 浩	经理人员	汉阳销售分部	部门经理	是
204	贾敬闻	经营人员	沌口销售分部	经营人员	是
301	李小路	经理人员	采购部	部门经理	是
401	周渝民	经理人员	研发室	部门经理	是
402	李若彤	经理人员	制造车间	部门经理	是

(2) 往来单位

① 客户分类如表 9-3 所示。

表 9-3 客户分类表

分类编码	分类名称	分类编码	分类名称
01	事业单位	0201	工业
0101	学校	0202	商业
0102	机关	0203	金融
02	企业单位	03	其他

② 供应商分类如表 9-4 所示。

表 9-4 供应商分类表

分类编码	分 类 名 称	分类编码	分 类 名 称
01	硬件供应商	03	材料供应商
02	软件供应商	04	其他

③ 地区分类如表 9-5 所示。

表 9-5 地区分类表

地区分类	分类名称	地区分类	分类名称
01	东北地区	04	华南地区
02	华北地区	05	西北地区
03	华东地区	06	西南地区

④ 客户档案如表 9-6 所示。

表 9-6 客户档案表

客户编号	客户名称	客户简称	所属分类码	所属地区	税 号	开户银行	银行账号	地 址	邮政编码	扣率	付款条件编码
001	武汉东湖职业技术学院	东职学院	0101	02	652489571356268	工行	52763810-Y	武汉市武昌区湖滨路特 1 号	430000	5	01
002	深圳四海公司	四海公司	0202	02	135626895248957	工行	88862392	深圳市东兴工业园 56 号	160000		
003	上海天全咨询公司	天全咨询	0203	03	265821211148565	工行	58963231	上海市徐汇区东一路 19 号	200932		
004	南京喜洋洋装饰公司	喜洋洋装饰	0201	01	526789254554210	中行	689525123	南京市平房区南巷路 368 号	560076	10	

⑤ 供应商档案如表 9-7 所示。

表 9-7 供应商档案表

供应商编号	供应商名称	供应商简称	所属分类码	所属地区	税 号	开户银行	银行账号	邮政编码	地 址
001	天津万达有限公司	万达	02	02	256163613213126	中行	55668563	360019	天津市桥南区十里埔 26 号
002	武汉清华紫光分公司	清华紫光	01	02	256266226112233	中行	89561568	100078	北京市朝阳区宣武路 13 号
003	武汉大学多媒体教学研究中心	多媒体研究中心	04	03	325689123123898	工行	5567787	430072	武汉市珞瑜路 100 号
004	湖北三环商务印刷公司	三环印刷	03	03	310103695431012	工行	8511507	200232	上海市浦东新区东方路 1 号

（3）存货设置

① 存货分类如表 9-8 所示。

表 9-8 存货分类表

存货类别编码	存货类别名称	存货类别编码	存货类别名称
1	生产用原材料	302	配套硬件
2	产成品	30201	计算机
201	打印纸	30202	打印机
20101	普通纸	303	配套软件
20102	专用纸	30301	会计电算化软件
3	其他	30302	财务软件
301	辅材	9	应税劳务
30101	配套光盘		

② 计量单位如下。

计量单位组：无换算关系。

计量单位：吨，箱，张，套，台，元。

③ 存货档案如表 9-9 所示。

表 9-9 存货档案表

存货编码	存货名称	规格型号	计量单位	所属分类	税率	存货属性	批次管理	计划价/售价	参考成本	参考售价
1001	原纸	铜版纸	吨	1	17	销售、外购、生产耗用		5 000		5 700
2001	打印纸-B5	B5	箱	20111	17	自制、销售	有		120	150
2002	打印纸-A4	A4	箱	20112	17	自制、销售	有		160	210
3001	商务之旅		张	30101	17	外购、销售			80	98
3002	金算盘		张	30101	17	外购、销售			38	50
3003	清华紫光金禧	PⅢ/500	套	30201	17	外购、销售			9 699	9 999
3004	清华紫光美丽珑	PⅢ/500	台	30201	17	外购、销售			8 599	8 999
3005	清华紫光显示器	17 英寸	台	30201	17	外购、销售			2 200	2 500
3006	购销存管理子系统	G 版	套	30302	17	外购、销售			172 009	112 300
3007	清华紫光美丽珑套装	PⅢ/500	套	30201	17	外购、销售			10 799	11 499
9001	运输费		元	9	10	外购、销售、劳务费用				0

【注意】

参考售价不含税。

(4) 财务设置

① 外币及汇率如下。

币名：美元；币符：USD；固定汇率：1∶8.345。

② 会计科目及期初余额表如表 9-10 所示。

表 9-10 会计科目及期初余额表

科目名称	辅助核算	方向	币别计量
库存现金(1001)	日记	借	
银行存款(1002)	银行日记	借	
工行存款(100201)	银行日记	借	
中行存款(100202)	银行日记	借	美元
应收账款(1122)	客户往来	借	
预付账款(1123)	供应商往来	借	
其他应收款(1231)	个人往来	借	
坏账准备(1241)		贷	
材料采购(1401)		借	
生产用材料采购(140101)	数量核算	借	吨
其他材料采购(140102)	数量核算	借	吨
原材料(1403)		借	
生产用原材料(140301)	数量核算	借	吨
其他原材料(140302)		借	
材料成本差异(1404)		借	
库存商品(1406)	数量核算	借	吨
委托加工物资(1411)		借	
包装物及低值易耗品(1412)	数量核算	借	吨
待摊费用(1501)		借	
报刊费(150101)		借	
固定资产(1601)		借	
累计折旧(1602)		贷	
在建工程(1604)		借	
人工费(160401)	项目核算	借	
材料费(160402)	项目核算	借	
其他(160403)	项目核算	借	
无形资产(1701)		借	
待处理财产损溢(1901)			
待处理流动资产损溢(190101)			
待处理固定资产损溢(190102)			
短期借款(2001)		贷	
应付账款(2202)	供应商往来	贷	
预收账款(2205)	客户往来	贷	
应付职工薪酬(2211)		贷	
应交税费(2221)		贷	
应交增值税(222101)		贷	
进项税额(22210101)		贷	
销项税额(22210105)		贷	
其他应付款(2241)		贷	
预提费用(2401)		贷	
借款利息(240103)		贷	
实收资本(4001)		贷	

续表

科目名称	辅助核算	方向	币别计量
本年利润(4103)		贷	
利润分配(4104)		贷	
未分配利润(410415)		贷	
生产成本(5001)		借	
直接材料(500101)	项目核算	借	
直接人工(500102)	项目核算	借	
制造费用(500103)	项目核算	借	
折旧费(500104)	项目核算	借	
其他(500105)	项目核算	借	
制造费用(5101)		借	
工资(510101)		借	
折旧费(510102)		借	
主营业务收入(6001)	数量核算	贷	
其他业务收入(6051)	数量核算	贷	
主营业务成本(6401)	数量核算	借	
营业税金及附加(6405)		借	
其他业务支出(6402)		借	
销售费用(6601)		借	
管理费用(6602)		借	
工资(660201)	部门核算	借	
福利费(660202)	部门核算	借	
办公费(660203)	部门核算	借	
差旅费(660204)	部门核算	借	
招待费(660205)	部门核算	借	
折旧费(660206)	部门核算	借	
其他(660207)	部门核算	借	
财务费用(6603)		借	
利息支出(660301)		借	

③ 指定科目如下。

执行“会计科目”|“编辑”|“指定科目”命令。

现金总账：库存现金；银行总账：银行存款；现金流量科目：库存现金、工行存款、中行存款。

④ 凭证类别如表 9-11 所示。

表 9-11 凭证类别表

凭证类别	限制类型	限制科目
收款凭证	借方必有	1001,100201,100202
付款凭证	贷方必有	1001,100201,100202
转账凭证	凭证必无	1001,100201,100202

⑤ 项目目录如表 9-12 所示。

表 9-12 项目目录表

项目设置步骤	设置内容
项目大类	成本项目
核算科目	生产成本(4101) 直接材料(410101) 直接人工(410102) 制造费用(410103) 折旧费(410104) 其他(410105)
项目分类	1. 自行开发项目 2. 委托开发项目
项目名称	打印纸-B5 (101) 打印纸-A4 (102)

(5) 收付结算

① 结算方式如表 9-13 所示。

表 9-13 结算方式表

结算方式编码	结算方式名称	票据管理	结算方式编码	结算方式名称	票据管理
1	现金结算	否	202	转账支票	是
2	支票结算	否	9	其他	否
201	现金支票	是			

② 付款条件如表 9-14 所示。

表 9-14 付款条件表

编码	信用天数	优惠天数 1	优惠率 1	优惠天数 2	优惠率 2	优惠天数 3	优惠率 3
01	30	5	2				
02	60	5	4	15	2	30	1
03	90	5	4	20	2	45	1

③ 开户银行

01 工商银行北四路支行,账号:689556682199。

(6) 数据权限

明细科目权限。

操作员"章敏"只具有应收账款、预付账款、应付账款、预收账款、其他应收款 5 个科目的明细账查询权限。

9.2 总账初始化设置

【实验目的及要求】

通过完成本次实验,要求理解总账子系统初始设置的意义,掌握会计信息系统中总账子系统初始设置的具体内容和操作方法，学会输入期初余额。

【实验内容】

第一步，设置总账子系统参数。

第二步，调整 9.1 节所建新账套的会计科目，设置凭证类别、外币及汇率、结算方式、辅助核算档案等基础信息。

第三步，输入期初余额。

【实验准备】

引入 9.1 节下的账套数据。

【操作步骤】

(1) 以系统管理员的身份注册进入系统管理，执行"账套"|"引入"命令，打开"引入账套数据"对话框。

(2) 在"搜寻"下拉列表框中，选择 9.1 节账套数据所在的磁盘驱动器，下拉列表框中显示该磁盘驱动器中所包含的所有文件夹，依次双击存放账套数据的各文件夹，找到账套文件 Uferpact. lst，单击"打开"按钮，系统显示"恢复进程"指示，稍候，提示"账套引入成功！"。

【实验要求】

以"学生"的身份进行初始设置。

【实验资料】

1. 总账控制参数

总账控制参数如表 9-15 所示。

表 9-15 总账控制参数表

选项卡	参数设置
凭证	制单序时控制 支票控制 科目余额控制 打印凭证页脚姓名 凭证审核控制到操作员 出纳凭证必须经出纳签字 凭证编号由系统编号 外币核算采用固定汇率 进行预算控制 可以使用应收款系统核算 可以使用应收款系统核算
账簿	账簿打印位数、每页打印行数按软件的标准设置 明细账查询权限控制到科目 明细账打印按年排页
会计日历	会计日历为 1 月 1 日到 12 月 31 日
其他	数量小数位和单价小数位设为 2 位 部门、个人、项目按编码方式排序

2. 期初余额

(1) 总账期初余额表如表 9-16 所示。

表 9-16 总账期初余额表

科目名称	方向	币别计量	累计借方发生额	累计贷方发生额	期初余额
库存现金(1001)	借		22 667.58	22 632.78	8 250.84
银行存款(1002)	借		563 102.26	444 000.42	232 594.99
工行存款(100201)	借		563 102.26	444 000.42	232 594.99
中行存款(100202)	借	美元			
应收账款(1122)	借		72 009	24 000	189 120.00
预付账款(1123)	借				
其他应收款(1231)	借		5 040.00	6 492.32	4 560.00
坏账准备(1241)	贷		360.00	720.00	960.00
材料采购(1401)	借			353 016.00	-353 016.00
生产用材料采购(140101)	借			121 200.00	-121 200.00
其他材料采购(140102)	借			231 816.00	-231 816.00
原材料(1403)	借		351 816.00		2 469 849.60
生产用原材料(140301)	借	吨	120 090.00		180 000.00
其他原材料(140302)	借		231 816.00		2 289 849.60
材料成本差异(1404)	借		2 892.32		1 200.00
库存商品(1406)	借		168 171.05	108 000.00	652 800.00
委托加工物资(1411)	借				
包装物及低值易耗品(1412)	借				
待摊费用(1501)	借				770.40
报刊费(150101)	借				770.40
固定资产(1601)	借				313 032.00
累计折旧(1602)	贷			47 414.27	56 545.09
在建工程(1604)	借				
人工费(160401)	借				
材料费(160402)	借				
其他(160403)	借				
无形资产(1701)	借			70 200.00	70 200.00
待处理财产损溢(1901)					
待处理流动资产损溢(190101)					
待处理固定资产损溢(190102)					
短期借款(2001)	贷			240 000.00	240 000.00
应付账款(2202)	贷		180 668.71	72 009.00	332 220.00
预收账款(2205)	贷				
应付职工薪酬(2211)	贷			4 080.00	9 840.00
应交税费(2221)	贷		44 137.64	18 698.08	-20 160.00
应交增值税(222101)	贷		44 137.64	18 698.08	-20 160.00
进项税额(22210101)	贷		44 137.64		-40 560.00
销项税额(22210105)	贷			18 698.08	20 400.00
其他应付款(2241)	贷			2 520.00	2 520.00
预提费用(2401)	贷				
借款利息(240103)	贷				
实收资本(4001)	贷				3130 862.40

续表

科目名称	方向	币别计量	累计借方发生额	累计贷方发生额	期初余额
本年利润(4103)	贷				
利润分配(4104)	贷		15 807.29	11 196.66	－142 826.77
未分配利润(410415)	贷		15 807.29	11 196.66	－142 826.77
生产成本(5001)	借		10 453.64	12 145.97	20 598.89
直接材料(500101)	借		5 760.00	7 165.20	12 009.00
直接人工(500102)	借		1 033.20	1 080.00	4 800.89
制造费用(500103)	借		3 420.00	3 660.00	2 400.00
折旧费(500104)	借		240.44	240.77	1 398.00
其他(500105)	借				
制造费用(5101)	借				
工资(510101)	借				
折旧费(510102)	借				
主营业务收入(6001)	贷		420 090.00	420 090.00	
其他业务收入(6051)	贷		300 000.00	300 000.00	
主营业务成本(6401)	借		360 000.00	360 000.00	
其他业务支出(6402)	借		216 115.86	216 115.86	
营业税金及附加(6405)	借		10 273.54	10 273.54	
销售费用(6601)	借		6 000.00	6 000.00	
管理费用(6602)	借		27 865.6	27 865.6	
工资(660201)	借		10 251.55	10 251.55	
福利费(660202)	借		1 435.21	1 435.21	
办公费(660203)	借		681.96	681.96	
差旅费(660204)	借		6 720.28	6 720.28	
招待费(660205)	借		5 545.87	5 545.87	
折旧费(660206)	借		3 163.52	3 163.52	
其他(660207)	借		67.20	67.20	
财务费用(6603)	借		9 600.00	9 600.00	
利息支出(660301)	借		9 600.00	9 600.00	

（2）辅助账期初余额表如表 9-17～表 9-20 所示。

表 9-17 辅助账期初余额表 1

会计科目：1133 其他应收款　　　余额：借 4 560 元

日期	凭证表	部门	个人	摘要	方向	期初余额
2011-01-26	付-118	总经理办公室	张子仪	出差借款	借	3 000.00
2011-01-27	付-156	汉口销售分部	张家辉	出差借款	借	1 560.00

表 9-18 辅助账期初余额表 2

会计科目：1131 应收账款　　　余额：借 189 120 元

日期	凭证号	客户	摘要	方向	金额	业务员	票号	票据日期
2011-01-25	转-118	东职学院	销售商品	借	100 000	林若兰	P111	2011-01-25
2011-01-10	转-15	四海公司	销售商品	借	89 120	林若兰	Z111	2011-01-10

表 9-19　辅助账期初余额表 3

会计科目：2121 应付账款　　　　余额：贷 332 220 元

日　期	凭证号	供应商	摘　要	方向	金　额	业务员	票号	票据日期
2011-01-20	转-45	万达	购买商品	贷	332 220	林若兰	C000	2011-01-20

表 9-20　辅助账期初余额表 4

会计科目：4101 生产成本　　　　余额：借 20 598.89 元

科目名称	打印纸-B5	打印纸-A4	合　计
直接材料(410101)	4 000.00	8 000.00	12 000.00
直接人工(410102)	1 500.00	3 300.89	4 800.89
制造费用(410103)	800.00	1 600.00	2 400.00
折旧费(410104)	598.00	800.00	1 398.00
合　计	6 898.00	13 700.89	20 598.89

9.3　总账日常业务处理

【实验目的及要求】

通过完成本次实验，要求了解总账子系统日常业务处理的相关内容，熟悉总账子系统日常业务处理的各种操作，能够做到熟练运用软件完成实际工作。

【实验内容】

第一步，进行凭证的相关操作，包括填制、审核、记账等。

第二步，进行出纳管理。

第三步，进行各类账簿的管理工作。

【实验准备】

引入 9.2 节中的账套数据。

【实验要求】

(1) 以“学生”的身份进行填制凭证，凭证查询操作。

(2) 以“教师”的身份进行出纳签字，现金、银行存款日记账和资金日报表的查询，支票登记操作。

(3) 以“教师”的身份进行审核、记账、账簿查询操作。

【实验资料】

1. 凭证管理

2 月经济如下。

(1) 2 月 2 日，汉口销售分部张家辉购买了 800 元的办公用品，以现金支付，附单据一张。

借：销售费用(6601)　　　　800

　　贷：库存现金(1001)　　　　800

(2) 2 月 3 日，财务部吴彦祖从工行提取现金 15 000 元，作为备用金，现金支票号 XJ001。

借：库存现金(1001)　　15 000

　　贷：银行存款/工行存款(100201)　　15 000

(3) 2 月 5 日，收到美的集团投资资金 10 000 美元，汇率 1∶8.345，转账支票号 ZZW001。

借：银行存款/中行存款(100202)　　83 450

　　贷：实收资本(4001)　　83 450

(4) 2 月 8 日，采购部李小路采购原纸 12 吨，每吨 5 000 元，材料直接入库，贷款以银行存款支付，转账支票号 ZZR001。

借：原材料/生产用原材料(140301)　　60 000

　　贷：银行存款/工行存款(100201)　　60 000

(5) 2 月 12 日，武昌销售分部林若兰收到武汉东湖职业技术学院转来转账支票一张，金额 68 800 元，用以偿还前欠货款，转账支票号 ZZR002。

借：银行存款/工行存款(100201)　　68 800

　　贷：应收账款(1122)　　68 800

(6) 2 月 14 日，采购部李小路从南京多媒体研究中心购买入“商务之旅”光盘 100 张，单价 40 元，货税款暂欠，商品已验收入库，适用税率 17%。

借：库存商品(1406)　　4 000

　　应交税金/应交增值税/进项税额(22210101)　　680

　　贷：应付账款(2202)　　4 680

(7) 2 月 16 日，总经理办公室支付业务招待费 2 900 元，转账支票 ZZR003。

借：管理费用/招待费(660205)　　2 900

　　贷：银行存款/工行存款(100201)　　2 900

(8) 2 月 18 日，总经理办公室张子仪出差归来，报销差旅费 5 000 元，交回现金 800 元。

借：管理费用/差旅费(660204)　　4 200

　　库存现金(1001)　　800

　　贷：其他应收款(1231)　　5 000

(9) 1 月 20 日，生产部领用原纸 6 吨，单价 5 000 元，用于生产打印纸-B5。

借：生产成本/直接材料(500101)　　30 000

　　贷：原材料/生产用原材料(140301)　　30 000

2. 出纳管理

2 月 25 日，武昌销售分部林若兰借转账支票一张，支票号 134，预计金额 8 600 元。

9.4 总账期末处理

【实验目的及要求】

通过完成本次实验，要求了解财务工作中月末工作的范围和内容，掌握总账子系统月末处理的操作方法，理解银行对账的目的和意义，会进行自动转账设置，能充分利用计算机系统的优势生成机制转账凭证，减少工作中的重复性。

【实验内容】

第一步，进行银行对账工作。

第二步，进行自动转账设置，并结转生成机制凭证。

第三步，核对账簿。

第四步，本月全部工作完结，进行结账处理。

【实验准备】

引入9.3节中的账套数据。

【实验要求】

(1) 以"学生"的身份进行银行对账操作。

(2) 以"学生"的身份进行自动转账操作。

(3) 以"教师"的身份进行审核、记账、结账操作。

【实验资料】

(1) 银行对账。

① 银行对账期初。

新疆高新银行账的启用日期为2011/02/01，工行人民币户企业日记账调整前余额为226 532.78，银行对账单调整前余额为256 532.78元，未达账项一笔，系银行已收企业未收款30 000元。

② 银行对账单如表9-21所示。

表9-21 1月份银行对账单

日　期	结账方式	票　号	借方金额	贷方金额
2011.02.01			40 000	
2011.02.03	201	XJ001		15 000
2011.02.06				60 000
2011.02.10	202	ZZR001		60 000
2011.02.14	202	ZZR002	68 800	

(2) 自动转账定义。

① 自定义结转。

借：管理费用/其他(550207)　　　　JG()

　贷：待摊费用/报刊费(130101)　　　　QC(130101,月,借)/12

② 期间损益结转。

依照本实验操作指导中相对应步骤操作。

(3) 自动转账生成。

① 自定义费用结转生成。

② 期间损益结转生成。

(4) 自动转账凭证审核及记账。

(5) 月末对账及结账。

9.5 薪资管理

【实验目的及要求】

通过完成本次实验，要求了解工资管理子系统的作用、工作范围，掌握工资管理的相关内容，会独立完成工资管理子系统的日常业务处理、工资分摊及月末处理。

【实验内容】

第一步，第一次使用工资管理子系统时必须进行初始化设置。

第二步，使用工资管理子系统进行日常业务的处理。

第三步，对工资进行分摊。

第四步，使用工资管理子系统进行月末处理。

【实验准备】

账套数据。

【实验资料】

(1) 建立工资账套。

工资类别个数：多个；核算币种：人民币(RMB)；要求代扣个人所得税：不进行扣零处理；人员编码长度：3位；启用日期：2011年2月。

(2) 基础信息设置。

① 人员类别设置。

经理人员、管理人员、经营人员、开发人员。

② 工资项目设置如表9-22所示。

表9-22 工资项目设置表

项目名称	类型	长度	小数位数	增减项
基本工资	数字	8	2	增项
奖励工资	数字	8	2	增项
交补	数字	8	2	增项
应发合计	数字	10	2	增项
请假扣款	数字	8	2	减项
养老保险金	数字	8	2	减项
扣款合计	数字	10	2	减项
实发合计	数字	10	2	增项
代扣税	数字	10	2	减项
请假天数	数字	8	2	其他

③ 人员档案设置。

工资类别1：正式人员。

部门选择：所有部门。

工资项目：基本工资、奖励工资、交补、应发合计、请假扣款、养老保险金、扣款合计、实发合计、代扣税、请假天数。

计算公式：如表9-23所示。

表 9-23　计算公式表

工资项目	定义公式
请假扣款	请假天数 * 20
养老保险金	(基本工资＋奖励工资) * 0.05
交补	iff(人员类别＝"经理人员"OR 人员类别＝"经营人员",100,50)

人员档案：如表 9-24 所示。

表 9-24　人员档案表

人员编码	人员姓名	部门名称	人员类别	账　号	中方人员	是否计税
101	张子仪	总经理办公室	经理人员	20090060001	是	是
102	邱泽阳	财务部	经理人员	20090060002	是	是
103	吴彦祖	财务部	管理人员	20090060003	是	是
104	章　敏	财务部	管理人员	20090060004	是	是
201	张家辉	汉口销售分部	经理人员	20090060005	是	是
202	林若兰	武昌销售分部	经营人员	20090060006	是	是
203	孙　浩	汉阳销售分部	经理人员	20090060007	是	是
204	贾敬闻	沌口销售分部	经营人员	20090060008	是	是
401	周渝民	研发室	经理人员	20090060009	是	是
403	陆　毅	研发室	开发人员	20090090010	是	是

注：以上所有人员工资的代发银行均为工商银行中关村分行处理。

工资类别 2：临时人员，如表 9-25 所示。

部门选择：汉口销售分部、研发室。

工资项目：基本工资、奖励工资。

表 9-25　临时人员表

人员编制	人员姓名	部门名称	人员类别	账　号
205	王心凌	汉口销售分部	经营人员	20090012301
404	蔡　琳	研发室	开发人员	20090012302

④ 银行名称如下。

工商银行中关村分处理；账号定长为 11。

(3) 工资数据。

① 2月初人员工资情况。

正式人员工资情况如表 9-26 所示。

表 9-26　正式人员工资表

姓　名	基本工资	奖励工资
张子仪	6 000	600
邱泽阳	4 000	400
吴彦祖	3 000	300
章　敏	2 500	200

续表

姓　名	基本工资	奖励工资
张家辉	3 000	300
林若兰	2 000	200
孙　浩	5 500	550
贾敬闻	2 000	200
周渝民	5 500	550
陆　毅	4 500	450

临时人员工资情况如表 9-27 所示。

表 9-27　临时人员工资表

姓　名	基本工资	奖励工资
王心凌	3 000	300
蔡　琳	4 000	400

② 2 月份工资变动情况。

考勤情况：贾敬闻请假 2 天；张家辉请假 1 天。

因需要，决定招聘李丽珍(编号 405)到研发室担任开发人员，以补充技术力量，其基本工资 3 000 元，无奖励工资，代发工资银行账号 20090090011。

因去年汉口销售分部推广产品业绩较好，每人增加奖励工资 300 元。

(4) 代扣个人所得税。

计税基数 2 000 元。

(5) 工资分摊。

应付工资总额等于工资项目“等级工资＋奖励工资”，应付福利费、工会经费、职工教育经费、养老保险金也以此为计提基数。

工资费用分配的转账分录如表 9-28 所示。

表 9-28　工资分摊表

<table>
<tr><th colspan="2" rowspan="3">工资分摊
部门</th><th colspan="2">工资总额</th><th colspan="2">应付福利费(16%)</th><th colspan="2">工会经费(2%)
职工教育经费(1.5%)
养老保险金(15%)</th></tr>
<tr><th colspan="2">科目编码</th><th colspan="2">科目编码</th><th colspan="2">科目编码</th></tr>
<tr><th>借方</th><th>贷方</th><th>借方</th><th>贷方</th><th>借方</th><th>贷方</th></tr>
<tr><td>总经理办公室</td><td>经理人员</td><td>550 201</td><td>2 151</td><td>550 202</td><td>2 153</td><td rowspan="9">550 207</td><td rowspan="9">2 181</td></tr>
<tr><td rowspan="2">财务部</td><td>经理人员</td><td>550 201</td><td>2 151</td><td>550 202</td><td>2 153</td></tr>
<tr><td>管理人员</td><td>550 201</td><td>2 151</td><td>550 202</td><td>2 153</td></tr>
<tr><td>汉口销售分部</td><td>经理人员</td><td>5 501</td><td>2 151</td><td>5 501</td><td>2 153</td></tr>
<tr><td>武昌销售分部</td><td>经营人员</td><td>5 501</td><td>2 151</td><td>5 501</td><td>2 153</td></tr>
<tr><td>汉阳销售分部</td><td>经理人员</td><td>5 501</td><td>2 151</td><td>5 501</td><td>2 153</td></tr>
<tr><td>沌口销售分部</td><td>经营人员</td><td>5 501</td><td>2 151</td><td>5 501</td><td>2 153</td></tr>
<tr><td rowspan="2">研发室</td><td>经理人员</td><td>410 501</td><td>2 151</td><td>410 501</td><td>2 153</td></tr>
<tr><td>开发人员</td><td>410 102</td><td>2 151</td><td>410 102</td><td>2 153</td></tr>
</table>

(6) 工资制单。

(7) 月末处理。

9.6 固定资产管理

【实验目的及要求】

通过完成本次实验,要求了解日常固定资产的管理工作有哪些,学会如何运用软件系统帮助完成对固定资产的增减变动的处理、定期的计提折旧及生成相应的凭证向总账子系统传递。

【实验内容】

第一步,进行固定资产管理子系统初始化设置。

第二步,运用固定资产管理子系统进行日常业务的处理。

第三步,月末进行对账及结账处理。

【实验准备】

引入9.2节中的账套数据。

【实验资料】

(1) 初始设置。

① 控制参数如表9-29所示。

表9-29 控制参数表

控制参数	参数设置
约定与说明	我同意
启用月份	2011.02
折旧信息	本账套计提折旧 折旧方法:平均年限法 折旧汇总分配周期:1个月 当月初已计提月份=可使用月份-1时,将剩余折旧全部提足
编码方式	资产类别编码方式:2112 固定资产编码方式: 按"类别编码+部门编码+序号"自动编码 卡片序号长度为3
财务接口	与企业应用平台进行对账 对账科目: 固定资产对账科目:1601 固定资产 累计折旧对账科目:1602 累计折旧
补充参数	业务发生后立即制单 月末结账前一定要完成制单登账业务 固定资产默认入账科目:1601,累计折旧默认入账科目:1602

② 资产类别如表 9-30 所示。

表 9-30 资产类别表

编 码	类别名称	净残值率/%	单 位	计提属性
01	交通运输设备	6		正常计提
011	经营用设备	6		正常计提
012	非经营用设备	6		正常计提
02	电子设备及其他通信设备	6		正常计提
021	经营用设备	6	台	正常计提
022	非经营用设备	6	台	正常计提

③ 部门及对应折旧科目如表 9-31 所示。

④ 增减方式的对应入账科目如表 9-32 所示。

表 9-31 部门及对应折旧科目表

部 门	对应折旧科目
综合管理部	管理费用/折旧费
销售部	营业费用
采购部	管理费用/折旧费
生产部	制造费用/折旧费

表 9-32 增减方式的对应入账科目表

增减方式目录	对应入账科目
增加方式	
直接购入	100201,工行存款
减少方式	
毁损	1606,固定资产清理

⑤ 原始卡片如表 9-33 所示。

表 9-33 原始卡片表

固定资产名称	类别编号	所在部门	增加方式	可使用年限	开始使用日期	原 值	累计折旧	对应折旧科目名称
轿车	012	总经理办公室	直接购入	6	2011.01.01	215 470	37 254.75	管理费用/折旧费
索尼摄像机	022	总经理办公室	直接购入	5	2011.01.01	28 900	5 548.80	管理费用/折旧费
打印机	022	总经理办公室	直接购入	5	2011.01.01	3 510	1 825.20	管理费用/折旧费
液晶多媒体	021	研发室	直接购入	5	2011.01.01	6 490	1 246.08	制造费用/折旧费
液晶多媒体	021	研发室	直接购入	5	2011.01.01	6 490	1 246.08	制造费用/折旧费
合 计						260 860	47 120.91	

注:净残值率均为 6%,使用状况均为“在用”,折旧方法均采用平均年限法(一)。

(2) 日常处理。

2 月份固定资产管理发生业务如下:

① 2 月 12 日,研发室购买笔记本电脑一台,价值 9 500 元,净残值率 6%,预计使用年限为 6 年。

② 2 月 16 日,总经理办公室的轿车添置新配件,价值 8 000 元。

③ 2 月 16 日,计提本月折旧费用。

④ 月末结账。

3 月份固定资产管理发生业务如下:

① 3 月 23 日,总经理办公室的打印机移交采购部。

② 3 月 31 日，计提本月折旧费用。

③ 3 月 28 日，研发室部毁损液晶多媒体一台。

④ 月末结账。

(3) 凭证生成。

(4) 月末结账。

9.7 应收款管理

【实验目的及要求】

通过完成本次实验，要求了解应收账款在什么情况下会产生，如果在总账子系统中进行核算会和在专门的应收款管理子系统中进行核算有什么区别，掌握当有应收账款业务发生时，应采取的处理方法，进一步加强对款项的核算和管理。

【实验内容】

第一步，第一次使用应收账款管理子系统时必须进行初始化设置。

第二步，进行相关日常处理，练习包括形成应收、收款结算、转账处理、坏账处理、制单、查询统计等的操作。

第三步，月末结账。

【实验准备】

引入"购销存账套初始"文件夹中的账套数据。

【实验资料】

(1) 初始设置。

① 控制参数如表 9-34 所示。

表 9-34 控制参数表

启用日期：2011 年 2 月

控制参数	参数设置	控制参数	参数设置
应收款核销方式	按余额	汇兑损益方式	月末处理
控制科目依据	按客户	坏账处理方式	应收余额百分比
产品销售科目依据	按存货	现金折扣是否显示	√
预收款核销方式	按余额	输入发票显示提示信息	√
制单方式	明细到单据		

② 设置科目如表 9-35 所示。

表 9-35 科目设置表

科目类别	设置方式
基本科目设置	应收科目(本币)：1122 预收科目(本币)：2205 应交增值税科目：22210102 主营收入科目：6001

续表

科目类别	设置方式
控制科目设置	所有客户的控制科目： 应收科目：1122 预收科目：2205
结算方式科目设置	结算方式：现金支票；币种：人民币；科目：100201 结算方式：转账支票；币种：人民币；科目：100201

③ 坏账准备设置如表 9-36 所示。

表 9-36　坏账准备设置表

控制参数	参数设置	控制参数	参数设置
提取比例	0.5%	坏账准备科目	1141
坏账准备期初余额	123	对方科目	550207

④ 账龄区间如表 9-37 所示。

表 9-37　账龄区间表

序号	起止天数	总天数	序号	起止天数	总天数
01	0～30	30	04	91～120	120
02	31～60	60	05	121 以上	
03	61～90	90			

⑤ 期初余额如下。

会计科目：1122 应收账款；余额：借 189 120 元。

普通发票如表 9-38 所示。

表 9-38　普通发票

开票日期	发票号	客户	销售部门	科目	货物名称	数量	含税单价	价税合计
2011-1-25	F001	东职学院	沌口销售分部	1122	金算盘	1 992	50	99 650

增值税发票如表 9-39 所示。

表 9-39　增值税发票

开票日期	发票号	客户	销售部门	科目	货物名称	数量	含税单价	税率	价税合计
2011-1-10	F002	四海公司	武昌销售分部	1122	清华紫光显示器	20	4206	17%	84120

其他应收单如表 9-40 所示。

表 9-40　其他应收单

单据日期	科目编号	客户	销售部门	金额	摘要
2011-1-10	1122	四海公司	武昌销售分部	5350	代垫运费

(2) 2 月份发生经济业务。

① 2 月 2 日，汉阳销售分部售给东职学院购销存管理子系统一套，售价 60 000 元，开出

普通发票，发票号：F003，货已发出。

② 2月4日，武昌销售分部出售上海天全咨询公司清华紫光显示器30台，单价2 500元，开出增值税发票，发票号：F005。货已发出，同时代垫运费2 000元。

③ 2月5日，收到东职学院交来转账支票一张，金额25 000元，发票号ZZ001，用以归还前欠货款。

④ 2月7日，收到四海公司交来转账支票一张，金额90 000元，发票号ZZ002，用以归还前欠货款及代垫运费，剩余款转为预收账款。

⑤ 2月9日，东职学院交来转账支票一张，金额10 000元，发票号ZZ003，作为预购清华紫光显示器的定金。

⑥ 2月10日，将天全咨询购买清华紫光显示器的应收款25 500元转给四海公司。

⑦ 2月11日，用东职学院交来的10 000元订金冲抵其期初应收款项。

⑧ 2月17日，确认本月2日为天全咨询代垫运费2 000元作为坏账处理。

⑨ 2月28日，计提坏账准备。

(3) 生成凭证。

(4) 月末结账。

9.8 报表管理

【实验目的及要求】

通过完成本次实验，要求理解编制报表的目的及原理，掌握报表格式定义、公式定义的操作方法，会设置不同的报表模板，能独立运用软件完成不同类型的报表编制工作。

【实验内容】

第一步，自定义生成货币资金表模板，并能运用此模板，根据当期数据生成一张完整的报表，得到相关报表数据。

第二步，利用软件自带报表模板及当期数据，生成一张资产负债表。

【实验准备】

账套数据。

【实验资料】

1. 货币资金表

货币资金表如表9-41所示。

表9-41 货币资金表

编制单位：

年 月 日

单位：元

项 目	行次	期初数	期末数
现金	1		
银行存款	2		
合 计	3		

制表人：

【说明】

编制单位和年、月、日应设为关键字。

2. 资产负债表

利用软件自带报表模板及当期数据，生成一张资产负债表。

【注意】

新会计制度科目的报表。

参 考 文 献

[1] 付得一.会计信息系统.第二版.北京：清华大学出版社,2002.
[2] 孙万军.财务软件应用技术.北京：清华大学出版社,2005.
[3] 王新玲,王刚.会计信息系统实验教程.北京：清华大学出版社,2002.
[4] 李玉清,方成民.物流管理信息系统.北京：中国财政经济出版社,2007.
[5] 于文元.会计电算化.大连：东北财经大学出版社,1997.
[6] 吴扬俊.会计信息系统教程.第二版.北京：电子工业出版社,2005.
[7] 张耀武.会计信息系统.武汉：武汉大学出版社,2003.
[8] 用友公司.用友使用手册,2005.